六合一统

始皇帝业

李 根◎著

中国铁道出版社有限公司

CHINA RAILWAY PUBLISHING HOUSE CO., LTD.

图书在版编目（CIP）数据

六合一统：始皇帝业 / 李根著. -- 北京 ：中国铁道
出版社有限公司，2025. 7. -- ISBN 978-7-113-32356-1

Ⅰ．I247.5

中国国家版本馆CIP数据核字第20253LD993号

书　　名：六合一统：始皇帝业
LIUHE-YITONG: SHIHUANG DIYE

作　　者：李　根

责任编辑：奚　源　　　　　　　　　电　　话：（010）51873005
封面设计：赵　兆
责任校对：安海燕
责任印制：高春晓

出版发行：中国铁道出版社有限公司（100054，北京市西城区右安门西街8号）
网　　址：https://www.tdpress.com
印　　刷：河北宝昌佳彩印刷有限公司
版　　次：2025年7月第1版　2025年7月第1次印刷
开　　本：710 mm×1 000 mm 1/16　印张：15.5　字数：278千
书　　号：ISBN 978-7-113-32356-1
定　　价：88.00元

一个伟大辉煌的王朝在公元前 221 年诞生了，这是一个让人难忘的日子。而缔造这个王朝的人就是秦始皇嬴政，不必看那宏大的王朝，单单嬴政这个名字就是一个传奇，犹如一颗耀眼的星星永远在夜空闪闪发光。

秦始皇嬴政不仅缔造了大秦王朝，他也是中国历史上第一个使用"皇帝"称号的君主，对中国和世界的历史都产生了深远而重大的影响，被明代思想家李贽誉为"千古一帝"。

帝王作为中国历史上的核心角色，是影响国家、民族发展的关键人物。研究他们的是非功过，透视王朝的盛衰兴替，可以更好地解读中国历史。本书的主人公秦始皇嬴政无疑是一个很合适的研究对象。

艰苦的少年生活造就了嬴政不屈刚毅的性格，秦宫里的政治生涯更显示出他卓越的才华：他能不动声色地夺取兵权；他能悄无声息地消灭政敌；他能为一个男人开战；他也能从容应对近在眼前的刺客……这就是王霸之道——秦始皇嬴政独有的王霸之道。

对他而言，秦国太小了，他追求的目标是天下；对他来说，中原还不够大，他要把疆土拓展到遥远的地方。

在人类历史的进程中，作为一个史诗般的理想主义英雄，秦始皇深刻地影响着过去、现在与未来。

伟大和传奇已经不足以形容秦始皇嬴政这个名字了。伟人曾经这样评价秦始皇：秦始皇是第一个把中国统一起来的人物。不但政治上统一了中国，而且统一了中国的文字、各种制度，如度量衡，有些制度后来一直沿用下来。中国过去的封建君主还没有超过他的。

从这个意义上说，秦始皇嬴政无愧于"千古一帝"的盛誉，也是人类历史上最伟大的帝王之一。

那么，秦始皇嬴政到底是怎样一个人？他有什么样的生平？他凭什么能踏平六国、一统天下？让我们来揭开这个中国历史上最有影响力的人物的面纱，一起走进他那惊心动魄的传奇人生。

秦始皇嬴政勇夺王位巧取天下的帝王人生，辉煌背后深藏着悲哀感伤和普通人的无奈。展现在我们面前的是一个金戈铁马的时代，追随着秦始皇的脚步，看看他是如何赢取大秦江山的。说秦始皇，就从这里开始；论秦始皇的王霸之道，也从这里起步。

作　者

目录

第一章 真龙下凡

绝对个性的入世....................................002

一片肃杀的邯郸城................................003

天上掉下的大馅饼................................005

老子英雄，儿未必是好汉........................006

大难之后，必有后福............................010

有钱能使鬼推磨....................................011

邯郸保卫战..013

寻找靠山好乘凉....................................014

未能善终的白起....................................015

在拳头和辱骂声中成长............................017

第二章 少年国君

把邯郸城踩在脚下................................022

王者归来..023

没有永远的赢家....................................025

临终托孤..026

傀儡帝王没有爱情................................029

不做吃屎的老鼠....................................033

有关"天下"的话题................................035

赵姬与猛男..040

为他人作嫁衣裳....................................043

强权下的谣言 045

虎落平阳被犬欺 048

悄然夺兵权 051

率军平叛的王 053

举行冠礼的绊脚石 058

嫪毐醉酒吐真言 060

摊牌还是忍让，这是个问题 061

冠礼上的谋反者 064

兵败如山倒 067

秘密进行的审判 069

在道上混，迟早是要还的 071

斩草就要除根 073

有福未必可以同享 076

冒死进谏的勇士 079

生死悬于一线 081

山雨欲来风满楼 085

潜伏在秦国的男一号 090

逐客令 095

改变命运的《谏逐客书》 097

千军易得，一将难求 099

怪才谋士尉缭 101

在官场混要靠真本事吃饭 107

韩王安的救命稻草 109

迟来的召唤 112

一石激起千层浪 113

钱不是问题 115

此处不留爷，自有留爷处 117

解铃还须系铃人..119

生是秦国的人，死是秦国的鬼..122

王之洛阳................................124

为一个男人开战................................127

计中计................................128

"身在曹营心在汉"................................132

树大必然招风................................135

两个男人的立场................................136

狱中上书................................140

一个时代的结束................................142

韩国成了囊中之物................................146

自断生路的赵国................................148

战神李牧自刎而死................................152

兵临邯郸城下................................155

寻找传奇刺客................................157

临危受命................................159

荆轲的不归路................................163

魂断他乡................................166

惹火烧身的燕国................................167

儿子还会有的，老子只有一个................................169

灭楚之议................................171

水淹大梁城................................173

骄兵必败................................175

老将出马，一个顶俩................................176

灭楚的消耗战................................181

灭燕、代................................185

从美梦中惊醒的齐国................................186

第六章 | 王朝初夜

始皇帝的建国大业 192

为一个女人建造的宫殿 196

初建帝制机构 198

"统一"的制度 200

至尊玉玺的传奇 202

高渐离击筑刺秦 204

第七章 | 终极之旅

始皇巡游天下为哪般 210

登泰山封禅 212

琅琊台的奇妙幻境 213

刺杀行动 215

派系斗争 216

焚书令 218

读书也有罪吗 221

点儿背的扶苏 224

死亡的恐惧 225

死前的三个征兆 226

一颗红心，两手准备 229

重燃不死之心 231

星陨 234

后　记 ·· 238

六合一统

始皇帝业

【第一章】

真龙下凡

绝对个性的入世

山不在高，有仙则名。水不在深，有龙则灵。任何地方要想有名气，必须有它的独到之处。长平，这个地方因为战争在战国时代就名声在外了。让我们一起回溯到那个满是金戈铁马的时代。

推开锈迹斑斑的历史之门，呈现在我们眼前的是，秦赵数十万大军正在长平对峙，并且已经到了剑拔弩张的地步。双方的将士都手握刀剑，弓弩上弦，只等一声令下杀个你死我活，一场恶战随时都会爆发。

俗话说：乱世出英雄。我们的主人公就出生在这个满眼是刀枪剑戟，满耳是呐喊厮杀的时代。

任何一个伟大的人在出生时都有不平凡的异象伴随，我们的主人公也不例外。从他出生的那一刻起，便注定了他将要建立前无古人、后无来者的绝世功绩。

公元前 259 年，秦昭王四十八年正月，天空飘洒着鹅毛般的大雪，已经连续下了一天一夜。赵国邯郸城内到处是皑皑白雪，凛冽刺骨的北风呼呼地刮个不停，从人的衣服缝嗖嗖地往里钻。满天满地都是飘舞的雪花。

在邯郸城的东边，有一个装饰一新、富丽堂皇的大院子。里面的仆人们忙东忙西，进进出出，好像在迎接什么重要人物到来似的，有一种生机的景象。

忽然，一条黑龙腾云驾雾般地进入了这座大院，皑皑白雪瞬间被遮挡得失去了颜色。整个院子漆黑一片，府第上下乱作一团，不知道发生了什么事情。

只片刻工夫，乌云散去，一切又恢复如前。

府内的人都搞不清楚是怎么回事，不过有一些仆人呆呆地站在原地，不能动弹，口中模糊不清地说："龙，黑龙，好大的黑龙！"好端端的哪里来的黑龙，大多数人都把这当作笑谈。

紧接着，一阵婴儿响亮的啼哭从一间暖意如春的产房里传了出来，仿佛要和这呼啸的北风比个高低。

一个侍婢兴冲冲地奔向书房说："恭喜老爷，恭喜老爷，夫人生下了一个大胖小子！"

这位老爷就是我们主人公的老爹——异人。听到喜得贵子的消息后，异人自然是惊喜万分，想想刚才的预兆，难道真的是老天爷给自己送来了真龙天子？或者说这仅仅是一个巧合，不过，这也太巧了吧。异人宁愿相信是真龙下凡，也不相信这是巧合。

看来这个儿子是真龙天子下凡，将来一定会统一天下，恩泽四方。给他取个什么名字呢？一定要霸气，否则如何显示真龙天子的威严。

异人痛恨政治，因为他是政治角逐的牺牲品。可他又向往权力，有了权力，就会尊贵无比，受万人瞩目，八面威风。

该叫赵政，还是赵权呢？赵权不好，容易让别人谐音为"赵犬"。

"政，赵政。"异人失声叫道。他希望自己的儿子能够在政治中立于不败之地，不要像他老子这样无能。

本来是秦国的王孙，怎么会在赵国呢？

一片肃杀的邯郸城

异乡邯郸一片肃杀，死气沉沉，没有一点活力可言。

天色已经临近傍晚，阴沉沉的天空还飘洒着鹅毛般的大雪。地上的积雪已经有一尺多厚，可老天丝毫没有停的意思，反而越下越大，越下越起劲。

掰指算算，已经有好几天没有见到太阳了。阴沉的天气在本已经战战兢兢的人们心头又撒了一把盐，毫不留情地拿走人们残存的最后一丝快乐。

这是一个战乱的时代，到处都在厮杀，到处都是血腥味儿。生活在这个时代的人们已经慢慢适应了战马的嘶鸣，还有那让人呕吐不止的刺鼻血腥味道，也许只有阳光才能够给他们带来一丝的微笑。可吝啬的老天偏偏用阴沉的乌云遮挡了温暖的太阳。

在乱世中，没有什么公平可言。谁强大，谁就是大爷，谁的话就是真理。人们慢慢已经学会适应，只是为了生存，别无他求。

城外的夜，是冰寒而沉静的。天地间，似乎所有的事物全停止了呼吸。偶尔一些夜间活动的小动物偷偷跑动几步，再隐入黑暗之中。

邯郸城内的灯火次第亮起，给大地带来些暖人的气象，但星星点点的灯光却将满天的云霾衬托得更加沉重。高高的城墙虽然把战场的血腥挡在了外面，但却无法抹去战争带来的深深印痕。昔日繁华的邯郸已经开始慢慢萧条。这就是战争，不仅要死伤无数的将士，还会把国家的经济拉入低谷。

平时大街小巷中行人往来络绎不绝，如今却是路人稀少，全都躲在屋内烤火取暖了。只有一些家园被毁、无家可归的人和野狗，蜷缩在墙角屋檐下面，等待着死神的悄悄到来。

凛冽刺骨的北风刮平地面的雪，混合天空下着的雪，将整个邯郸城变成白茫茫一片。雪终于停了，希望明天能看见太阳。明早，在街道上肯定会出现很多冻僵的尸体，人比狗多，是不争的事实。

可在厚重的高墙里面，亭台楼阁，室内如春，传出阵阵的丝竹声。对某些富贵人家来说，把酒赏雪，仍是一件难得的乐事，他们还会吟出类似"瑞雪兆丰年"的句子。

这个世界就是这样，同样是一撇一捺的人，却如此不同，填不饱肚子的人就连街头的野狗也不如。

异人是秦昭王的孙子，也就二十出头，之前过的日子也很苦。没有什么新衣服，就那么一身已经缝补多次的黑色老羊皮袍，住的府第也比较破旧。他是被派到赵国做质子的。

战国末期，各国之间的争斗异常激烈。各国在结盟时，为了表示推心置腹、遵守盟约，便互派质子。表面上，质子的地位非常尊荣，实际上，质子就是人质，国与国之间一旦翻脸，首先遭殃的就是质子。何况各国之间，翻脸和翻书一样，今天才歃血为盟，说不定明天就已经兵临城下了。

尤其赵国一向是抗秦联盟——合纵的倡导者，异人在这里做质子，等于随时有把刀架在脖子上。两国有丝毫的风吹草动，首先就会拿他来开刀祭旗，或沦为阶下囚。

我们知道王公贵族的子孙向来是一箩筐一箩筐的，可这个异人怎么就这么点儿背，被选为质子了呢？

当时，秦国是战国七雄之一。异人的祖父秦昭王采纳了丞相范雎"远交近攻"的战略，把进攻的矛头先对准邻国韩国和魏国，而和较远的赵国联合。按照当时的惯例，两国互换人质表示真诚。秦国派到赵国的是异人，因为他在秦国的地位并不很高。

异人是秦昭王的孙子，即太子安国君的儿子。异人的母亲夏姬不被安国君宠爱。异人又在安国君二十多个儿子中排在中间，不是长子，所以地位很低，挑选人质时便选中了他。

天上掉下的大馅饼

身在异国他乡，异人本来对回国继承大统不抱任何希望了，可偏偏一张请柬改变了异人的命运。

这张请柬是吕不韦派人送来的。异人虽然没有亲眼见过吕不韦这个人，不过吕不韦的名声很大，异人知道他是一个很富有的商人。

这次吕不韦来邯郸做生意，恰逢他三十五岁的生日，所以决定在邯郸举办生日宴会。他广撒请帖，所请的客人包括了赵国所有政要大员、名流学者、富商巨贾，还有各国的外交使节，当然也没有忘记邯郸城内的各国质子。

这年头，兵荒马乱，能认识一个有钱人总不是件坏事。

可当异人看到自己寒酸的衣着时，就不由得叹了口气。

由于燕、赵、韩、魏、齐、楚六国联合抗秦，所以异人在赵国看到的都是充满怨恨和愤怒的面孔。赵国人恨不得把他们敌人的王孙一口吞下去。在这样的氛围下生活，异人真是苦不堪言。如果只是这样的话还好说，毕竟人不能总看别人的脸色活着，该低头就低头，该装作没看见了就当对方是空气。

但最要命的是，异人很穷，不是一般的穷。

俗话说，人穷志短，没有钱的日子的确不好过。

按理说当时秦国的国力是六国中最强的，异人作为秦国的王孙，生活上应该不成问题，可偏偏就是在这不应该出问题的事情上出了问题。

异人比哪一个在赵国的质子都穷！

为了顾及面子及平衡内心的歉意和愧疚，各国国君对派到友国或敌国的质子，在经济供应上是最优厚的，一般质子都有花不完的钱。

但异人却是个例外，他虽然是王孙，但不是公子。他祖父秦昭王在世，父亲安国君只是个储君。再说，安国君的妻妾一大堆，儿女更是成群，异人的亲生母夏姬失宠，一年都见不到安国君一面，所以祖父和父亲压根儿就想不起在赵国还有他这么一个人。

连自己的父亲都不把自己摆在桌面上，下面的臣子就更不把他当回事了。所以应该有的花费总是一拖再拖，很少能按时送到，更不用说用来结交应酬的额外花费了。

所以，异人在赵国的生活是很清苦的。虽然他有王孙的身份，但没有雄厚的资金做后盾，想挤进赵国上流社会简直是天方夜谭。

没有钱，就没有人看得起，属于异人的只有孤独寂寞。他没有一个知己，甚至连酒肉朋友也没有一个，因为他根本就没有多余的钱财来结交朋友。

不过，再怎么寒酸，异人还是决定去会会这个财大气粗的吕不韦。毕竟，几乎没有什么人给他送过请柬，吕不韦的请柬还是破天荒。

主意已定，异人带着他唯一的仆人赵升去赴宴了。

人生的道路就是这么奇怪，好像冥冥之中有一只大手在操纵着一切。就如异人来当质子一样，他打心眼里是一万个不乐意，可偏偏就选中了他。他只有服从，没有一点办法。

不过，在人的一生中，关键的路就那么几步，只要你走对了，那么你的前途就是一片光明。现在机遇就摆在异人面前，他抓住了。正是靠这次赴宴，他认识了吕不韦。后来，吕不韦用雄厚的财力改变了异人穷酸的生活，而后他又拥有了赵姬——一个美得让任何一个男人都会驻足的女人。赵姬本来是吕不韦身旁的亲密歌女，可异人对赵姬却一见钟情。吕不韦便以兄长的身份把她嫁给异人，成就了这段姻缘。

小孩子的哭声打断了异人的回忆，这段在邯郸最艰苦的日子深深地刻在了异人的脑海中，让他终生难忘。

异人怀里抱着赵政，看着他弱小的身躯，尽管相信他以后会独当一面，挥斥方遒，把六国都踩在自己脚下，但也为他出生在这个乱世担忧。

此刻，秦赵数十万大军正在长平对峙，一场恶战随时都会爆发。

战争的结局也许将决定异人的生死，他很希望秦国失败一次。这样邯郸城内的人们就会对自己少一些愤怒，自己的小命也许还能多留几天。可打心眼里说，他又不希望自己的国家被打败。

秦国是七国中最强的国家，在长平对峙的数十万大军，如果不出意外的话，赵国必败。那么，赵国"撕票"也就是意料之中的事情了。看来，自己又要面对生命中的劫数了。不，现在已经不是一个人了，他这一大家子都为这场战争捏了一把汗。这种把脑袋系在裤腰带上的日子真不是人过的。

老子英雄，儿未必是好汉

秦赵数十万大军为什么会在长平对峙呢？这还要从头说起。

公元前262年，秦昭王派大将白起攻打韩国，不费吹灰之力便占领了野王城，切断了韩国上党郡和国都的联系。面对秦军强大的攻势，韩国想把上党郡献给秦国，从而谋求暂时的和平。但是上党郡守冯亭却不愿意向秦国投降，于是他请赵国发兵上党郡与秦国抗衡。

当时身为老大的秦国，怎么能容忍赵国这么造次。这口恶气自然非出不可，于是秦赵之间的一场大战就在所难免了。

秦昭王四十七年（公元前 260 年），秦王派左庶长王龁进攻韩国，夺取了上党郡。上党郡的百姓为了躲避战祸，纷纷逃往赵国。在冷兵器时代，谁手里的人多，谁就掌握了战争的主动权。所以，自诩强大的赵国自然不会错过这种安抚难民的机会，赵王便派兵驻守在长平（今山西高平长平村），以便收拢从上党逃来的难民。

秦国虽然攻下了上党郡，但绝对不愿意拿下的是几座空城。赵国竟然收抚难民，还在长平驻兵，这是赵国的公然挑衅。

四月，王龁率军攻打赵国，赵孝成王派老将廉颇为将抵抗秦军铁骑。两军交战，互有损伤。六月，秦军大胜，攻取了赵国两座城池，斩杀了几员赵国大将。七月，秦军又攻打赵军修建的要塞，小胜一场。随后，双方便进入了拉锯战，一时难以分出胜负。

廉颇根据敌强已弱、初战失利的形势，决定采取坚守营垒等待秦军进攻的战略。无论秦军在阵前如何辱骂挑战，廉颇就认准一个理——坚守不出，准备以逸待劳，出奇制胜。于是出现了秦赵两军在长平对峙的局面，双方兵力共约百万。

无奈，秦国只好派人携带千金向赵国权臣行贿。用离间计，散布流言：廉颇已经老了，没有了当年的英勇，秦军最希望他统率赵军。最怕的是赵括，只要赵括一上任，秦军一定会遭到灭顶之灾。

在战场上，离间计真是百试不爽。作为一个领导者就应该对属下报以信任的态度，正所谓：用人不疑，疑人不用。否则，一颗怀疑的心就会葬送无数人的性命。

面对强秦，赵王却没有做到这一点。对以后战争态势的发展，赵王负有不可推卸的责任。

一心想取胜的赵王既怨恨廉颇接连失败，士卒伤亡惨重，又嫌弃廉颇只会坚守不肯主动出击。再加上关于廉颇的流言蜚语，赵王便起了疑心，最终决定派赵括代替廉颇为将，命他率兵主动出击，击败秦军。

临阵换将，这是兵家大忌，更何况是换了个只会纸上谈兵的大将，这决定了赵军是自取灭亡。

赵括是何许人也？他是战国时期赵国的将领，也叫马服子，他的父亲是赵国名将马服君赵奢，可惜已经不在人世了。

赵括从小便跟随父亲研习兵法，当谈论行军作战之道时，连他的父亲赵奢也辩论不过他。因此他自以为用兵天下第一，第一次率领几十万大军作战，自然是惊喜万分，想好好地表现一番。

俗话说，老子英雄儿好汉，黄鼠狼的儿子会打洞。

因为赵奢多次大破秦军，在赵国很有威望，赵括在他父亲的光环下也是一片灿烂。当赵国上下知道赵括要带兵攻打秦军后，都欢欣鼓舞，认为这次一定能把秦军打个落花流水、满地找牙。

赵国君民都沉浸在喜气之中，好像已经打败了秦军似的。不过，有两个人持有不同的意见。

一个是赵国名相蔺相如。当时他已经重病在床，为了阻止悲剧的发生，还是强忍着病痛，驾车来到了王宫。

蔺相如要给赵王行君臣跪拜之礼。

"不必了，您老重病在身，有什么事情，派下人说一声就行了，身体要紧啊。"赵王很客气地说。

蔺相如说："大王，大战在即，千万不可以临阵换将啊。不能因为赵括名声在外就让他担任主帅，这万万使不得。赵括只是得到了他父亲的兵书，只会纸上谈兵，没有带兵打仗的实战经验。我们不能拿数十万赵国将士的生命开玩笑啊！"

"我国精兵强将几十万，岂能当缩头乌龟。赵括最起码有敢战的勇气，只凭这一点就比廉颇强百倍！"赵王有些不高兴了。

"可是战场瞬息万变，光有勇气是不行的。廉颇虽然年纪大了一点，可是他有打仗的经验啊。他坚守不出，肯定有他的道理。"

"好了，不要啰唆了，我意已决。"

赵王已经很不耐烦了，他需要的是出击，需要的是胜利，至于其他才懒得管呢。最终蔺相如的劝谏没有成功，只好眼睁睁看着赵国的数十万将士有去无回。

另一个人是赵括的母亲，也就是赵奢的遗孀。在赵括要接替统帅的职务前，她给赵王上书，力谏不可以赵括为将。

母亲是最了解儿子的人，难道她是怕自己的儿子战死沙场，还是……

赵王很奇怪，天下怎么会有这样的母亲，阻止自己的儿子升官，便问其中的原因。

赵母说："先夫为将时，所交的良朋益友不计其数。大王及宗室所赏赐的金银珠宝，他都拿来赏赐属下。在出征之日，毫不担心及过问家事。但赵括接到担任统帅的命令后，便摆出一副高高在上的样子，属下见到他都十分害怕。大王所赏赐的金银财物，他全收藏在家里，每天忙着买房子和田地。虽然是父子，但做法截然不同，请大王三思。"

赵王听后，觉得没什么大不了的，有一些私心在所难免。他仍然觉得赵括勇气可嘉，一定能打败秦军。

"夫人不要担心，相信你的儿子一定能大胜而归。"

"大王既然决定要派他去，如果以后出现差错，希望不要连累到老身。"

赵王满口答应了。

悲剧从这一刻便正式上演了。

八月，赵括接替廉颇担任赵军统帅，更加不可一世、趾高气扬。新官上任三把火，他按照赵王急于求胜的意图，不听廉颇的劝告，不仅更改了廉颇的部署，而且还撤换了大批将领，让自己的亲信身居要职。这样他指挥起来就顺手多了，但赵军的战斗力就大打折扣了。一切准备"妥当"，只等时机和秦军决一死战了。

秦昭王见赵国中了计，乐得屁颠屁颠的。暗中命白起为将军，王龁为副将。赵括虽然骄狂自大，但他很畏惧秦国的名将白起，所以秦王下令要严守白起为将的秘密，有泄密者斩首示众。

秦赵两国虽然都撤换了将领，但赵国换的是只会纸上谈兵的赵括，而秦国换的是常胜将军白起。这样，胜利的天平便自然倾向了秦国一方。

面对鲁莽轻敌、高傲自大的对手，白起决定采用主动后撤、诱敌深入、分割包围的战略。他命令前沿部队担任诱敌任务，在赵军进攻时，佯装战败仓皇后撤，而将主力部队配置在纵深构筑的口袋形阵地。另外准备用五千精兵插入赵军先头部队与主力之间，伺机割裂赵军，再用两万五千步卒切断赵括退路，这样便可全歼几十万赵军。

赵括根本没有想到自己的对手是秦国的常胜将军白起。知己知彼百战百胜，赵括在起点就输了一招，接下来他能有好果子吃吗？

经过简单部署后，赵括便贸然采取进攻行动，寻找机会和秦军决战。秦军按照预定策略，假装败退。赵括大喜，看来秦军并不像传说中那么厉害，逃跑时跑得比兔子还快！他命令赵军乘胜追击，争取一举歼灭秦军。

赵军追到秦军的壁垒前，秦军早有准备，壁垒坚固，久攻不下。看到赵军完全进入了秦军的伏击圈后，白起命令埋伏在两翼的奇兵迅速出击，将疲惫的赵军分割成几块，首尾不能相顾，同时切断了赵军的后路。赵军进又进不得，退又退不得，在万般无奈之下，只好修筑工事坚守，等待援兵。

秦昭王得到这个消息后，亲自到前方视察，并征召国内所有十五岁以上的男子，增援长平，堵截援军，切断赵军的粮道。前来救援赵军的齐、楚军队看见秦军强大的阵容，便观望不前，生怕惹上一身骚。

九月，赵军已经断粮四十六天，援军又不见踪影，便开始自相残杀，以人肉充饥。赵括见无力回天，只好带领精锐部队突围，结果被秦军射杀。

赵括战死沙场，没有当俘虏，也算是个烈士了。可是他指挥上犯的错误，是不可饶恕的，粮尽援绝，又失去指挥，赵军四十万人只好全部投降。

面对庞大的四十万俘虏，白起挠头了。这些人只要重新拿起武器，就又是一支军队了。赵人反复无常，而且四十万人的给养更是一个沉重的负担，弄不好，一旦哗变，后果将不可收拾。于是，他命令部下把四十万降卒全部活埋，只遣返了二百四十名俘虏归赵。

这次战役，秦军先后歼灭赵军四十五万人。消息传回赵国，赵国人都被震慑了，先前的那种盲目乐观已经不复存在。胸中除了对秦人的愤怒之外，已经找不到其他了。

大难之后，必有后福

异人听到这个消息后，完全没有因为秦国大胜而高兴，反而担忧自己会死在赵人的愤怒之中。所以，他让下人把大门关得死死的，想和外界断绝一切联系。

吕不韦来了，他虽然已经三十五岁了，但由于保养得法，显得比实际年龄要年轻许多。宽阔的额头，剑眉倒竖，略带几分俊秀的脸白里透红。身穿一件白狐裘袍，头戴黑色貂皮暖帽，飘逸潇洒，大度有礼，与一般大腹便便的商人形象一点都沾不上边。总之，他不像商人，反而更像一介儒生。

"吕兄，可把你给盼来了，这可怎么办？赵王肯定要拿我开刀，祭奠冤死的四十万将士啊！"异人已经没有半点儿主张，完全就是一只待宰的羔羊。

"公子不要担心，外面的一切有我张罗，不会有事的。"吕不韦说话还是那么镇定淡雅。

"真的？老麻烦吕兄，真过意不去。"异人颇感意外地说。

"你我都是一家人了，你还这么客气？你就把心放到肚子里吧，我是绝对不允许别人把你的脑袋搬家的，哈哈……"

爽朗的笑声暂时给了异人一颗定心丸，或许这个商人真有通天的本事。说心里话，异人没有什么可依靠的，除了吕不韦。

"哥哥来啦？"

虽然生了孩子，赵姬却风采不减，在柔弱中增添了几分女性的成熟美。

三人在客厅寒暄起来，紧张的气氛在不知不觉中已经消散开来。

长平战役结束后，异人便一条腿踏入了鬼门关。

理由很简单，长平之战，赵国失利，四十万赵军投降秦国，秦国却全部将他们活埋了。就为了这四十万冤魂，拿一个秦国人出气，到哪里都说得过去。身为质子的异人理所当然要被折磨一番解气，就算取了他的项上人头，也不过分。

异人知道这次事件非同小可，自己恐怕是难逃此劫。想想吕不韦的安慰和笑声，异人自己苦笑一下。不就是一个商人，在这残酷战争前，他也只能够自保而已，哪里还会顾及别人的安危。

异人已经做好了必死的准备，他怎么也想不到，正是这个商人在这关键的时刻把他从鬼门关拉了回来。

面对惨败，赵王气得脸色发白。他难以忍受这样的奇耻大辱，更觉得愧对赵国的军民。他多次想杀异人来泄愤，但都被赵太子劝阻了下来。

赵太子谏阻赵王说："长平一战，赵国几乎失去了全部的精壮。秦国虽然打了胜仗，但也元气大伤。接下来议和是免不了的事情，秦质子是我们的一个大筹码，何必自毁筹码又给秦国一个谈判占上风的借口？"

赵王觉得有理，便不再提杀异人的事情了，太子的长进总算让他感到了一丝安慰。

其实，太子的这番言论完全是照搬吕不韦。为了帮异人渡过难关，吕不韦真是煞费苦心。

果然，"长平之战"结束后，两国议和使者络绎不绝，也就没有人来打扰异人了。这大大出乎他的意料，看来他要重新考虑一下吕不韦这个人的能量了。

有钱能使鬼推磨

吕不韦不仅救了异人一大家子的命，他还用大把金钱给异人铺出一条通向大秦王宫的坦途，自己也找到了一条改变命运跻身权贵的捷径。

正因为有吕不韦的帮忙，异人穷困潦倒的生活才有了改观：破旧的馆舍被推倒，重新建造成高大华美的殿宇；还招募了无数女仆男佣，养起了私家兵丁；出则车马，入则前呼后拥，威风八面。

人靠衣服马靠鞍，经过吕不韦的金钱饰身，穷酸卑微的异人已经成为历史，取而代之的是名满邯郸的秦王孙。

吕不韦不仅用财力对异人本人进行包装，还动用人力对异人进行声誉方面的大力宣传。他让异人效法赵国平原君、楚国春申君、齐国孟尝君和魏国信陵君，也在府内养士。同时，还暗中派人到各个诸侯国散布消息。特别是在秦国，吕不韦更是借助商贾的言论传播异人不仅有贤才之能，而且还有一颗仁义之心，扩大了异人在秦国的影响力。

很快，在吕不韦的大力资助下，异人广交宾客，获得了不少谋士的相助。

吕不韦还带着奇珍异宝，去秦国拜访了华阳夫人的姐姐，赞扬异人有旷世奇才，是一个有远大抱负和胸怀的人。还说异人日夜思念安国君和华阳夫人，常常到深夜还在流泪，不能成眠，等等。总之，该花钱的地方下足了血本，该煽情的地方绝对下足了力气。

在金钱和舆论的狂轰滥炸下，华阳夫人的姐姐被感动得痛哭流涕。她把异人的问候和厚礼转呈华阳夫人，华阳夫人听了见了之后，对异人也产生了好感。

吕不韦接着劝说华阳夫人的姐姐去游说没有生养的华阳夫人，让她尽早在众公子中过继一个立储。不然等到年老色衰的那天，就没有依靠了。现在异人在赵国做人质，日夜思念太子和夫人，何不趁这个机会，立异人为嫡嗣。这样异人一定会感恩不尽，夫人也就终身有靠了，何乐而不为呢？

虽然深受太子宠爱，但没有子嗣一直是华阳夫人耿耿于怀的事。经过姐姐的一番游说，华阳夫人觉得吕不韦的话很有道理。从此，华阳夫人不放过任何一个机会，一见到安国君便不厌其烦地为异人说好话。

枕边风真是袭人骨髓，安国君自然也不能抵挡这样的攻势。不久，他便立异人为华阳夫人的嫡嗣，赐名为子楚。还和华阳夫人刻符为信，约定立子楚为储。

有了华阳夫人这座大靠山和吕不韦的出谋划策，子楚的名声日盛，誉满诸侯。为了早日实现自己的梦想，吕不韦也常常住在邯郸，和子楚一起广交天下。

吕不韦与子楚的交情越来越深厚，他们一起期盼着子楚回国做太子进而继承王位的那一天早点到来。

外有吕不韦张罗，内有赵姬伺候，感觉人生就好像是做梦一样，恍恍惚惚，虚无缥缈。子楚自然很感激吕不韦，如果没有他，也许自己已经命丧他乡了。当然，更让他恋恋不舍的是赵姬，他恨不得分分秒秒都和赵姬在一起，永不分离。

邯郸保卫战

经过拉锯式的谈判，秦赵最终达成和议休战。条件是赵国割六城给秦国，换取秦国退兵。

经过一年多的休养，赵国逐渐恢复元气，邯郸城又恢复了以前的热闹繁华。但在弱肉强食的乱世，奢望和平比呼吸一口新鲜空气都难，所以这种和平的局面并没有维持多久。这不，达成和议休战后，人们还没怎么进入和平的角色，战乱便又一次降临到赵国民众的头上。

战败的赵国不甘心做小国，仍一心要当老大，所以利用战争间隙重整军备，结好魏、楚等国，并用六座城池贿赂齐国联合抗秦。秦国岂能容忍战败国如此放肆。

公元前259年9月，秦国又一次撕破和约，再度派五大夫王陵率兵二十万分三路进攻赵国：北线秦军攻占上党，牵制北方赵军南下增援邯郸；南线秦军阻击可能增援的魏楚联军；中线秦军主力直攻赵都邯郸。武安关、皮牢被秦军攻陷后，秦军长驱直入，在公元前258年正月兵临赵国都城邯郸城下。

此时，赵政刚刚两岁。出生在这种乱世是他的不幸，也是他的万幸。不幸的是，他无法享受太平盛世那种无忧无虑的童年；万幸的是，他在这种环境下成长更有利于铸就坚毅的性格，为将来扫平六国奠定坚实的基础。

在这紧要关头，吕不韦的作用又显现出来。他靠着自己的万贯家财，在秦军决定进攻邯郸的当天就知道了这个绝密的军事情报，真是了不起！

这次，秦国摆出了不攻下邯郸誓不罢休的势头。如果攻下了邯郸，子楚肯定还没等看见秦军的影子就完蛋了；即使暂时攻不下邯郸，子楚在赵国人仇恨的目光中也不会有好日子过。吕不韦考虑再三，决定三十六计，走为上计。为了目标不要太大，他决定把赵姬和赵政先藏到邻近乡间的一处紧急避难所中，找机会再带到秦国。所以，吕不韦只带了子楚逃回了秦国。

面对兵临邯郸城下的秦军，赵王想到了子楚。至少这还是一颗可以利用的棋子，万不得已可以用来做挡箭牌，秦军多少也会有所顾忌的。可当他来到子楚的府第，发现已经是人去楼空。赵王很生气，没想到秦人竟然如此狡猾。没办法，他只好破釜沉舟，带领全国誓死抗秦。

好在赵国军民对秦国的反复无常非常痛恨，全国上下同仇敌忾固守邯郸。虽然赵军兵少力弱，但由于民心士气高昂、战斗意志坚决，丝毫没有惧怕邯郸城下虎视眈眈的秦军。

在如雷的战鼓声中，秦军动用云梯，在后方弓弩手密集的掩护下发起冲锋。弓弩手在不到四个小时的时间内就向邯郸发射了数十万支箭矢。一部分步兵架设云梯强登邯郸城墙，另一部分步兵架冲车直攻城门。城头赵军冒着密集的箭雨进行顽强抵抗，箭矢在飞，呐喊厮杀声不绝于耳。

双方相持了一个多月，秦军战死两万多人，被迫转入休整，同时派小股部队骚扰赵军。

虽然暂时阻止了秦军的进攻，可面对强大的秦军，赵王知道只凭赵国一支军队根本无法取胜，便决定向其他诸侯国求援。

秦军做梦也没想到邯郸城竟然固若金汤，虽然屡次增兵，却依然久攻不克。赵国也没有闲着，一面派人向魏、楚求救，一面继续实行坚守防御，拒不与秦军决战。只用小股精锐部队不断出击，骚扰、疲惫秦军，等待外援，以实现内外夹攻、破敌围困的目的。

国家有难，匹夫有责，看到自己的国家危在旦夕，赵国的平原君决定去楚国求救。临走前，他要在门客中挑选二十人同去，结果还差一人。这时，有一个叫毛遂的人自荐前去楚国。平原君满脸疑惑，问道："如果你有才早就应该出头了，何必要等到现在？"毛遂回答道："钉子需要放在袋子里才会露出头来，如果你早些给我机会，我早就出头了。"于是，平原君让毛遂一同前往。在楚国，毛遂的一番言论打动了楚王，楚王让春申君带兵十万救赵。

平原君的夫人向魏国求助，魏王派晋鄙带兵八万援救赵国。后来，因为受到秦国的威胁，大军行到邺（今河北临漳西南）即观望不前。主张援赵的魏公子无忌（信陵君）盗得魏王兵符，击杀晋鄙，夺得兵权，才又开始救援邯郸。

楚、魏援军同时到达邯郸，赵军从城里冲杀出来。被三军夹击的秦军开始溃败，赵国最终取得了邯郸保卫战的胜利。

寻找靠山好乘凉

吕不韦与子楚狼狈地逃回秦国后，由于在外做质子多年，国内根本就没有支持子楚的势力。不过，这没什么大不了的，只要命还在，面包会有的，房子会有的，一切都会有的。

吕不韦用无数的财宝为子楚打通了爬上秦国政坛最高点的通道，首先他让子楚去拜见了太子安国君和华阳夫人。

　　吕不韦不愧是个成功的商人。他不仅有敏锐的眼光和灵活的头脑，而且还是个有心人，在一些细节上安排得井井有条。他知道如何投人所好，讨人欢心。

　　人是有感情的动物，身处外地，都有怀恋乡土的情结。因为知道华阳夫人是楚国人，所以吕不韦在子楚晋见安国君和华阳夫人之前，特意弄了一套楚人的衣服让子楚穿上。吕不韦解释一番后，子楚对这个恩人更加佩服得五体投地。

　　在安国君面前，子楚想到在邯郸做人质的辛酸苦辣，眼泪顿时像断了线的珠子一般掉落，情不自禁放声痛哭起来。

　　父子相见，自然少不了安慰一番。特别是华阳夫人，当看到子楚身穿楚服后，一下子勾起了乡思，更是感动得不得了，说："我就是楚国人啊！你以后就是我的儿子子楚，谁要是敢欺负你，我一定饶不了他！"

　　此后，子楚就在太子府中住了下来。为了表示自己是个大孝子，每天一大早都要去安国君和华阳夫人那里请安问好，那态度自然是十分温顺恭谨。其实，他心中最牵挂的还是长期居住在偏僻的冷宫中的亲生母亲夏姬。找到机会便去看望安慰了一番，母子俩经常抱在一起低声痛哭。

　　是啊，看到自己的亲生母亲受苦，做儿子的却无能为力，这种无奈和悲哀比什么都痛苦。

未能善终的白起

　　回头再说说大秦的名将白起。

　　在邯郸保卫战中，秦军围攻邯郸一直持续，虽然多次增援，可就是撼不动邯郸城。可见赵国军民团结的力量是多大，即使虎狼之师面对拧成一股绳的弱旅也是奈何不得。

　　面对这种情况，秦军应该以撤退为上策。毕竟多次攻城，秦军损失也不小，可秦昭王不干。他一生派兵出征，扩张疆土，所到之处可谓势如破竹。但这次久攻邯郸不下，太出乎他的意料。他也因此变得烦躁不安，动不动就打人杀人出气。

　　在进攻邯郸之初，秦昭王本来是想让白起领兵的，可正赶上白起有病，不能走动。于是，只好让王陵领兵了，结果损兵折将不说，进攻也是毫无进展。自然，秦昭王又想起了白起。恰好白起的病也好了，他便想以白起为将，争取早日攻下邯郸。

　　白起此时却对秦昭王说："邯郸城高池深，易守难攻。而且诸侯如果纷纷来救，一天时间便可赶到。这些诸侯对秦国的怨恨都不是一天两天了，一定不会错过这个群攻的机会。我们虽然在长平大胜赵军，可自己也有不小的伤亡。现在，国内空虚，我军又远隔河山争夺别人的国都，如果赵国从内应战，诸侯在外策应，我军难免被击败。所以，臣认为发兵攻赵是错误的。"

秦昭王很生气，看在他为秦国出力不少的份儿上，便忍着没有当面责怪他。

白起也真是死脑筋，现在是箭已经射出，只看力道如何，能否把邯郸城给射下来。他在这个时候，还劝秦昭王不要射箭，便有些马后炮的意味了。就是换作别人，也未必听他的话，何况他进谏的是好战的秦昭王。

结果可想而知，秦昭王不仅没有听他的劝谏，而且下命令让他到邯郸接替王陵，拿下邯郸城。白起却没有听从命令。秦昭王又派范雎去请，白起始终保持拒绝的态度，还说老毛病又犯了，很难带兵打仗。

第二年八月，秦昭王只好改派王龁接替王陵为大将，围攻邯郸。到九月底，在数次攻城战中，秦军伤亡惨重，但仍不能撼动邯郸城。

此时，楚国春申君同魏公子信陵君率兵十数万到达邯郸城外，围攻秦军外围，秦军伤亡惨重。王龁见情况不妙，只得向秦王奏报，请求下令撤军。

白起听到这个消息后说："当初不听我的计谋，非要出兵，现在怎么样？"

任何一个人都要为自己的言行负责，白起也不例外，他必将为自己这随口一句话付出代价。切记，不管有多大的功劳，如果说风凉话，到头来吃亏的只能是自己。

不出所料，秦昭王还没有从攻打邯郸失败的阴影中走出来，听到这样的话，除了发怒，当然也只能是发怒了。

结果，白起被免去官职，降为士兵，迁居阴密（今甘肃灵台县西）。由于白起生病，没有去成，在咸阳暂时住了三个月。

这期间，诸侯不断向秦军发起进攻，秦军节节败退。秦昭王很生气，必须要找个出气筒来发泄一下心中的不快。当得知白起还留在咸阳后，便派人遣送白起，令他马上离开咸阳。

白起离开咸阳，到了杜邮，有传言说白起被贬出咸阳，心中怏怏不乐，有怨言。秦昭王与范雎等群臣谋议，不如处死白起，以解心头之恨。于是，秦昭王派使者拿了宝剑，令白起自裁。

白起伏剑自刎时说："我有什么罪过，竟然要我自刎？"不久，又说："我早就应该死了！长平之战，投降的赵兵四十万人，都被我坑杀了，我该死！"

说完后，一代名将就这样结束了他的人生。

白起是战国时期最为显赫的大将，征战沙场三十多年。六国军队只要听说是他带兵来战，便被吓得望风而逃、屁滚尿流。他一生领兵作战无数，共歼灭六国军队一百多万，攻下大小城池九十多座。

但善始者未必善终，白起功高遭忌，最终死在了自己人的手里。俗话说"飞鸟尽，良弓藏；狡兔死，走狗烹"，白起如此，伍子胥、李牧又何尝不是这样。

好在秦人很怜惜他，在许多地方都修建了祠堂来祭祀他。白起在九泉之下有知，也应该瞑目了。

在拳头和辱骂声中成长

子楚逃跑后不久，赵王便下令全城搜捕，发了疯似的寻找子楚，发誓一定要将子楚和他的妻儿缉拿归案。但搜捕多日，始终见不到子楚和他妻儿的踪影。后来才得到消息，子楚已经逃回秦国，他的妻儿则藏匿在城郊的一个小村庄里。

当时赵王恨得咬牙切齿，既然逮不着子楚，就拿他的妻儿来开刀泄愤。但邯郸城被秦军围了个水泄不通，一时无法搜捕到他们。

邯郸被秦兵围城三年，直到信陵君窃符救赵，邯郸城才重见天日。

等邯郸解围后，赵王虽然查到了赵姬和赵政的下落，但想到和秦国要谈和，也就睁一只眼闭一只眼了。

后来，秦赵达成和议。但不知是子楚回国后太忙，还是有意遗忘，他一直没有想到接赵姬和儿子回国。谈判中也没有提起这二人。

这样，这母子俩就在邯郸城外的小村庄生活了下来，与子楚两地分居。他们没想到这一分会是七年。

赵政已经两岁了，能懂得人间的冷暖了。

从高大的府第到低矮的茅草屋，从精美的菜肴到粗糙的饭菜，从前呼后拥到自食其力，这种落差给他幼小的心灵烙下深深的印痕。

秦昭王五十二年，赵成王五十年，这母子俩住在小村庄一晃已是三个年头，赵政也五岁了。

穷人家的孩子早当家，赵政虽然只有五岁，可俨然是个小大人了。他有高高的鼻梁、大大的眼睛，但身体还是比较瘦弱。

这也难怪，自从子楚逃回秦国后，他们的生活每况愈下，而这几年又是赵政发育长身体的最重要阶段。寄人篱下的日子是相当孤苦凄惨的，吃了上顿没下顿，忍饥挨饿，哪里还谈得上什么加强营养增强体质呢？

在赵国受的苦成了赵政刻骨之痛，让他铭记一生。复仇的种子此刻已深埋在了他幼小的心中。后来，邯郸城破后，他下令全城搜捕曾经羞辱和欺负过他的人，并活埋了这些人，便是发自内心的一种报复。

如果只是物质上的匮乏，精神上能够充实、快乐一些，人也会在苦中笑一笑，毕竟心情是高兴的。可我们的赵政却享受不到这种快乐。老天在关上门之后，顺手把窗户也关上了。

赵政就好像在一间黑屋子里一样，感受不到一丝阳光的温暖。

虽然生活比较清苦，但聚在一起玩耍是小孩子的天性，何况赵政只有五岁。开始他也有一群在一起打打闹闹玩游戏的小伙伴，可时间一长，许多人都知道了他父亲是已经逃跑的秦人。孩子们便认为他就是坏人，是攻打他们国家、杀死他们的父亲和兄长的秦国人。

每当赵政想参加他们的游戏时，就会有人抗议："我们才不和贱种一起玩呢！"甚至有些孩子编歌谣骂他，朝他吐口水。更可气的是小孩子还给赵政取了个绰号——"秦弃儿"。

就这样，赵政被排斥在孩子圈之外。没有朋友的感觉是很难受的，让一个五岁的孩子过早承受这一切，老天真是太残忍了。

面对其他小孩的欺负和辱骂，生性倔强的赵政自然不愿意低头认输，常常和一群孩子厮打。结果可想而知，一个五岁的孩子怎能是一群孩子的对手。于是，耳朵里就少不了"孽子"和"贱种"的歹毒咒骂，脸上自然也多了不少鼻青脸肿的挨打痕迹。

即使挨打，赵政也愿意和小孩们玩，因为他们中间有一个叫阿房的小姑娘。只要这个小姑娘在场，赵政就感觉天格外蓝。即使被群殴，他也绝不低头，绝不逃跑，赵政用浑身的疼痛换来了可怜的尊严。后来，连阿房也不和他玩了，不过她留下了一句话：我和你在一起，你被揍得更惨，我没有安全感。

看着阿房和其他小孩一起玩的背影，赵政感到心很痛，说不出的痛。他发誓不能让别人小看，尤其是不能让阿房小看。

不过，有一点让赵政感到很欣慰：阿房总是在他被群殴后，悄悄从家里拿些草药给他敷上。每次，赵政都被感动得眼泪汪汪的。那一刻，阿房就是他的天使，是老天派来抚慰他的天使。

"你为什么要这样做？"

"我看你很可怜，爹爹说要帮助可怜的人。"

"那你为什么不和我一起玩？"

"为了让你少挨揍，我只能离你远远的。"

"哇……"赵政放声哭了起来。不是因为在伤口上敷药带来的疼痛，而是因为世上竟然有这样一个小女孩关心他而感动地流下了泪水。

两小无猜互生情愫，朦胧的感情在两个小孩子的心中开始发芽。

从此，赵政心里有了一份牵挂，对阿房的牵挂。虽然不能和她一起玩耍，但只要每天能远远地看见她娇小的身影，赵政心里就满足了。

不过，对阿房日益增加的好感，让赵政越来越憎恨横在他和阿房之间的赵国人。都是这些可恶的赵国人，如果没有这些人，自己就可以天天和阿房在一起了。

久而久之，赵政心里常常对自己说："你们这些人给我记着，总有一天，我要把你们全部消灭掉！"于是，他干脆远离了人群，独处一隅。看惯了太阳的东升西落，熟悉了野狗的撒欢撕咬，听够了别人的恶毒咒骂，赵政单薄的身躯里满是委屈和耻辱的苦水。

孟子说："故天将降大任于是人也，必先苦其心志，劳其筋骨，饿其体肤，空乏其身，行拂乱其所为，所以动心忍性，曾益其所不能。"的确，任何一个成大事的人，都要经历一番磨难。

天才和伟人都是孤独和寂寞的，无论得意与否，都会被一般人排斥。

此刻，赵政好像鹤立鸡群遭鸡啄，龙游浅水遭虾戏。但是一旦白鹤展翅，声闻九天，鸡群望尘莫及；龙飞云霄，翻腾江海时，鱼虾也只能逃之夭夭。这只落平川的猛虎什么时候才能呼啸山林，成为百兽之王呢？

看不到一点希望的生活让赵政更加思念只有模糊印象的父亲了，还有那魂牵梦绕的秦国都城——咸阳。

后来，秦赵关系进一步缓和，赵王不再追捕子楚留在赵国的家眷。赵姬为了给儿子创造一个好一点的成长环境，同时也为了自己的生活能好过一些，她决定搬回邯郸城里居住。毕竟，在邯郸城她还有很多的老客户和老朋友。

但搬回邯郸城后，生活还是没有什么大的改观，每天都是饥一顿饱一顿，不缺的只是邯郸人的拳头和辱骂。唯一让赵政感到自己还活着的事情就是去城外看看阿房的背影。

六合一统

始皇帝业

【第二章】

少年国君

把邯郸城踩在脚下

公元前 251 年，做了五十多年国君的秦昭襄王驾崩，五十三岁的太子安国君继承王位。他就是历史上的秦孝文王，由于继位时年事已高，身体比较羸弱。所以，谁能当上太子，谁就可能很快成为秦国下一代新王。

吕不韦当然不会放过这样的机会，他用无数的财宝和超人的人际周旋，终于使子楚在父亲安国君继位为秦王的同时被正式册封为太子。

也许是天意，也许是巧合，历史在这种巧合中继续书写着赵政的传奇人生。

在赵政的祖父除丧正式即位的登基大典前，赵国为了讨好强大的秦国，便把他们母子送回秦国，作为对秦王及太子的贺礼。

真是一人得道，鸡犬升天。赵政沾了父亲的光，终于脱离了那种被人欺凌的痛苦生活。

穿上赵王送来的绸料绣边衣裳，坐在华丽的马车里，赵政好像做梦一样。他的思绪不由又飘回到那离他越来越远的邯郸城：

一个九岁的孩子，衣服破烂，因为从小受尽欺辱，经常挨饿挨打，所以手和脸又黑又瘦。这就是赵政。他走在街上，眼睛警觉地四处察看：一是不由自主地看四周的食品摊，肚子饿得咕咕叫，当然就管不住自己的眼睛了；二是看周围会不会冒出要打他的孩子。周围的孩子知道他和他父亲是人质，就拿他当出气筒，有事没事欺负他取乐。对赵政来说，身处这样的环境，想不养成高度的警觉性都难，这也就算是因祸得福吧。

大饼摊上的葱油大饼真香啊，赵政抽了抽鼻子闻味，口水都快流下来了。可是没有钱买，也不敢有其他的想法，因为六岁时的那次教训让他终生难忘。

六岁那年，一天他饿得实在受不了了，就偷拿了饼摊上一块饼。结果被打了一顿不说，摊主还拿针扎他的手，满是窟窿眼，那叫一个惨啊。以前，在邯郸城郊的小村庄，即使偷东西被逮住了，乡下的人们也就是责骂几句，没有这么狠。

从被针扎的那刻起，赵政就对邯郸城的人充满怨恨。不就一块饼吗，至于吗！

从此，他就不再偷东西吃了，即使饿得走不动道，也不再伸手。

天气很热，赵政脱下外衣，露出了满是伤痕的胳膊。他看着这些伤痕，心里有些发酸。多少年的欺凌，多少年的屈辱，一齐涌上心头。今后不会再受欺负了，他要挺起胸膛，做个有作为的王子。如果有一天掌握了政权，他要让自己的国家强大，不受别的国家欺负。还有，他要把邯郸城踩在脚下，让所有的邯郸人都仰望自己——这个曾经被他们欺侮的秦国王孙。

不过，让赵政感到遗憾的是，他没有时间去和阿房告别。更遗憾的是没有让阿房看到他现在穿着的好衣服。他没有办法让飞转的车轮停住，只好在内心祈祷和阿房能够早日再次相逢。

王者归来

车轮滚滚，马蹄声声，一个豪华车队飞驰在通往咸阳的路上。

以前曾在邯郸城内靠卖笑生存的赵姬，现在成为秦国的太子夫人。她一路上心花怒放，恨不得马上长翅膀飞到秦国国都——咸阳。

而九岁的赵政已经学会了喜怒不形于色，尽管内心很激动，但他还是努力使心平静下来。此时此刻，他没有想着去秦国享受荣华富贵，而是思索：自己第一次回故乡秦国，会有一个什么样的生活在等着自己。

进入咸阳城后，赵政感到这里一切都比赵国的都城邯郸宏大。没见到咸阳城之前，邯郸城在他的心目中就已经够宏大和繁华了，没想到现在展现在他眼前的这座城市更加宏伟和繁华。街道宽阔平坦，市面繁华整洁，四周的房屋像棋盘上的棋子一样整齐划一。邯郸城根本就没法相提并论。

赵政带着满是疑惑和惊讶的眼神，在威风八面的车队护送下，横扫咸阳城的街区，直奔王宫而去。

他看见路两旁的行人都慌忙地回避，不仅向他们投以恭顺、仰慕的目光，还虔诚地叩头。赵政有生以来还是第一次享受这种待遇。他记得在邯郸只有见到贵族的车队，老百姓才叩头，自己也是叩头者当中的一员。现在，角色变换了，自己成了被仰慕的对象。面对这样的殊荣，赵政感到有些别扭，一时难以接受。

以前，他恨自己是秦国的王孙，让自己吃了那么多苦，还被所有人排斥；现在，他感谢自己是秦国的王孙了，否则哪会被众人膜拜呢？

这世间的事真是让人吃不准：今天你也许是阶下囚，明天没准你就是胜利者了。这就是人生，充满变数的人生，让人期待的人生。

豪华车队终于停了下来，一群衣着华丽的奴仆拥了上来，簇拥着他和赵姬进入了富丽堂皇的秦国王宫。这段从邯郸到咸阳的长途跋涉就这样结束了。

在琼楼玉宇的秦宫，赵政开始了他全新的贵族生活。

回到秦国后，赵政改名为嬴政。下面我们就该叫他嬴政了！赵姬也名正言顺地成为太子夫人。

再看看嬴政的老爹——子楚，他回到秦国后，纳妾成了他的头等大事。虽然这些小妾没有赵姬那样柔情似水，但也是个个国色天香。不久，他便有了自己的亲生儿子——成蟜。这样，他更把邯郸的母子俩遗忘在了九霄云外。可是老天还是怜悯世人的，在关键时刻，他丢给了嬴政一根救命稻草，让他回到了秦国。

嬴政和成蟜年岁相差无几，同龄小孩的思想感情最容易发生共鸣。何况嬴政在邯郸没有一个同龄朋友，现在有一个和自己差不多大的小孩愿意跟自己玩耍，嬴政那颗孤冷的心终于有了一丝温度。

两个小孩比较投缘，在一起有说不完的话，再加上受教于同一个老师，所以他们几乎天天在一起。由于嬴政在邯郸没有接受什么正统的教育，学习起来比较吃力，成蟜就当起了小老师。当哥哥有什么地方不懂，他就耐心地教，直到嬴政学会为止。

嬴政爱护弟弟，成蟜敬重兄长，比同母兄弟还要亲热。二人从来不吵架斗嘴，更没有动过打架的念头。

赵姬本来担心嬴政刚到秦国，会和其他的王子很难相处，现在看来她的担心是没有必要的。只要嬴政不出什么问题，她作为嬴政母亲地位才会稳固。

本来按照常理，嬴政是长子，各方面都出类拔萃，无可挑剔，别人看来准太子之位非嬴政莫属。可嬴政从三岁起就与父亲分开了，赵姬也与子楚疏远了很久，感情也淡漠了。而成蟜从小在父亲身边长大，乖巧可爱，就是傻子也看得出子楚对成蟜的疼爱比对嬴政多，而且多的不是一点半点。

这下可急坏了赵姬，万一子楚真的立成蟜为太子，那自己的美梦就破灭了。她曾经想过要害死成蟜，为儿子除去这个对手。可两兄弟形影不离，使她无从下手，而且她也有些不忍心。

其实，子楚也在考虑同样的问题。成蟜天性软弱纯厚，不是治理天下的君王之才。而嬴政无论是性格还是才学，都不是一般人所能比的，才十岁的孩子就已经具有帝王的风度和胸怀。虽然从私人感情来说，他是想立成蟜为准太子，但从社稷的兴旺和国家的安定考虑，还是立嬴政比较合适。

子楚内心矛盾重重，立准太子的事就这么耽搁了下来。

此刻，嬴政正沉浸在兄弟的亲情和孩童的嬉戏中，大人们的这种权力之争，对他来说，是那么遥远，好像就在天外一样。毕竟他失去童年的欢乐太久了，这种欢乐一旦被他抓住，他是死也不松手。可生在帝王之家，这种欢乐又能维持多久呢？

嬴政对帝王家的明争暗斗还比较陌生，但上天既然注定让他成为千古一帝，那么他就逃脱不了权力的角逐。即使是亲兄弟，该出手时也要出手。

没有永远的赢家

安国君在位时间超短，他先服丧一年，然后正式即位。不知道是由于熬白了头才等到即位这一天兴奋过度，还是由于长期享受安乐，一旦管理国家就被冗繁的政务所击倒，反正他登基才三天就猝然而死。

突如其来的变故把子楚推到了历史的前台，成了历史上的秦庄襄王。这也来得太突然了，不过一切又是那么顺理成章。

子楚继位后，自然要加封对自己登基有功的人，所以进行了一系列的封赏。尊华阳王后为太后，生母为夏太后，赵姬为王后。对先王功臣也大加厚赏，并施行仁政，布惠于民，却唯独没有马上立长子嬴政为太子。

值得一提的是吕不韦，这个对子楚有救命之恩的人，他当然没有忘记。他决定要重赏吕不韦，封他为丞相。

但是秦国规定无功的人是不能封爵位的，因此众人对秦庄襄王的这一做法不太赞同。秦庄襄王为了说得过去，就让吕不韦去解决那个名存实亡的周天子。因为周君不审时度势，虽然自己朝不保夕，却还与诸侯秘密协商，准备联合攻秦。结果，吕不韦很轻松地把东周领土尽收入秦国的版图，只留下阳人一地，赐给即位周君作祭祀的封邑。这样，周王朝彻底从中国版图中消失了，吕不韦便很稳当地当了秦国的丞相。

吕不韦的投资终于有了这一人之下、万人之上的回报，他满脸都是胜利和得意的笑容。

秦庄襄王在赵国当质子时，就抱定谋求天下和平的决心。但等即位后，他才明白形势逼人，秦国已经成为天下的公敌，和平离他是那么遥远。

既然不能和，打个痛快岂不快哉！况且吕不韦那么轻易就把周朝给灭了，看来秦国真的很强大，六国也不足为惧。

于是，初次尝到胜利滋味的秦庄襄王就把谋求天下和平的事情丢到了脑后。可见，人是很贪婪的。

在人的潜意识里，都有强盗逻辑，此刻的秦庄襄王便把其他国家看成了肥肉，而自己就扮演了一个屠夫的角色。

于是，秦庄襄王在当年就下令攻击韩国。韩国战败，献出成皋、巩城之地。秦庄襄王二年再派蒙骜攻赵，平定太原。秦庄襄王三年，蒙骜攻魏国、赵国，连占三十七城。王龁的军队攻下上党，合置为太原郡。

能取得这样辉煌的战果，当然离不开能征善战的将军。

蒙骜是秦国的名将，官爵达到上卿。他是秦国蒙氏家族的开创者，为蒙氏家族在秦国的立足开创了非常好的基础。他的儿子蒙武、孙子蒙恬、蒙毅等相继为将，显然都与蒙骜的战功分不开。蒙骜在被史书记载的九年时间里，几乎每年都作为主将带兵出征，总共攻克七十多座城池。这在秦国历史上也不多见。

手下有这样的强将给自己开疆拓土，扩大疆域，秦庄襄王自然高兴得合不拢嘴。可他的高兴劲儿还没过，噩运就来了。

毕竟，人不可能处处走运，尤其在瞬息万变的战场，不可能永远扮演一个胜利者。

三个月后，魏将信陵君魏无忌率领燕、赵、韩、楚、魏五国兵攻击秦军，秦军遭到致命的打击，节节败退，所有征服的土地又全部丢失了。尝到胜利的果实后又被群殴，这其中到底是什么滋味只有秦庄襄王自己慢慢品尝了。

真是竹篮打水一场空，这打仗真是和赌博一样，没有永远的赢家。

临终托孤

军事和外交都比较失败的秦庄襄王想在后宫得到一些安慰，可后宫同样让他不得安宁。

秦庄襄王来到华阳太后住的长乐宫，想得到片刻的安宁。可长乐宫的气氛并不和谐，因为夏太后和赵姬也在这里。三个女人一台戏，何况是三个非常的女人凑到一起，肯定没有什么好事。

果不其然，华阳太后开口就提了一件他最不想听到的事情。

华阳太后说："楚儿，娘让你来是询问一下立嗣的事。"

秦庄襄王看看赵姬的脸色，就明白了七八分，又是赵姬在怂恿太后逼他立嗣，便推辞道："儿臣刚过而立之年，精力旺盛，等到两位王子长大几岁后，再说立嗣的事也不迟。"

华阳太后不高兴了，嘟囔道："你继承王位已经三年了，每次提到立嗣的事情，你就推脱。按照大秦祖制，君王登上王位就应该确立太子之位。当初，你初登王位时，就推说两个王子年幼，暂时不立太子。这一晃三年过去了，嬴政与成蟜都满十岁，你还再三推辞立嗣，到底为什么呢？"

秦庄襄王真是有口难言，他总不能说嬴政不是自己的亲生儿子吧。家丑不可外扬，何况这不是一般的家丑。如果让世人知道，他不仅颜面无光，就连大秦的社稷也可能会动摇。

秦庄襄王正在想如何推脱这件事时，他的亲娘——夏太后就替他说话了："姐姐的心情可以理解，可是立嗣一事关系到江山社稷的根本，楚儿想多花些时间观察两个王孙，这也可以理解吧。"

秦庄襄王也趁机说道："正是，正是，儿臣因为东征兵败心绪不佳，这件事以后再做打算吧。"

"难道楚儿想违背祖制吗？赶快立嗣，否则休怪我无情。另外，我认为成蟜虽然仁厚，但太过柔弱，刚强不足，你可以考虑一下嬴政。"华阳太后说完，拂袖而去。

夏太后摇了摇头，对秦庄襄王苦笑一下，也走了。

赵姬满脸堆笑，想说什么，可是秦庄襄王轻哼一声，把她甩在后面，自己独自走出了宫殿。

不久，秦庄襄王在内外交困中病倒了，而且病得很严重，没多久就变得奄奄一息了。

秦庄襄王躺在病床，那张他父亲临终躺的床上，自知大限已到，但是他很不甘心。祖父活了七十五岁，父亲虽然只在位三天便撒手人寰，却也活了五十四岁。自己才三十五岁，正年富力强，很多事情还等着自己去做。尤其是秦军新败，还没有雪耻复仇，就这样走了，实在是死不瞑目。

三年前，在同一间寝室内，他接受遗命。现在他要趁自己还清醒的时候，将遗命交代给自己的儿子。

赵姬坐在床边服侍着他。华阳太后也在，她和夏太后坐在屋子的中央，自始至终没说一句话。倒是夏太后哭得伤心，毕竟，这白发人送黑发人的事情，任何人都会伤心的。

嬴政和成蟜都跪在床前，哽咽着不敢哭出声。

吕不韦站在远处，脸上没有任何表情，谁也看不透此刻的他到底在想什么。蒙骜等大将也是满脸严肃，随时等候命令。

秦庄襄王强打起精神，要王后赵姬把他扶着坐起来。他看着众人说道："马上正式向国人宣布，立嬴政为太子。"

这就意味着下一个君主就是嬴政了。这个决定在大家的意料之中，不仅符合秦立长子为太子的祖训，而且嬴政也是储君的最佳人选。

秦庄襄王做这个决定却不是那么容易的。如果在和平时期，他会毫不犹豫地立成蟜为太子。可在这非常时期，一个柔弱的君主不仅会给自己带来杀身之祸，而且也会给自己的子民带来灾难。他不希望强大的秦国因为自己的错误决定而毁于一旦，更不希望自己的爱子成蟜成为乱世的牺牲品。出于对成蟜的疼爱，他只有立嬴政为太子了。

秦庄襄王深情地抚摸着嬴政的头说："这屋子里的人都是你的前辈，你要好好听他们的话。在举行冠礼以前，跟老师的学习不能间断。宫内的事多听你母后的话，不要自作主张，国事就让吕相国多为你操心。军事方面，蒙骜等将军都是不凡的将才，并且一心为国，值得交托。"

此刻的嬴政也知道这个和自己没有相处太多时间的父亲就要离开人世了，心中自然也是酸楚万分，再听到父亲这么一说，早已是泪流满面。

"父王放心，孩儿都记下了。"

秦庄襄王说的话太多，已经开始气喘吁吁了。他深吸了一口气，又对蒙骜说："蒙将军，上次战败，罪不在你，是寡人错估了国力。今后你要尽心辅佐新主，他年纪太小，军国大事还望你和吕相国多费心思。"

"臣遵命！"蒙骜含泪叩首回应。

秦庄襄王转脸看着成蟜，心里有很多话要跟他说，却说不出口。这个儿子是自己看着长大的，他想给他一个美好的未来。可生在帝王之家，就好像身处战场一样，前途充满了太多的未知，稍不留神就会有血光之灾。

他摸着成蟜的头迟疑了很久，最后才艰难地说："成蟜封长安君，交夏太后抚养。仍然跟着老师完成学业。按秦律，虽宗室公子无军功也不得封爵，寡人这是权宜之计。蒙将军，等有机会可以让长安君补立军功，请你记住了。"

"遵命。"蒙骜再次叩首。

秦庄襄王又对嬴政说："先王交代过，虎贲军的小将王翦可用，你要记住这个人。还有，赵高的先父赵升有恩于我，你要让他进宫长留在你身边。"

这句好意的话毁了赵高一生，这表示他要被阉割，以在宫中任职。多年以后，也正是赵高这个人篡改了秦始皇的遗诏，毁了秦朝的大好河山，加速了秦王朝的灭亡。

"好吧，大家都退下吧。"

秦庄襄王疲惫地躺了下去，谁知这一躺就再也没有起来。

傀儡帝王没有爱情

公元前 247 年 5 月，秦庄襄王驾崩。

秦庄襄王去世后，嫡长子嬴政终于走到了历史的前沿，成为秦国的新任国君，此时他才十三岁。

根据秦庄襄王的遗嘱，他封赵姬为太后，封王弟成蟜为长安君，暂不赴封地，在夏太后宫中抚养。拜吕不韦为相国，封为文信侯。

秦朝官制，丞相可以设两人，但是，相国只能设一人，相国的地位明显高于丞相。之所以吕不韦能成为相国，主要是因为嬴政即位时刚刚十三岁，无法亲掌朝政，秦国内政外交全靠吕不韦打理。由于这层关系，嬴政就像齐桓公尊称管仲那样尊称吕不韦为"仲父"。

吕不韦的"奇货可居"终于赚得盆满钵满。如今大权在握，他可以按照自己的计划，逐步推动统一天下的行动，也建立自己的商业王国。为此他采取了一系列经济和政治措施：

1. 廉价收购秦军新占领的土地。

2. 利用权势和资本，大量控制巴蜀的矿产。

3. 日益扩大原来的珠宝、木材、食盐等生意。

4. 广招门客，笼络有识之士。

5. 改善军队的赏罚制度，建立阵亡伤残抚恤制度。

6. 改善国内的税赋制度，除了王田以外，任何用地都得缴税。

吕不韦以非凡的才能和超人的智慧，使秦国日益强大。朝中的大臣对他佩服得五体投地，不少人渐渐地成了他的心腹。不仅朝中有心腹，他的门客也一度达到三千多人。

当时，各诸侯国宗室权贵大兴"养士"之风，比如齐国的孟尝君田文、魏国的信陵君魏无忌、赵国的平原君赵胜和楚国的春申君黄歇，都养士"数千人"。

在秦国权倾一时的吕不韦自然也不甘落后。

不过，齐、魏、赵、楚四公子的养士，主要目的是培植个人势力，在政治上攫取更多的权力。所以，所养的士人成分复杂，从鸡鸣狗盗之徒到政客术士，应有尽有。

而吕不韦贵为"仲父"，已经不需要靠食客来谋取政治权力，所以他门下招的食客多是学者、文士之流。他养士的目的是请他们著书立说。

在他的主持编纂下，《吕氏春秋》一书问世了。他还将书公布在咸阳的城门，上面悬挂着一千金的赏金。遍请各诸侯国的游士宾客，如果有人能增或删一字，就给予一千金的奖励。

咸阳的民众大多不识字，就是有识字的谁愿意为了一千金得罪权势显赫的吕不韦呢？所以《吕氏春秋》像圣书一样被捧到了和吕不韦一样高的地位。这部著作的问世让世人永远记住了这个在商界和政界都驰骋自如的奇才。

至于朝政方面，基本上是由吕不韦全权负责，嬴政和摆设没什么区别。每晚，吕不韦将各位大臣的奏章批阅好，再呈给嬴政加盖玉玺即可。有时他也会大致解说一下批复的理由，这要看心情如何了，大多数都是在嬴政面前走个过场而已。第二天早朝时，他把奏章发还给大臣们，准不准的理由，简单的由嬴政说几句，复杂的则由吕不韦亲自来解释。

在召开御前会议时，虽然嬴政坐在君位，但会议的进行完全由吕不韦掌控。大臣们热议一番后，需要下结论了，吕不韦点头，嬴政就说可以，吕不韦摇头，嬴政就说再议。

此时的吕不韦掌握了秦国至高无上的权力，呼风唤雨，为所欲为。嬴政在他的眼里，只不过是一个孩子，一个傀儡，一个帝王象征而已。

做一个摆设，这不是嬴政的追求。可朝堂上有吕不韦呼风唤雨，后宫有赵姬太后只手遮天，势单力薄的嬴政无力改变这种局面。极度无奈和郁闷的他坐在豪华车驾里，在随从的簇拥下沿着咸阳繁华的街道巡行。此时，享受着被大秦子民膜拜的感觉，嬴政才能找到做王的感觉。

这天，有一个人却搅乱了嬴政的雅兴。在众多的膜拜者中，一个落落大方的女孩偏偏没有跪拜，两眼紧盯着嬴政。不知是被豪华的车驾惊呆了，还是被王的气势震慑了，反正她就站在那里，好像魂都丢了似的。

这还了得，侍卫要把这位女子五花大绑。可嬴政却没有下令，也愣在那里，盯着那个姑娘。

时间在这一刻定格了，上天注定要让这两个人相遇，而且是以这种方式见面，心中的落差是避免不了的。

只见，嬴政从豪华车驾上下来，径直向那个女孩走去。

"阿房，你还是那样，终于又见到你了！"

"见了王，还不快下跪？"旁边的侍卫怒喝道。

阿房好像从梦中惊醒似的，正要下跪，却被嬴政扶住了。

"如今，你贵为秦国的王，再也没有人敢欺负你了。"

这句话差点让嬴政又一次号啕大哭。如今，虽然他的身份变了，可还是没有摆脱被欺负的命运。嬴政真想把内心的苦水都倒出来，可这不是一个王的所为，所以即使在自己最牵挂的人面前，嬴政也没有撕下那层王的面具。

不过，阿房又引起了嬴政心中那份甜蜜的初恋感觉。而且，如今的阿房已经长成了一个大姑娘，不说是貌若天仙吧，也是沉鱼落雁，任何一个男人见到后都忍不住会多看几眼。这就是美女，永远少不了欣赏的眼神。

阿房怎么会出现在咸阳大街上呢？原来，嬴政回秦国后不久，她就跟随父亲、师兄为炼不老丹来到秦国采药。虽然人们都说现在的秦王是当时在赵国做质子的嬴政，但阿房怎么也没法把那个被众人欺负的小男孩和秦王联系起来，她一直不信。今天的相遇让她知道这世间感到不可能却真实发生的事情太多了。

再看嬴政，兴致很高，非要去看看阿房居住的地方。老百姓的房子自然无法和豪华的咸阳王宫相比。以前在赵国，他什么也没有，他的明天都无法保证，更别说给阿房幸福了。如今不同了，他好歹也是秦国的王，他要给阿房他能给的一切。

"阿房，从小我就喜欢你，可当时我不能给你幸福，也无法承诺什么。现在，我贵为秦王，我一定要把你接进宫，过和我一样的日子，将来还要立你为后。"嬴政承诺道。

这是阿房期盼的，但来得太突然了，她一时还无法接受。毕竟，来得太快的幸福不见得就是真正的幸福。

嬴政见阿房没反应，着急地问："怎么，你不愿意吗？"

"不是，谢大王厚爱。"阿房的脸红了。

嬴政轻轻地牵起了阿房的手，这是他无数次在梦中见到的事情，如今成为现实。他内心自然是无比喜悦，脸上露出了难得的笑容。

"等我接你。"嬴政恋恋不舍地走了。

吕不韦的耳目遍布咸阳，这种事情自然瞒不过他。当嬴政兴冲冲地要接阿房进皇宫时，却遭到了吕不韦的横加阻拦：其一，大秦王室的血脉是高贵的，不允许有这种低贱者涉足；其二，他不愿意嬴政身旁多一个陌生的民间女子。若要在嬴政身旁放女人的话，也得是自己的女儿或心腹，岂能轮到别人。

咸阳皇宫高高的门槛把嬴政和阿房活生生地分开了。本来嬴政可以很轻松地迈过这个门槛，因为他是王，咸阳的王，但此刻的他只是顶着个王的耀眼光环，连迈过门槛的权力也没有。

嬴政狠狠地敲打着厚厚的宫墙，他真希望能有个洞，让他钻出去，去和自己心爱的女人相会。没有权力的王，不能主宰自己爱情的王，此刻的嬴政如一头发怒的狮子，咆哮着……

悲伤、无奈和无助的声音在咸阳上空久久回荡……

嬴政发誓要拿回属于自己的所有东西……

"阿房，你再等等，等等，总有一天，我会给你一个名分，一个属于你和我的名分。"嬴政在心里暗暗地发誓。

而阿房连靠近宫墙的权利也没有，更别说进宫和心中的爱人相会了。她为了嬴政的一个承诺，苦苦等待着，可冬去春来，她再也没见过嬴政的豪华车驾。她不相信嬴政会骗她，但只是在空等，连嬴政的影子也没看见。

阿房的心碎了，彻底地碎了。

曾跟随父亲医治了无数人，现在却医治不了自己那颗受伤的心。阿房难道就这样在孤独中默默地死去吗？上苍对她太不公平了，先让她品尝到了爱情的滋味，然后又毫不留情地夺走了她的一切。

阿房知道自己那颗破碎的心再难愈合，也许当初来秦国就是一个错误，遇到嬴政更是一个错误。王公贵族，平民女子，本就是格格不入的两个阶层。不是生活在同一个世界的人，怎么会有爱情开花结果呢？

自己真是太傻了，仅仅为了一句承诺。阿房苦笑一下，好像获得了解脱，至少是肉体获得了解脱，因为她的心从这一刻就已经死了。

不能和自己心爱的女人长相厮守，做这样的王，还有什么意思？嬴政对这种傀儡的滋味当然非常厌恶。他担心这样下去，别说管理朝政的经验学不到，就连说话也成问题了，但他对目前的状况又无可奈何。吕不韦也看得出嬴政不愿意被自己操纵，就表面上装着鼓励他多用心学习，以便早日亲政。至于该怎么做，他当然还是无所顾忌，照做不误。

吕不韦知道嬴政不可能永远甘心做摆设，总有一天会长大成人。到那时，他还会按照自己的意愿办事吗？吕不韦隐隐感觉到了一种危机。不行，这个问题太严重了，必须尽快解决。

要想永远控制一个人，最好就是控制他的思想，进而才能控制他的行动。

想到这里，吕不韦决定以传授知识为名，派一个人到嬴政身边，对他耳濡目染。说到底就是他决定给嬴政洗脑，让嬴政永远跟着自己的步子走。

那么，在自己三千多门客中，到底该派谁去呢？一个影响嬴政一生的人物出场了，他就是李斯。

不做吃屎的老鼠

李斯，字通古，秦代著名的政治家、文学家和书法家，战国末年楚国上蔡（今河南上蔡西南）人。年轻时做过掌管文书的小吏，温饱生活。本来可以平平淡淡地过完一生，可他生性不甘寂寞，对眼前的生活并不满意。

一次，他在厕所见到有老鼠吃人粪，一见到人和狗，老鼠就被吓跑了。后来，他在仓库里看到有老鼠很自在地偷吃粮食，也没人去管。于是，他发出了感慨："人之贤不肖，譬如鼠矣，在所自处耳！"这就是说，一个人要想在社会上出人头地，就应该像粮仓里的老鼠那样，才能为所欲为，尽情享受。

可见，在战国人人争名逐利的情况下，李斯也不甘寂寞，想干出一番事业来。为了达到飞黄腾达的目的，李斯辞去小吏之职，到齐国求学，拜荀子为师。

李斯为什么选择荀子为师呢？当然有名人效应在起作用，拜名人为师，你很有可能成为名徒。不过，这只是其中的一个原因。

荀子是战国后期著名的儒学大师，打着孔子的旗号讲学。但他不像孔孟那样墨守成规，而是从当时的政治形势出发，对孔子的儒学进行了发挥和改造。他主张性恶论，又主张礼法并重、德行并举。这是比较有效的帝王统治术，也就是说为当时的统治者提供了一种比较可行的理论基础，因而很适合新兴地主阶层的需要。找到荀子，对于李斯来说，也是找到了他所追求的真才实学。这是李斯之所以拜荀子为师的一个深层次原因。

李斯从辞去公职的那一刻起，就决定要干一番轰轰烈烈的事业。当然最好的选择就是直接为帝王服务，这样才能攫取更多的权力和利益。

在荀子那里，李斯不仅学到了"帝王之术"，还遇到了同窗，他一生的敌人——韩非子。这个结巴的英俊男子在风起云涌的战国也是独领风骚，在后面会详细介绍他。

经过一段时间的学习，李斯对"帝王之术"已经烂熟于胸了。学以致用，否则即使满肚子的墨水也不能当饭吃，有什么用啊。于是，满腹经纶的李斯便开始考虑用武之地了。有了"帝王之术"这块敲门砖，该敲谁家的门呢？经过对各国情况分析和比较，李斯最终选中了秦国。

在临行前，身为老师的荀子自然要关心一番，问道："你还没有毕业，还有很多东西要学，为什么要急于去秦国呢？"

李斯回答："活到老，学到老，我到秦国后，可以继续学习。干事业都有一个时机问题，机遇不是随随便便就会出现的，如果没有抓住摆在面前的机遇，也许这辈子就会碌碌无为。现在各国都在争雄，这正是立功成名的好机会。秦王雄心勃勃，想一统天下，学生到那里就可以大干一场。所以，我要到秦国去。"

于是，肆业的李斯开始创业了。我们的李斯是否能创造一个神话呢？答案当然是肯定的，大秦朝的建立，李斯功不可没，让我们沿着李斯的脚步，来见证他的传奇吧。

有人这样说：人生在世，卑贱是最大的耻辱，穷困是莫大的悲哀。试问，谁愿意一辈子穷困，一辈子抬不起头呢？如果一个人总是处在卑贱穷困的地位，那会令世人讥笑的。不爱名利，无所作为，不是读书人的想法，更不是李斯的想法。

相比较而言，当时的六国都比较弱小，而秦国是最强大的。但六国虽说弱小，还不至于弱得连一点翻本的机会都没有；秦国再强大，也不敢冒险以一敌六。一般人通常都会有这样的想法：宁为鸡头，不为牛尾。六国弱小，正是用人之际，去六国怎么也能弄个大官当当。而秦国强大，能人不在少数，位子却是有限的几个。别说当大官了，不被淹没在人群之中就烧高香了。

李斯不是一般人，所以有自己另类的想法：不做鸡头，也不为牛尾，要做就做牛头，否则还不如回家搂着老婆孩子热炕头呢。他要向世人证明：在弱者中间，他是强者；在强者中间，他是最强者。

当然，豪言壮语终归是豪言壮语，接下来，李斯要面对的问题是如何在人才济济的秦国出人头地。

首先要立足，树大好乘凉，抱大腿就抱最粗的，找个好的靠山这一点显得至关重要。李斯此番不远万里来到秦国，目的很明确，就是要跻身秦国朝堂之上，做人中龙凤。可自己身份低微，要想实现这么大的理想，没有中间的踏板，就不可能一步登天。

李斯刚到秦都咸阳时，正值庄襄王嬴子楚病逝，秦王嬴政刚刚即位。秦国的大权都掌握在吕不韦手中，如果能成为他眼中的红人，那么实现理想就指日可待了。

经过一番深思熟虑后，李斯最后决定投身权倾一时的吕不韦门下，做了三千门客中的一员。虽然不久他就被吕不韦进谏当上郎官，但这和李斯来咸阳的宏大目标相差甚远，内心感到相当不爽。

那么，什么是郎官呢？让我们先来了解一下秦国的主要官职设置，便能够理解李斯的不爽心情了。

秦国官僚为三公九卿制，共同构成秦国的最高决策层。其中，三公是相国、御史大夫、国尉；九卿是奉常、宗正、郎中令、卫尉、太仆、廷尉、典客、治粟内史、少府。郎中令的核心职责为掌管宫廷侍卫。郎官是郎中令的下属，掌守门户，出充车骑。要命的是，郎官这个职位没有固定编制，往往多达千人，俸禄从三百石到六百石不等。

可见，郎官是个很一般的官职，但就这么一个不起眼的官职也成为人们争夺的目标。尤其是那些朝中大官们的七大姑八大姨家的亲戚，以这个为跳板，干几年郎官，便高升了。

所以这些郎官们个个都有来历背景，毫无背景的李斯要想在这群人中脱颖而出，难度自然是不言而喻。

李斯在等待机会，一个能让他一举成名的机会。

好在，一切都和李斯预想的一样。由于他才华出众，又是荀子的徒弟，还写得一手漂亮的小篆，这些都很符合吕不韦儒家思想的口味，所以他很快就得到器重，成为吕不韦的心腹。

是金子总会发光的，李斯无疑就是闪闪发光的金子，让他想不到的好事还在后面。不久，他便以老师的身份出现在了嬴政的面前。

有关"天下"的话题

再看嬴政，他虽然贵为秦王，却不得不任人摆布，这个傀儡帝王让他自己都感到恶心。他发誓一定要夺回本来就属于他的王的权力。

对于吕不韦，嬴政内心是极端厌恶，甚至提到这个名字，他就饭不香、觉不甜，但表面还得装着很客气的样子。这就好像一碗汤里有一只绿头苍蝇，你明明看见了，却不得不装作什么也没看见，还一闭眼把整碗汤都喝到肚里。事后，你可以呕吐，但当时你必须得喝，而且喝完后还不忘夸一句：真香！

对吕不韦厌恶到如此地步的嬴政，对于吕不韦派来的人，自然是十分小心谨慎地对待。

而李斯倒没感觉到什么不妥，他完全是另一种感觉，除了兴奋，还是兴奋。毕竟，做帝王的老师，这是他梦寐以求的事情，自己所学的"帝王之术"终于可以派上用场了。仅仅两年多时间就得到了大展拳脚的机会，这是他万万没有想到的事情。

这正应了那句俗话：机遇只垂青有准备的人。所以，一切看着又是那么理所当然。

吕不韦提前就和嬴政打了招呼：为了大秦的将来，要派一位老师教他帝王之术。对于这样的安排，嬴政百般讨厌。不过自己身边已经布满了吕不韦的眼线，再多一个又有什么关系呢，但是对这个即将到来的所谓"老师"充满了厌恶之情。

在威严的正殿内，和自己梦想中的王如此近距离地独处，异常兴奋的李斯低着头，几乎不敢正视嬴政的容颜。虽然嬴政的年纪不大，但毕竟是高高在上的王，在王面前乖巧一点不是什么坏事。

"抬起头来。"嬴政的话语间充满了蔑视。

十六岁的嬴政身材魁梧、高鼻长目、眉间隆起、嘴巴如虎般宽阔。他已经身高八尺多，英俊冷漠的脸庞不带丝毫稚气，与他年纪不相符的成熟刻满了整个脸庞。再加上王者的衣冠，一种王者风范咄咄逼人。

李斯第一次面见大秦之王，就被嬴政的气势所折服，五体投地拜在嬴政脚下。如果这样的人都不能一统天下，天下就没有第二个人可以担当这个重任了。李斯为自己当初选择来秦国发展暗自庆幸，更为自己能跟着这样的大王打天下而骄傲万分。

在偌大的正殿内，只有李斯和嬴政两个人，一个坐着，一个跪着，显得大殿更加空旷和肃穆。这里代表着秦国至高无上的尊严和权力，这样庄严的地方让人喘不上气来，会不自觉地心生敬畏。

嬴政冷着脸看着跪在自己面前的这个男子，瘦弱并且外貌没有丝毫特征。太一般化了，起码不是个帅哥，相国的眼光也太差了。如果派个帅哥来，起码从外貌来看，也不至于那么碍眼。看在相国的面子上，嬴政打算问几句后便打发这个人从自己面前消失。

"你是楚国上蔡人？"嬴政看着面前李斯的履历问道。

"回大王，臣是楚国上蔡人。"

"那你不在楚国待着，跑到我大秦来干什么？"

"回大王，臣是慕名而来的，大王的英明天下闻名。臣觉得只有为大王效力才不白来这世间走一遭。"李斯极力地奉承，希望能把面前的王拍得心花怒放。

嬴政的耳朵中每天都充斥着臣下对他的恭维，他对这种马屁精有一种厌恶之情，于是直言道："相国既然举荐你来，你和相国的关系不一般吧。"

语气平淡而自然，让人感觉不出任何的感情倾向。

不过，李斯听了这话却冷汗直冒。如果自己承认了，说明自己和相国是穿一条裤子，万一相国失势，那么自己也好不到哪里去；如果否认了，也极为不妥，万一这话传到相国耳中，自己就得从咸阳离开。所以，要接这样的话需要极高的语言艺术。

李斯赶紧回答道："臣做相国的门客已经有两年多了，但臣每时每刻想着的都是大秦的未来，而不是相国的个人利益。如今身为郎官，甘愿为大王肝脑涂地。赴汤蹈火，万死不辞。"

哼，冠冕堂皇的话谁不会说！干脆承认是眼线不就得了，还披上虚伪的外衣。恶心！不过，现在还不是时候反击，只能忍耐等待。自己现在还要依靠相国，他派来的人还是不为难为好。对吕不韦只能纵容伴从，绝不能轻易暴露出自己要对付他的意图。

嬴政思虑一番后，继续说："寡人还没有成年，国事全靠相国辅佐。先生身为相国的门客，其实也是在为大秦效力了。"

这明显是套话，暗藏玄机。李斯是聪明绝顶的人，这种君臣间的争斗，他自然了然于胸，但最好的反应就是装作对此一无所知。因为一旦把这层窗户纸捅破，就会招来杀身之祸。再说这种站队的事情要慎之又慎，此时吕不韦一手遮天，独揽大权，人人趋之若鹜。而嬴政只是一个傀儡帝王，以后能不能真正掌握王权，还是一个未知数。此时还不是选择站在哪一边的时候，所以绝对不能把话说死，但要表明自己的立场。

"相国只是相国，永远是臣子，王才是国家的灵魂。只有为王效力，才是真正为国家效力，君臣的概念是不能混淆的。"

李斯不愧是李斯，只要是他认准的，就绝不更改。他这样继续表明自己的立场，就是希望能赢得嬴政的信任。他既然把赌注押在了嬴政身上，就会义无反顾地走下去，绝不回头。

嬴政对这个回答很满意，端详着眼前这个貌不惊人的人，心想：这个人了不得，不是一般的聪明。自己现在缺少心腹，如果能把眼前这个人从相国那边拉过来，也未尝不是一件好事。

李斯见秦王嬴政不说话，便接着说："凡是成就一番事业的人，都善于抓住稍纵即逝的机遇。过去秦穆公时，秦国虽然很强，但没有完成统一大业，原因是当时的诸侯国很多，作为天下共主的周天子还在，所以各诸侯争霸只能搞尊王攘夷，时机还不成熟。自秦孝公以来，周天子力量衰落下来，各诸侯国间连年战争，秦国才乘机强大起来。现在秦国不断取胜已经六代了，力量已经足够强大，大王又贤德有为，消灭六国就如同扫除灶上的灰尘那样容易。这是完成大业、统一天下的最好时机，大王千万不能错过啊！如果现在不抓紧时间，等诸侯强大起来联合抗秦，到那时要想统一天下就很难了。"

一统天下是任何一个君王都梦寐以求的事情，嬴政也是日思夜想。可现在内有太后，外有吕不韦，嬴政其实就是一个傀儡君王，怎么去实现天下一统的梦想呢？不过至少有人提到了这个问题，嬴政很开心，对眼前这个其貌不扬的人越来越感兴趣了。

都说代沟是横在人们之间的一道鸿沟，但在嬴政和李斯间，十七年的代沟不再是问题，因为他们已经找到了一个共同的话题：一统天下。

"既然这样，怎样才能统一天下呢？"嬴政很兴奋。

机会来了，如果能在嬴政面前慷慨陈词一番，博得王的欢心，那么自己的官运前途就会一片光明。于是，李斯把自己肚里酝酿了好久的话倒了出来：

"以臣之见，大王应该悄悄地派遣谋士用金银财宝游说诸侯，离间六国。使他们不能团结一心抗秦，从而为秦国逐一消灭六国创造有利的条件。"李斯说。

这些话让嬴政的兴致大减，因为又是老生常谈的离间把戏，他需要一些创新的东西。

嬴政不屑地说："这离间计历代先王已经用过多次，没有什么稀奇的，你就不能来点新鲜的？"

李斯从容地说："离间之计的确没什么稀奇的。但计策是死的，人是活的，关键要看怎么用。只要用法不同，就会收到不同的效果。前人用离间计，只是为了解燃眉之急，小打小闹一番。而臣所献离间计，却以六国为对象，着眼于统一天下。如果大王能依臣之计，用钱财收买诸侯名士。愿意降秦的，就留下他们；不从的，就刺杀了他们。五年或十年后，六国就没有了战斗力，到那时就会不攻自破。"

离间计确实没什么好炫耀的，但站在这样的高度大规模、大范围地离间，让六个国家不得安宁，确实比较新鲜，也是头一回听说。这就是区别，人和人的区别。同样的计策，在不同人的手里会产生不同的效果，关键要看你站在什么样的高度。

这也是苍鹰和小鸟的区别吧，小鸟永远也感受不到苍鹰那种俯瞰大地的感觉。正所谓站得高才能看得远。李斯无疑是扮演着苍鹰的角色，注定要搏击长空。

嬴政感觉和李斯的交谈不仅很愉快，而且如醍醐灌顶一般。久居深宫的嬴政从来没有听过这样的话语，因为宦官和官员大臣对他只知道阿谀奉承和毕恭毕敬。在他们眼中，嬴政只是一个王而已，一个还没有亲政的王，在他面前只要表现出足够的尊敬就好了。但是，在嬴政心中，他不仅渴望听话的臣民，更需要耳提面命的老师。毕竟，自己只有十六岁，需要学习，需要能人志士的指导。

如今，遇见了李斯，是他的万幸，更是大秦的万幸。这次谈话让嬴政第一次感到自己是王中之王。既然有了不一样的感觉，就要做不一样的事业，统一天下的种子在这一刻便深埋在了嬴政的心中。

经过这番交谈，嬴政开始对眼前的李斯刮目相看。

"先生的见解让寡人茅塞顿开，受益匪浅，愿拜先生为长史，常听先生教诲。"

李斯拜谢道："谢大王赏赐。"

"您的家人现在何处？"嬴政很关心地问。

"臣孤身在咸阳，妻儿还在楚国上蔡，已经有三年没有见面了。"

"这怎么行！快把家人接到咸阳，一家人团聚才像个家嘛。"嬴政道。

细算一下，李斯离家已经有三年多了。虽然他对老婆孩子也是日思夜想，但始终没有把老婆孩子接到咸阳来，说明他为自己留了后路。万一在秦国发生什么不测，孤身一人也好进退。

如今，秦王嬴政让他把家人接到咸阳，表面上是让他享受天伦之乐，其实也有把他的家人作为人质的用意。万一哪天李斯不听话，做出悖逆的事情来，首先遭殃的就是他的家人。

想到这里，李斯不寒而栗。面前的秦王小小年纪就有这样的用心，真是不容小觑，自己以后必须加倍小心。

"谢大王，臣即刻就将妻儿接到咸阳，从此永为秦人。"李斯再一次跪拜道。

看过谍战戏的人一定对这样的做法不屑一顾：通过控制下属的家人来控制下属。原来这种方法的鼻祖是嬴政。

如今，李斯张罗着把老婆孩子都接过来，在咸阳安家落户，表明他全心为嬴政效力，从而赢取嬴政更多的信任。

总的来看，李斯主持的这次洗脑手术，可谓是进行得相当及时而且成功，患者嬴政获得了新生。只是亏了另一个人吕不韦，他万万没有想到李斯是披着儒家思想外衣的法家一派。

李斯照旧每天向吕不韦报告嬴政的状况，以便让吕不韦安心。他就这样扮演着双面间谍，只不过他把宝押在了嬴政身上，而没有押在吕不韦这边。

从这时起，吕不韦身边就好像埋了一颗定时炸弹，随时都可能爆炸。最郁闷的是，这颗炸弹是他自己给自己准备的，就好像自掘坟墓一样。

秦国那么多官职，嬴政为何要给李斯一个长史的官职呢？长史到底是个什么样的官职呢？其实，这其中有玄机，是嬴政有意为之，让我们慢慢道来。

当时的秦国，丞相、国尉和御史大夫的属官中都有被称为长史的。名字虽然相同，但职权待遇却有很大的差别。

李斯所封的长史，在史册中找不到很详细的记载。不过，李斯很可能是被封为国尉的属官。在这里，有一点要特别说明，那就是李斯的顶头上司是国尉。还是先看看国尉到底是个什么样的官职吧。

国尉，也称太尉，掌握军政的官员，并且直接受命于秦王，是秦国的最高武官。

但在秦国有一个比较有意思的事情，自从武安君白起死了之后，因为没有人能赶得上白起的战功，所以国尉一职就虚位以待了数十年。

这样一来，李斯的上司只是一个空位置而已，他只对嬴政一个人负责就好了，一下子变成了嬴政手下的红人。

也许，你会说何必这么麻烦，干脆给李斯一个国尉不就结了，干吗绕这么大一个圈子？其实，嬴政也想给李斯一个大一点的官职，但如果这样做的话，岂不是向世人表明自己在拉拢李斯吗？何况，国尉这一官职分量太重，李斯还没有资格拥有这顶官帽。所以，嬴政是不得已而为之。

嬴政不仅提拔了李斯，还为李斯确定了他的工作重心：在六国境内大搞阴谋活动，破坏六国正常的内政外交，拉拢或暗杀六国的官僚名士。所以李斯手下聚集了一大批谋士和刺客。从这个角度来看，李斯就是秦国的一个特务头子。

可以说，这个"长史"是嬴政按照李斯的计策特意为他量身打造的，既能发挥李斯的特长，又能把他牢牢地控制在自己的手心。嬴政的政治天赋已经初露端倪。

赵姬与猛男

在位三年的秦庄王，抛下如花似玉的夫人赵姬，追随仅当了三天正式秦王的父亲而去，正当盛年的赵姬一下子变成了寡妇。

虽然十三岁的儿子嬴政当上了秦王，自己成了天下人敬仰的太后，但是，这位太后的日常生活里从来没有缺少过男人，现在一下子没了男人，便失去了以往的活力，一下子变得孤单寂寞、茶饭不思。

赵姬找到了吕不韦。找一个男宠，堂堂一个相国自然不可能亲自动手。他必须让自己的心腹去办，要办得滴水不漏。他把三千门客在心中过了个遍，最后决定把这个"光荣"的任务交给李斯。

至今也想不通吕不韦为何要把这么绝密的事情交给李斯去办。因为像这种搞不好就会掉脑袋的事情，知道的人越少越好。凭他手中的权力，完全可以在吕府，甚至在秦国搞一次全民大体检，便可以神不知鬼不觉地把这件事情办得滴水不漏。

不过，正是这种阴差阳错让李斯在吕不韦面前又火了一把，为自己积累了更多的政治资本。

再说李斯，明白了吕不韦的意思后，便按照老板的意思努力办这件事情。他没有问为什么要找男宠，因为他知道有些事情是知道得越少越好。不过，他还是隐约猜到了吕相为什么要找一位猛男。其一，自己用，毕竟每个人都可能有不同的"爱好"；其二，送人，送什么人呢？李斯还没有想到人选。所以，李斯倾向于第一条原因，他还是觉得自己的相国大人有特殊的爱好。

可以说，这个差事不是那么好办的。毕竟，在那个时代，吃这种饭的男人不是很多。

李斯作为下属有责任和义务遮掩隐秘糗事。所以李斯不能说是为吕不韦找个男宠，当然也不能把这个屎盆子扣在自己头上，这样在无形中就又增加了这件事的难度。

不过，天无绝人之路，一定能想出个法子来。再说，如果连一个男宠都找不到，还在六国搞什么阴谋活动，简直就是扯。

李斯坚信：每天的太阳都是新的，自己一定能从咸阳挖出个猛男来。再说，实在不行的话，就从六国找。天下之大，三条腿的蛤蟆不好找，猛男还是不难找的。

这天，李斯从咸阳的繁华街市回到相国府。除了无奈游荡外，照例是两手空空，一无所获。内心无比郁闷的他不知不觉就来到了门客居住的地方，奇怪的是著书大厅里空无一人。

这些门客真是胆大包天，拿着薪水，包吃包住，还不好好干活！他们去哪里了呢？李斯四下看看，正巧过来一个门客。

"这些人都到哪里去了？"

"后院。"

见过一两个偷懒的，倒没见过成群结队偷懒的，这些人真是不拿吕府当吕府啊。李斯还想问问，那个门客已经向后院跑去，好像后院在发钱似的，根本顾不上搭理李斯。

这时，李斯也听见从后院传来阵阵沉闷的叫喊声。发生什么事了，真的在发礼品？难道到过节的日子了？李斯真是被找男宠的事情搞晕了，都忘记今天是什么日子了。无语。

李斯顺着叫喊声好奇地走了过去，可后院早已被围了个水泄不通，幸亏他不是很胖，三两下就挤了进去。只见一群门客围着一个身体比较消瘦、脸庞还算俊秀的青年大笑着，而且个个脸上都带着不怀好意的笑。

那个被围的青年名叫嫪毐，到相国府也有小半年了，为人老实本分，一说话脸就红。这些门客为什么要群起围观这么一个单纯的人呢？李斯从旁边的人嘴里了解了事情的原委。

原来这群门客在一起侃大山：有人说能五天五夜推动桐木车轮；有人说能用一个手指头转动桐木车轮；也有人说能用舌头转动桐木车轮……

此时，嫪毐插了一句："我能，能……能用阳具转动桐木车轮。"

正所谓踏破铁鞋无觅处，得来全不费工夫。正是这种极其无聊侃大山的举动成全了李斯，他终于可以非常漂亮地交差了。

当把猛男嫪毐带到吕不韦面前的时候，吕不韦很满意，大大夸奖了李斯办事得力。

这种事情，知道的人越少越好，李斯自然不会告诉嬴政。就这样，他在吕不韦和嬴政中间游刃有余。可见，李斯还真是有那么两把刷子，天生就是做双面间谍的料。

嫪毐在吕不韦面前唯唯诺诺，一副死狗扶不上墙的样子。

这下，吕不韦可以放一万个心了，因为这样的人只配做一个工具人，根本就没有在后宫翻云覆雨的能力，因为他没有别的本事。可他万万没想到，就这样一个连说话都脸红的人，后来竟然成了自己的大患。

权力真是太可怕了，它给了人为所欲为的机会，甚至可以改变人性。

可嫪毐是一个强壮的男人，要将他送入宫中侍奉太后，还要保证他正常的能力，同时又要避免众人的非议，怎么才能办到呢？这是一个难题。不过，对于大权在握的吕不韦来说，这种事情也是小菜一碟。

经过一番讨论后，吕不韦和赵姬确定了一个两全其美的办法：先让人告发嫪毐犯了宫刑罪，然后太后私底下送给主管宫刑的官员一份重礼。这些官员收了重礼，又是为太后办事，所以整个宫刑就是做做样子、走走过场罢了。不过，由于缺乏雄性激素，宦官都没有胡须。所以，尽管对嫪毐用宫刑是走过场，但也绝对不能让嫪毐留着胡须进宫，行刑官只好将嫪毐的胡须一根根全部拔掉。一切完事后，受过"宫刑"的嫪毐便以宦官的身份进宫服侍太后了。

这样，嫪毐贴着"宦官"的标签，被安排在太后的寝宫内，摇身一变成了太后的超级男宠。

由于得到太后的垂青，嫪毐一夜暴富，家中奴仆数千。原先那个说话脸红、外表俊朗的青年已经成为昨天的故事。

这些还可以理解，让人不可思议的是，甘愿到嫪毐家中做门客的也有一千多人。他们想通过依附嫪毐而谋得一官半职，可见嫪毐手中的权势不容小觑。

后来，嫪毐被封为长信侯，还受赐山阳的土地供他居住。宫室、车马、衣服、园林、打猎都听凭嫪毐的意愿，事情无论大小全由嫪毐决定，又把河西太原郡改为嫪毐的封国。这样，嫪毐一下子便成为当时秦国与吕不韦并驾齐驱的人物。

一个宦官怎么会有这么大的影响呢？自然和太后的宠信有关。太后赵姬不仅对嫪毐宠信有加，还让他干预国家大事，太原郡作封国也是她的主意，一时间秦国的大小政事都取决于嫪毐。

一人得道，鸡犬升天，加上有太后这样硬的后台，难怪门客们对嫪毐趋之若鹜。

风光无限的嫪毐享尽了荣华富贵，可计划之外的事情发生了，一不小心让太后怀孕了。

如果放到现在，也没什么大惊小怪的，人流而已。不过，在当时，应该是没这个条件，否则太后和嫪毐也不会那么慌张。

一位寡居的太后竟然怀孕了，这在秦宫中可成了特大新闻，不过偷情怀孕的是太后，谁敢声张？

但是，做贼心虚的太后还是怕被别人知道，尤其是怕被嬴政知道。于是，假称算卦不吉，需要换一个环境来躲避一下，就迁移到雍地的宫殿中居住。于是，雍地便成了太后和嫪毐的天堂，二人缠缠绵绵，过着不是神仙胜似神仙的日子。

为他人作嫁衣裳

随着嫪毐和吕不韦两大集团逐渐形成，嬴政也渐渐长大了。他越来越不满足自己被控制，当一个傀儡秦王，他在为亲政积蓄着力量，开始刻意培养自己的党羽、亲信，比如李斯等人。

再说李斯不仅在吕不韦和嬴政间游刃有余，而且他的工作也做得非常出色。他掌控的精兵强将被派往六国大搞阴谋活动，先贿赂，不行的话就暗杀。一时间，六国的名流人士、政界要员接二连三地非正常死亡。六国如没头的苍蝇乱撞，要抓凶手，谈何容易。自李斯出任长史一职以来，给六国的内政外交造成了不小的麻烦。

人们常说，堡垒最容易从内部被攻破。在战争中，从内部瓦解敌人可以用较小的投入换取最大的胜利。李斯的主张适应了秦灭六国战争的需要，并取得了很大的成效，比如：通过挑拨离间信陵君和魏王的关系，除掉了六国联军的主力信陵君，从而扫除了东进的障碍。

之所以出现这样的结果，李斯的能力是一方面，另一方面就是嬴政的用人不疑。虽然知道李斯和吕不韦有千丝万缕的联系，但从重用李斯的那一天起，嬴政就充分地信任和器重这个相国举荐来的"老师"。对于李斯的活动经费，嬴政总是给得绰绰有余。

为了进一步把这个臣子拉拢过来，嬴政决定再给李斯一些甜头，于是一个客卿的职位落在了李斯头上。可别小看这个客卿，因为秦国数任宰相都是客卿出身，所以做了客卿，那么离做宰相就很近了。

这对于大器晚成的李斯来说，是一个不小的惊喜，自然是千恩万谢，要为给他荣华富贵的王做牛做马。

俗话说，上阵父子兵，打虎亲兄弟。成蟜无论如何是自己的弟弟，也不曾受过吕不韦的任何恩惠，自然也成了嬴政拉拢的对象。

嬴政继承王位的这几年，吕不韦一直坚持削弱六国的策略，先后攻占了六国好几十座城池，兢兢业业地辅佐嬴政，打理着大秦的江山。

他这样做有什么目的呢？如果说只是为了高官厚禄，一切想要的他已经都得到了，而且也没有自立为王的野心。因为在他的心里，秦王嬴政就是他的儿子，大秦实际上是他吕氏的江山。帮着儿子管理江山，他心里美着呢。可惜的是，对近在咫尺的儿子，却不能相认。曾经他也有想把真相告诉嬴政的冲动，可冲动终归是冲动，他知道一旦捅破这层窗户纸，嬴政将失去为王的根基，后果不堪设想。所以，他只有把这种痛埋藏在心底，在夜深人静的时候，自己悄悄舔舐着伤口。

吕不韦忠心耿耿地辅佐嬴政，还为秦国扩展疆土，实际上就是来自这样的动力。所以，当他发现有人可能动摇嬴政的地位时，他决不会答应。

嫪毐和他抢地盘，他只有气愤，并没有真正把他放在眼里。因为他知道嫪毐是个什么样的货色，知道嫪毐再嚣张也难成大器。现在，他要对付的是另外一个人，一个威胁到嬴政王位的人，这个人就是王弟成蟜。

一般来说，一个孩子从小被长辈呵护宠爱，不会有太大的出息。当突然有一天帮他遮挡风雨的长辈不在人世时，这棵温室中的幼苗才真正开始经历风暴。可是他会发现外面的小树已经长成了参天大树，而他自己还是一株柔弱的幼苗。

成蟜就是这样，从小在宫廷中无忧无虑地成长，从来没有受过半点委屈，十四岁又当上了长安君，更加不可一世。其实成蟜自己并没有心思当王，那只是母亲和祖母的想法而已。因为他一直觉得哥哥嬴政比自己强百倍，更适合当王治理国家。再说，他对自己的生活也很满意，年纪轻轻就已经是长安君，也知足了。他从来不考虑什么未来，只求快快乐乐地过好自己的每一天。

可是任何一个人都不可能永远快快乐乐，随着一天一天地慢慢长大，生活中总有数不尽的烦恼。在人生的重要关口，自己必须做出抉择，这也是一个人长大成人的重要标志。

一个艰难的抉择马上就要降临到成蟜身上了，这个在温室中成长起来的王子注定摆脱不了因为王权而爆发的明争暗斗。

强权下的谣言

秦王政七年（公元前 240 年），在攻打龙邑、孤邑、庆都后又回军攻打汲邑时，蒙骜将军战死沙场。同年，夏太后也去世了。秦国上下处在一片悲哀之中。

夏太后在临死之前，最放心不下的就是她从小看着长大的孙儿成蟜了。王室中争权夺利的事是避免不了的，而成蟜虽然流着王室的血液，但他生性比较懦弱。一旦发生变故，他也许就没有招架之力了。所以，为了让这个孙儿手里多一张王牌，她拉住嬴政的手，要嬴政封成蟜为将军。

无论如何也不能让潜在的对手握有更多的权力，这是朝廷之上最基本的常识。所以，吕不韦一再给嬴政使眼色，让他不要同意。但嬴政最终还是点头同意了，因为他实在是找不到理由回绝一位将死之人的请求，何况还是他的长辈。再说，成蟜是自己情同手足的兄弟，他怎么也不能把自己的兄弟拒之门外。

这样，十七岁的成蟜当上了将军。成蟜少年得志，对哥哥嬴政自然有无限的感激之情。他暗暗发誓，一定要好好辅佐哥哥，守护好大秦的江山。

一下子失去了一员猛将和一个亲人，嬴政的情绪低落了很多。可更严重的打击还在后面，它丝毫不顾及嬴政的情绪，如滔滔江水般汹涌而来。

也许是李斯搞的阴谋活动惹怒了六国，也许是六国已经预感到了秦国的威胁，所以它们也开始亮剑，想办法削弱秦国的实力。但它们自知已经无法和秦国进行军事抗衡，避免被灭亡的唯一希望就是秦国出现内乱。

于是，一则被人精心策划的谣言在燃遍了六国后，越过秦国的边境，迅速在秦国传播开来。

谣言的大致内容是，嬴政的身世有问题，他是吕不韦的儿子！所有的一切都是吕不韦策划的阴谋！当然，这是最初始的谣言，经过千百人添油加醋地传播，谣言被越传越玄，甚至把吕不韦说成是三头六臂的怪物。当然嬴政也摆脱不了被妖魔化。照这样讲，秦国就不应该叫秦国了，改名为妖国倒再合适不过了。

以前，曾子的母亲在家里织布，有人说曾子杀了人，曾子的母亲不相信。再有人说，曾子的母亲仍然不信。第三个人再说，曾子的母亲终于信了，丢下织布机翻墙逃走了。曾子这么有贤才的一个人，有三个人怀疑他，他的慈母便不相信他了。

开始，秦国的百姓对这种谣言毫不在意，因为秦王在他们心目中高大威猛，怎会是个野种呢？但满咸阳城的人都在议论纷纷，人们对此也开始半信半疑了。

所以，秦国炸锅了，制造这个谣言的人在窃喜。

公然诽谤天下第一强国的君王，而且就发生在自己眼皮子底下，嬴政愤怒了，下令彻查，一定要揪出造谣者。

可大家一传十，十传百，谣言经过众人传播后，已经很难找到源头了。

我们知道，嬴政在赵国生活了九年，但对那曾养育过他的土地和人民，他的感情除了仇恨，还是仇恨。他曾发誓，要第一个把赵国从地图上抹掉。所以，对赵国的恨是由来已久，这次更是加深了仇恨的程度。

嬴政认为造这种谣的，除了赵人，还是赵人。他对赵人恨得咬牙切齿，暗骂道：这个该死的赵国，难道自己这辈子都摆脱不了赵国的阴影？

如果这个谣言被确认真实无疑，便足以让秦国出现内乱，甚至发生内战。如果真的出现了这种局面，那么秦国就自顾不暇，哪里还有精力来攻打六国。所以，齐、楚、燕、魏、韩五国都派出高级代表团造访赵国，此行的唯一目的就是想办法确认谣言是否属实。

再看赵王，这种谣言曾经一度让他手舞足蹈，认为这下可够秦国忙一阵子了，没准自己还可以渔翁得利。可转念一想，却又不禁满面愁容，嚼天下最强的王的舌头，和引火烧身没什么分别。而嬴政又在赵国生活过几年，所以肯定会把矛头指向赵国的。万一秦国兴师问罪，自己恐怕要吃不了兜着走。这可恶的谣言，无疑是让赵国虎口拔牙，也给赵国引狼入室。现在各个诸侯国对秦国是唯恐避之不及，而自己却去找秦国的麻烦？他恨不能把那个造谣的家伙揪出来，一刀割下他的脑袋，送到秦国为自己和赵国请罪。

　　但面对五国的来使，赵王好像找到了后盾，感觉不是自己一个人在战斗，心里也就踏实了许多。不过对于五国来使的询问，他始终表明自己不知情。也难怪，如果秦国来责问或派兵来攻，五国来使可以拍拍屁股走人，而赵国就要遭殃了。所以，赵王对于这个谣言的态度就是不加理会，任其自生自灭。

　　其实，只要从一开始就确定是谣言，那么总有被澄清的一天。但解铃还须系铃人，谣言已经被传得沸沸扬扬，如果要辟谣，唯一能做的就是拿出证据。当然如果能让人们闭嘴，谣言也会销声匿迹，这就需要使出撒手锏——武力镇压。相对来说，拿出证据辟谣要容易一些。

　　当然，话又说回来了，当你足够强大的时候，你便成为神，谣言在你面前也会矮上半截，别人也不会来中伤你。但嬴政还不够强大，充其量他现在就是一个摆设而已，难道他真的要被谣言拉下王位吗？

　　现在，面对突如其来的谣言，秦国处在危机之中。稍有不慎，就会引发内乱，而六国也会趁乱向秦国发兵，让秦国雪上加霜，再也没有翻盘的机会。所以，秦国把安全级别提到了最高一级，咸阳城里到处是巡视的官兵。守卫边疆的将士也都枕戈待旦，随时准备应对突发事件。

　　这则谣言之所以可怕，就在于质疑嬴政的合法性，他的执政根基受到了前所未有的威胁。可喜的是，嬴政、吕不韦、太后、嫪毐已经形成了一个利益整体。如果嬴政垮台，那么另外三人的利益都将受到不可预料的损失。

　　所以，为了既得利益，吕不韦、太后、嫪毐抛弃前嫌，暂时结成一个同盟，共同维护嬴政的王位，与嬴政一同对抗谣言，想法化解谣言带来的不利影响。

　　当然，嬴政从来就没有怀疑过自己的出身，自己就是秦国的王子，这是铁打的事实，不需要拿出什么证据。但为了消除谣言造成的恶劣影响，他还是做了一些事情。

　　首先，给赵国施加外交压力，派使节督促他们查办造谣的赵人；其次，在秦国颁布法令，议论王室并传播谣言的人，一律灭族。

　　李斯的谍报网络在这个时候派上了大用场，一时间令行禁止，国内外一片肃然，人人谈"谣言"色变。因为谈论这个话题的人不是在众目睽睽下被打死，就是被暗杀，没有一个人有好下场。

　　如果放到现在，一个亲子鉴定便可以解决嬴政的血缘问题。但当时没有这么先进的技术，父母说你是谁的儿子，你就是谁的儿子。再说，嬴政的身份是万万人之上的王，所以，想用一则谣言把嬴政从王位上拉下来，简直是笑谈。

谣言终归是谣言，尤其在强权下，根本没有生存的空间。谣言就像一股风，刮过去就没事了，一切依旧，还是老样子。可是有一个人却活跃了起来，他就是王弟——成蟜。

虎落平阳被犬欺

当成蟜听说哥哥嬴政其实是赵姬和吕不韦的私生子后，他对此嗤之以鼻，认为这纯粹是无稽之谈。可谣言听得多了，也会变质的。当你身边的人都在说着一件事情，不管它是不是真的，你都会被左右视听。

每天被这种东西折磨来折磨去，何况又关乎秦国的血脉，成蟜受不了了，便偷偷派出密探，潜入赵国，找到赵国当年认识吕不韦和赵姬的人询问事情的原委。结果，大家的说法惊人一致：赵姬虽然是吕不韦送给父亲的，但在送给父亲之前，赵姬便和吕不韦有染，并且已经怀有身孕。

成蟜又回忆起吕不韦对嬴政不一般的宠爱，嬴政还尊称吕不韦为仲父。再加上，他也听母亲说起过，在父亲死后，吕不韦和赵姬好像还私下幽会。

结果，成蟜越想越气。

人往往在一念之间便会走偏方向。从这一刻起，成蟜便被这个念头所左右。他开始笼络士人，寻找能人志士为自己夺取大秦江山出谋献策。

成蟜没有想到的是，他的一切举动都被一个人在暗中冷冷地盯着，这个人就是吕不韦。

在吕不韦的眼里，成蟜还太嫩了些。如果没有这个谣言，吕不韦并不在意成蟜的行动。但是现在，如果大家都相信这个谣言是真的，那么成蟜将是嬴政的一个可怕对手，因为成蟜是唯一有实力和他争夺王位的人。想当初，如果不是秦庄王在临终前立嬴政为太子，相信成蟜背后的势力绝对不会轻易就把王位让给嬴政。现在机会又出现了，这股势力开始蠢蠢欲动。

吕不韦开始夜不能寐，他不能明目张胆地对付成蟜，但是危机在即，不能放任成蟜扩大势力，进而威胁到嬴政的地位。必须尽快拔掉这颗钉子！

但成蟜毕竟是王弟，没有确凿的证据，恐怕不能说服秦王。吕不韦深思熟虑一番后，想出了一计。

在一个当朝权臣面前，成蟜还真嫩了点儿。从这一刻起，成蟜便被吕不韦判了死刑。

　　吕不韦决定提前给嬴政吹吹风。当他把成蟜的反常举动呈报给嬴政后，不出所料，嬴政打死也不相信弟弟会站在自己的对立面。毕竟，二人的关系一直比较亲密，成蟜在嬴政心中永远是个长不大的小弟弟。不过，自从吕不韦给嬴政掏了耳朵后，这些话便一直在嬴政的耳边回荡。生性狐疑的他也开始重新审视这个年轻的弟弟了，毕竟他是威胁自己王位的唯一有实力的人。

　　等事态平稳一些后，嬴政长舒一口气，自己的王位依然固若金汤。不过，他特意召见了成蟜，想看看这个王弟对这件事到底是什么态度。结果，成蟜不等嬴政说话，便神情激昂，请求带兵攻赵，活捉赵王，押来咸阳问罪。

　　嬴政有些纳闷了，谣言起于六国，成蟜却要求带兵攻打赵国，看来他对这件事也十分关注，并有了他自己的看法。这个王弟真的长大了，不能不防啊！

　　听到弟弟这番慷慨激昂的言论，嬴政自然要夸奖一番，但最后还是没有让他带兵打仗。因为嬴政有自己的算盘，他要让成蟜永远只有一个空空的将军头衔，不给他建功立业的机会。这样的话，他对自己的威胁就大打折扣了。

　　此刻，嬴政只想把成蟜困在笼中，毕竟他是自己的亲弟弟。

　　可猛虎已经成形，铁笼能困多久？

　　嬴政屡次不许成蟜上战场杀敌，成蟜对这个哥哥更是心怀不满了。其实，提出出兵赵国，他有三个目的：一是去惩罚一下造谣的赵国人；二是他想彻底搞明白这个谣言到底有几成是真的；三是只有手握兵权，才有伺机夺取王位的资本。被当头泼了冷水，成蟜除了生气，就只剩下失望了。

　　但这一次却出现转机了，没过几天，成蟜便接到命令：率军攻打赵国。

　　成蟜太高兴了，终于可以一展抱负，他要打个漂亮仗，让秦国的百姓都知道自己并不比哥哥嬴政差多少。他甚至有些感激哥哥嬴政给了他这个机会。手下的门客提醒他小心中计，嬴政的一反常态不寻常。可惜成蟜完全陶醉在喜悦中，把谋士的话都当作了耳边风。因为退一万步讲，他不相信嬴政会对自己下毒手。可是他忽略了一个人，当朝独掌大权的相国吕不韦，所以他根本就猜不到这是吕不韦设的圈套，只等他往里钻。

　　于是，秦王政八年（公元前239年），秦王的弟弟长安君——成蟜率领大军攻打赵国。一路还算顺畅，没遇到赵军强有力的阻击，成蟜以为这次一定能旗开得胜，荣立战功。结果，大军在屯留一带中计，被赵军团团包围在屯留。

　　成蟜以为是自己太轻敌，才造成被围困的局面。不过，他还是很纳闷，这也太蹊跷了，赵军什么时候学会神机妙算了。其实，秦军是被自己人给出卖了。在他们还没有出发的时候，赵军就已经知道了他们的行军路线，想不被围攻都不可能，可秦军却还被蒙在鼓里。

成蟜不断派人到咸阳求救，可在吕不韦眼中，被围困的不是数万秦军将士，而只是成蟜一人。如果能趁这个机会扳倒成蟜，赔上数万秦军将士也是很划算的。

这就是政治。

所以，派往咸阳的报急军使被软禁，信鸽带去的告急文书也被扣留，成蟜大军望眼欲穿也没盼来救兵，只是接到了固守的命令。

在嬴政面前，吕不韦却隐瞒了真实情况，说他们一切顺利，和赵军进入了相持阶段，半年以来无大战。朝中大臣和嬴政全部被蒙在鼓里。

被围困的秦军内无粮草，外无救兵，军队里甚至发生了人吃人的惨剧。

在这半年中，赵军虚张声势地攻过几次城。除了增加了城内守军的伤亡外，并没有攻下这座城的意图。看来，赵军是想把他们饿死、困死，直到投降为止。

如果真能如赵军所愿，这无疑是一个石破天惊的新闻，肯定能上头版头条。赵国也必将重新树立威信，对六国将是一个不小的鼓励，对秦国则是一个沉重无比的打击。

这天，成蟜无心睡眠，视察了自己的军队，个个都饿得只剩下皮包骨头了。别说打仗，连拿兵器的劲儿都没有了。这时候，只要赵国派少量军队来攻打，很容易就能攻破城门。可赵国没有这么做，他们只是围而不攻，等秦军自生自灭或有更大的阴谋。

看着对秦国忠心耿耿的将士，成蟜心乱如麻。一阵夜风吹来，他只觉得脸上发凉，伸手一摸才发现自己竟然满脸是泪！

不能再这样下去了，必须想办法解决眼前的困境，否则这数万大军都会被活活饿死，于是成蟜命令众位将军前来议事。

众将见到成蟜，站起来行了军礼。

成蟜入座后摆手道："各位将军请坐，今天召集大家前来，是商讨破敌之策。"

一位将领说道："将军，我们已经商讨半年了，可有结果吗？"

成蟜抬头看着众将，才发现室内气氛不对，每个人的脸色都很沉重。

"我军目前的困境，公子也很清楚，如果再这样下去，我们都得被活活饿死。"

成蟜点点头，他满怀哀伤地说："各位将军，我已经派私人使者去见王兄，相信他会派援军前来。各位请鼓励属下坚持下去，胜利最终属于我们。"

"坚持，我们靠什么来坚持，喝西北风吗？我们再也支持不下去了！"室内的人开始吵吵嚷嚷。

成蟜皱了皱眉头，最让他担心的局面还是出现了。饥饿和无望已经把这些大秦的将士折磨到了崩溃的边缘。

"将军，奸相吕不韦擅权误国，故意延误和中断我军的补给，又不准我们进攻，也不让我们撤退。现在被围，又不派兵援救，明明是要借敌人之手消灭我们呀。今天赵国派使者来议和，我们……"

成蟜打断他的话："他们想让我们投降？"

"不是投降，是议和。赵王说，只要将军答应两国修好，他愿意联合各国支持将军登位，除掉奸相吕不韦。"

"那我王兄呢？"成蟜问。

"当然是听公子发落了，何况他也不是大秦王室的血脉。"

"那不是谋反吗？"成蟜开始沉思。

"是，反是我们唯一的出路。"

被逼谋反，这是成蟜不愿意做的事情，可他又找不到其他出路。这种被逼上梁山的滋味真是不好受。

"公子，事到如今，只有与赵国议和，让赵国运来粮食解决我们这数万大军的温饱问题才是最主要的。"

"先运粮，再议和，这是我最起码的条件。"

成蟜只说了这么一句，便觉得手脚无力，两眼发黑，晕倒了。因为他也是三天没有进一粒粮食了，再加上心力交瘁，终于支持不住了。

悄然夺兵权

成蟜要谋反的消息很快传到了咸阳，嬴政想不通，一向唯自己马首是瞻的弟弟怎么会有这么大的胆子。他不相信，打死也不相信成蟜要兵变谋反。

昨天，嬴政秘密接见了从前线回来的成蟜的私人使者，才知道战事发生了这么大的变故。对吕不韦这种置大秦将士安危于不顾的行为，嬴政非常气愤。以前每次问吕不韦，他只是说："占据了屯留的秦军正在整顿，没有发生重大战争。"秦军整整被包围了半年，粮草用尽，看不到援军，敌人又不攻城，自然就没有战事！吕不韦撒了一个弥天大谎，把所有人都蒙在了鼓里。

听完军使带着哭腔的报告后，嬴政立刻打发他秘密返回军营，要他设法转告长安君：再撑一段时间，援军很快就会到达，切记要稳住军心。看着军使离去的背影，嬴政仿佛看到了正在煎熬中的成蟜，他的眼睛湿润了，一定要成功解救成蠓，一定要解救被围困的秦军将士。

嬴政坐在议事大殿上，大臣们接连奏事，他却连一句也听不进去。满脑子都是军使的哭诉，只盘算着一件事，如何解救被围困的数万秦军将士，还有他那位手足兄弟。

可是调动大军的令符在母后手上，自己还没有亲政，如何调动千军万马？苦苦思考了一夜后，他终于决定今天早晨当着群臣一劳永逸地解决所有的问题。当然，救援成蠓是最紧急的事。虽然有些冒险，但他还是决定一试，为了弟弟，赌一把，还是值得的。

好不容易等到群臣奏事完毕，嬴政问吕不韦："相国，屯留方面的战况有什么进展吗？"

吕不韦先是一惊，随即便冷静地回奏道："屯留被围，老臣很着急，正在设法采取行动救援。"

嬴政暗暗心惊，看样子他已经知道昨晚秘密接见军使的事了。也就是说，暗藏在自己身边的吕不韦的耳目，早已把自己的一举一动都密报给了吕不韦。这种被监视的日子过得真憋屈，等营救了弟弟，一定解决这些暗藏在自己身边的毒瘤。

"既然早知道屯留被围，为什么不早早发兵相救？"嬴政恼怒地责问吕不韦。

"老臣也是最近才接到战报的，正要和太后商量，取得军令符后，便可以发兵救援了。"

真是个老油条，说谎话都那么沉稳，说得就跟真的一样。

嬴政想发火，自己再也不愿意做任人摆布的棋子了。这憋了十多年的怨气，顷刻间就要喷涌而出了。可是一眼看过去，殿上的文武大臣有一半是吕不韦的心腹，自己还没有足够的实力和他对抗。

忍了，忍了，这种忍是积蓄力量，是为了将来更好地反击。

嬴政深吸了一口气，提高了嗓门对众臣说："不必了，救兵如救火，我们要争取时间。太后居住在雍地，令符取送都不方便，寡人决定……"

"按体制……"

吕不韦打断了嬴政的话，想搬出老祖宗来压制嬴政。因为在他心中，嬴政还是那个任由他摆布的没长大的孩子。

竟然敢打断我的话，太没有教养了，总有一天我要收拾你！嬴政暗想发誓道。

"东西是死的，人是活的，令符只不过是国君权威的象征，由国君制发，当然也可以由国君收废！"嬴政以牙还牙，打断了吕不韦的话。

那凌厉的眼神，那种霸气的王者之风，真是令人心底生寒。

这个羽翼已经丰满的王，第一次与权臣面对面交锋，到底谁会取胜呢？大殿上一下子变得鸦雀无声了。

"两天之内制成新令符，寡人决定亲自出征！"

大殿上的重臣全部像被雷击一样，面面相觑，连话也说不出来了。

"老臣启奏，按照秦律，除非国家危亡，否则国君不能亲征，如今……"

"相国不必多说了，成蟜是寡人的兄弟，寡人是不会眼睁睁地看着他死的。寡人要亲自把弟弟接回咸阳。"

"蒙武！"嬴政叫道。

"臣在！"孔武有力的大将蒙武出列。

"令尊是先王托孤大臣之一，长期在外为国征伐，不幸辞世。你虽然年轻，但有令尊厚重的风范，寡人任你为仆射，共同与相国辅助寡人。"

"谢大王！"蒙武回列。

这项宣布表明吕不韦的权力几乎被分去了一半。宗室及旧臣们忍不住欢呼出声，大呼王的英明。

从未正式参与过政事的嬴政，今天只用几句话就成功地发动了一场不露痕迹的政变。吕不韦只剩下生气的份儿了。

嬴政十多年的积蓄在今天展露无遗，真是不鸣则已，一鸣惊人。

这就是王，王者的风范，王者的气度！

在嬴政和吕不韦的首轮博弈中，嬴政的突然发力，把吕不韦打得措手不及，取得了大胜。那个唯唯诺诺的嬴政已经成为历史，这对吕不韦来说，不算是什么好事情。

率军平叛的王

嬴政率领十万大军，浩浩荡荡地杀向屯留。一路上虽然只是遇到赵、魏象征性的抵抗，但在行军布阵上，嬴政还是显示出了出色的军事指挥天赋，连属下那些身经百战的老将都佩服得五体投地。

蒙武也参加了这次征战，不过他扮演保镖的角色，更重要的职责是保护嬴政的人身安全。

嬴政没有坐战车，而是选择了骑战马，他觉得这样才更像一个亲征的王。

在宝马上，嬴政一刻也没有停止思索：别人谋反，他不会难过，可为什么偏偏是成蟜？小时候的誓言难道就真的靠不住吗？可转念又想，这肯定是敌人的离间之计，成蟜绝对不会背叛自己，背叛他的哥哥，背叛他的国家！

秦国大军杀到屯留城下时，已经看不见一个赵军了。但赵国策划的这次军事行动是成功的，它造成秦王兄弟即将手足相残的悲惨局面，而自己的军队却毫发未损，坐山观虎斗，不亦乐乎。

本以为赵军能够一起抗秦，可赵军却拍拍屁股走人了。再说，城内的军队听说他们的大王亲征，早已无心战斗。这样看来，城内成蟜谋反军队的结局已经显而易见，不是降便是亡。

战争讲求的就是速度，嬴政已经安排好了攻城的一切准备，眼看战事一触即发。可嬴政没有立即下命令攻城，他希望奇迹出现，希望紧闭的大门突然打开，兄弟成蟜骑着战马出来迎接自己。可一炷香的工夫都过了，城门依旧紧闭。

就在嬴政即将下命令攻城时，成蟜出现在了城楼上，隐隐约约能看见他那张年轻俊秀的脸，虽然全副武装，但却萎靡不振。

"成蟜，你为什么要负我，你难道忘记诺言了？"嬴政在城外高喊。

骑在高头大马上的嬴政威武庄严，他就是王，大秦的王。只要能让六国畏惧，是不是秦室的血脉又有什么关系呢？

此刻的成蟜满脸的悲凄，自责、愤怒交织在一起，撕扯着他那颗已经憔悴不堪的心。沉默了一会儿，他说："今天的局面都是奸相吕不韦一手造成的，为了全城将士活命，我才这样做的。不除吕不韦，我不甘心！"

"我会处理的，你放下武器，赶快投降，免得兄弟相残，让赵魏渔翁得利。如果你能回头，我们还是好兄弟。"嬴政想动之以情。

"君子岂能言而无信，我既然决定和赵国联合，就没有想过走回头路。否则我岂不成了小人？"成蟜说完，仰天大笑，"可惜我不能手刃奸人吕不韦，遗憾终生啊！"

"成蟜，你怎么这么天真？秦赵之间订过多少盟约，有哪条实行过？赶快投降，自行请罪，还可罪不及家族！"嬴政严厉地斥道，希望能震慑住这个误入歧途的弟弟。

"哥哥，对不住了，来世我们还做好兄弟，只是，我希望我们不要再生在帝王之家了。"

嬴政知道成蟜已经不再是当年那个对自己言听计从的小孩子了，这次怕是难以说服他了。可是要让自己对亲兄弟动手，实在是不忍心啊。

"准备防御。"成蟜高喊道。

只见城墙上的弓箭手已经到位，都拉满了弓，准备迎接秦军的攻城。

嬴政流泪了，这是他最不想看到的局面。他兴冲冲而来，满以为可以说服成蟜弃械投降。可是他小看了成蟜，一个诚信就让他们兄弟俩天各一方了。可这诚信到底值多少钱啊，如果有个价格，他甘愿用王朝来换成蟜的回归。嬴政又想到了吕不韦，这种局面多半是这个相国造成的，他发誓一定要血债血还。

蒙武看见嬴政神色不对，便问道："大王，我们怎么办？"

嬴政从沉思中回过神来，道："准备……准备……进攻！"

十万大军，摆开阵势，有步骤地向屯留涌去。

瞬间，鼓声雷动，号角齐鸣，杀声震天，激烈的攻城战开始了。两军交战，自然少不了一阵乱箭齐发，然后便是尸横遍野，哀号满天。

经过一轮交战，双方将士各有损伤。不过，嬴政的大军已经攻到了城下，再经过一次进攻，便可拿下城池。

看着秦军为了不同的主人厮杀，嬴政心里很难过。第一轮进攻结束后，嬴政命令暂停进攻。身边的将领很难理解，为什么要给对方喘息的时间啊？一鼓作气攻下城池才是正确的攻城之策。

其实，嬴政是想给成蟜最后一次机会，希望他能反省，回到自己身边，还做好兄弟。可是城上的成蟜还在备战，丝毫没有投降的意思。

于是，嬴政望了望城上成蟜有些落寞的背影，挥手下令，弓弩手准备，第二轮进攻开始了。

成千上万支箭挟着呼呼的风声飞向了城池。

就在此刻，让人想不到的一幕出现了：面对呼啸而来的箭，成蟜没有躲避，而是挺身站在城墙上，张开双臂，像要飞翔一样。他做这个动作就是一眨眼的工夫，手下的将士都来不及拉他一把。

结果可想而知，顷刻间，成蟜便被乱箭穿心。他没有飞起来，而是一头从城墙上栽了下来。

这一幕出乎所有人的意料，嬴政飞马上前，想接住掉下来的兄弟，可还是晚了一步。

这一刻，苍天在落泪，连大地也在悲鸣。嬴政把成蟜抱上战马，向自己的阵营飞奔而去，两行热泪在随风而逝。

死，对成蟜来说，也许是最好的解脱。可对嬴政来说，却是莫大的悲哀，连自己的兄弟都保护不了，做这个王还有什么意思。

嬴政很颓废，他一时还很难接受这个结果。到底是谁逼死了弟弟成蟜，是相国，还是自己？

本来城内的叛军就没有心思战斗，成蟜一死，他们便失去了动力，纷纷弃械投降，并打开城门，迎接他们真正王的军队。

第二天，嬴政要全军为成蟜服丧，他认为成蟜没有罪，成蟜仍然是征战赵国的元帅。

同时，他宣布：只追究带头反叛将领的罪责，其余不究。叛军全军悬着的心终于放下了，高呼万岁。

看着又重新归顺自己的秦军将士，嬴政的脸上终于露出了一丝难得的笑容。

嬴政亲征的勇气和处事的明快果断，很快传遍天下。虎狼之师有这样的王，真是如虎添翼，各诸侯国更加忧心忡忡自己未知的命运。

嬴政平定叛军后，班师回朝，受到大秦民众的夹道欢迎。有这样智勇双全的王，肯定不会被其他诸侯国欺负，他们的生命有保障了。朝中大臣对嬴政更是衷心敬服，不再视他为一个凡事不管的懦弱君王了。

最郁闷的就数吕不韦了，他把成蟜的行军计划透露给赵国，本来是想借赵国的手来除掉成蟜。可没想到赵国却来了这么一手，逼迫成蟜谋反。成蟜死在了乱箭之下，吕不韦的目的达到了，可他却一点也高兴不起来。因为出了一些意外：嬴政不仅在朝堂之上和他对峙，而且嬴政的亲征也在他的计划之外，嬴政胜利回朝得到空前的拥护更是出乎他的意料。可以说，吕不韦的这步棋失算了，他的如意算盘被击了个粉碎。

吕不韦突然感到了心力交瘁，他玩了半生的政治，结果却输在一个毛头小子手里。

成蟜败了，一场叛国阴谋被粉碎了，而嬴政也为自己即将君临天下赢得了政治资本。秦国的百姓见识了秦王强悍的一面。

而吕不韦处在低谷，他隐隐感觉到自己手里的权力在流失，而另一个集团后党的代表人物嫪毐也好不到哪里去。所以嬴政的强大成为他们俩共同的心病。

【第三章】

君临天下

举行冠礼的绊脚石

秦王政八年（公元前239年）是让人烦心的一年，终于走到了尾声，新的一年转眼就要到来了。秦王政九年（公元前238年），嬴政将年满二十二岁。按照秦国制度，国君满二十二岁就要举行冠礼，可以正式佩剑。这就意味着，嬴政将正式亲政，掌握秦国的最高权力。可是吕不韦、嫪毐已经习惯了站在权力巅峰的日子，他们会这么轻易把权力交给嬴政吗？

严峻的考验第一次摆在了嬴政面前，面对吕党和后党两大集团的嚣张气焰，胸怀大志的他除了加强对吕党、后党监视以外，同时积极准备应对随时可能发生的异常事件。

先看看嫪毐，目前，朝廷大小事情有一半是由他来决断。朝内受人尊重，朝外受人膜拜，风光到了极致，但这样的好日子还会持续多久？嫪毐心中打了个大大的问号。等嬴政亲政掌握大权后，自己仗着太后赵姬的庇护，或许能够继续享受荣华富贵，但终究不是万全之策。手中没有真正的实权，赵姬即使保得了自己一时，但保不了自己一世。靠女人吃饭，终究不能从根本上解决问题。

再说太后年纪比自己大将近二十岁，等太后一死，自己还能依靠谁呢？到时候只能像流浪狗一样流落街头了。况且自己和赵姬已经生了两个儿子，一个五岁，一个四岁，虽然招人疼爱，但这两个儿子却又是定时炸弹，随时都可能爆炸。如果让嬴政发现自己和太后居然生下了两个孩子，别说自己的小命了，恐怕太后也是泥菩萨过河——自身难保。

形势已经极其严峻了，如果再不想个两全其美的办法，恐怕迟早难逃厄运。嫪毐的眉头开始紧锁，为自己的后路苦苦思索。

嫪毐和赵姬同居已经有七年之久了，虽然没有结婚，但和夫妻没有什么大的区别。自从有了两个儿子之后，赵姬便把注意力转移到两个儿子身上，这让嫪毐极度郁闷。

也许是七年之痒在作怪，嫪毐在想，如果赵姬不是太后，他还会爱这个老女人吗？他还在想赵姬到底是爱他这个人，还是只爱他下面的家伙？如果自己和太后的不正当关系败露，赵姬肯定还是太后，她毕竟是嬴政的亲娘，打断骨头还连着筋呢。而自己呢？什么也不是。

所以若想将命运掌握在自己手里，就必须做些什么，必须为自己而战，为赵姬而战，为两个儿子而战。于是，嫪毐疯狂地豢养家丁，广招门客，发展个人武装，加紧培植党羽，为篡权做准备。

这个吃软饭的男人竟然有谋反的心思，他要面对的是全天下的王中之王。但为了给自己一条活路，嫪毐选择了谋反，从这一点来看，嫪毐比其他六国的君王要强很多。

再说吕不韦，他由一名商人变成大秦的相国，梦寐已久的权力终于被他抓住了。翻手为云，覆手为雨，这是他经商几十年从未品尝过的惬意。就像饥渴很久的狐狸，好不容易衔到了一块肥肉，想让它吐出来，拱手送给别人，那是不可能的事情。

现在，嬴政要亲政了，可嫪毐和吕不韦对手中的权力还是恋恋不舍。

两座大山摆在了嬴政面前，他能顺利跨过去吗？

嫪毐和吕不韦希望时间过得慢一些，以便多享受一下手中的大权；嬴政却希望时间过得快一些，以便掌握那早就应该属于自己的王权。

时间是最公平的，它不会因为人们的意志而改变。嬴政九年不紧不慢、准时准点地到来了，秦国政坛乃至六国都盯着即将举行的嬴政的加冠大典。

自古以来，一个国家的政局在权力交接时都是危险的时刻。如果新的掌权者没有立稳根基，而旧的掌权者又不甘心退隐，那么一场权力之争就在所难免，国家也会动荡不安。严重的话会使国内危机四伏，百姓也跟着受苦受难。

于是，六国的君主都在祈祷：秦国内乱吧，秦国内乱吧！因为只有这样，他们才有喘息的机会，不至于过早毁灭在秦国的铁骑之下。

眼下秦国的政坛，可以说是三足鼎立。嬴政的加冠大典能否顺利举行，王权能否安然地移交到嬴政手里，还是个未知数。

二十二岁的嬴政对这种情况当然是了然于胸，他绝对不允许任何人觊觎他的王权。纵观秦国上下，只有吕不韦和嫪毐二人有能力兵变。尤其是吕不韦在秦国的势力根深蒂固，有众多的党羽亲信，更主要的是他掌握着秦国的经济命脉。权力能让人疯狂，也会让人忘乎所以、狂傲自大。手握大权的吕不韦完全有资本走上谋反的道路。

所以，嬴政把重心放在了吕不韦身上，密切注意着他的所有动向。但这次嬴政失算了，让他没想到的是一个残缺不全的宦官也会兴风作浪。

嫪毐醉酒吐真言

人在得意的时候喜欢饮酒，有道是：人生得意须尽欢，莫使金樽空对月。

人在失意的时候也爱饮酒，有道是：抽刀断水水更流，举杯消愁愁更愁。

此刻的嫪毐在嬴政即将亲政的压力下有些徘徊不定，虽然他造反的动力很大，可是手中没有得力的王牌军队，只有一些乌合之众的门客和可以调得动的非主力部队。用这些人和秦国的铁骑抗衡，只能是用鸡蛋和石头相碰，胜算很小。可是如果让嬴政知道了自己和太后的事情，那也是死路一条。

横竖都是个死，何不拼一把。

嫪毐就这样摇摆着，一方面准备谋反，一方面又借酒消愁，好像隐隐感觉到自己的大限将至似的。

喜欢喝酒的人都喜欢凑在一起，二两花生米，几个鸡爪子，便可以把几瓶酒送到胃里。旁人看来这真是无聊至极，而喝酒的人自得其乐。

这一夜，嫪毐又和权贵重臣们一起赌博饮酒。不过他们的下酒菜不是花生米和鸡爪子，而是山珍海味。

有一个叫颜泄的中大夫也喜欢喝两盅，便来凑热闹了。为了增加气氛，他提议划拳，谁输了不仅要喝酒，而且还要掏钱。

嫪毐有的是钱，又喜欢赌博，于是二人开始划拳。也许是嫪毐的点儿太背，他的手气太臭了。没多久，他就喝了个头昏脑涨，而且也输了百金。做上司的在自己的属下面前连战连败，脸上自然挂不住。

再说这个属下也太不知趣了，谁的钱都可以赢，唯独不能赢顶头上司的，否则还会有好日子过吗？可这个属下就这么不开窍，越赢越起劲。

结果，两人的兴致越来越高，每局的赌注也越翻越大，从十金一直加到百金。在座的人虽然也都是权贵重臣，但见到每局百金的赌注，也都手心冒汗，咋舌不已。颜泄见嫪毐输得多了，本来想作假让嫪毐赢上几局，但当看到百金的赌注时，不免又心生贪念，划起拳来反而加倍认真。

此时，嫪毐已经没有了刚开始的好兴致，本来已经输了，但不肯认输，想要赖账。如果在平时，颜泄也许不会说一个不字，但现在他借着醉意，硬是不肯答应，非得让嫪毐掏。两人说着说着就红了脸。

在嫪毐眼中，此刻的颜泄仿佛变成了嘲笑他的嬴政。他恼怒了，一下子把桌子掀翻了，饭菜掉了一地，酒也洒得满地都是。

众人借着酒醉，胆子也大了起来，嚷道："这是干什么啊，技不如人就是技不如人，干吗要掀桌子？"

嫪毐一向目中无人，哪里容得下众人的说道。再加上最近被"反还是不反"的问题困扰着，可以说火气一点就着。

于是，嫪毐二话不说，一把揪住颜泄，就是一顿猛揍。

平时，众人都会让着嫪毐，毕竟他是太后身边的红人。可现在大家都喝得醉醺醺的，看不惯嫪毐的横行霸道，便和他厮打起来。其中也有借拉架给嫪毐下黑手的。

一人难敌四手，何况是群殴。

嫪毐吃不消了，瞪着大眼怒喊道："我是当今大王的'假父'，我已经有两个儿子了，你们再敢造次，我灭了你们全家！"

众人都停手了，酒也醒了大半，让他们震惊的不是要灭他们全家，而是"假父"二字。早就听说嫪毐和太后关系暧昧，可谣言始终是谣言，别人也就把它当成是茶余饭后的调剂罢了。可现在由当事人亲口承认了谣言不是谣言，那么谣言就是板上钉钉的事实了。

这无疑是天大的新闻，不用炒作就能上头版头条。

在这种情况下，逃跑是最好的选择，否则难免嫪毐会杀人灭口，也许就再也走不出长信侯府了。

于是，众人说笑道："醉了，真是醉了，开始说胡话啦！"

转眼间，这些喝酒赌博的权贵们便不见了踪影。

嫪毐跌跌撞撞地追出来："别走，别走，听我说，别走，我灭了你们……"

受冷风一吹，嫪毐的酒醒了大半，他才意识到自己闯下了大祸。这件事如果传到嬴政的耳中，自己恐怕是躲不过头上悬着的那把刀了！

从这一刻起，嫪毐彻底下定决心要造反，逼嬴政下野，立自己的儿子当王。因为他相信自己刚才的话已经开始在秦国的土地上流传开了。

摊牌还是忍让，这是个问题

第二天，秦人便开始悄悄议论嫪毐是"假父"的丑闻，整个儿咸阳城已经传得沸沸扬扬了，也许只有嬴政一个人还不知道这件事情。

当权者就是这样，他可以发号施令，可以管理天下苍生，但这样的小道消息，他总是最后一个知道。因为大都被下面的人封锁了，下面的人要鉴别真伪，要考虑事情的后果，才能决定是否上报。

那些和嫪毐一起喝酒的权贵们都销声匿迹了，因为他们害怕这个心狠的人报复。他们希望这件事也赶紧销声匿迹，当然他们更希望嬴政早点亲政，好早点除掉嫪毐这个得势的小人。

这种事情涉及太后，如果没有好事者，慢慢也就会过去的。可偏偏出了这么一个人——颜泄，他的所为加速了嫪毐集团的覆灭。

颜泄虽然在酒桌上是个高手，可他未必是谋划人生的高手。和嫪毐大打出手后，他知道嫪毐绝对饶不了他，只好决定到其他国家寻求避难。但转念一想，如果把这个天大的新闻告诉嬴政，自己一定会受到重赏。干吗要白白浪费掉这么好的机会呢？于是，他决定到嬴政那里先淘一桶金再做其他打算，主意已定，便直奔王宫而去。他哪里知道，一时的贪念竟然葬送了自己的生命。

这个贪字，还真了不得。世间的财富千千万万，可有的挣得，有的却碰不得。

大清早就听见大殿外的枝头上有乌鸦的叫声，嬴政伸了伸腰，道："晦气。"

没想到，这晦气的事情还真的来了。

颜泄来到嬴政面前，把昨晚嫪毐的言行一五一十地哭诉了一遍后，还添油加醋地说，如果大王不幸驾崩，嫪毐就要让他的儿子来继承王位。

嬴政听到这石破天惊的消息后，还是不敢相信自己的耳朵，说道："中伤大臣，诽谤太后，这是诛九族的大罪，你不怕吗？"

"小臣所言，句句属实。小臣即使有天大的胆子，也不敢欺瞒大王。"

嬴政又问："嫪毐受了宫刑，是相国亲自监察办理的，怎么还会生出儿子来，笑话。"

"其实，嫪毐并没有受到宫刑，说他受宫刑只是个让嫪毐顺利进入王宫的幌子而已。"

嬴政只觉得一阵寒意迎面袭来。先是嫪毐没有受到宫刑，再有太后生了儿子，现在又把吕不韦也卷了进来，难道他们合伙骗我？三敌当前，我该怎么办？摊牌还是继续忍让。现在还不是时候，摊牌的话无疑是给自己亲政制造障碍。对，暂且假装什么也不知道，装糊涂也许是此刻最好的选择。

退一步说，万一颜泄的话不靠谱，自己岂不是搬起石头砸自己的脚。可是怎么处理颜泄呢？自己必须向嫪毐、吕不韦之辈表明态度。

"你好大的胆子，竟敢无事生非，污蔑重臣，拉出去，砍了！"

看着下面苦苦求饶的颜泄，嬴政很难过。可是没办法，也许只有这样做，才能换来自己平稳亲政的局面。

其实，对于颜泄的话，嬴政并不是一点也不相信，因为天底下没有一个人愿意大老远跑来拿自己的脑袋开玩笑，除非他是个疯子。可颜泄的头脑很清醒，想拿情报换取财富，却丢了自家性命。看来，并不是任何情报都可以邀功请赏的。

再说，嬴政也知道自己母后的风流，所以他很生气，把嫪毐和吕不韦的祖宗十八代骂了个遍，神色异常激动。旁边的侍者都退在一边，大气也不敢出，生怕自己也被牵连进去，无缘无故地成了替死鬼。

这种丑事竟然出现在自己母后身上，真是无颜对列祖列宗，嬴政想马上就手刃了嫪毐，来发泄自己心中的怨气。可在这关键时刻，是不能鲁莽行事的。谁的头脑冷静，谁就掌握了胜利的主动权；谁能忍常人不能忍之事，谁才是真正的强者。

"小不忍，致大灾"，"忍一时之气，免百日之忧"。古往今来，人世间多少憾事、多少不幸、多少悲剧、多少恐怖都是因为人与人之间争强斗胜，不能相互忍让而发生。不管是韩信忍受胯下之辱，还是将相和，都说明学会忍耐对一个人是多么重要。

此刻，嬴政的忍让也是一种极高的智慧和王道。因为他此刻的蹲下、伏下，是为了能跳得更高。记得有这么一句话：世界不是掌握在嘲笑者手中，而是掌握在那些遭到别人嘲笑、怀疑却依然能在困境中前进的人手中。

毕竟还有几天就举行冠礼了，等自己真正掌权后，还怕他一个小小的嫪毐不成，所以嬴政选择了忍让。

潜伏在嬴政身边的眼线给嫪毐传回了消息：告密者被杀。

嫪毐松了一口气，心里却仍然忐忑不安、疑虑重重。按照嬴政眼里揉不得沙子的个性，他是不会善罢甘休的。这是不是嬴政故意给自己摆的迷阵呢？嫪毐苦苦思索，不敢有丝毫的大意。

嬴政亲政在即，不管他有没有洞察自己的不轨行为，嫪毐都不能再等下去了，他必须先下手为强。造反虽然是九死一生，但不造反的话，更难逃一死，嬴政迟早会和他算这笔账的。嫪毐已经被逼上了绝路，唯一的出路就是——造反。

嫪毐造反还是有一定实力的。在朝廷中，他已经买通了统辖宫廷卫士的将军，还有二十多位朝廷高官都愿意追随他。另外，他还有私人武装——家丁数千人，门客千余人。在外援方面，他也得到了部分戎狄首领的明确支持。

于是，嫪毐和党羽秘密商议，准备在嬴政举行冠礼的当天，武力逼嬴政下野。他们把每一个细节都落到了实处，确保万无一失。毕竟，造反不是儿戏，稍有差错，不仅自己会人头落地，还会被诛灭九族。一切准备妥当后，他们歃血盟誓，个个都信心十足，为了自己的荣华富贵准备改朝换代。

另一个强权派吕不韦，他对自己目前的地位和既得利益还是比较满意的。所以，吕不韦为嬴政的冠礼积极筹备着，他绝对不允许任何人来搞破坏。

此刻，吕不韦虽然也听到了嫪毐和太后私通有子的传言，但他把这种传言只当作耳旁风。因为吕不韦从来没把嫪毐放在眼里，自己能把他送进王宫，就同样能把他打入地狱。可是吕不韦却从来没有想过什么人同样也能把他打入地狱。

当一个人处于权力的巅峰时，就会忘乎所以，以为天下之大，唯我独尊。可人外有人，天外有天，万物轮回，生生不息。这才是生存之道，自然之道。

冠礼上的谋反者

秦王政九年（公元前 238 年），彗星又出现了，有时划过整个天空。太史占卜后说："国中当有兵变。"

这在嬴政的预料之中，他早就预感到自己的成年冠礼不会那么顺利。不过这丝毫不能阻挡嬴政前进的脚步。

好在，这年的四月春暖花开，万物复苏，满眼都是暖暖的春意。看到这大好春光，嬴政心中的阴霾也消去了大半。

这年的四月，必将随着嬴政的亲政被载入秦国的史册。不过，对于嬴政来说，这个四月是混杂着快意与愤怒的一个四月。快意的是，从此他就可以真正掌握王权，实现自己的梦想了；愤怒的是，令他生厌的人还活在人世。

这个四月，嬴政必须要到一个地方——雍城，即秦国的旧都。这个地方也将随着嬴政的到来成为权力的角逐场。

公元前 350 年，秦国开始把都城从雍城迁到咸阳，嬴氏宗庙却一直留在雍城。冠礼必须在宗庙中举行，禀告祖宗。所以嬴政要举行冠礼，便非得到雍城走一遭不可。

当然，嬴政并没有因为要举行冠礼而高兴得忘乎所以，他知道有人必将趁着权力交替的时机找事。这定然不是鸡毛蒜皮的事情，必将是关乎自己的命运、秦国未来的惊天大事，自然马虎不得。经过一番周密部署后，他才率领人马离开都城咸阳，前往目的地——雍城。等到达雍城后，便驻跸在蕲年宫。

蕲年宫又称为"祈年宫"，是秦惠公时修建的。因为秦王每年都来雍城祭祀，都要在蕲年宫住宿，所以蕲年宫的修缮、保护自然是一流的。

古代，在众多的礼仪中，冠礼是很特殊和重要的。对男子而言，只有行过了冠礼，才能算是正式成人。《礼记》讲：冠者，礼之始也，嘉事之重者也，是故古者圣王重冠。可见，冠礼在古人眼中有很重要的地位。

普通百姓的冠礼，人们都比较重视，何况是一国之君的冠礼，自然是轰轰烈烈、盛况空前、热闹非凡。

被邀请参加观礼的自然是秦国上流社会的权贵，而老百姓只能在层层卫队的把守外远远眺望了。不过，在战乱的年代，能放松一下自己，获得片刻的安宁，这对老百姓来说也是一种莫大的幸福。

据史料记载：冠礼的程序通常是士人三加，王公四加，天子五加。嬴政是秦王，自然行王公冠礼：四次加冠，依次是缁布冠、皮弁、爵弁、九旒玄冕。虽然过程是烦琐的，但结果是嬴政急切渴望的。

吉时已到，冠礼如期举行，众人都不敢喧哗，甚至有人还屏住呼吸，生怕吓着什么似的。实在有憋不住想说话的人也只能咬咬耳朵。

经过一系列烦琐的程序后，冠礼在众人惊叹的目光中即将进入尾声。二十二岁的嬴政已经加冠佩剑，即将主持国事，光大秦国社稷。

忽然有一个人匆匆闯入，原来是大将军蒙武。他本应该在外面戒备才对，为什么胆敢擅离职守，贸然闯入，破坏冠礼进程，难道他不知道这是死罪吗？

蒙武也顾不上众人异样的眼光，他神情紧张，连称有要事禀报。

嬴政道："慌慌张张，成何体统，有什么事要报？"

蒙武定了定神，道："启奏大王，长信侯嫪毐和他的死党在咸阳聚集，已经举兵谋反，正率兵向雍城攻来。"

蒙武话音刚落，台下已经是阵阵惊呼，骚动不止。嬴政本以为吕不韦才会做这种大逆不道的事情，没想到叛乱的人却是这个假宦官。自己小看嫪毐了，这打乱了他的部署，所以嬴政对突如其来的事件，还真有些手忙脚乱。

这个消息还对另一个人产生强烈的冲击，她就是赵姬。她最担心的事情最终还是发生了。嫪毐到底还是反了，可是他反的是自己的儿子，手心手背都是肉。赵姬希望双方都不要受伤，但这根本就是不可能的事情。结果如何，只有听天由命了。这种时候，也许只有老天爷才能做出最公正的裁决。

关键时刻，还得老将出马，吕不韦毕竟是老江湖，处变不惊。这种时候，在众多大臣之中，也只有他能镇得住场子了。只见他一挥手，便止住了下面的骚乱。

吕不韦问蒙武："具体情况是什么样的？叛军现在到了哪里？"

蒙武道："叛军的先头部队已经和戒备的军队开战了。"

众人越来越害怕，嫪毐率兵攻打雍城，显然是冲嬴政来的。但覆巢之下，焉有完卵，在场的大臣恐怕也都要被牵连，难逃一死。如今，只有逃也许才是一条活路，下面有些臣子已经开始琢磨着怎么逃生了。

"大王，臣建议中断冠礼仪式，暂时躲避叛军。"吕不韦进言道。

"是啊，大王。"众臣也都附和道。

此刻的嬴政经过片刻的慌乱后，又稳如泰山，满脸从容，既没有震惊，也没有愤怒。

"继续！"嬴政声如洪钟。

这就是王，可以慌乱，毕竟王也不是神。但慌乱过后，就必须万分镇定了。因为王就是龙头，如果龙头都毫无主见，那么龙身和龙尾必将无所适从。嬴政已经具备了这种品质，已经不再是那个任人摆布的小孩子了，注定要成为千古一帝。从这一刻起，吕不韦隐隐感觉到自己的好日子好像已经到了尽头。

原来，嫪毐的耳目带回了消息：嬴政只带了少量的卫队到雍城举行冠礼。再说，雍城是他自己的地盘。

天时地利都占了，此时不反，更待何时？

于是，在嬴政举行冠礼的当天，嫪毐向赵姬透露了要谋反的计划，赵姬在震惊之余自然是一万个不愿意。但嫪毐却说，为了四口之家的快乐和幸福，只有谋反才有一线生机，否则会死无葬身之地。赵姬犹豫了，不过最后她既没有反对也没有阻止。这样，嫪毐就借用秦王玉玺及太后印玺调发县卒及卫卒、官骑数千人，再加上自己的门客等私人武装数千人举起了反叛的旗帜。

厮杀声越来越近，可以肯定嫪毐的叛军已经近在咫尺了。有的大臣已经吓得两腿发软，快瘫倒在地上了。老百姓哪里见过这种阵势，再也无心看嬴政的冠礼了，如鸟雀般散得一干二净。

在厮杀、呐喊声中，嬴政坚持把冠礼举行完毕，而后他让众人撤退到蕲年宫，命令卫队拼力奋战坚守。还命令宗室的相国昌平君、昌文君发兵攻打嫪毐，于是，双方军队杀得你死我活，不可开交。

兵败如山倒

嫪毐的叛军来势汹汹，可都是一群乌合之众，哪里是正规秦军的对手。虽然他们把蕲年宫团团围住，多次发动进攻，可就是拿不下蕲年宫，逼嬴政下野更是痴心妄想。

在万般无奈之下，嫪毐只好宣布：攻下蕲年宫后，所有将士赏金百两。如果谁抓住嬴政，赏金万两。

自古都是如此，重赏之下，必有勇夫。

听到这么丰厚的奖赏，这群叛军嗷嗷地叫着，又开始了新一轮的进攻。可密集的箭雨和坚厚的宫墙还是把他们挡在了外面。

就在这时，嫪毐的身后响起了密集的战鼓声。这鼓声对他来说，不亚于是晴天霹雳。

嬴政的救驾大军到了。原来，宗室的相国昌平君、昌文君发兵在咸阳大败叛军，现在又赶来围剿雍城的叛军。

嫪毐犯难了，前面的路行不通，后退的路也没有了。叛军本来就是临时组成的，没有什么进攻章法，其中不乏贪生怕死之辈。他们之所以参加叛乱，就是想趁乱图些钱财。这下可好，被众多秦军包围，连小命也搭进去了，真是偷鸡不成蚀把米。

后果可想而知，叛军在强大秦军面前，一触即溃。嫪毐称王的梦想被打了个稀里哗啦。

树倒猢狲散，墙倒众人推。

如果不想战死沙场，败军之将除了逃跑，就只剩下逃跑了。

嫪毐仓皇地逃窜，虽然身边还有数十个死党不离不弃地追随着，却也都是士气低落，如丧家之犬一般。

人的命运就这么不可捉摸，嫪毐现在就被命运玩弄于股掌之间。

对他来说，一夜之间，整个世界都变得陌生了。他曾经可以去秦国的任何地方，人们都因为他的大驾光临而备感荣幸，都以能目睹他的尊容为荣。而现在，他成了秦国的头号通缉犯，每一个见到他的秦人，为了奖赏都争着抢着向官府报告。因为嬴政已经通令全国：如谁活捉嫪毐，赐给赏钱一百万；杀掉他，赐给赏钱五十万。

此刻的嫪毐完全淹没在了汪洋之中，简直成了过街老鼠，处处挨打，连得到片刻的安宁都成为一种奢望。

秦国再也没有一处地方能够容身了，嫪毐的心情凄凉、落寞到了极点。对于失败者来说，不要期望鲜花和掌声，往往也没有太多选择的余地，此刻的嫪毐就是这样。到了这步田地，除了投奔六国避难外，他看不到丝毫能让他活下去的曙光。

逃吧，路就在脚下，虽然不知道是通往天堂，还是通向地狱，总之能逃出秦国，就有了生的希望，就是一种失败后的胜利。

在逃亡的路上，嫪毐忘记了赵姬和两个儿子，只想着活命。在这生死存亡的关键时刻，他才体会到生命的珍贵，此刻他唯一关心的就是能不能见到明天的太阳。

人往往在拥有的时候认为是那么理所当然，不懂得珍惜，等真正失去的时候，后悔也来不及了。

嫪毐本来是不想再靠女人吃饭，自己好歹也是个七尺男儿，可他却选择了一条不归路——造反。从那一刻开始就注定了他九死一生。最要命的是，他要反的王是嬴政，这个千古一帝，这下他一线生机也被抹掉了，死是他最终的归宿，悲剧的是死无葬身之地。

在逃亡犯眼中，不管什么人都以为是冲自己来的。因为心中有鬼，则人人是鬼。所以，大家最好不要做亏心事，否则就是不被警察抓住，也能被自己活活累死。此刻的嫪毐就是这种状态，既担心被身边的人出卖，还要提防追兵从天而降。由于神经高度紧张，他几乎快要崩溃了，真想跳出来大喊："来呀，老子就是嫪毐，来抓呀！"

虽然嫪毐克制着自己，还想尽一切办法伪装自己，但最终还是没能逃出秦军的围堵。看着威武的秦军铁骑，嫪毐没有做任何反抗便束手就擒了。因为他已经没有反抗的资本了，再说他也不想反抗了。他甚至松了一口气，终于用不着再逃了，竟然感到了一种前所未有的轻松和解脱。

最后，嫪毐被关入咸阳大牢，他为自己的冒险付出了代价——身陷囹圄。在这次赌博中，他输了个精光，输得连一点翻盘的机会也没有了。

嫪毐落网了，造反铁定是死罪，就看让他怎么死了。不过，嫪毐一案涉及众多人的利益，案情复杂，最不好处理的就是牵涉到太后。所以如何审判嫪毐以及处置和嫪毐一案有关的人员，就成了一个很棘手的问题。谁也不想接手这个烫手的山芋，因为弄不好就会砸在自己手里。

这场夺权闹剧到底会如何收场呢？秦国上下都在等待着，六国也在观望着。

秘密进行的审判

嫪毐把全部的家当都押在了这次夺权上，结果却输了个精光。随着他的垮台，他的集团也就不复存在了。

对于吕不韦来说，嫪毐的垮台，他应该感到高兴才是。可是，他在高兴之余，又隐隐感觉到了危机。他是了解嬴政的，这个王不允许任何人觊觎他的王权，而自己庞大集团的存在恰恰对他的王权造成了威胁。虽然自己打心眼里对他的王权没有多大兴趣，可身在这个位置上，嬴政会信吗？天下人又会有几个人相信呢？

嫪毐怎么就没被乱箭射死，偏偏被抓了呢？必须让他闭嘴，永远闭嘴，把他知道的那些秘密永远都烂在他肚子里。对，必须这样做，绝对不能让他说出半点和自己能扯上关系的事情。吕不韦来回踱步，反复思量，想找一个万全之策。

同时，在咸阳大牢，一项秘密审判也在进行着。不用说，被审者是嫪毐，而审判者是秦王嬴政。

嬴政知道嫪毐牵涉的人众多，为了掌握第一手资料，也为了避免朝中重臣对嫪毐下毒手，所以嫪毐一落网，嬴政便开始了秘密审判。

一个王亲自审判一个谋反者，这是吕不韦想不到的。因为在他眼中，王就应该深居宫内，这种事应该交给廷尉审理。但嬴政是个异类，所以他要亲眼看着这个不知天高地厚的人死去。

一夜之间，嫪毐便从天堂掉入了地狱。以前是锦衣玉食，现在是吃糠咽菜；以前是前呼后拥，现在是拳打脚踢。由俭入奢易，由奢入俭难。过惯了花天酒地生活的嫪毐在牢狱中简直就是度日如年。

狱中的他只好靠回忆来分散自己的注意力，希望不再关注自己的饥肠辘辘和遍体鳞伤的身体。

嫪毐正当壮年，他知道自己已经半条腿踏进鬼门关，这次是必死无疑，就是天王老子来了也未必能救他一命。他唯一能够从监狱中出去的方式，就是心脏停止跳动后，被当作一堆臭肉抬出去。

人为财死，鸟为食亡，大多数的人都毁在自己的贪心上。

才子曹植曾经发出这样的感叹：名秽我身，位累我躬。他大概领悟到了：名和利如过眼云烟一般，幸福是不能建立在这些来得快去得也快的事物上的。真正的幸福其实就是每天能呼吸最新鲜的空气和拥有自由自在生活的权利。

可是生在一个满是诱惑的世界，有多少人能抗拒眼前的诱惑呢？历代王朝有多少嫪毐一样的人物最后身败名裂，现代社会又有多少人为了权和利而争得头破血流。

嫪毐虽然失败了，可成千上万嫪毐一样的人物还是前赴后继地继续着嫪毐的悲剧。

人固有一死，或重于泰山，或轻于鸿毛。嫪毐作为一个反面历史人物被大家所熟知，他的死比鸿毛还轻。在死神面前，嫪毐开始迷惑：我现在本应该荣登宝座的，怎么就落到了这步田地呢？如果上天再给我一次机会，我是否还愿意这样度过自己的一生呢？

都什么时候了，还想吃后悔药？嫪毐打了自己一巴掌：什么金银财宝，什么荣华富贵，什么忠贞爱情，什么绝世美色，什么权力地位，都是经不起考验眨眼间就会烟消云散的东西。到头来万事皆空，只有那口能呼吸的空气才是真真切切、实实在在的。可是造化弄人，当嫪毐真正明白生命的意义时，他已经身处人生之路的尽头了。

大牢里光线昏暗，阴森潮湿，刑具上的血迹还很新鲜，空气中弥漫着发霉和腥臭的刺鼻气味。监牢就是监牢，尤其是死牢，既然你被关了进来，在狱卒眼里，你就已经死了。所以，在监牢里讲人性，大多是空谈一场。

绝望和酷刑把嫪毐折磨得几乎面目全非，他瘦了足足有十多斤，衣服破烂不堪，浑身伤痕累累。人们怎么也想不到这位就是曾经不可一世的长信侯。

最引人注意的是他脸上来不及拔去的胡子，一个宦官怎么会有胡子呢？连三岁的小孩都知道，这胡子已经证明了他不是宦官，那么他"假父"的传言十有八九是真的了。

当嬴政出现在嫪毐面前的时候，嫪毐吃惊不小。他虽然已经走上了谋反的道路，但王的威严还是让他在嬴政面前跪了下来。

"你为何谋反？"嬴政冷冷地问。

"不反是死，反或许会生。"嫪毐抬起头苦笑着说。

"你为什么和太后做不伦之事？"

"谁给我富贵，我就认谁为娘。"

"你和太后有儿子吗？"

"有两个儿子。"

"你活不了了。"

"我知道。"

"既然你是宦官，在你死之前，还你宦官之身。"嬴政恶狠狠地说。

嬴政还真是辣手，竟然能使出这种让人尊严尽失生不如死的损招儿。如果嫪毐知道自己荣华富贵过后，会落得个这样的下场，就是给嫪毐一万个胆子，他也不会进入后宫的。

平平淡淡终其一生，岂不快哉。但身在死牢中的嫪毐已经没有这种权利了，荣华富贵对他来说就是一场梦。梦醒了，他也走到了生命的尽头。

嬴政起身要走。

"太后安好？"嫪毐问。

嬴政想不到这个将死之人还会惦念着曾经和他同床共枕的女人。他回头看了嫪毐一眼，什么也没说，然后离开了。

在道上混，迟早是要还的

嫪毐求生不能，求死也无门。就这样，在时隔多年以后，被再次按在板上，当众扒去了裤子，施加宫刑。

在道上混，迟早是要还的。嫪毐的心已经死了，别说从他身上拿走一个"物件"，就是拿走所有的物件，又有什么了不起的。再说，这个东西在多年前就已经不是他的了。退一步讲，这些年，他也赚了，够本了。

当嫪毐被割下的阳物放在嬴政面前的时候，嬴政还是傻眼了。他本来幻想和自己共患难的娘亲不会做这种丢人丢到家的事情，可事实就摆在面前，由不得他不相信了。他盯着金盘中还冒着热气的那团血淋淋的东西，不由得弯下腰一阵干呕。

人一生中最难以忍受和痛彻心扉的就是亲人的背叛。赵姬是嬴政生命里最重要的人，他做梦也想不到自己的娘亲会做出这种事情来。这无疑是在嬴政的心口重重地插了一刀，把他的一颗心击碎。

这个曾经生他、养他、爱他的人，现在却无情地抛弃了他。连母亲都靠不住，这世界上还有谁能靠得住呢？除了自己，嬴政不知道该相信谁了。

嫪毐被阉割后，没有得到任何休息机会，便拖着伤痛的身体准备接受最后致命的一击。因为他当初选择造反，就已经把自己的生命和灵魂交给了别人，现在只是等待让别人拿走而已。

嫪毐铁定是难逃死罪，可用什么方法来要他的命还要研究研究。当时，死罪也是要分三六九等的，不是一刀下去那么简单。更不会有现在的药物注射，让你在不知不觉中就到了另一个世界。

秦朝的死刑有十多种：戮、磔（剐刑）、囊扑（装在袋子里摔死）、定杀（在水中淹死）、剖腹、坑（活埋）、车裂（车马分尸）、绞、弃市（在闹市之中将犯罪人当众处死）、腰斩（拦腰斩断的酷刑）、射杀、枭首、灭族（将犯罪人三族以内的亲属全部一同处死）、体解（由人分尸）、镬烹（煮）、具五刑（对应处族刑的主犯同时施以黥刑、劓刑、斩趾等肉刑后再处死），等等。总之，除非你没犯死罪，只要你犯了死罪，必定能找出一种非常适合你的死法。

人活着就是为了能够在人前体面一些，当然，更多的人也希望自己能够体面地死去。虽然人无完人，但人人都在追求完美。如今的嫪毐已经是砧板上待宰的羔羊，已经没有任何权利可言，就连选择如何死的权力也是妄想。

在众多的死刑中，嬴政最后给嫪毐选择了车裂，让他永世不得投胎，做一个孤魂野鬼。

在刑场上，大秦的所有子民都痛恨这个企图篡权谋位的奸臣。当然他们永远也不会知道这个奸臣还与太后有一腿，这种事情属于绝对保密，起码在嬴政活着的时候是属于"家丑不可外扬"的高度机密。

嫪毐放眼四望，除了愤怒和不屑的眼神外，他看不到别的，当然也根本不会有人来为他送行。人活到这个份上，真是悲哀。

负责行刑的官员是李斯，他看到嫪毐满眼的落寞，摇摇头：早知如此，何必当初。

"时辰快到了，该上路了，还有什么遗言吗？"李斯问道。

此刻的嫪毐除了绝望应该还有那么一些愤怒，他应该像那些壮志未酬者一样高呼。比如：二十年后，老子又是一条好汉；甚至可以更粗野：杀人不过头点地，要死也是肚皮朝天。

但嫪毐只是两眼望天，没有说话，也许他看破了红尘，选择了逃避。毕竟，世间有太多的事情是我们不能掌控的。你承认也好，抗拒也好，它们还是发生了、降临了。那我们只能承受，默默地承受。就如同此刻嫪毐等待那致命一刀落下来一样，他只能承受。

时辰一到，五马昂首嘶鸣，各朝一个方向狂奔。顷刻间，嫪毐变成了一段段残缺的肢体，被五马拉着在刑场上四处转悠，留下了五道长长的鲜红痕迹。

嫪毐死了，他的三族也被全部诛杀。卫尉竭、内史肆、中大夫令齐等二十人都被判处枭刑（斩下头颅悬挂在杆上）。至于他的家臣，罪轻的处以鬼薪之刑（为宗庙打柴三年）。还有四千多家臣被剥夺了官爵，迁徙到蜀郡，住在房陵县。总之，就是和嫪毐有关系的宠物狗也没有逃脱被惩罚的命运。

很多人昨天还是高官厚禄，今天便成了穷困潦倒，人生的得意和失意往往就在一念之间。

表面上看，嫪毐的案子似乎已经了结，李斯、吕不韦等都可以舒一口气了，实际却是还远没有到最终结案的时候。这个案子的影响深远，出乎所有人的意料。

斩草就要除根

任何人都要为自己所犯的错误负责。俗话说：王子犯法与庶民同罪，现在太后犯法，当然也难逃惩罚。

再看赵姬，自从嫪毐被擒后，她就一直被软禁在雍城大郑宫内，失去了自由。只有两个年幼的儿子还陪在她的身边，每天依旧打闹嬉戏，全然不知道大祸临头。做孩子就是好，在他们的世界里没有钩心斗角，没有尔虞我诈，更没有为权力的争相杀戮。

上次，嬴政的突然造访，吓坏了赵姬。她谎称：为了解闷，收养了这两个孤儿。她不知道这样的谎言能掩盖多久，这次她又能用什么谎言来圆上次的谎言呢？

二十年的荣华富贵还历历在目，她本以为可以一生一世就这样活下去，可怎么也没想到会有今天的情形。就好像经历了南柯一梦，富贵一下子变得那么遥不可及了。

从嫪毐兵败被抓的那一刻起，赵姬就预感到暴风雨即将来临。说实话，她对于嫪毐没有太多的感情，在她眼里嫪毐只是满足欲望的一个工具而已。她最担心的就是她的两个小儿子，谁能救救她的两个小儿子呢？没有人，没有人能办得到。她别无他途，只能任由命运玩弄，听从冥冥之中的安排。

由于忙于政事，嬴政已经有一段时间没有来见母亲了。如今，嬴政来了，他是带着满腔的愤怒来到大郑宫。

当嬴政来到赵姬面前，发现母亲已经衰老了不少，一时竟然不知道说什么才好。

此刻，赵姬蜷缩在墙角，战战兢兢，眼角的泪水还没有来得及擦干，像老母鸡一样展开双臂搂着她的两个小儿子。

生活的残忍就这样真实地摆在了嬴政面前，即使他是秦王也无能为力。他既想爱他的母亲，保护他的兄弟，同时他又不得不狠狠地报复背叛他的母亲，并让他的兄弟去另一个世界继续他们无忧无虑的童真。

这就好像矛和盾，永远都摆脱不了相克的圈子，永远都不能并存。

侍卫已经把赵姬和嫪毐所生的两个小儿子从赵姬的臂膀下抢了过来。两个小男孩很害怕，嘴里不停着喊着："妈妈……"并向赵姬伸着小手，要到母亲那里去，却被侍卫死死抓住，动弹不得。

看着自己的两个儿子，赵姬一下子站了起来，眼中满是乞求的神色，道："饶了他们吧！他们还小，只是孤儿，谋反的事情和他们没有关系！"

在这生死存亡的时刻，只有母亲才有这么大的勇气在一个杀气腾腾的王面前，保持这么镇静的神态。

嫉妒和仇恨一下子充斥了嬴政的整个胸膛，此刻他那颗受伤滴血的心已经没有了丝毫怜悯。他决定让背叛自己的人受到应有的惩罚，不管这个人是谁。

满怀恨意的嬴政将嫪毐的阳物呈现在太后赵姬面前，这举动无异于在赵姬的胸口重重插了一刀。

赵姬诚惶诚恐，她知道要想得到嬴政的原谅比登天还难。看着那团熟悉的东西，赵姬已经是泪眼婆娑了，她轻轻抚摸着这个曾经给她带来无数快乐的东西。除了流泪和做这个动作，她不知道自己还能干什么，贵为太后的她第一次感到如此无助。

两个男孩用小手拍打着侍卫粗壮的臂膀，口里叫喊着："放开我，放开我！"

嬴政示意侍卫把小孩带过来，侍卫把小孩放在嬴政面前，站在了一边。

"叫哥哥。"

"不，你是王。"

赵姬好像看到了一丝希望，难道嬴政真的能放过这两个小孩吗？

"还不快叫？"

"不，我要做王，阿父说我很快就可以做王了。"

这还了得？赵姬赶紧跑过去，狠狠地打了男孩一个耳光，训道："叫你胡说，打烂你的嘴！"

男孩哇哇大哭，不解地看着自己的母亲，也许这是赵姬第一次打他。面对哭泣的孩子，赵姬虽然心里难受，但也不敢安慰，只是偷眼去看嬴政的表情。

嬴政笑了，道："童言无忌，母后何必动气，小心伤了身子。"

微笑也分好几种，有一种微笑是最恐怖的，笑里藏刀让你永远防不胜防。在这微笑的背后又隐藏着什么呢？赵姬不得而知，此刻她只想保住两个孩子的性命，别无他求。

"我们来玩捉迷藏吧，你们藏到袋子里，我就找不到你们了。"

嬴政还在笑，不过这种笑中隐含着一种心酸。说实话，他也不想伤害这两个孩子，可是谁让他们生在帝王之家，又偏偏是嫪毐的孩子。虽然他们是自己的亲弟弟，但嬴政明白斩草就要除根，何况这不是一般的草。

两个小孩很顺从地钻进了布袋里，还笑呵呵地对嬴政说道："快来找我呀，你抓不到我！"

在一旁的赵姬终于明白嬴政要做什么了。她声嘶力竭地哭喊着，可嬴政连看都不看她一眼，而布袋里的孩子还沉浸在玩耍的乐趣中。

布袋的口已经封好，摆在了嬴政的面前。

赵姬还想求情，求他的儿子看在血缘关系的份儿上，放过这两个稚气的弟弟。毕竟，大人犯错是大人的错，孩子是无辜的。

可嬴政已经面色铁青，赵姬吓得赶紧跪下，痛苦地用双手敲打着地砖。

嬴政拎起布袋，一遍遍地往地上摔，布袋发出沉闷的声音，这声音在大郑宫内回荡，再加上赵姬的哭号声，显得那么阴森恐怖。

赵姬冲了过去，拽住嬴政的手，哭喊道："不要，不要啊！他们是你的亲弟弟呀，这是造什么孽啊……"

赵姬说出了实情，可是她这样更是犯了致命的错误，除了加速两个孩子的死亡外，起不到一点其他的作用。

她被嬴政狠狠地一甩，便倒在了一边。

两个小生命正在逝去，嬴政面无表情，丝毫没有停手的意思，反而更加用力地往地上摔去。他的心变得越来越冷酷，任何威胁到他王权的人，他都要把他们彻底摧毁。这虽然有些残忍，但大秦的王也越来越成熟了。

因为宫廷就是一个弱肉强食的地方，软弱和慈善就是对敌人的放纵。如果嬴政不这样做，也许若干年以后，这两个弟弟就会找他来复仇。防患于未然，这就是斩草除根的最佳理由。

刚开始，布袋里还有动静，后来便没声了。再后来，布袋里渗出了越来越多的血，地上已经是血红一片。

赵姬披头散发，呼天抢地。但该发生的终究发生了，一切都没有挽回的余地。作为一个母亲无力保护自己的孩子，还眼睁睁地看着自己的孩子停止了呼吸，也许这是世上最大的疼痛吧。

两个小生命就这么没了，关于这两个小孩的一切都已经成了回忆。

尽管赵姬干号着：我也不活了！但嬴政岂能杀自己的母亲，不管怎样，赵姬毕竟是他的母亲，这是他欠她的。这种债是他永远也无法还清的。

嬴政愤愤地说："我最恨骗我的人，我将永远不再信任你！"

说完便丢下在地上干号、落泪的赵姬，扬长而去。

嬴政已经远去，只留下那句恩断义绝的话在大殿里回荡。

匍匐在地的赵姬看着不再动弹的袋子出神，因为她的泪水已经流干，声嘶力竭的哭喊变成了痛苦的呻吟。

过了好久，赵姬才把两个儿子和嫪毐的阳物合葬在一起。又是一番流泪痛哭，但愿他们在九泉之下还那么快乐无忧。

现在，赵姬连呻吟的力气也没有了。被嬴政丢在这个清冷、孤独的宫殿内终老一生，这和宣判她死刑有什么区别。难道她真的就要这样度过自己的后半生吗？她不甘心！

有福未必可以同享

嫪毐被车裂，太后被幽禁，嬴政用他的铁腕向世人宣告：秦国至尊的王只有一个，那就是嬴政，他绝对不允许任何人挑战他的权威。

短短两年时间，嬴政靠除去成蟜和嫪毐这两股强大的国内异己势力，树立起了自己的威望。任何人想要动摇嬴政为王的根基，都是痴心妄想。他已经稳稳地坐在了大秦王位的宝座之上，而且他的铁血政策让六国都无比胆寒。

法网恢恢，疏而不漏。嬴政不会放过任何一个和嫪毐有联系的人，他要慢慢地把暂时漏网的鱼一条一条地抓住，加上大料烹煮后，食之而后快。

嬴政不会放过任何一个有形或无形的威胁，他的攻势还在继续，下一个会轮到谁？不要说秦国人，连六国人也都知道。

但吕不韦在秦国的影响和威望非同凡响，要一下扳倒他不是那么容易。再说，自己刚刚行过冠礼，还需要进一步巩固王权，所以嬴政先把这口恶气咽进肚里。

再看吕不韦，可以说，是他成就了嫪毐，也是他毁了嫪毐。当他听到嫪毐被车裂时，仰天大笑，终于看到讨厌的老对手垮台了，心情自然是无比高兴。可很快他便意识到了问题的严重性。

有人的地方，就会有钩心斗角；有政治的地方，就有集团间的对抗。此消彼长，才有利于上位者左右局面。如果只有一方傲然挺立，那么就会成为威胁，便要对这突出来的势力进行打压，甚至屠杀。

如今，嫪毐垮台了，但以吕不韦为首的一派还屹立在朝堂之上。吕不韦知道嬴政肯定要向他下手，只不过是时间早晚的问题。面对连自己母亲和弟弟都不放过的王，吕不韦感到势单力薄，力不从心了。

嫪毐造反已经牵连到了吕不韦，如果没有吕不韦的撮合，嫪毐现在依然只是一个不起眼的门客，无论如何也不会走上这种不归路的。要细论起来，嫪毐造反的罪魁祸首非吕不韦莫属。

本来吕不韦想通过自己手中的特权把嫪毐置于死地，没想到还是慢了一步，被嬴政抢在前面秘密审理了此案。嫪毐究竟说了什么，是否把事情的来龙去脉都招供了出来，这个只有嬴政知道。

所以，吕不韦好像热锅上的蚂蚁，既着急又没有办法，每天都过着提心吊胆的日子。

摆在吕不韦面前有三条路：其一，像嫪毐一样谋反，凭借自己手中的权力和众多的党羽，有百分之七八十的希望能成功取而代之；其二，主动承认自己和嫪毐有千丝万缕的联系，是罪魁祸首，结果可能比嫪毐死得还惨，这样做有些傻；其三，自剪羽毛，用实际行动打消嬴政对自己的顾虑。

经过一番思前想后，吕不韦决定选择第三条路。只要在嬴政眼中构不成威胁，相信他也不会对自己怎么样，退一万步讲，自己也是朝中德高望重的老臣，应该会有一个善终吧。

于是，吕不韦请了长期病假，不再过问朝中的事务。每天闭门不出，用饮酒作乐来麻醉自己，同时也麻痹嬴政。他希望用这种隐退来减少嬴政对自己的怀疑。

嬴政对吕不韦的表现有些纳闷，身体一向都很健康的相国怎么突然就病倒了呢？他摆驾前去探望一番，相国的确是卧床不起，还咳嗽不止。嬴政只好表面上安慰一番作罢。不过，他心中却这样说，你就装吧，等哪天再收拾你。

战场上有一种撤退叫胜利，官场上同样也有一种隐退叫自保。打江山时，有难同当；但治理江山时，有福未必就可以同享，所以在功成名就后隐退是明哲保身的无奈之选。

吕不韦虽然是心生退隐，有意让出相国之位。把大权统统交给嬴政，就此过逍遥的田园生活，岂不快哉。只是，吕不韦的这种隐退能给他换来善终吗？这是个问题。

果然，隐退只是吕不韦的一厢情愿。就好比你杀了人然后后悔一样，被杀的人无法活过来，而你也要承担杀人犯的罪名。吕不韦也是如此，必须为他做的事情付出代价。他虽然装病装了一年多，但还是没有能够换回嬴政对他的原谅。

秦王政十年（公元前237年）十月，已经完全扎稳根基的嬴政，谁也不怕了，所以他决定对吕不韦下手。嬴政下命令，以吕不韦引荐嫪毐入宫并参与谋反为由，称依照秦律当诛，但念在年老，功勋卓著，削夺相国职位，赶出咸阳，即日起程。吕不韦被迫回到自己的封地三川郡治洛阳。早在庄襄王元年（公元前249年）秦灭周后，以周故土设三川郡，治所在洛阳。不过过失归过失，功劳归功劳，嬴政没有一棒子把吕不韦打死，仍然封他为文信侯，食十万户供奉。

虽然仍然是君侯，可这消息对吕不韦来说，却不是什么好消息。

说一千，道一万，吕不韦还是不想离开这座美丽的城市——咸阳。但君命不可改，吕不韦除了默默离开外，没有其他路可走。

无奈之下，吕不韦只好准备离开咸阳，远赴封地洛阳。平日里那热闹非凡的相国府，如今变得格外冷清。就连那些平时趋之若鹜的官员，也个个玩起了隐身，生怕和吕府沾上半点关系。连吕府整日汪汪叫的狗也偃旗息鼓，听不到一点叫声。

这就是现实，当你失宠或落难的时候，除了冷清，没有别的。同僚们都怕沾上晦气，唯恐避之不及。

吕不韦知道自己的巅峰时刻已经过去了，接下来自己的命运被嬴政牢牢地掌握在手中。王让臣死，臣不得不死，何况现在只是换个地方。

黄昏时分，全城开始戒严，然而咸阳城门却一反常态地大开着。在屋里不敢出门的百姓从窗户中张望着，想弄明白到底发生了什么事情。

只见，在宽阔的街道上，一个庞大的车队正在向城外移动。吕不韦在咸阳家大业大，太多的物品都来不及收拾。毕竟，就是不算他以前的家产，当相国的这些年也是聚敛了不少钱财，足够他搬几天的了。如果把他的财产都搬走的话，估计这个车队能绕咸阳城好几圈。

吕不韦是戴罪之臣，除忠于他的门客外，几乎没有什么人来送行。就连曾经是他眼线的李斯也站在离他远远的地方观望，当然他更不敢奢望看见老情人赵姬的身影了。

吕不韦走出城后，回头张望身后的咸阳。这里毕竟是他奋斗多年的地方，今天就要远离，也许从此就再也没有机会踏入这座城池了，所以目光中充满了不舍和忧伤。

在夕阳下，这座宏伟的秦国国都镀上了一层耀眼的金色。在城头之上，嬴政和百官也在远望着吕不韦。虽然只是几百米的距离，可在吕不韦眼中却是那么遥远，曾经，他也是其中的一员，可现在却形同路人。多变的人生把吕不韦从权力的巅峰拉了下来，和他开了个大大的玩笑。

唯一值得吕不韦欣慰的是，跟随他多年的数千门客家童，即便他如今失势了，还都继续不离不弃地追随着他。

约莫过了半个时辰，这支带有悲壮色彩的庞大车队终于从众人眼中消失了。随着吕不韦的离去，嬴政成了咸阳城真正的主人，他本应该高兴，可是众人看不到他脸上的喜悦之情，反而是被一种深深的忧虑所代替。

吕不韦虽然没有了官职，可他潜藏的势力还在。这数千门客家童为了吕不韦把生死置之度外。这股不会轻易溃散的力量不能小觑，再加上吕不韦的富可敌国，如果他造反，那后果实在是太可怕了。

吕不韦为大秦兢兢业业，结果还是没有摆脱兔死狗烹的下场，正应了那句话：有难可以同当，有福未必可以同享。

冒死进谏的勇士

自从嫪毐叛乱事发后，赵姬便被幽禁在雍城大郑宫内，算算已经有一年多时间了。刚开始，嫪毐和两个孩子的死亡一下子把她掏空了，她甚至找不到再活下去的理由了。可赵姬不是一般人，想当初在邯郸那么艰苦，她都没皱一下眉。现在，在冷宫中，她照样经过自我疗伤后，很快就跟没事人似的。日子还是要过下去的，她刚四十来岁，日子还长着呢。她坚决不允许自己的后半生就在这冷清的宫殿内虚度。

以前，她高高在上，可以为所欲为。现在，她只能求别人了，谁能帮她呢？去求儿子嬴政的赦免和宽恕，简直就是奢望。如果没有别人的劝说，嬴政也许这辈子都不会再来见她了。不过，还有吕不韦，这个缠绕了她多半生的人一定会想办法让嬴政回心转意，把自己接回咸阳的。所以，赵姬虽然身在冷宫，但她还是信心满满。

如今，当她听到吕不韦不仅被免去相国之职，还被赶出了咸阳，她的心一下子凉了半截。她知道，这个和她纠缠了半辈子的人，就要从她的生命中永远消失了，只会残存一些依旧清晰的回忆罢了。

赵姬斜斜躺下，面容枯寂，脸上的泪痕清晰可见。没有人知道她为什么会哭，更没有人知道她究竟在想些什么。随着夜幕的降临，她整个人慢慢地消失在阴影之中。

宫内依旧是那种往常的宁静，能静死人的那种宁静。

赵姬面前的路似乎都被堵死了,她注定要在这大郑宫内终老一生。但上天是仁慈的,总是在关上门的同时给你打开一扇窗,所以赵姬又看到了希望。

我们不得不承认,林子大了,什么鸟都有。一些人在权衡利弊后,冒险进谏。

首先站出来的是大夫陈忠,他知道做任何事都有风险,否则就没有高回报。当初,吕不韦能"奇货可居",现在,他同样可以冒这个风险。

决定的过程是很难的,需要考虑得失。当你决定去做后,一切却又变得那么简单,你只要奔着目标想着如何去做就可以了。

如果赵姬被什么土匪恶霸绑架了,那么派人不费吹灰之力就可以把她弄出来。可现在不同,要救赵姬,就意味着得说服嬴政改变主意。

进谏秦王嬴政尽孝道,陈忠感觉有七成的把握。于是精心准备了一大篇义正词严的讲稿,准备凭借自己三寸不烂之舌把嬴政这个堡垒攻下来,梦想着能一举成名,可谓志在必得。

可是嬴政根本没给他开口说话的机会,直接命人剥去他的衣裳,斩首示众,还把他的尸体暴露于宫阙之下。

嬴政还下令:"再有为太后的事进谏的,下场如此!"

按说被斩了一个,应该再也没有人以身试法了。

可偏偏在陈忠倒下后,好多个陈忠又步了他的后尘。幸好不是千万个,否则嬴政杀人杀到吐也杀不完。

朝中大臣,好像飞蛾扑火,纷纷冒死直谏。虽然被杀的大臣大多是吕不韦和太后的死党,但其中也有忧国忧君、秉公直谏的人。

嬴政其实很爱惜这些对秦国忠贞不渝的直谏者,为他们的死感到痛心。但话摆在那里了,想放下屠刀也没有台阶下呀,只好让这些直谏者有来无回。

这就是大秦王者的权威,威信的建立要靠许多人流血牺牲来奠基。

结果,前后被杀二十七人,尸积成堆。天下人议论纷纷,不仅议论嬴政的不孝,而且又给他冠上了残暴无道的头衔。这家丑还真不能外扬,否则迟早要被外人的唾沫星子淹死。此刻,嬴政就好像被悬在半空,上也不是,下也不成,尴尬无比。

二十七人前赴而后继,知其不可为而为之,悲壮惨烈无比,换来天下人的同情自然在情理之中。

难道这些直谏者不知道进谏的后果吗?当然不是,他们只是觉得这种死谏是他们之所以为臣子的本分所在,所以他们死得其所,毫无遗憾。当然也藏着想一举成名的私心,只不过他们在这次豪赌中搭上了自己的性命。

进谏的官员都成了肉包子打狗，有去无回。难道事情就这样陷入僵局，没有任何转机了吗？

非也，有道是：山重水复疑无路，柳暗花明又一村。

就在秦国朝堂一片混乱，嬴政骑虎难下的时候，有一个人的出现让这件事有了新的转机，因为他做了第二十八个进谏者。

此人身材高大，年约四旬，满脸胡须，眉毛又黑又长，一双眼睛神采奕奕。他就是齐国客卿——茅焦。

茅焦是战国末期的一代大儒，他最大的贡献是为秦始皇争得了一个好名声。不要小看这个名声，在古代，有个好的名声是十分重要的，所取得社会效益是不可估量的。

嬴政已经斩杀了为太后进谏的二十七个人，一时还无法停手。茅焦听到旁人说这件事后，非常愤怒，道："做儿子的怎么能囚禁自己的母亲呢？大逆不道，天理不容！"于是，沐浴更衣，准备第二天去进谏秦王。

这不是明摆着不拿自己的生命当回事吗？那二十七个人都是秦王的亲信之臣，尚且难逃一死，秦王更不会把茅焦当回事。

众人一再劝说，可茅焦认准了死理，要一条道走到黑。

第二天天刚亮，他就独自一人向王宫走去。

大家都认为他必死无疑，除叹息之外，都开始商量着怎么分他的行李了。

死是一面镜子，可以照出一个人的胆量和勇气，也可以照出一个人的聪明和智慧。但人只有一条命，茅焦真的不怕死吗？

生死悬于一线

站在咸阳宫前，巍峨庄严的宫殿给人一种喘不上气来的压迫感。

茅焦对看门的执戟郎官自通姓名道："齐客茅焦，想要进谏大王！"

此时的嬴政还在气头上，杀人就好像碾死一只蚂蚁一样，还进什么谏，这不是羊入虎口，自寻死路吗？

这个郎官心肠还算不错，不忍心茅焦白白送死，于是并不答话，只是朝茅焦使个眼色，示意他赶快离去，不要自寻死路。

茅焦却并不领情，干脆扯开嗓子，向宫内大呼道："齐客茅焦，想要进谏大王！"

郎官见这个人放荡癫狂，不可理喻，无奈入内通报。

嬴政派内侍出来问话："你要进谏什么事？前提是不能涉及太后！"

茅焦说："我正是为这件事而来的。"

又一个送死的，内侍摇摇头，赶紧回报："果然是为太后的事来进谏的！"嬴政说："你可以指指阙下堆积的尸体告诉他，这就是进谏有关太后事的下场。"

内侍出来对茅焦说："你难道没看见那些阙下的死人吗，你难道不怕死？"

茅焦提着的心放下了，并开始暗喜，既然嬴政没有立即杀他，这说明嬴政的立场正在动摇。只要进谏适当，把握分寸，就可以在这场生死博弈中取得胜利。

于是，茅焦说道："我听说天上有二十八个星宿，降生在人间，就成了正直的人。现在已经死了二十七人，还缺一个，我之所以来进谏，就是想凑齐这个数目！古代圣贤的人没有长生不老的，我又怕什么呢？"

疯了，真的疯了，天下怎么这么多疯子！内侍摇摇头，又回去禀报。

嬴政龙眉倒竖，怒气冲天，在大殿里咆哮："狂傲之人，故意犯我的禁忌！"

在盛怒之余，嬴政命令左右在大殿中架锅开煮，他倒要看看这个不怕死的人在死亡前还那么理直气壮吗？

内侍出来对茅焦说："大王准备生煮了你，你还敢进谏吗？"

茅焦仰天大笑道："茅焦千里迢迢来到秦国，一路风尘，正渴望一锅热汤，好好沐浴一番。"

内侍叹息一声，都什么时候了，还满口大话，于是领茅焦进入大殿。茅焦故意走得很慢，内侍催促他快走，茅焦说："大王就要烹煮我了，我走一步就少一步，走慢点对你有什么害处吗？"

"你既然不想死，干吗还来进谏找死呢？"

内侍很可怜他，于是扶着他慢慢往前走。

茅焦来到阶下，拜伏在地。

嬴政冷冷地观察着这个不知道天高地厚的家伙，心想：都来管寡人的家事，真是活得不耐烦了！。

左右上奏道："汤已经准备就绪。"嬴政对茅焦道："现在汤已经煮沸，你还有什么遗言吗？"

茅焦再拜叩头上奏道："我听人说：'活着的人不能避忌死亡，国君也不能避忌国家灭亡；怕灭亡的国家就不能生存，怕死的人就不能很好地活着。'明主是怎么看待生死存亡的大计呢？大王愿意听吗？"

嬴政审视着这个"求死"的人，难道他胸怀治理国家的大计，就给他个机会说道说道。

嬴政脸色稍稍好看了一些，问道："你有什么计谋，说吧，省得带到下面做个冤死鬼。"

茅焦说道："忠臣不阿谀奉承君主，明主不残暴背天逆行。君主有逆行而臣不进谏，是臣有负君主；臣进谏忠言而君主不听，是君主有负忠臣。大王有逆天的行为，而大王不自知；微臣有逆耳忠言，而大王又不想听。恐怕秦国从此就危险了！"

"危言耸听！"嬴政说完，开始沉思，二十七人不怕死地进谏，这不能说全是相国和太后的手段。难道自己的行为真的有悖天理人伦？

"继续说下去。"秦王脸上的怒色已经没有了。

茅焦说："现在天下的人之所以独尊秦国，不是只靠秦国的威严，也因为大王是天下的雄主，所以忠臣烈士才齐集秦国。如今大王车裂'假父'，有不仁之心；囊扑两弟，有不友之名；把母亲幽禁在大郑宫，有不孝之行；诛杀谏士，陈尸阙下，和桀、纣的残暴没什么区别！"

把秦王嬴政比作桀、纣，这不是在太岁头上拉屎吗？

内侍忍不住了："大胆狂徒，胆敢污蔑大王，活得不耐烦了？"

左右侍卫也怒气冲冲，准备把这个狂人狠揍一顿。

此刻的嬴政却出奇平静，如果在刚才，他早就把眼前的这个人碎尸万段了。难道他真的在反省自己的行为吗？

茅焦抓住这个机会继续说："大王的这种行为，怎么能够让天下的人臣服呢？古有舜事嚣母尽孝道，成了王；桀杀龙逢，纣戮比干，天下人都反叛他们。我知道今天难逃一死，死没什么可怕的，只是怕等我死之后，没有了继二十八人之后再进忠言的人了。哀怨越积越多，忠谋之士却不敢进谏，结果中外离心，诸侯反叛。可惜了，秦国的帝业刚刚有了雏形，就这样败在了大王手里，可叹，可叹！臣说完了，开始煮我吧！"

任何人都是要面子的，何况是一言九鼎的王，即使错了，也不会认错，因为王的话就是真理。现在有一个台阶摆在了嬴政面前，他该顺着走下来，还是一意孤行到底呢？

茅焦自信他的这番言论一定能打动嬴政，所以，不等嬴政回话，他就自己站起来，开始旁若无人地脱衣衫。他脱得很麻利，转眼间便赤身裸体了。

但嬴政却闭口不言，似乎要任由茅焦一步一步走进死神的怀抱。

茅焦光着身子，站也不是，坐也不是。他本以为嬴政会阻止他脱衣服，却出现了意外。只怪自己一时鲁莽，干吗这么着急呀！嬴政毕竟是王，不能把他逼得太急，总要给他时间思考，给他台阶下的。

现在没办法了，箭在弦上，不得不发。

茅焦一步一步走向汤镬，走向跳动的火焰。他虽然走得很慢，但只要走下去，终点总是会到达的。看到嬴政只是面无表情地看着自己，丝毫没有无开口阻止的意思，茅焦彻底后悔了，戏演得有点过了，可是已经不可能回头了。

茅焦本以为自己这次玩完了，就在他准备跳进大锅的一瞬间，嬴政从沉思中清醒过来，急忙奔走下殿，一边扶住茅焦，一边令左右撤去汤镬。

茅焦松了一口气，命算是保住了，他知道这次冒险自己博得了头彩。

嬴政命令左右收起榜文，笑着说："以往进谏的人只是数落寡人的罪状，没有讲明白存亡大计，先生让寡人茅塞顿开、受益匪浅。"

茅焦穿好衣服，坐下，饶有兴趣地给嬴政讲起了故事："我们齐国的国君一向平易近人，以诚相待。齐桓公时期，燕国国土受到邻国侵犯，恳求齐国出兵相助，齐桓公亲自率兵前去解围，燕国国君十分感激。齐桓公返程时，燕国国君将齐桓公送出好远，一直送进齐国国界。齐桓公说：'非天子不能接受迎送超出国界的礼遇！我感谢你一片诚意，但让你送出国界是我的过失，我想把你送我所路过的地盘划入燕国版图。'于是，齐桓公便命令士兵挖河为界，河北属燕，河南属齐。因为齐桓公忍让大度，所以周边列国对齐国非常友好。"

秦始皇听了，茅塞顿开，他意识到作为一个王应该有宽阔的胸怀，于是连连称赞茅焦所言极是。

茅焦接着说："大王既然听我的谏言，请马上备驾，去迎接太后回咸阳，还有那阙下的死尸，都是忠臣骨血，应该厚葬！"

嬴政马上命左右收取二十七人的尸体，各具棺椁，厚葬在龙首山，表曰"会忠墓"。

第二天，聚齐文武百官，秦王亲自驾车，浩浩荡荡向雍城大郑宫进发，迎接太后回咸阳。

南屏先生诗云：

> 二十七人尸累累，解衣趋镬有茅焦。
>
> 命中不死终须活，落得忠名万古标。

山雨欲来风满楼

赵姬听到这样的喜讯，泣不成声，好一会儿才收住眼泪。忙命侍女给自己梳妆打扮，她要漂漂亮亮地出现在众人面前。

赵姬简直就是一个美人胚子，虽然青春已经永逝，但经过精心装扮之后，还是光艳照人，风采不减当年。

车驾即将到达大郑宫时，秦王先命令使者传报，自己跪着向前挪动。见了太后后，叩头大哭，忏悔自己的罪行，请求母后发落。看到儿子回心转意，太后的眼泪也止不住地往下流。

母子久别重逢，好一阵伤感。这感人的场面把旁边随行的大臣和侍者都惹得不断抹着眼泪，口中还低声念叨着：感人，太感人了！

一行人马在雍城歇息一晚后，第二天便启程回咸阳。嬴政与太后赵姬的车马在先，后面随行的车马绵延十多里，极其壮观。道路两旁观看的人都用羡慕的眼神看着王家豪华的车队，口中也在不住地称颂秦王的孝顺。

坐在车上的嬴政没想到自己的举动会收到这么好的效果。得民心者得天下，茅焦功不可没！嬴政决定重用茅焦，封他为太傅。

就这样，茅焦一下子变成太傅，完成了自己华丽的转身。对茅焦来说，这是个天大的好消息，整整一个晚上，他觉得心旷神怡，从头到脚都说不出的舒服。

回到咸阳后，嬴政特意宴请了茅焦，和他讨论治国之道。茅焦洋洋洒洒，说得头头是道，嬴政感觉受益匪浅。一时间，茅焦成了嬴政身边的红人，百官看在眼里，记在心上，个个对他都媚态十足。

再说，赵姬回到咸阳后，居住在甘泉宫。她虽然得到了她想要的生活，但却还是那么寂寞。这时她才发现自己渴望的不是物质生活，而是精神的不寂寞无聊。说白一点，自己需要一个男人，即使是和一个男人说说话，心里也美滋滋的。

一个人蹦入她的脑海，茅焦，早就听说这个人了不得，能把嬴政决定的事情改变，真是不简单。见见这个人，一定要见见。

赵姬便以感谢恩人为幌子，特意在甘泉宫置酒款待茅焦。

太后设宴谢恩，茅焦当然没有拒绝的理由。

当茅焦站在赵姬面前时，赵姬心中暗叹：这个人果然有气质。

其实，在一个渴望得到男人的女人眼中，任何一个男人都有不同凡响的吸引力，因为这会让一个女人的审美降低到常人想象不到的地步。当然，这里绝对没有贬低茅焦的意思。

酒过三巡后，赵姬说："如今我们母子能够再次相聚，全是先生的功劳啊！"

茅焦答道："哪里，哪里，是大王英明，太后贤惠啊。"

"先生客气了，我该怎样报答先生的英雄救美之举呢？"

从赵姬口中诞生的每一个字，都饱含着娇媚和诱惑，让人酥麻到骨头缝里。

本来是嬴政孝顺母后的天经地义之举，怎么就成了英雄救美？看来，赵姬是在有意卖弄她的风情。

茅焦不敢抬头了，他怕被那摄魂的眼神勾住，就再也走不动了。他趁举杯饮酒之际，顾盼左右，却发现侍女早已不知所踪。偌大的太后寝宫之内，只剩下他和赵姬这对孤男寡女。

早就听说赵姬是个水性杨花、放荡不羁的女子，看来并不是空穴来风。嫪毐就是前车之鉴，自己可不能步他的后尘。

赵姬虽然不再青春，但她的成熟、妖娆更加诱人。这个有着火辣辣眼神的绝代美人可以让任何一个男人为她折服。

茅焦越来越不自在，只好胡乱找了个借口，仓皇告退。

赵姬的投怀送抱第一次被别人冷落，难道自己真的老了？她有些茫然。

此后，赵姬又多次邀请茅焦，但茅焦一想到那勾魂的眼神，便一激灵，生怕自己的魂魄被那双眼睛融化。他考虑再三，还是推辞了，但心里却忐忑不安。毕竟是太后的邀请，老是这么躲来躲去的，总不是个事。可想想自己如果就这么倒在一个比自己大的女人怀里，总觉得不得劲，再说这女人是太后，弄不好自己会落入万劫不复的境地。

茅焦情场烦恼，官场也不得意。他虽然贵为太傅，爵为上卿，在朝中却孤立无助。虽然众人都巴结、恭维他，但众人都恨不得越过他，似乎没人愿意向他靠拢。他总感到，在秦国的官场上，他好像一头孤狼，无法融入其中。

无法融入群体的就是另类，一般另类都没有什么好下场。不是淹没在众人的鄙视中，就是自己孤独而死。

难道自己无法真正在秦国立足？一种不祥的预感笼罩在茅焦的心头。茅焦开始梳理自己的思路：多次回绝太后的邀请，一定惹怒了太后。太后不能得到自己，却足以毁掉自己。太后要杀自己，比碾死一只蚂蚁都容易。如果死在妇人手里，让天下人笑话。还有，自己一下子得到高官厚禄，朝臣表面上都巴结自己，其实内心对自己嫉妒万分。想给自己穿小鞋的大有人在，虽然秦王一时信任自己，但以后呢？难免秦王会听信小人之言，这对自己不利啊！明枪易躲，暗箭难防。一把明晃晃的大刀已经悬在了自己的头顶，性命危在旦夕。

此时，茅焦已经做出了决定：三十六计走为上。

果然，第二天茅焦便不知所踪，好像一下子人间蒸发了似的。

嬴政听到这个消息后，万分遗憾。

赵姬听说茅焦失踪的消息后，一阵怅然，一声长叹。这是她生平第一回主动送上门，结果却吃了闭门羹。在镜子前照照自己，发现真的是容颜不再，尤其是卸妆之后，岁月的痕迹毫不留情地在脸上留下了痕迹。

这一刻，赵姬不仅外表老了，连心也老了。这个不安分的女人在岁月面前，也不得不低下了她高傲的头颅。

数百年来，外客都操纵着秦国的朝政大权，比如商鞅、张仪、范雎等人，号令秦人，叱咤风云。秦国是天下最强的，却无法自己掌握权柄，宗室都觉得这是很大的耻辱。宗室的昌平君、昌文君二人压抑多年的恨意怨气，现在终于有机会宣泄了。

茅焦身为秦国太傅，爵为上卿，但上任不到一个月，便置官位于不顾，从咸阳消失了，他视高官显爵为粪土的举动震动天下。但他的不辞而别，无疑是对大秦的小看，对嬴政的蔑视。所以，他的离去给秦国政坛带来了极大冲击。

宗室重臣昌平君、昌文君借这件事大做文章，在嬴政面前进言道：茅焦侮辱大秦的体面，无视秦国国威，望大王下令追捕他，并请大王下令把外客一律驱逐出秦国。

这些外客都是各国的能人志士，秦国的强大离不开他们的努力，毕竟人才是生产力。这个道理人人都懂，可在权力争夺面前，人们就容易迷失心智。

嬴政道："茅焦一事只是个例，不应该波及其他人。"

为了避免外客像茅焦一样玩失踪，宗室还是固执地请求驱逐所有外客。

这些血脉相连的嬴氏族人给嬴政带来了极大的压力。他知道宗室是想趁机占据更多的官位，但内心确实也有为大秦江山着想的成分。可话又说回来了，大秦也不能因为茅焦事件就开始排外。这样，大秦也太没气度了，况且也对大秦的发展不利。

必须要堵住这些宗室的嘴巴。于是，嬴政道："据寡人所知，茅焦之所以离开秦国，是因为朝中大臣的排挤，其中也有宗室成员在内。"

昌平君和昌文君遭到嬴政指责，面有愧色。看来他们是说不动嬴政了，只好作罢。

茅焦走了没几天，嬴政就宣布了一项人事任命：以桓齮为将军，主掌军队，同时对王翦、杨端和等一批中青年将领委以重任。

傻子也能看出来，嬴政加强了对军权的控制。只有手中握有军队，江山才能更加稳固。

再说几句茅焦，这个人能为秦国谏言，使秦国得以平天下，返回齐国后却遭到奸佞诬陷，落了个叛国投敌之名。茅焦在无奈之下只好离开齐都临淄，北行来到渤海沿岸，居住在蒲柳台西部不远的一个小村内，开始了漫长的隐居生活。

大国霸主

潜伏在秦国的男一号

貌似一切都平静了下来，但在乱世，总会发生一些让人意想不到的事情。这不，一件更紧迫的事情摆在了嬴政的面前。

一名间谍被抓了。

当时，抓间谍本是很平常的事情，因为各国都互派间谍，窃取情报，偶尔还搞搞破坏，所以抓到间谍不是什么大事。但这次抓到的这名间谍却不同凡响，因为这名间谍在秦国隐藏了整整十年，还被委以重任，参与秦国重要的水利工程建设。

十年前，韩国水利工程师郑国来到秦国，他不是来游玩的，而是怀揣着一个伟大的构想——修水渠。古代靠天吃饭，修水渠本来不是什么大不了的事情，但郑国要修的这条水渠却惊世骇俗。因为这不是一般的水渠，凿泾水，傍着北山，经过泾阳、三原、高陵、临潼、富平、蒲城，东注洛水，总长三百多里。这种浩大的工程一般人想都不敢想，更别说修了。

但是如果这条水渠修建成功，就可以灌溉关中地区的大片土地，几百年来关中地区农业缺水的问题就迎刃而解了。

当时总揽朝政的吕不韦对郑国的这个建议很感兴趣，他仿佛已经看到了关中沃土上成片成片的庄稼。

不过，郑国提议的这项工程，规模比当年李冰的都江堰大数倍，难度也增加了好几个系数。耗资巨大，简直就是个天文数字，最要命的是工期长达十多年。建成之后的实际效果还需要进一步检验查证，也就是说郑国的提案只是一个设想。说不客气一点就是在纸上画了个大馅饼，需要秦国用钱财和人力把它变成真正的大馅饼。

所以郑国的提案刚一公布，在秦国内部便有很多人提出反对意见。大多数人都认为用大量钱财和人力来验证这么个大的设想，有些不切实际，太过冒险。但富有远见的吕不韦顶住了压力，批准了这项工程，并交给郑国全权负责主持修建。

看到这里，你也许有些糊涂了。韩国难道疯了吗？让这么一个有才能的人跑到秦国修水利工程，难道韩国还认为秦国不够强大吗？

实际情况是这样的，韩国实在是受够了秦国隔三岔五侵略，便想了个妙计：派遣郑国到秦国，希望通过修建水利工程，削弱秦国的人力、财力、物力，使秦国暂时无力攻伐韩国。韩国的阴谋现在败露了，郑国的间谍身份也曝光了，紧接着便被投进了监牢，生命危在旦夕。

曾经红极一时的电视连续剧《潜伏》，大家都不陌生，现在提起来，还意犹未尽。里面的余则成在天津站潜伏得够深，但和郑国比起来，是小巫见大巫。

如何处理这个特大间谍案呢？嬴政召集群臣开始商议。在大殿之上，群臣位列两旁，嬴政高高在上，满脸严肃。

"众位爱卿，大家对郑国一案有什么看法？"嬴政发话了。

"郑国在我大秦隐藏十年，以修水渠之名搞破坏，罪不容诛！"

既然第一个说话的人定下了基调，后面说话的便围绕这个主题大肆议论起来。

"间谍就应该杀，杀一儆百！"

"……"

除了杀之外，有人还进一步提到了用什么刑罚来处置郑国。

嬴政满耳朵都是一个"杀"字，不觉皱起了眉头。

大殿之上，如果只有一个声音，这不能说是一件好事。因为大家习惯了趋炎附势，没有了自己的主见，只会顺着说，或者就是说一些臣有罪、请处罚之类的话。这表面上显示了王者的专制和权威，其实却暗含着危机。这种环境只会助长王者的独断专行，没有了谏言，王者就会迷失方向，模糊双眼。

"当年是吕不韦批准郑国修水渠的，这其中会不会有什么阴谋？"

这虽然是不同于上面的另类言论，却把矛头指向了早已大权旁落的吕不韦。这样的用心，着实险恶！不过嬴政却很喜欢听这样的话，因为他有彻底扳倒吕不韦的心思。

"恩，一定要彻查！"嬴政道。

最后，嬴政决定审问一下郑国，因为他对这个隐藏这么久的间谍也很感兴趣，难道这个人长了三头六臂不成？再说，郑国好歹也算韩国的一个援外人员，他的特殊身份摆在那里。所以嬴政没有把他立即杀掉，郑国也有幸能目睹当时最强大的王嬴政的尊容。

郑国被带上了大殿，双手和双脚都戴着镣铐，脸庞黝黑并带有未干的血迹，而且衣服破烂，浑身上下没有一处完好的地方。这明显是在狱中受过无数酷刑的结果，背着间谍身份的他现在还有口气真是相当不容易了。

当年的郑国也是衣冠楚楚，一表人才，在大殿上对他的设想侃侃而谈。十年后，成了这副模样，这变化的世事真是让人唏嘘不已、哭笑不得。

"郑国，你可知罪？"嬴政问道。

郑国抬头，左右看看，已经没有了吕不韦的身影。自己的靠山不在了，如今有了这样的下场，也是情理中的事情。

"大王，修水渠是千秋万代的基业，造福一方水土，我何罪之有？"

"好大的口气，你来我大秦借修水渠之名，劳民伤财，使我大秦没有力量进攻韩国，这难道不是事实吗？"

"我只是一个水工，修水渠是我的本职，至于其他的就不在我考虑的范围之内了。"

自古有武痴、花痴等，现在又多了水痴。可见，这条水渠就是郑国的生命，此刻，郑国也许真的忘记了当初入秦的使命了。

"当初，你是不是和吕不韦一起串通好的？"

嬴政问这样的话，大出群臣和郑国的意料。从此刻开始，大家都知道吕不韦将不得善终。

"吕相国目光远大，很有魄力！他知道这水渠将造福千秋万代，没有他，我也不会在秦国待十年。"

郑国说这话，明显就是说嬴政的目光短浅。真是个修水渠的，连话也不会说。

嬴政被气得脸色发青。吕不韦虽然已经远在河南，可一个小小的水工竟然还对他念念不忘，难道自己就永远也跳不出他的阴影吗？

"打入死牢！"

左右侍卫得令后，拖起郑国就往外走。

"大王，让我继续修水渠吧，这对秦有百利而无一害！大王，让我修吧，大王，你会后悔的……"

郑国已经被拖了下去，他的话还在大殿之上回荡。

嬴政很生气，在大殿上大吼一声，声音如猛虎怒狮一般。百官都战栗不已，恨不得把自己的耳朵赶紧堵上。

本来，盛怒之下的嬴政准备把郑国斩首了事，管他是哪国的援外人员。谁和我急，就灭了谁！

可是和郑国一起修水渠的上千劳工们却聚集在咸阳为郑国喊冤。民意难违，难道这个郑国真有什么冤情？于是，嬴政决定二审郑国，给天下人一个交代。

据记载：秦国一直有廷议的传统，每当遇到国家大事，都召集最高决策层，共同商议，最终由秦王做出决断。潜伏在秦国十年之久的郑国间谍案是一件大事，又有这么多百姓为他申冤喊屈，所以廷议自然是免不了的。

宫殿之内，秦国政坛的重量级人物几乎都到齐了，数十位高官显贵组成了强大的陪审团阵容。

列席的权贵们人手一份案件卷宗。在他们中间，大部分人对郑国一案只是听过，并不了解。对案件卷宗，也只是随手翻翻，根本就懒得看。他们大都认为，廷议只是走走过场而已，郑国难逃一死。对于这种"无聊"的事情，虽然心里一万个不乐意，但无奈于嬴政。嬴政都没有觉得无聊，他们也就只能正襟危坐，在王面前装模作样，用满脸的庄重掩盖内心的无聊。

宦官赵高登上高阶，扯着嗓子喊道："大王到！"

殿内马上安静了下来。

众人行礼完毕，嬴政坐定，扫视一番后，道："现在开始吧。"

赵高又高喊："带犯人郑国！"

脸色苍白的郑国被带到殿内，很显然又遭受了无尽的折磨。也难怪，都被打入死牢的人了，自然不会有人可怜他。

郑国心里也明白，这也许是他最后的机会了，如果能把握好，这条命也许就保住了。

"郑国是间谍不假，但郑国无罪！"话一出口，满座哗然。

这郑国也真是的，干吗要承认自己是间谍呢？这样一来，还不是死路一条？

"是间谍还这么猖狂，你不是想找死吧？"嬴政冷冷地说。

"大王明鉴，我虽然入秦的身份是间谍，但没有在秦国搞任何破坏，在修建关中水渠的十年间没有为韩国谋任何利益。一个真正的间谍会借这个机会拖延工期甚至大搞破坏，而我不仅没有这样做，反而一直兢兢业业地修建水渠。大家见过这样的间谍吗？"

原来郑国是在玩欲擒故纵的把戏啊，先把自己置于绝境，再绝处逢生。这样赢的机会更大一些，如果他非要说自己不是间谍，没准会引起嬴政的不满。因为他确是一名间谍不假，只是戴着间谍的帽子没有干间谍的活罢了。

"空口无凭，信口雌黄，一面之词不足为信。"有大臣道。

许多官员也附和着。

"和我同吃同住的修水渠工匠就是最好的证人！"郑国道。

嬴政准备传唤人证。

宗室的昌平君抢先说道："下等贱民岂能登上大秦朝堂，这是给我大秦脸上抹黑，还望大王三思。"

嬴政没有理会，开始传唤为郑国喊冤的工匠。

这些人证，他们大多是和郑国同吃同住的老部下。十年来，他们朝夕相处，结下了非常深厚的友情，见郑国的惨状，都忍不住开始痛哭流涕。在他们的口中，郑国不但不像间谍，反而是一个既精水利又懂管理还爱惜下属的模范官吏。说郑国是间谍简直是天大的冤枉。

这一番哭诉使陪审团开始对郑国产生了好感和同情，有的人甚至开始抹眼泪了。

宗室昌平君抢先一步道："大胆郑国，身为间谍，竟然同化了身边的人，该当何罪！"

昌平君连这也能想得出，真服了他了。还同化，郑国如果有这样的本事，干脆把整个大秦都同化了，韩国岂不成了战国时代的老大了。

再看看嬴政，气得鼻子都歪了。他再也忍不住了，有再一再二，没有再三再四！何况，在王的面前，总是这么中间插一杠子，还把嬴政放在眼里吗？嬴政真想爆几句粗口……最后，他还是控制住了自己愤怒的情绪，换了一种文明又不失威严的说法。

"大胆狂徒，胡乱插嘴，该当何罪？"

众人都愣住了，这到底是在责难谁啊？

片刻之后，昌平君跪倒在地，口中反复念叨着："臣知罪，请大王息怒！臣知罪，请大王息怒……"

昌平君一跪，预示着郑国的小命至少保住一半了。

在宗室人的眼中，外客没一个好东西，他们恨不得把在秦国的外客都轰走，所以对间谍郑国是异常痛恨。嬴政知道他们是为大秦的江山着想，但一个王的心胸不能太狭窄，一个国家更不能闭关锁国。嬴政真为这些宗室的鼠目寸光感到悲哀。

嬴政把目光从昌平君身上移到跪在下面的工匠身上。这些工匠都是大秦的子民，他们犯不着为一个韩国人冒死喊冤作证。看来这个郑国定有过人之处，没准可以为我大秦所用。

于是，嬴政问道："罪人郑国，你还有什么话要说吗？"

上次，郑国没有太多申辩的机会。现在，最后的申辩机会就摆在眼前，他当然抓住不放了。

郑国虽然只是个水利工程专家，不过当说到他专长的话题时，也是游刃有余。郑国知道，如果想让别人接受他修的水渠，用数据来说话是再合适不过的。他给嬴政算了一笔账：关中水渠建成之后，四万多顷的不毛之地将被改造成为肥沃良田，每亩田的产量将会翻番。这就意味着秦国的经济实力将实现历史性的飞跃，成为战国时代货真价实的老大。

在座的权贵都是政治家，他们比郑国更明白这种效应对秦国的战略意义，所以都窃窃私语起来。

嬴政虽然心里窃喜，但却面不改色，问道："天下有这么好的事情？你是用这虚无的数字蒙蔽世人吧。"

"臣是将死之人，怎么敢虚夸海口，欺骗大王？"

郑国便将四万多顷良田分解到关中各郡，又历数各郡人口、地形、气候、土质，有条有理，不由得人不信。他最后定论道："臣虽然让韩国多存在了几年，可却为秦国建立了万代的基业！"

听完郑国的言论，嬴政长叹一声，问道："如何处置郑国，诸卿还有什么意见吗？"

众人寻思嬴政的口气，似乎已经有了赦免郑国的意思，不然不会这样问。的确，如此大的现实利益摆在面前，即便是君王，也不免动心。

于是，群臣齐呼："请大王定夺。"

嬴政说道："人非圣贤，孰能无过。虽然郑国入秦的目的不纯，但他却为秦国做了件大好事。寡人念在他治水有功，人才难得，特赦郑国无罪释放，继续修建关中水渠。"

嬴政金口一开，便成了郑国水案的最终审判结果，一切都无可更改。

郑国重返关中后，继续修渠。后来，那条水渠便以他的名字命名，称为郑国渠。郑国渠造福了亿万平民，为秦统一天下奠定了雄厚的物质基础。在历史上的影响，更远远不止如此，汉唐盛世时的都城长安，正是位于因郑国渠而繁荣富庶的关中平原之上。现在，郑国渠虽然早已废弃，但它曾经发挥的作用是永远也抹不掉的。

逐客令

郑国水案虽然有了一个好的结果，但这件事的影响还没有结束。郑国水案给秦国政坛带来了巨大的冲击。

生性多疑的嬴政还是没有迈过这道坎：先有茅焦的傲慢，现在又出现了间谍郑国，再加上被赶出咸阳的吕不韦，阴影在嬴政的心头越来越重。

嬴政开始怀疑这些外来客的可靠性了。郑国只是隐藏了十年，万一还有隐藏二十年，甚至更长的呢？生性多疑的他开始对这些外客一遍一遍地过滤，可是却找不到一个"百分之百可靠"的人，当然也包括李斯在内。在嬴政眼中，李斯只不过就是一个棋子或能出主意的一个智囊。只有要用他时，才会想到李斯这个人，至于信任，嬴政从来就没有考虑过。

当你用怀疑的眼光看待别人的时候，便找不到一个可信之人了。因为你已经先入为主地给别人扣上了"可疑"的帽子，当然就不可能存在信任了。

此刻的嬴政可谓焦头烂额，没有一丝头绪。他感到很害怕，因为他突然发现，自己身边竟然没有一个可信之人。王，虽然没有同类，注定要与孤独相伴，但当被可疑的人包围时，这种感觉就连千古一帝嬴政也受不了。

宗室重臣昌平君、昌文君虽然没有扳倒郑国，但他们开始借此大做文章，在嬴政耳边吹"外客靠不住"之风。

嬴政虽然知道外客在秦国起着很重要的作用，也知道国家的发展离不开开放，闭门造车只会让国家越来越落后。但这些外客向来傲慢无礼，心中又对故国念念不忘，万一他们联合起来反戈一击，我大秦就处在危险的边缘了。如果真出现了这种情况，那还怎么统一六国，只灭这后院的火就够受的了。

嬴政对这些外客产生了信任危机，于是，他采纳了宗室的建议，果断地颁布逐客令：凡六国来秦之人，一律驱逐不论。

君命难违，没有谁敢和王的命令抗衡。但这个命令对那些外客来说，无异于晴天霹雳。昨天还是高高在上的大秦官员，转眼间就被拉下马来，运气差的人还要被折磨一番。因为这些外客已经是秦国最下等的人了，除了拥有被欺辱的"权利"外，没有任何权利可谈。

在乱世之中，想求个安身之所都是奢望。

可悲，可叹……

这是一次大规模的逐客行动，数万家庭的命运被改写——昨日富甲一方顷刻间变得不名一文。

想当初，他们满怀希望来到秦国，为这个国家拼搏奋斗，只求有一个安身立命之所。最后，却遭到强行驱逐，连个辩解、申诉的机会都没有。最郁闷的是他们在秦国多年积攒的财富根本就没有时间带走。面对超级大国的掠夺行为，他们别无选择，只能忍气吞声，保持沉默。因为哪怕只有一丝丝的不满都可能招来灭顶之灾。

初冬时节，天寒地冻，高远悲怆的天空好像也为这群人悲哀。在荒凉的野外，凛冽的北风无所顾忌地刮着，对这群瑟瑟发抖的人没有一丝怜悯。零星的雪花，随风舞动，一场大雪即将降临。

被驱逐的外客的队伍长达数里，都是拖家带口，速度自然要慢一些。但押解的军吏们对他们并不体恤，不时用棍棒和拳脚来惩罚这群落难的人。军吏的责骂声、外客的哭诉声混杂在一起，悲惨的景况不亚于逃难。

在这群人中，有赢政的宠臣——李斯。赢政并没有因为比较喜欢李斯，就把他单独留在秦国，可见赢政对所有的外客都产生了信任危机。

可怜的李斯怎么也没有想到在吕不韦离开咸阳后不久，自己也走上了同样的道路。

归乡之路是极其漫长和难熬的，妻子默默地跟在李斯身后，没有半句怨言。两个儿子不谙世事，还是照常快乐地蹦蹦跳跳，对他俩来说这只不过是一次长途旅行而已。

也许李斯应该庆幸，好歹他还有一个完整的家。不过，李斯还残存着那么一丝希望，因为他在离开咸阳之前，连夜给赢政写下了一封信，字字千钧，希望能改变赢政的决定。但是希望却很渺茫，毕竟那只是区区一封信而已。

改变命运的《谏逐客书》

赢政一直被自己下达的逐客命令所困扰，因为他不能确定驱逐外客的做法是否正确。以前他向来是一言九鼎，毫不优柔寡断。可这次却不同，没有了外客的朝廷一下子就少了三分之一的官员。虽然相国昌平君、昌文君说会尽快补齐官员，可所补的官员铁定是他们的亲信。这样一来，整个朝廷还不成了一言堂？

赢政在上朝时，还会提到一些官员的名字，比如李斯等，可他们已经不在朝堂了。赢政总感觉像少了一些宝贝似的，浑身上下感到空落落的。

在书案上，一封笔迹隽秀的竹简信静静地躺在那里，不用说，一看笔迹就知道是李斯留下的。

赢政迫不及待地把信打开，这封竹简信就是李斯有名的《谏逐客书》。

信中写道："我听说官员们在商议驱逐客卿的事，臣私下认为这样做是错误的。从前秦穆公求贤，从西方的戎请来由余，从东边的宛地得到百里奚，从宋国迎来蹇叔，任用从晋国来的丕豹、公孙支。秦穆公任用了这五个人，兼并了二十个小国，称霸西戎。秦孝公重用商鞅，实行新法，移风易俗，国家富强，打败楚、魏两国的军队，拓地千里，使秦国强大起来。秦惠王采用张仪的连横之计，拆散了六国的合纵抗秦，迫使各国服从秦国。秦昭王得到范雎，削弱贵戚力量，加强了王权，蚕食诸侯，使秦成就帝业。这四代王都是由于任用客卿而获得了成功。客卿有什么对不起秦国的呢？如果这四位君王拒绝客卿，下逐客令，这就不会使秦国得到富强，秦国也不会有强大的威名。

"大王的珍珠、宝玉都不产于秦国，美女、好马、财宝也都是来自东方各国。这些东西却得到大王的钟爱。如果只是秦国有的东西才要的话，那么许多好东西也就没有了。为什么这些东西可用而要逐客，看起来大王只是看重一些东西，而不重用人才，结果是加强了各国的力量，不利于秦国的统一大业。

"许多东西并不产于秦国，然而可当作宝物的却很多；许多士人都不出生在秦国，可是愿意对秦尽忠心的却不少。现在驱逐客卿而帮助敌国，减少本国人口而增加仇人的实力。结果在内使自己虚弱，在外又和各诸侯国结怨，这样做的结果只会使国家陷入危险的境地！"

李斯的这封上书辞采华美，排比铺张，音节流畅，理气充足，挟战国纵横说辞之风，如汉代辞赋之丽。确实反映了秦国历史和现在的实际情况，代表了当时有识之士的见解，有极强的理论说服力和艺术感染力。

看过原文后，大家一定能感受到那逼人的气势。

嬴政也是如此，一看就停不了了。他反复读了好几遍，这八百三十九个字（原文）把嬴政心中的郁结都解开了，他一下子感到浑身上下说不出的舒服。

嬴政连连赞叹，唏嘘不已，自言道："如果没有这封上书，寡人将要把大秦给葬送了。"

"来人，马上把客卿李斯给我追回来！"

将门之后蒙恬领命后，快马加鞭地追赶被遣散的外客。

一封上书就这样改变了一个人的命运，不，是改变了一群人的命运，当然也即将把大秦推到巅峰时刻。

蒙恬是何许人也？这要从秦朝显赫的蒙氏家族说起。

在蒙骜死后，蒙氏家族并没有衰败下去，反而越来越显赫。蒙骜的两个儿子蒙武和蒙嘉，一个为将军，一个为中庶子，都在朝中任重要官职。而在蒙氏第三代中，又出了蒙恬和蒙毅兄弟俩，都是世上少见的奇才。这二人和嬴政的关系也很铁，虽然目前官位比较卑下，但凭着和嬴政的关系和自己的绝世才干，日后一定会前途无量。

蒙恬，自幼嗜读经书，喜好文学，有勇有谋，可谓是文武双全，被誉为"中华第一勇士"。少年时，他还学习过刑狱法，担任过审理讼狱的文书。当年也参与了审理嫪毐一案，因而和李斯的关系不错。

一路快马加鞭的蒙恬一直追到骊山，才赶上了被驱逐的外客。

"大王有令，李斯速返咸阳！"

其他的外客很纳闷，为什么单单让李斯回咸阳呢？还是大王和李斯的关系铁啊，八九不离十是舍不得李斯走。不过，李斯已经猜出了八九分，一定是自己的谏书起作用了。

在回咸阳的路上，蒙恬赞道："先生的文笔，天下少见。这封谏书一定可以流传万代，被后世奉为经典中的经典！"

李斯问："大王读谏书时，难道你也陪侍在左右？"

蒙恬点点说："大王对先生的谏书，爱不释手，赞叹不已，还念出声。"

听到嬴政有这样的反应，李斯心情开朗了许多，如果不出什么意外的话，自己的高官厚禄总算是保住了。

可伴君如伴虎，谁又能保证此刻的嬴政确定改变主意，不再逐客了呢？

李斯快马加鞭回到咸阳后，没有休息片刻，便直奔咸阳宫而去。站在熟悉的宫门前，抬头仰望，几天不见，顿生隔世之感。迈过这道门槛，自己便有胜利的希望，虽然手中的筹码少得可怜，但必须赌下去，他要用自己的三寸不烂之舌从嬴政那里拿回本属于自己的东西。

此刻，嬴政明白了人才的重要性，如果把这些外客都赶出秦国，无异于闭关锁国。那自己统一天下的梦想将永远只是一个美好的梦而已。

可是逐客令是自己下的，如果就这么收回，岂不是出尔反尔，没有了王者的尊严？得找个台阶，找个台阶……

嬴政又想到了茅焦，上次是他给了自己一个台阶，换来了忠孝的美名，现在李斯也会像茅焦一样给自己个台阶下吗？

千军易得，一将难求

千军易得，一将难求。自古贤君对良臣都倍加爱惜，嬴政也不例外，他决不允许像李斯这样的人才从秦国流失，以后变成秦国的敌人。所以，他早早就在大殿之外迎接这位把自己从迷途中拉回来的臣子。

李斯见到嬴政，心中一阵激动，跪拜道："戴罪之臣李斯参见大王。"

嬴政赶紧扶起李斯，拉着他的手，进入大殿，落座而谈。

嬴政说："先生虽然被放逐了，还忧国忧民，留书赐教，实在是寡人的幸运，秦国的幸运！"

李斯说："大王过奖了，这只不过是臣子应尽的本分。不管大王怎样对待外客，臣只是尽臣子本分而已。不过，有一点臣必须要说清楚：把外客驱逐出秦国，只会让六国受益，当然还有宗室。就眼前来讲，宗室是最直接的受益者，他们在朝中会占据更多的位置，牵制大王做决定。"

嬴政叹了口气，说："爱卿所言极是，其实，下逐客令，不是寡人的独断，在一定程度上，宗室左右了寡人的视听。"

嬴政来了个顺水推舟，李斯是何等聪明之人，对嬴政的推诿心知肚明。

"大王应该明白，臣的上书不是一己之见，而是无数无辜遭到驱逐的外客的共同心声。他们曾经为秦国效忠，并愿意继续为秦国效忠。"

嬴政点点头，示意继续说下去。

"驱逐外客，让六国受益这一点暂且不论。单看宗室，他们与大王同根同祖，对他们来言，即使秦王不是大王你，他们的身份还是宗室，所以他们只会效忠嬴氏。而外客则不一样，他们来到秦国为大王服务，所以只会效忠于大王。"

李斯说完后，发觉自己浑身是汗。说实在的，他真想把这些话收回来，因为嬴政也姓嬴，大秦其实就是嬴家的江山。他把外客和宗室对立起来，弄不好就会把自己置于万劫不复的境地，毕竟人家有打断骨头还连着筋的血脉关系。

好在嬴政没有发火，只见他开始闭目沉思，满脑子都是宗室在他面前的桀骜不驯。宗室更多的是将他看作嬴氏家族中的年轻一员，王只不过是他的一个标签而已，所以应该听从宗室的教诲和训勉。

在宗室面前，嬴政就是一个年轻的晚辈，更多的是为宗室尽义务和肩负职责。久藏在他心底的怒火被李斯激发了出来，他想对宗室下手，可秦国政局的变化，再没有人比他更清楚了。

成蟜谋反后，宗室开始走上秦国政坛的前台，掌握大权。后来又靠平息嫪毐谋反，更是变得炙手可热。当时，嬴政也确实需要借助宗室的力量对抗嫪毐和吕不韦。如今，嫪毐被诛杀，吕不韦也被遣回洛阳，宗室在朝中没有了对手，这不能说是个好现象。宗室的强大，自然也就成了嬴政的一个心病。

逐客令就是在宗室的引导和压力下做出的错误决定。自己不能再受他们的左右了，嬴政暗暗下着决心。

必须再扶植一个新兴势力来和宗室对抗，逐渐削弱他们的力量。眼前的李斯就是一个合适的人选，他在外客中有很高的威望，可以利用这些外客和宗室对抗。对，这是一个好办法。

嬴政迟迟没有任何表示，这让李斯心里很是不安，毕竟他的话触及了嬴氏家族的根本，不知是祸还是福。

过了好大一会儿，嬴政才睁开眼睛说："下逐客令，是宗室首先提议的，寡人最后做的定夺，所以就不追究宗室的过失了。寡人决定即刻解除逐客令，把外客们重新接回咸阳，各种待遇和以前一样。先生进谏有功，寡人特意升你为廷尉。"

李斯擦了擦头上的冷汗，叩头拜谢："谢大王恩典。"

嬴政就这样把责任推给了宗室，为自己找了个台阶，挽回了面子。其实，在他眼中，所有的人都是任他摆布的棋子。当做出了错误决断时，他可以把责任推给任何一个棋子。嬴政最讨厌悔棋，可这次他却悔棋了。这是第一次，也是最后一次。从此，"悔棋"二字就在嬴政的词典里消失了。

再说说这廷尉一职。

廷尉，掌管刑狱，是秦国主管司法的最高官吏。秦国一向依法治国，所以廷尉这一职位就变得格外显赫，权势仅次于三公，位列九卿之首。

这次，李斯凭着一封谏书和三寸不烂之舌成功翻本并大赚一笔。有嬴政做后台，自己以后的官运一定会像这熊熊火焰一样越烧越旺。

怪才谋士尉缭

嬴政自从即位以来，尤其是最近三年，先后肃清国内几大异己集团。如今，秦国的军政大权都牢牢地控制在他的手里，他的权力和威严已经无人能够动摇。

没有了其他势力的羁绊，嬴政终于可以谋划自己的万世功业——一统天下。

要想统一天下，实现霸业，没有杰出的军事人才是不行的。自从嬴政取消逐客令后，各国的人才都奔秦而来，当然也有一些了不起的军事人才。

接下来出场的就是一位了不起的军事怪才。

秦王政十年（公元前237年）岁末，在咸阳街头出现一位年过花甲须发皆白的老人。虽然给人一种行将入土的感觉，但他十分锐利的目光却与他的外表格格不入，看不出有丝毫的垂暮气象。

这位老者从魏国都城大梁踏雪而来，看了看这座宏大的西方都城，自言自语道："终于到了，希望不会太晚。"

这是谁啊？这么大年纪了，不在家乡养老，大老远跑到秦国干什么？

只见，经过长途跋涉的他没有停下来歇息，也没有留恋咸阳繁华的街市，而是直奔王宫而去。

在巍峨高大的宫殿外，他没有低头，他也没必要低头，高喊："我要见你们大王。"

看门的执戟郎官见一个衣衫有些褴褛的老头大呼小叫，便好心提醒："老伯，你不要命啦？大王是随便一个人就能见的吗？您老还是回家吧。"

可这个老头很倔强，非但没有停止叫喊，反而喊叫声越来越大。

"喂，老头，再这么乱喊，小心乱棍打死你！"

执戟郎官不耐烦了，正要上前打这个老头。

此刻，一个帅小伙正好走了出来，来人正是蒙恬。

"住手，对一个老人都下得去手，当兵没个兵样！"

郎官刚想分辩几句，但看到蒙恬略带愤怒的脸色，便知趣地退到了一旁。

"老人家，你叫什么？为什么要面见大王？"蒙恬问道。

老者叹道："世外之人，无名小卒，姓名不值一提，只求面见大王。"

"任何一个王都不会随便见一个人的，况且你又不报姓名。你有什么事情，我帮你转达吧。"

老者抬头仔细看了看蒙恬，觉得这个小伙子还比较可亲，于是说出了两个字：尉缭。

这个名字如同一个响雷，把蒙恬震得面色大变，他几乎不敢相信自己的耳朵。

尉缭！传说中的尉缭就这样活生生地站在了自己面前，蒙恬感觉像做梦一样。

蒙恬为什么会因为一个老者的名字而如此震惊呢？这还要从一部名叫《尉缭子》的兵书说起。

蒙恬的祖父蒙骜对《尉缭子》这部兵书倍加推崇，甚至认为强过《孙子》，并多次督导蒙家子孙读这部奇书。蒙骜的行为自然也影响到了年幼的蒙恬，有生之年能一睹尉缭的风采是蒙恬多年的心愿。

先来看看传说中的尉缭到底是何许人也。

尉缭，男，魏国大梁人氏，中国古代著名的军事家，同时也是秦王嬴政的情报兼特务头子。有人说尉缭是鬼谷子的高足，学成后即过着隐士的生活，后来应魏惠王的邀请出山，向他陈述兵法，但没有得到重用，便来到了咸阳，希望有用武之地。著有《尉缭子》一书，被后世称为经典之作。

《尉缭子》一书是尉缭与魏惠王晤谈军事学的一个记录。《尉缭子》是时代的产物，是吸收前辈和当时其他军事理论成果而写成的，是中国军事理论宝库中的一朵奇葩。该书共五卷二十四篇，即《天官》《兵谈》《制谈》《战威》《战攻》《守权》《十二陵》《武议》《将理》《原官》《治本》《战权》《重刑令》《伍制令》《分塞令》《束伍令》《经卒令》《勒卒令》《将令》《踵军令》《兵教上》《兵教下》《兵令上》《兵令下》。从全书的内容看，前十二篇论述作者的政治观和战争观，后十二篇论述军令和军制。这本书的特色和精华就在于后十二篇中的有关军事法规的部分。

这本书在古代就被列入军事学名著，受到历代兵家推崇，与《孙子》《吴子》《司马法》等在宋代并称为"武经七书"。

那么，尉缭这样的高手为什么要离开故国魏国远道来秦呢？主要是因为当时魏国庞涓当权，尉缭得不到重用，于是一甩袖子来到了秦国。

如今，偶像就在眼前，蒙恬内心涌起一阵前所未有的激动。一贯潇洒的他，居然也变得有些局促不安，连话都说得有点磕磕巴巴，甚至要准备笔墨，请尉缭签名。

"小子蒙恬，是秦国已故将军蒙骜的孙子，今日见到先生，实在是三生有幸！"

尉缭淡淡地说："原来是蒙骜的孙子，蒙骜是良将啊。"

"像先生这样的有识之士，大王求之不得，先生，请！"

蒙恬像个侍从似的跟在老者后面，进入王宫。

蒙恬向来不为王侯折腰，现在对一个老者竟然如此恭敬有加，看蒙恬一脸兴奋、受宠若惊的样子，就知道尉缭这个人不一般。

对于尉缭的大名，嬴政也是如雷贯耳，听蒙恬说这个大人物就在殿外候着，他赶紧迎了出来。

尉缭看到嬴政亲自迎接，赶忙上前叩拜道："布衣尉缭参见大王。"

"快起来，快起来，听说先生来到了咸阳，寡人非常高兴。"嬴政把尉缭扶了起来，请进大殿。

在能人面前，礼贤下士，这是嬴政一贯的原则。人才就是生产力，他知道要想成就秦国的霸业，人才是不可缺的。

能见到这种举世闻名的人才，当然要虚心请教了。

嬴政开门见山道："当今天下苦战不休，如果想让天下没有战争，百姓安居乐业，则必须统一天下。寡人为了天下苍生，想一统天下，听说先生善于用兵，希望先生能够不吝赐教。"

站在边上的蒙恬满脸兴奋，能当面听到偶像尉缭的指点，自然是一件再美不过的事情了。

尉缭却冷笑道："虽然秦国国力强盛，秦军的战斗力也很强，但秦军的残暴也是闻名天下的。长平之战，坑杀赵军四十万人。华阳之战，斩首十三万。其余杀人万数以上的战争，举不胜举。这样不仁不义的军队怎么能一统天下？"

在这种场合说这样的话，无异于自寻死路。蒙恬诧异了，开始寻思这位偶像来咸阳的目的到底是什么？战争肯定会流血、死人，以后一统天下，更会有无数人丧命。他为什么要这样指责秦军呢？蒙恬不由得为自己偶像的命运捏了一把汗。

嬴政的脸色也变得煞白，身子好像也晃动了一下。如果换作别人，他早就把眼前这个狂妄自大的人砍为两截了。可这个人是有名的军事家，也许他是要考验自己的耐力，小不忍则乱大谋，所以要忍耐，一定要忍耐！

"兵不攻无过之城，不杀无罪之人。兵者，所以诛暴乱，禁不义也。兵之所加者，农不离其田业，贾不离其肆宅，士大夫不离其官府，故兵不血刃而天下亲……"嬴政动情地背起来。

尉缭满脸的惊奇，他想不到天下最强的王竟然能如此熟练地背诵自己著作中的句子，他已经被感动了。

嬴政笑着说："寡人对先生的著作爱不释手，寡人也恨当年秦军杀伐太重，以后一定改正。寡人自问无法做到兵不血刃，但从今往后绝不滥杀一人。"

王者就是王者，不仅有王者的风范，还要有王者的气度。

尉缭本以为嬴政会被自己的一席话气得吹胡子瞪眼，没想到秦王如此谦和。听了嬴政的一番言论后，他终于露出了一些笑容，他知道自己选择来咸阳是正确的。

尉缭虽然以兵法著称于世，但他却是一个铁杆反战者。这似乎有些矛盾，既然反战，为何还要著述兵书呢？这个问题也许只有尉缭自己能解答吧。

纵观天下形势，尉缭意识到天下统一是大势所趋，任何人都阻挡不了这种趋势。而年轻的嬴政最有可能担当统一天下这个角色，所以一大把年纪的尉缭冒险来到了咸阳。他要尽量利用自己的力量影响嬴政的军事思想，以减少统一战争中给百姓带来的伤害，尉缭的良苦用心真是可钦可敬。

蒙恬看到二人都露出了笑容，知道一场干戈化玉帛了。高手对决就是这样，针锋相对过后就是惺惺相惜。

尉缭对秦王嬴政进言说:"以今日秦国的强大,诸国国君譬如郡县之臣。然而,如果山东六国联合起来,出其不意地西向攻秦,则形势危险。当年晋国的智伯、吴王夫差、齐湣王,便是在这种形势下灭亡的。"

嬴政道:"先生说得对,这也是我担心的问题。"

尉缭道:"统一是大趋势,流血在所难免,但臣有兵不血刃的计策,能使天下归顺大秦。"

"什么妙计?请先生赐教。"嬴政的精神为之一振,天下竟然有这样的好事?

尉缭道:"其实也很简单,舍财取义,希望大王不要爱惜财物,用财物贿赂其他六国的权臣,削弱六国的斗志,也就三十万金,就可以尽收六国于脚下。"

人的贪欲是无止境的,古今多少人毁在了贪字上面。尉缭的计策不能不说是好计策,但听多了这种用金钱来腐蚀敌国官员的计谋,也就不那么新鲜了。当初李斯就使过这种计谋,如今老调重弹,难道是英雄所见略同,还是有其他的图谋?虽然秦国不缺钱,但也不能这样任由这些人拿着秦国的钱去六国卖人情。

想到这里,嬴政开始用怀疑的眼光打量着面前的这位有传奇色彩的老者。

过了一会儿,嬴政继续说道:"秦国不穷,但三十万金,也不是一个小数目。"

嬴政的话出乎尉缭的意料,当时的秦国国力首屈一指,区区三十万金,不在话下,没想到嬴政却如此抠门。

尉缭冷笑道:"百姓的安危应该在钱财之上,没想到大王却是爱财不爱民,臣无话可说了。"

人人都爱财,可谁愿意承认自己爱财呢?何况是高高在上的王。

嬴政尴尬地笑着说:"寡人一时失言,先生不要介意。"

尉缭继续冷笑道:"舍不得孩子套不着狼,孰轻孰重,望大王三思。"

虽然尉缭的冷笑让人感觉很不舒服,不过他的话还是很在理的。再说,这三十万金即使打了水漂,对秦国来说也是九牛一毛,撼不动秦国的根基。这个赌注不是很大,何不赌他一把。

嬴政确定尉缭是为秦国的利益而来后,疑心自然消去了大半。单单冲尉缭的名气,只把他当神一样地摆在那里,六国也要抖上三抖。如果能让他死心塌地为秦国效力,那么在统一天下的道路上就又多了一个重要砝码。

嬴政起身拉着尉缭的手道:"古人云,得一人胜得一国。有先生的得力辅佐,寡人定能统一天下,开创万世基业。"

其实,早在秦昭王后期,范雎便提出兼并六国的"远交近攻"的军事路线和外交路线。尉缭所提出的用重金贿赂各国重臣,破坏"合纵"的离间计策,作为

"远交近攻"路线的补充，使嬴政十分欣赏。

此时的秦国战将如云，猛将成群，而真正谙熟军事理论的军事家却没有。靠谁去指挥这些只善拼杀的战将呢？如何在战略上把握全局，制定出整体进攻计划呢？这是秦王嬴政非常关心的问题。他自己出身于王室，虽工于心计，讲求政治谋略，但没有打过仗，缺乏带兵的经验。李斯等文臣虽然主意多，但真要上战场真刀真枪搏杀，一个个就都没用了。所以，尉缭的出现正好解了嬴政的燃眉之急。

嬴政觉得这个人不一般，于是对他言听计从。为了显示对尉缭恩宠有加，嬴政还让尉缭享受同自己一样的衣服饮食，每次见到他总是表现得很谦卑。这使尉缭感到有些过分，甚至不近情理，令人不大舒服。

尉缭不愧为一个奇才，不仅能够把握战局，制定出奇制胜的战略方针，而且还能透彻地认识人、分析人。经过与嬴政不长时间的接触，尉缭开始觉得嬴政让人感到害怕。他便得出了嬴政"缺少恩德，心似虎狼，在困境中可以谦卑待人，得志于天下以后就会轻易吞食人"的结论。简言之，就是有难可以同当，有福不能同享。如果嬴政统一天下，那么天下之人都会变成他的奴婢。所以，尉缭认为不可以和这样的人相处太久。

可以说，尉缭的分析切中要害，句句是真。后来统一天下之后嬴政的所作所为，证明了尉缭不仅是一个军事家，还是一个伟大的预言家。

既然认清了秦王嬴政的本质，越早离开嬴政越好。于是，尉缭萌生离去之心，不愿再辅助秦王，并且说走就走，找机会开溜了。

但他太小看嬴政了，来咸阳容易，要想离开就没那么简单了。毕竟咸阳是嬴政的地盘，被嬴政看上的人岂能那么容易就全身而退？

不出所料，没等尉缭离开咸阳，秦王嬴政就发现尉缭出走了。于是立即派人四处寻找，结果尉缭没能逃出五指山，被"请"了回来。

嬴政见尉缭被找回来后又惊又喜，问道："先生为何不告而辞，舍弃寡人而去？"

尉缭还想活命，于是撒谎道："深蒙大王厚爱，臣哪里会不辞而别，刚才只不过是到市上闲游而已。"

"闲游还带着行李？"

尉缭的谎言一下子就戳穿了，他低下了头，没有否认也没有肯定。

嬴政也开始反思尉缭为什么要舍弃自己而选择逃亡。按理说，自己和尉缭同衣同食，已经是礼遇有加，难道是哪里做得还不够吗？

当然，嬴政永远也想不到他在尉缭心中就是一个不能同享福的，近似于忘恩负义的君王。

"我怎样做才能把你留在咸阳呢？"嬴政继续问。

尉缭知道自己活着是出不了咸阳了，既然要在这里待下去，那还不如来点儿实在的东西，于是说："我要做大官。"

"哈哈……"嬴政大笑，他做梦也没想到尉缭是为这个选择离开咸阳的，也怪他疏忽大意。

于是，嬴政立即任尉缭为国尉，希望用高官厚禄来收买尉缭的忠心，也希望尉缭能辅佐自己安定天下。

国尉，也称太尉，直接受命于秦王，是秦国的最高武官。我们知道，自从武安君白起死了之后，国尉一职就虚位以待了数十年。现在把闻名遐迩、擅长兵道的尉缭摆在这个位置上再合适不过了。

这样，在嬴政的身边就又多了一个军事天才——尉缭。

在官场混要靠真本事吃饭

一个军事天才被留在了咸阳，嬴政乐在心里喜上眉梢。但尉缭被任命为国尉的消息对一个人震动不小，这个人就是李斯。他的心里因此感到非常不平衡。

我们知道，当年李斯费了九牛二虎之力，冒着杀头的风险，一番精心对答后，捞了个长史的官职。可是尉缭只凭三言两语就得到了令所有人羡慕的国尉官职。

嬴政分别给予李斯和尉缭天壤之别的礼遇，这就是名人效应、品牌效应吧，可心高气傲的李斯极不服气。想当年，茅焦虽然也是一到秦国就被拜为上卿，但人家冒着被活煮的危险，最终让嬴政母子重归于好，也算是大功一件。可尉缭提出的谋略，却怎么看都像在剽窃自己初到秦国提出的离间思想。所以，对于尉缭享受到的待遇，李斯越想越觉得不公平，他愤怒了，不是一般愤怒。

不过，不公归不公，愤怒归愤怒。李斯还是相信：在官场混多半要靠真本事吃饭。

统一天下是秦国当前最重要的事情，谁能提出让嬴政心满意足的策略，谁就能在嬴政心中占有重要的位置。

于是，李斯面见嬴政，把自己深思熟虑的统一大计一股脑儿倒了出来："大王，现在统一天下的时机基本成熟，统一天下应该先易后难。韩国派遣郑国来秦国做间谍，罪不可赦。如果现在派兵攻打韩国，师出有名，其他五国也找不到任何理由给我们挑刺儿。等我们一举吞并韩国后，五国肯定非常慌张，争相割地贿秦，以便确保一方的安宁。等五国势力逐渐削弱以后，我们再逐个消灭他们，天下归一，指日可待。"

统一天下是任何一个君主梦寐以求的事情，嬴政自然也不例外！嬴政先后肃清了国内几大异己集团，国内的矛盾解决了，向外扩张的野心自然随之而来。

李斯的建议比较具体，不过，嬴政还有自己的考虑。统一天下是大事，所以他特意召来了尉缭，想听听他的意见。毕竟，不能让他像神像一样摆着，该出力的时候还得出力。

尉缭也不含糊，道："韩国弱小，应该先取韩国，其次再取赵、魏。接着举兵伐楚，楚亡，燕、齐也就不是问题了。"

李斯气得想骂娘了，这个老家伙，你就不能来点儿新鲜的？怎么老在我屁股后面跟着啊。

嬴政发话了："二位所言不错，统一天下并让百姓安居乐业是寡人多年的梦想。但寡人以为不能先取韩国。毕竟，韩国事秦三十多年，名为诸侯，其实和郡县没什么区别。韩国就好像是砧板上的肉，我们随时都可以去取。但是韩国一灭，诸侯就会有唇亡齿寒的感受，万一他们联合抗秦，后果不堪设想。再说，赵、齐、楚，都是大国，尤其是赵国，与我秦国抗衡多年，寡人以为先攻取赵国才是上策。"

嬴政是商量的口气，可只要是他认准的事情，一般人是很难改变的。李斯很聪明，唯嬴政马首是瞻，对他没一点儿坏处。毕竟，灭了韩国，其余五国到底是什么反应，没有人能预知。

既然这样，何必冒险。

李斯说道："如果想统一天下，必先让天下人闻风丧胆，大王高瞻远瞩，臣永远也赶不上大王的万分之一啊。"

尉缭道："灭韩只会让天下人惊恐不已，灭赵则可以让天下人闻风丧胆，大王英明，大王万岁……"

此时，李斯明白了，尉缭不仅年纪比自己大不少，而且脸皮也比自己厚不少，难道这脸皮的厚度和年岁是成正比的？李斯有些迷茫，但对尉缭见风使舵的拍马工夫也是暗自佩服不已。

被恭维的嬴政自然是满脸笑容，他又略带担忧地说道："但是赵国强盛，攻取赵国不是一下子就能解决的，这如何是好？"

机会又来了，李斯当然不会放过："臣认为可以先抛出灭韩的计划，但我们不发一兵一卒，试探一下五国的反应，然后再伺机行动。"

说白了，李斯就是先给六国扔个烟幕弹，让六国搞不清秦国的真正目的，再趁乱谋取利益。

嬴政拍了拍李斯的肩膀："知我者，爱卿也。"

李斯脸上露出了得意的笑容，在这一场的博弈中，他明显要强于尉缭。

于是，秦国将要吞并韩国的消息在六国传得沸沸扬扬。这大肆张扬的灭韩计划，会不会引发六国联合抗秦呢？一场天下大战会不会爆发呢？一切都需要时间来检验。

韩王安的救命稻草

灭韩的消息，对齐、楚、燕、赵、魏五国来说，除了惊叹，还有庆幸。虽然它们知道强秦是不会只满足于吞并一个小小的韩国，下一个目标也许会是它们五国当中的任何一个。可那还早着呢，韩国不是还好好的吗？再说，一个小小的韩国，即使力保它不被消灭，可对齐、楚、燕、赵、魏五国来说，又有什么好处呢？何况，面对强大的秦国，唯恐避之不及，根本就没有心思去招惹这虎狼之国。

但是韩国坐不住了，这消息无疑是宣判了韩国的死期将至。群臣惶惶不可终日，以为这次韩国的末日真的要降临了。

当时，在七国中，韩国最弱小，偏偏又和最强大的秦国紧紧相邻。每天都有一只狼守在家门口，韩国连个打盹的机会也没有。多年来，韩国一直对秦国俯首称臣，极尽媚态，唯恐哪天惹得秦国不高兴，就把自己的老窝给端了。

作为弱者，无力改变自己的地位，当然就没有尊严可言了。虽然韩国一再摇尾乞怜，可秦国还是时不时地对韩国发动场战争，显示一下自己的强大。

据史料记载：蒙骜伐韩，取成皋、荥阳，初置三川郡；王龁攻韩上党诸城，悉拔之，初置太原郡；接着，蒙骜又伐韩，再取十三城。十多年的时间，秦国就发动了这么多的大战，把韩国的大块领土纳入了自己的版图。

再这么下去，韩国亡国是必然的，只是时间早晚的问题。但韩国除了被打得心惊肉跳、花容失色外，没有半点儿抵抗的能力。落后、弱小就是如此，永远只有挨打的份儿。

在万般无奈中，韩国想出了派郑国以修水渠为名到秦国做间谍，以劳民伤财，从而削弱秦国的国力，使之无暇东伐韩国。

韩国每天都磕头烧香，企盼厄运不要降临到自己头上，可是该来的还是来了，才不管你烧香祷告呢。

结果，郑国事发，秦国扬言要发兵报复并灭掉韩国。

韩国被秦国蹂躏多年，被秦国抢夺的财物和割地赔款不计其数。本来就是个小国，现在看看，更弱小了。韩国上下都已经是苟延残喘，满朝文武也气势低落，都陷入末日将至的慌乱中。韩国的重臣们一时间也没了主意，想抵抗，可拿什么抵抗？要钱没钱，要人没人。于是，有的大臣干脆主张向秦国投降，以免生灵涂炭，百姓遭殃。

对于打不赢的战争，选择投降也无可非议，但这次不同，投降就意味着亡国。所以，是战，是降，这个问题摆在了弱小的韩国人面前。

当时，韩国在位的王是年仅二十五岁的韩王安，刚刚即位两年。年轻气盛的他哪里能容忍投降的言论。于是，大发雷霆："你们拿着国家的俸禄，今日遇到强敌，却为了自己的利益，轻言投降，国家养你们有什么用？"

国家再小，国家再弱，王也还是王。王发怒，重臣自然惶恐，下跪并齐言道："大王息怒，罪臣该死……"

韩王安对这群奴才已经失去了兴趣，便拂袖而去。来到后宫，他把自己关在房间里，不允许任何人打扰。他没有闭门思过，而是希望在这宁静的氛围中，能想出一个让韩国摆脱困境的好办法。

祖宗数百年基业，绝不能毁在自己手里，韩王安暗暗下着决心。

天色越来越暗了，可韩王安的大脑还是一片空白，他想不到任何可以挽救韩国命运的办法。不久，天色完全黑了下来，没有掌灯的屋里，笼罩在一片黑暗之中，压抑得让人喘不上气来。

韩王安开始责怪别人了：都怪那个郑国，他怎么就暴露了呢？否则秦国也找不到灭韩的理由啊……

有时候，灵感就是在一刹那间出现的。

韩王安一下子想到，既然能派郑国去秦国，难道就不能派其他人到秦国吗？如果再拖上个十年八年，到时候秦国也许就走下坡路了，那它就没有能力来灭韩国了。

把希望寄托在别人的衰落上，而放弃努力使自己变得强大起来，一个国家到了这种地步，还能有什么出路可言，真是可悲。

不过，这至少是一个办法，总比投降要好许多。

派谁去秦国呢？总不能再派一个类似于郑国的人物吧。再说，秦国也没那么多水渠可修啊。

一个了不起的人物——韩非出现在了韩王安的脑海里。在这国家生死存亡之际，韩非也许就是韩国的那根救命稻草。

未见其人，先闻其名。

韩非的才气，韩非的思想，乃至他的口吃，都富有神奇而高远的魅力。同时代的人可望而不可即，除了选择仰视外，就只剩下怪自己的老娘没给自己一个聪明的脑袋了。

但对于这根救命稻草到底该不该抓，韩王安还在犹豫。因为韩非的光环太盛，他怕自己被这耀眼的光芒遮挡下去。

作为法家创立者的韩非到底有什么样的经历呢？还是先看看韩国的历史吧。

六十三年前的韩国，也就是韩襄王十二年，太子婴病死。于是，公子咎、公子虮虱两兄弟展开了一场争夺太子位的斗争。当时，公子虮虱正在楚国做人质，没有人身自由，离韩国又远，对朝中局势鞭长莫及。而排在他之后的公子咎正好留在韩国国内，使用计谋，最终取得了胜利，成为太子。韩襄王死后，公子咎继位，成为韩釐王。韩釐王死后，子韩桓惠王继位。韩桓惠王死后，子韩王安继位。

回头再说说公子虮虱，作为失败者，除了血管里还流着韩国王室的血液外，他输了个干干净净，最后在楚国孤独而终。而韩非正是公子虮虱的儿子，算起来，他是韩王安的叔父。

王室的斗争就是如此残酷，韩非没有被斩草除根就是万幸了，否则中国历史上就又少了一位才子。作为失败者公子虮虱的后裔，韩非虽然留在韩国，但一直遭到王室的猜忌。如果韩非是个普通人，也许会好过一点，偏偏韩非聪明绝顶，锋芒毕露，比王室中任何一个人都强百倍。王室对他自然放心不下，像防贼一样防着他，更不敢轻易让他参与国事了。

于是，韩非满肚子的学问无处可用，整天看天天不蓝，喝醋醋不酸，除了郁闷、叹息外，无所事事。

韩王安至今记得父亲韩桓惠王的遗言："你贵为韩王，切记不到万不得已，不可任用韩非。因为凭你的智商，你是玩不转他的，好自为之吧。"

如今国难临头，不用有贤能的人，韩国一定摆脱不了亡国的命运。

权衡利弊后，韩王安不再犹豫了，决定起用韩非。只是，不知道这根救命稻草到底能不能给韩国带来好运。

迟来的召唤

再看韩非，十年前，他和李斯在兰陵分别。回到韩国后，看到自己的国家越来越弱，心痛不已。这十年来，他多次给韩王上谏书，韩王却把谏书当废品堆在一边，看也不看，生怕看了以后就会"着魔"，再也放不下了。

所以，毕业后的韩非一直处在失业状态，以他的才干，如果四处游说，早就在其他国家大展拳脚了，可他却甘愿在韩国都城——新郑虚度光阴。因为他始终认为韩国是他的国家，虽然他享受不到任何权利，但他从来不会拒绝对这个国家的义务，只是他连尽义务的机会都没有。

上行下效，韩国人一贯喜欢落井下石，看主人的眼色行事。在韩王那里讨不到任何差事的韩非自然也受到了当朝大臣们的排挤和奚落。

英雄无用武之地，报国无门的韩非只好著书立说，写出了《孤愤》《五蠹》《内外储说》《说林》《说难》等十多万言的著作。字里行间，叹世事之难、人生之难，阅尽天下，万千感怀。不过，韩非作书，不为发表，只为自遣，所以很少有人能看到他的大作。

人生能有几个十年，所以十年蹉跎几乎将韩非逼到疯狂的地步。他以为自己就将这样碌碌无为，终其一生。

如今，韩国在召唤他，等待着他力挽狂澜。机会还是来了，只不过是来得较晚一些而已。

韩非激动万分，甚至于痛哭流涕。苦等十年，就仅仅为了一个召唤，这种事情放在谁身上，谁都会这样的。

虽然韩非名气十足，但远离政治十多年的他能担当此任吗？韩王安将信将疑，然而，他已经到了病急乱投医的地步。只能召见韩非，告诉他韩国面临的威胁，请求韩非想个良策。

憋了十多年的韩非，虽然有些口吃，但丝毫不影响说话的效果。

"大王不用着急，有臣在，韩国就不会亡国！"

去，上来就是这种大话，虽然你的名声响亮，但这种大话还是稍后再说比较好。韩王安不屑于韩非的海口。

"叔父有什么妙计吗？现在已经火烧眉毛了，用什么来阻挡秦国的铁骑呢？"

"大王的隐患在朝堂之内，现在朝中执政的大多是先王的旧臣，他们只顾个人利益，置国家于不顾。面对强秦，竟然主张投降，这样的国贼，大王应该把他们都诛杀了。否则，以后内部瓦解，更加无力抗秦了。"

韩王安暗想：这是什么理论，有一半的大臣主张投降，如果把他们都杀了，去哪里找人填补他们的位置？再说，我问你如何抗秦，你却指责朝内的大臣，你如果想趁机报复，也不看看这是什么时候。

于是，韩王安继续刨根问底："叔父说的也在情理之中，可强敌当前，叔父到底有什么退秦的好计策？"

韩非大笑道，"大王不要担心，只要派使者到赵国游说合纵就可以退秦了。"

盛名之下无虚士，但愿韩非不是在说大话。可韩王安还是对这个被遗弃了十多年的人充满疑惑，难道他被烧坏了脑子？六国对合纵之事都已经没有了耐心。退一步讲，即使合纵成功就能让秦国的百万大军退避三舍吗？这无论怎么看都是天方夜谭。

"为什么要这样做？"韩王安疑惑地问。

"秦国扬言要灭亡韩国，其实只是在试探。所谓兵贵神速，如果秦国果真下定决心要灭韩，韩国早就不存在了。所以，大王对于秦国抛出的灭韩言论不必在意。"

"这是什么逻辑，不成赌徒了吗？万一秦国真要灭我韩国，我们该怎么办？"

"人生就是一个接一个的赌局，我赌大王一定会起用我。现在看来我十多年的等待没有白费，这一局我赢了。下一局，我赌秦国不会亡我韩国。"

"但我们总不能就这样坐视不管，等着天上掉馅饼吧。"

韩非笑了，接着说："当然，我们不光要赌，还要进攻。秦国已经成为天下的公敌。诸侯合纵才能抵抗秦国，否则，各国迟早都要成为秦国的囊中之物。如果要合纵，赵国为首最合适不过了。请大王派使臣到赵国请求合纵抗秦。"

韩王安大喜，便立即派使臣前往赵国请求合纵抗秦，同时心中也暗暗后悔没有早点起用韩非。如今亡羊补牢，希望为时不晚，能把韩国从灭国的边缘拉回来。

一石激起千层浪

对于秦国灭韩的消息，五国只是在道义上谴责一番，并没有什么实际行动，嬴政对此很满意。出乎他意料的是，小小的韩国却稳坐钓鱼台，一副胸有成竹的样子，好像一夜之间挺直了脊梁，再也不怕秦国了。

嬴政有些坐不住了。他想这韩国是不是被吓得连道都也走不动了，最起码也得派个使臣来秦国表示一下啊。既然韩国稳坐钓鱼台，嬴政便准备派一个使臣前去韩国，督促韩国投降。

秦王政十一年（公元前236年），李斯领命，前往韩国劝降。如果李斯能在韩非被起用之前到韩国劝降，胜算的把握会有九成。但现在韩非被起用，结果就不一样了。

韩国朝堂之上虽然有丞相张让主和，称应该向秦朝俯首称臣。但以韩非为首的主战派却认为不能就这么不战而降，要为荣誉而战，和秦国拼个你死我活。两派争吵不休，而李斯扮演了一个看客，他的这次劝降行动以失败告终。

李斯这次出使韩国唯一的收获就是又见到了韩非。时隔十年后，他和韩非的生命轨迹终于再次交会在一起，二人自然要唏嘘感叹一番。一别十年，这是一段不短的岁月，他们都变了许多，不仅是容貌，还有身份和地位。一个是秦王嬴政身边的红人，一个是韩国的顶梁柱，两个才子各为其主。经过短暂的相聚后，李斯便回到了秦国，顺手带走了韩非这十年来的著作。

李斯走后不久，从赵国传来了一个貌似对韩国有利的消息：赵国同意合纵抗秦。这赵国疯了吗？怎么还敢和嬴政叫板呢？

当时，赵国在位的君王是赵悼襄王。赵悼襄王，名偃，比嬴政晚一年即位，但他登上王位后就掌握了赵国的最高权力，是一个手中有实权的君王。

当弄明白韩国使臣的来意后，赵悼襄王的情绪异常兴奋，准备要大干一番。这是他执政的第十个年头，赵国的复兴就看此举了。派谁去游说合纵呢？一个重量级人物出场了。

姚贾，魏国大梁人，是"监门子"——他的父亲是大梁看管城门的监门卒，在当时社会根本没有一点地位可言。他在年轻时，还曾经在大梁做过盗贼。

天下没有不被抓的盗贼，姚贾在偷盗中被抓了个现行，差点让人家把腿给打断，真是惨不忍睹，好在保住了小命。

幸运的是，这一顿狠揍把迷茫的姚贾揍醒了。

不能再这么浑浑噩噩地活着了，姚贾开始认真思考起自己的未来。他自问，不就是缺钱花吗？我要赚大钱，当大款。他发誓要像苏秦和张仪那样当纵横家，有了奋斗目标后，姚贾便日夜苦读，终于成了很有名气的纵横家。

这就是所谓的浪子回头吧，一个盗贼都能成为纵横家，天下还有什么难事呢？所以，我们大可不必因为一时失意而灰心丧气，只要认准目标，坚持不懈，总有春暖花开的那一天。

满肚子都是墨水的姚贾开始游说诸侯，最终碰到了他的伯乐——赵悼襄王。

他对名节什么的并不在乎，所以他重用了姚贾。

现在该姚贾露脸了，他不辱使命，经过一系列运作，事情进展相当顺利。赵、燕、齐、楚四国团结一心，同意联合起兵抗秦，于是有了合纵抗秦的局面。在经历过长平惨败之后，赵国经过休养生息，渐渐缓了过来。这次终于迎来了大国复兴的最佳契机。赵悼襄王摩拳擦掌，准备大干一场，让赵国重新成为七国的霸主。

这下，韩非可忙坏了，他立志把弱小的韩国变得强大，想借此合纵抗秦的时机，能分得一杯羹。他认为秦国是韩国最大的敌人，所以主张彻底和秦国划清界限。利用四国联合抗秦的好机会，和四国一起全力讨伐秦国，争取消灭秦国。就算不能一举灭秦，也要让秦国大伤元气，从此不敢征讨其他六国。然后，韩国就可以乘机全力谋求发展，用不了几年，一定能再现祖先当年的辉煌，重新跻身强国的行列。

但韩非毕竟刚刚入朝不久，还有另一股以丞相张让为代表的强大势力在和他对抗。张让既然主张向秦国俯首称臣，自然不会同意合纵抗秦了。他慷慨陈词道："诸侯合纵已经好多次了，结果秦国没有被削弱，反而越来越强大。这次合纵肯定又是空吆喝一场，最后不了了之。等秦国反攻时，第一个遭殃的就是我们韩国。四国说不定又是甩手不管，拿我们作替罪羊。为了保险起见，还是以和为主。如果不给自己留条后路，就连一点儿机会也没有了。"

主战和主和两派在朝堂上吵得沸沸扬扬。韩王安觉得两派都有道理，到底该支持谁呢？他也彷徨起来，让一个二十几岁的年轻人做这样大的决定，实在有些难为人。毕竟，他没有嬴政那样的魄力。

我惹不起，还躲不起吗？韩王安便躲在后宫，拒不上朝，享受片刻清静也好。他知道：秦国早就把韩国当成了自己囊中之物，而其他五国也对韩国这一亩三分地垂涎三尺。个个都是虎狼之心，没一个好东西。

韩王安这一招甩手不管，将韩非气得直骂娘。可除了痛骂，他也没有其他办法，满肚子的墨水派不上用场，只好眼看着韩国一天天衰落下去。

钱不是问题

秦国的谍报机构遍布六国，相当发达，任何的风吹草动都别想瞒过嬴政的眼睛。

赵、燕、齐、楚四国确定合纵抗秦后，关于这一事件的一系列谍报便不断由埋伏在四国的情报人员传回咸阳，高高地堆在嬴政的案头。

看来统一六国还是有一定阻力的，本来攻打韩国只是一个烟幕弹，但最终还是引来了四国合纵，必须要谨慎对待这个问题。嬴政寄希望于李斯，如果李斯这次出使能让韩国不战而降，那么这四国合纵也就是雷声大雨点儿小，没什么意义了。

但李斯没有给他带来好消息，他的外交完全失败了。不过，他还是带回了一个很重要的消息：韩非被起用了。

嬴政对此也有些惊讶，因为韩非的长处是，运四海于掌上，定九州于帷幄。他的大名在当时如雷贯耳，如今他站在了韩国一边和秦国为敌，这自然就增加了秦国一统天下的难度。于是，嬴政便想着把韩非从韩国挖过来，为自己所用。

只要对秦国一统天下有利，即使是这种挖墙脚的事情嬴政也很有兴趣。他恨不得把六国的名士都挖到秦国来。

当李斯得知嬴政的意图后，有些不乐意了。他的用意是让嬴政防备韩非，进而防备韩国。如果真把韩非弄到秦国，他的地位恐怕就大打折扣了。不过，李斯表面上还是应允着，夸赞嬴政的英明。

在这次合纵中，除了韩非，还有一个人进入了嬴政的视线——姚贾。

在秦国一枝独秀，其他诸侯国都想着自保的时代，能够促成四国合纵，这个人一定不简单。

嬴政翻着案头上关于姚贾的厚厚一叠资料，问："爱卿，我们该如何对付姚贾这个人呢？如果能把这个人挖过来为我所用就好了。"

先要挖韩非，现在又要挖姚贾，真是贪心啊。人才自然人人都爱，可要把天下的人才都挖到秦国，真要下一番功夫啊。

"臣听说姚贾和尉缭都是大梁人，既然是同乡，尉缭应该比我们更加了解姚贾吧。"

"爱卿说得很对，这件事由尉缭去办再合适不过了。"

尉缭自从担任国尉以来，一心著书，行事低调，从来不对时政发表意见，俨然把秦国当成了他隐居的安乐所。现在面临四国合纵，稍有不慎，秦国就会遭受严重的损失，所以嬴政决定在这个关键时刻召见这位军事怪才。

尉缭见过嬴政后，说："大王召见臣，是为了四国合纵的事情吧。"

本以为这个老夫子两耳不闻窗外事，专心写自己的著作，没想到他什么事都知道。嬴政暗自高兴。

"国尉真是神机妙算，寡人正是为这件事召你前来的。"

"诸侯已经很久没有合纵了，这次突然合纵，多半是韩国对四国加以煽动的结果。但是，成功合纵的关键在于赵国谋士姚贾的游说。臣以为，要破坏合纵，就要在姚贾身上下功夫。当然，还有一点大王需要密切关注：韩非已经被起用，这个人的能量很大，不能让他待在韩国。"

嬴政拍手道："国尉和寡人不谋而合，高见，高见。"

尉缭继续说："当然，姚贾也是一个难得的人才，大王最好能召他入秦，为我所用。"

站着说话不腰疼，化敌为友，还要为我所用，这个过程多艰难啊，没想到尉缭也是个说大话的主儿。

嬴政有些不高兴了，冷冷地说："姚贾在赵国大红大紫，他怎么会轻易来秦国呢？"

尉缭答道："老夫与姚贾是同乡，算是旧识。姚贾是纵横之徒，有才无德，见利忘义。只要大王能够下足血本，就是十个姚贾也会前来投奔秦国。退一步讲，就算姚贾有种，不为钱财所动，我们也可以动用谍报人员，让他在赵国无立锥之地。到时候，我们向他抛出邀请，这事就妥了。"

钱不是问题，秦国现在最不缺的就是钱。

嬴政听到用钱可以解决问题，自然是万分欢喜。

于是，尉缭立即给姚贾写了一封热情洋溢的信，邀他前来投秦，为秦王所用。

此处不留爷，自有留爷处

姚贾四十不到，就成功主持四国合纵，一夜之间便成为耳熟能详的风云人物。他接到尉缭的来信，信中声称只要能为秦国效劳，房子、美食、金钱、美女享用不尽。他考虑一番后，还是婉言谢绝了。因为到了人才济济的秦国，即使有尉缭做后台，恐怕也不会有如今的地位和荣誉。再说，他也不是傻子，无论如何也不会因为一张空头支票而重新选主。

当春风得意的姚贾还沉浸在这至高无上的荣誉中时，一场变故已经悄悄地降临在他头上，正是这场变故再次把他推到了风云变幻的战国浪尖上。

姚贾的人品差是众所周知的事实，可还没有到人渣的地步。不过，如果有人向他泼脏水，他是想躲也躲不过的。

本来合纵已经成为定局，可却坏在了赵悼襄王最宠幸的大臣郭开身上。在秦国糖衣炮弹的轮番攻击下，郭开第一个做了秦国的"俘虏"。拿人钱财，替人消灾，郭开准备拿下姚贾。可姚贾正是红运当头，凭自己的力量很难办成这件事，必须要借他人之手除掉姚贾。放眼赵国上下，赵悼襄王再合适不过了。于是，他开始向赵悼襄王进谗言，也就是打小报告。

郭开来到赵悼襄王面前，扑通一声跪在地上，"大王，臣有罪啊！"

"爱卿，这是怎么了，起来说话。"

"谢大王，臣有一次见姚贾暗中调戏妃子，本来臣想呈报大王，可惧怕姚贾的淫威，一直没有呈报大王，还望大王恕罪。"郭开偷偷看赵悼襄王的反应。

朋友之妻不可欺，何况是王的妻。

只见，赵悼襄王面色大变，由红变白，由白变绿。他实在是无法忍，骂道："人渣，放浪之徒，没有廉耻，竟然欺到寡人头上来了！"

这就是谗言的力量，完全可以把人从权力的巅峰一把拉下来，成为阶下囚。

本来，赵悼襄王准备杀了姚贾以解心头之恨。这下该郭开着急了，因为秦国要的是喘气的姚贾。

"大王，姚贾不能杀，再怎么说他促成四国合纵抗秦的局面。如果杀了他，天下人会说大王是卸磨杀驴，对大王的声誉不好。"

"那怎么办？寡人总不能眼睁睁地看着他在赵国作威作福，骑在寡人脖子上拉屎吧。"

"大王当然不能坐视不管，其实，只要把他驱逐出赵国，就相安无事了。"

"嗯，这也是个办法，就这么办。"

于是，赵悼襄王下令驱逐姚贾，让他马上从赵国消失。虽然赵臣举茅劝谏道："姚贾是大王的忠臣，韩、魏都想得到他，所以对他很友好。现在大王驱逐他，韩、魏就会得到姚贾，这是臣的罪过啊。"这只说对了一半，姚贾确实是个人才，但想挖走他的不是韩、魏而是秦国。

但盛怒之下的赵悼襄王，谁的话也听不进去。

对姚贾来说，赵王的驱逐令无异于晴天霹雳，把他的梦想打了个稀里哗啦，拢都拢不到一块儿了。从受万人瞩目的高台跌到人人唾骂的低谷，这种起落对任何人来说都是致命的打击。

在赵国是无法再待下去了，接下来该去哪里呢？姚贾开始盘算着自己的未来，他早就听说嬴政是王中之王，何不去秦国实现自己的抱负。可是想想自己曾经和秦国为敌，嬴政会接受自己吗？

正在犹豫之际，他又翻出了尉缭热情洋溢的邀请信，虽然是空头支票一张，但好歹是个敲门砖。有了它，就有了直接面见秦王嬴政的机会。姚贾脸上有了一丝笑容，赌一把吧，如果秦王嬴政不是小肚鸡肠之人，那么在秦国还是可以大有作为的。

正所谓：此处不留爷，自有留爷处。刚刚还是满脸失败的阴霾，转眼间便一扫而空。不管前面是地狱还是天堂，姚贾都决定去闯一闯，于是他单人匹马出邯郸奔咸阳而去。

解铃还须系铃人

秦国能从一个弱国逐步变得强大起来，有一个很重要的原因就是秦国历来就有重视人才的优良传统。人才是生产力，开放才是硬道理，秦国的强大便是一个活生生的佐证。

对于姚贾这样的人才，嬴政自然是得之而后快。所以不惜重金贿赂赵国权臣郭开，使姚贾在赵国没有立足之地，从而不得不来咸阳混饭吃。

可怜那赵悼襄王，还在为自己被戴了绿帽子而耿耿于怀，到死都不知道中了秦国的反间计。

既然选定了咸阳，姚贾便日夜兼程，希望尽快赶到目的地，并希望咸阳是自己梦想重新开始的地方。

到咸阳后，姚贾得到了嬴政和秦国文武大臣的隆重接待。他只不过是一个被驱逐的落魄之人，受到如此正式的接待，不受宠若惊反而不正常了。所以，姚贾张大的嘴巴半天都无法合拢。虽然他早就听闻嬴政是一个年轻的君王，但真正看到嬴政的面孔时，还是吃惊不已。最强大的秦被这样一个二十几岁的年轻人掌控，真让人难以置信。

在大殿之上，面对黑压压的一片人头，姚贾有些不自然了。几天前，和这些人还是敌人，现在只身来到秦国，有一种羊入虎口的感觉。姚贾有些后悔当初的冲动，开始担忧自己的命运了。

"先生的三寸不烂之舌着实了得，四国的刀已经架到大秦的脖子上了，这都是先生的功劳啊。"嬴政调侃道。

姚贾回答道："身在其位，就要谋其政，姚贾曾为赵臣，就要为赵国谋利益。"

"如今先生已经入秦，愿意为秦国效力吗？"

能为强秦效力，姚贾自然是百分之百乐意，何况他已经没有了退路，于是道：

"臣仰慕大王已久，愿意为秦国赴汤蹈火，在所不辞。"

嬴政点了点头，略一思索，问道："先生是有名的纵横家，请问先生，什么是纵横之术？起源于什么人？"

这样的问题让姚贾有些摸不着头脑：这秦王到底是什么意思？难道是对自己的面试？不过，这问题也太小儿科了。

"所谓纵横之术，纵者，合众弱以攻一强也；横者，事一强以攻众弱也。纵横之术，首倡于鬼谷子。苏秦、张仪、庞涓、孙膑，都是他门下弟子。"

"答得好，好。"嬴政带头鼓掌。

众大臣有些莫名其妙，大殿之上的人都知道这些内容，犯得着这么激动吗？

姚贾就更摸不着头脑了，不知这嬴政这葫芦里到底卖的是什么药。

"现在四国合纵，以我大秦为敌，我们该如何应对？"

嬴政终于抛出了他的绣球，可这个绣球就像仙人掌一样刺手，谁接了它，都可能把自己的小命搭进去。

大殿之上，一下子静悄悄的。

姚贾想说些什么，最后还是忍住了。他这次被赵国驱逐出境，积累的财富都被赵王无情地全部没收了，他变成了一个彻头彻尾的穷光蛋。虽然迫切想积累一些财富，可总不能要钱不要命啊。

没有一个人接嬴政的话碴儿，把他一个人晾在那里。嬴政显然有些不高兴，不过他这次没有骂，但他的耐心也快到极限了。

可是大臣们习惯了跟风，谁也不愿意第一个发言，大殿内一片沉寂。

"难道就没有一个人可以为寡人分忧吗？大秦养你们有什么用？"嬴政终于用咆哮代替了耐心。

众臣齐刷刷地跪下，恳求大王息怒。

姚贾没反应过来，直挺挺地立在原地，好像鹤立鸡群一般。尤其在嬴政愤怒的目光下，浑身上下极不舒服，他生怕被这种目光杀死。

无奈，作为新人，在这种情况下，如果再不发言，也太说不过去了。

于是，姚贾大声说："姚贾愿意出使四国，破解他们的合纵抗秦。"

姚贾的话音刚落，嬴政便急忙下殿，握着他的手说道："寡人就等你这句话了。"

姚贾能够游说合纵，自然也有能力破解合纵，这是他能力范围之内的事情。可是当听到嬴政的话，他感觉自己好像钻进了一个事先设好的套，而且被套得牢牢的。

不过，嬴政的慷慨打消了姚贾的所有顾虑，就是再多这样的套，他都愿意去钻。因为嬴政不仅赐他车百乘、金千斤，还当着群臣的面亲自为他披上王者之衣，加上王者之冠，佩上王者之剑。姚贾浑身颤抖不止，这无法承受的荣耀让他幸福得如同到了天堂一样。

给一个使节这样高的待遇，真是前无古人，后无来者。众臣都以为嬴政的神经出了问题。可嬴政演这场戏自有他的道理。嬴政不仅要让姚贾无怨无悔地为自己去买命，还要让六国都知道姚贾穿上王者之服出使，就如同我嬴政亲临。

姚贾真是喜出望外，嬴政连计策都为自己想好了，真是自己的再生父母。他满含热泪，除了感激，还是感激，都不知道该用什么语言来表达此刻的心情了。

该唱的嬴政都唱了，接下来就轮到姚贾上场实现他对嬴政的承诺了。

离开秦国后，姚贾带着厚礼第一站便到了赵国，他要在这里找回自己曾经丢失的尊严。

姚贾坐在赵国王宫大殿之上，转眼间便由驱逐之人变成了座上宾，心中得意自然不必多言。而赵王正好相反，满脸都是不快和郁闷之色。

姚贾笑着说："大王，不要愁眉苦脸的，姚贾给大王带来了好消息。"

赵王表现出一副不屑的神色：小子，不要仗着秦王这个大靠山就这么嚣张。

姚贾继续说："秦王命臣带来口信：秦国这次是要攻打韩国，如果赵国能保持中立，那么秦国必有重谢，不仅要送城池，而且还会送金钱和美女。只要赵王想得到的，秦王一定奉送。"

这个条件很诱人，赵王动心了。权衡利弊后，赵王便把四国合纵的事情丢在了脑后。但大臣们都力谏不可放弃合纵之事，否则失信的赵国将威信扫地。再说，秦国尽管许诺了这么多，可到底是什么居心，无人知晓啊！

但只顾眼前利益的赵王根本就不把大臣们的谏言当回事，他张大嘴巴，专等嬴政从天上给他扔下的大馅饼。就这样，好不容易四国合纵，还没有正式攻秦，赵国就先退了出来，合纵就这样半路夭折了。

姚贾离开赵国后，继续发挥自己的强项，四处挑拨离间，挥金撒银。四国的主战派人士在金钱的腐蚀下软了脊梁，见赵国都放弃抗秦了，便对合纵的事也懒得再提了。最后，合纵抗秦的事情就不了了之了。

结果，赵王左等右等，也没等到秦王许诺的城池、金钱和美女。他知道自己上当了，便陷在了懊悔和自责中，不久就郁郁而终。他的儿子迁即位为新的赵王。

生是秦国的人，死是秦国的鬼

到了秦王政十二年（公元前 235 年），虽然内政和外交都取得了让人惊喜的成果，可嬴政心里总感觉不得劲，也许是因为严惩了吕不韦的门客而感到愧疚吧。同年秋天，他把已经迁入蜀的嫪毐门客又迁入咸阳，这算是他一种怀柔的手段吧。

我们前面说嬴政的胸怀是博大的，因为他能容下数万外客；但他的心胸又是狭窄的，因为他容不下一个人，被他撵走的吕不韦重新走进我们的视线。

自从吕不韦到了洛阳，洛阳快变成政治、经济、外交及文化中心了，咸阳反而快成了秦国的陪都。因为大臣们在内心还认定吕不韦是幕后的操纵者，所以凡事都要和这位元老通气，这让嬴政心里很不爽。最让他郁闷的是，就连小小的水利工程师郑国都挂念着他，还为他说好话。

想到吕不韦这有形无形的影响和势力，以及他还左右着秦国的经济命脉，嬴政就感觉如宝剑悬在头上，夜夜都不能安心入眠。他知道到采取行动的时候了。

昨天，吕不韦还是大秦的相国，权势显赫，威风凛凛，今天却只能窝在封国里度过余生了。他得感谢自己功高盖世，这才保住了一条命，否则被嫪毐谋反一案牵连，就是有十颗脑袋也不够嬴政砍的。

吕不韦虽然被强制退休了，但他的精力还比较旺盛，不想过那种早上遛遛狗，中午闲扯，傍晚看夕阳的生活。在咸阳，十年的位极人臣使他对权力达到了痴迷的程度。

没有权力在手，对吕不韦来说，不是过日子，简直是在熬日子。

不过，像他这样提前退休、经验丰富、威望又高的老政治家，深受六国欢迎。再加上他又深知秦国的底细，自然成了香饽饽。六国不肯放过这机会，都向他抛出了橄榄枝，希望他到本国来发挥余热。

返聘，这种事看来在两千多年前就有。只要有能力，只要你还有一口气，人们就不会忘记，因为蕴含着巨大的经济利益。被嬴政遗弃的吕不韦会选择什么样的道路呢？

两年来，各诸侯国开出优厚的条件，力邀吕不韦出山。然而，吕不韦却婉言谢绝。因为他知道六国的灭亡是迟早的事情，他没必要拿自己的晚节去冒险。

吕不韦向往的还是咸阳，在那里，他曾经抛洒过热血。他深信赵姬和嬴政最终会感念他的恩情，隆重地把他迎回咸阳。

吕不韦的望眼欲穿终于有了结果：咸阳的使者来了，为吕不韦带来一封嬴政的书信。为了这封信，吕不韦已经苦等多时。他梳洗穿戴整齐，恭恭敬敬地接过信并满怀希望地打开。他希望看到嬴政的忏悔和邀请他重回咸阳的文字，可信中的内容把他的希望彻底浇灭了。他好像一下子掉进了冰窖，整个人都僵在那里，动弹不得。

信中写道："你对秦国有什么功劳？秦国封你在大城，食邑十万户。你和秦王有什么血缘关系而号称仲父？你与家属都迁到蜀地去居住！"

吕不韦仔细读着这封信，从字里行间，仿佛看见了嬴政那双冷酷的眼和铁血的心。这就是他苦等的结果，他无论如何也接受不了这个现实。

蜀道之难，难于上青天。进入荒凉的蜀地和自杀没有什么区别。吕不韦知道，自己铁定是被嬴政抛弃了。他陷入了迷茫之中，心灰意冷，一夜之间，头发全变白了。

当门下跟随他多年、不离不弃的三千宾客得知这个消息后，他们愤怒了。他们不干了，发誓即使流干了血也要保护主子。有的建议造反，拥护吕不韦当秦王；有的建议到六国避难，以图东山再起。

吕不韦很感动，有这么一群对自己忠心耿耿的人，他知足了。但他不能造反，而把秦国带入内乱的境地；他也不能到六国逃难，和秦国成为敌人。从到秦国的那一天起，他就已经把自己当成了秦国的一分子。他不允许别人破坏强大的秦国，当然自己更不会亲手毁掉秦国。

这就注定吕不韦生是秦国的人，死也是秦国的鬼。

嬴政的来信宣判了吕不韦在政治上的死刑。本来想东山再起，为秦国流尽最后一滴血，现在是彻底无望了。王命当前，吕不韦没有别的选择了。

但是，吕不韦为秦国立下了不世奇功，是首屈一指的功臣。迁入蜀地是流放罪犯特有的待遇，堂堂一个前大秦相国怎么能接受这样的耻辱，于是吕不韦选择了为自己的尊严而战。

虽然吕不韦不能反，也不能逃，但他至少还有一条路可以走。

生命是自己的，为什么要让别人轻而易举地拿去呢？自己完全可以为自己选择一个归宿。

吕不韦站在庭院中，看了看高远的天空，眼中满是留恋的神色。他知道这是他最后一眼看蔚蓝的天空了，曾经他像苍鹰一样俯视苍生。他多么希望自己永远定格在那高远的天空中，没有烦恼，没有痛苦，只有那无边无际的蔚蓝。

死亡是不可避免的，但将死之人对生都是无比眷恋，吕不韦要静静地享受这最后的一丝光阴。

夜晚，天空被乌云遮挡得一片漆黑，没有星星和月亮的陪伴，孤单的吕不韦晃动着手中的酒杯。他选择了毒酒，这对他和嬴政来说，都是一种解脱。

在喝下毒酒的那刻，吕不韦眼中分明流下了泪水，晶莹剔透。是对人间的不舍，是对嬴政的怨恨，还是即将解脱的一种欣慰？无人知晓。

酒杯掉在了地上，在黑暗中发出清脆的响声，连这响声都是孤单的。英雄难道只配和孤单相伴？一颗巨星就这样陨落了，从此人间再也没有吕不韦。

一代枭雄吕不韦就这样悄悄地撒手人寰，数千门客把他安葬在洛阳北芒山，和他的妻子合冢。因为吕不韦的妻子下葬在先，所以他的坟墓在民间仍然被称为吕母冢。

吕不韦的死讯很快传到咸阳。

嬴政本来是为了预防吕不韦谋反才让他入蜀，没想到他以死抗衡，心中很不是滋味。当他又听到吕不韦的舍人宾客们打算在吕不韦冢边服丧三年的消息后，勃然大怒，心中仅有的一点对吕不韦之死的怜悯也荡然无存了。

为了彻底打散这股如幽魂般的势力，维护秦国的稳定，他下令处罚吕不韦的门客故吏：凡是临丧会葬者，三晋之人一律驱逐出境；如果是秦人，俸禄在五百石以上的削平爵位，迁离旧居；五百石以下没有来哭吊的，也迁离旧居，但不削平爵位。吕不韦的家属都被贬为奴隶，后代子孙也不得仕宦。嬴政的处理迅速干脆、雷厉风行，基本稳定了洛阳的局面，没有引起大的骚乱。

再看看赵姬，当她听到吕不韦的死讯后，只是轻叹一声，没有任何的评论。虽然热泪盈眶，但最终也没有掉下一滴泪水。她老了，真的老了。她享受着尊贵，也品味着寂寞。她习惯了这样的生活，她也将在这尊贵和寂寞中慢慢地死去。

王之洛阳

自从三皇五帝以来，天子勤政的一个重要标志就是巡狩。需要说明的是，这里的巡狩并非一种简单的狩猎宴游，而是巡行视察、督战阅兵、祭祀神明的国事活动。嬴政更是勤于巡狩，从亲政开始，就把长途巡狩作为一种重要的活动，并且乐此不疲。

秦王政十三年（公元前234年），嬴政首次出巡的目的地就是洛阳，在秦时属三川郡。早在庄襄王元年（公元前249年）秦灭周后，以二周故土设三川郡，郡治在洛阳。后来，封吕不韦为文信侯，食洛阳十万户。

在五百十四年的时间里，洛阳一直是东周王朝的国都，是一座真正的王者之城。这座古老宁静的城市因为吕不韦的到来，红极一时，繁华异常，可以和咸阳相媲美。后来又因为吕不韦的服毒自尽而开始骚动，接着是他门下数千门客被驱逐或迁徙，差点引起骚乱。幸亏嬴政早有防备，才避免了一场内讧。

经过这番巨变，洛阳的繁华渐渐褪去，开始变得宁静。可宁静注定不属于洛阳，秦王嬴政的御驾亲临又一次唤醒了沉寂已久的洛阳。

嬴政虽然以胜利者的姿态东巡吕不韦的封地，但他不会向世人炫耀什么，也没有必要炫耀。他这次东巡有两个目的：一是处理吕不韦自杀后的善后事宜。吕不韦死后，嬴政下令处罚吕不韦的门客故吏，将他们迁徙或流放。这种大规模的清洗，必然导致三川郡的动荡。他来洛阳，有利于稳定这里的民心和政局。二是督战。此时，秦军的战略目的可以概括为"破赵"二字。嬴政来洛阳，亲临前线督战，一来可以鼓舞军队的士气，二来可以根据形势的发展及时地调整战略部署。

嬴政欣赏完吕不韦的宫殿后，又轻车简从，带着几个近臣，探访吕不韦的墓园。

伫立在墓前，嬴政的心情异常复杂。以往自己生活在吕不韦阴影之下的一幕幕又浮现在眼前，如今这个不可一世的人终于被他击倒了。本以为自己会非常高兴，但当自己真正站在墓前的时候，却没有半点的高兴，感受不到一点点胜利者的快感。甚至有些后悔，毕竟吕不韦是被自己逼死的。

好一番惆怅，不过，嬴政自始至终都没有掉一滴眼泪。因为在他眼中，吕不韦只不过就是一个大秦的大臣而已。

秦国的土地、秦国的人民、秦国的军队，都为嬴政一人所有，也只听命于他一人。站在巨人的肩膀上，你才能看得更远。如今，嬴政站在权力的巅峰，放眼天下，满腔豪情。总有一天，他要把这大好河山都握在自己手中。

在嬴政东巡洛阳的同时，秦赵两国的军队正打得不可开交。

秦国大军由将军桓齮率领，先攻下了赵国的平阳，然后大军继续突进，直抵武城（今山东武城西）城下。一旦攻克武城，赵国的都城邯郸就将失去一道最可靠的屏障。

新即位的赵王迁，由于他的母亲最早是邯郸的一名娼妓，身份低贱，所以他的内心很自卑。虽然贵为一国之王，却总担心被别人小看。恰恰他的兄长赵嘉是王后嫡出，不仅一表人才，而且礼贤下士，人气一直很旺，在大臣和百姓中有很高的威望。

一个王本应该信心满满，认为自己就是天下第一。但赵王迁正好相反，觉得自己就是一个占着茅坑不拉屎的人，但又不愿意轻易让开这个"宝地"。所以他整日陶醉在女色享乐、花天酒地之中，寻求一种畸形的满足和解脱。这样的王能有什么作为？赵国注定逃不脱灭亡的下场。

但不管你多么平庸，只要你还披着王的外衣，就不愁没有人来恭维、讨好。以溜须拍马、阿谀奉承著称的大臣郭开，很快就博得赵王迁的信任。

面对压境的秦国大军，赵王迁不得不从后宫"忙中偷闲"，召群臣商议对策。

赵国一向自诩为老大哥，所以，赵王迁根本就没有考虑用外交或割地来解决眼前的危机。他选择以暴制暴，这显示出他血管里流的是赵氏王室的血。他也想趁此机会向臣民们证明自己这个王不是徒有虚名，也有强悍的一面。

十万大军已经集结完毕，谁能担任大将军呢？赵王迁听信郭开的谏言：任用扈辄为大将（扈辄一向被郭开重用）。

听到这个任命后，满朝文武大跌眼镜，这不是拿十万赵军的生命当儿戏吗？变态的赵王迁却沾沾自喜，根本听不进大臣的谏言。最后还撂下一句：谁若再进谏，就灭谁。

这样，扈辄率领十万大军日夜兼程，赶往武城解围。谁料想被秦军团团围住，结果，扈辄被斩首，赵军全军覆没。

消息传回邯郸，满城悲泣。赵王迁因为自己的一意孤行付出了代价，可是这个代价太大了。他的一个错误的决定险些葬送了赵国的千年基业。

秦军没有因为赵国的惨败而终止进攻，反而乘胜长驱直入，逼近赵国都城邯郸。

无奈，赵王迁只好搬出了赵国的最后一个筹码——李牧，虽然他依稀记得父王临终前的嘱咐：李牧是赵国的支柱，不要轻易动用。

现在，赵国到了生死存亡的边缘，他需要这个支柱来顶一下摇摇欲坠的赵国。

李牧，常年驻守在雁门，防备匈奴。与白起、王翦、廉颇并称"战国四大名将"。当年一战，灭襜褴，破东胡，降林胡，单于奔走。十多年间，匈奴怕他就好像畏惧神灵一样，再也不敢靠近赵国的边境了。

再说李牧，他得到大将军印后，没有丝毫喜悦之色，反而是忧虑重重。因为他知道自己统帅的边兵是赵国的常备军，不到万不得已，绝对不会轻易调用。如今奉命南调，说明赵国危在旦夕了。

王命难违，而且万分急切，李牧不敢违背拖延。于是选车一千五百乘，选坐骑一万三千匹，精兵五万人，随自己前往阻击秦军。只留下车三百乘，骑三千，兵一万人留守雁门。

此刻的嬴政，因为前方战事进展顺利而沉浸在灭赵的美梦中。再加上这次东巡非常顺利，所以，全身格外放松，说不出的舒畅。在这趟旅程中，嬴政还体会到了在咸阳无法体会到的乐趣，这也成了他日后疯狂热衷巡幸天下的一个预兆。

回到咸阳，嬴政重归他熟悉的宫廷生活。他又想起了韩非，他的书嬴政已经读过。

此前的一天，嬴政在书房偶然看见一册竹简，题为《孤愤》。翻开看了几个字，便被其中的内容所吸引，一口气看了好几遍，还舍不得放手。

嬴政抚摸着竹简，感叹：这是什么人的作品，写得如此传神？

他急传内侍，问书是从哪里弄来的。

内侍答："廷尉带来的。"

嬴政急忙召见李斯，问："还有类似这样的书吗？"

李斯又进献了一篇《五蠹》。

嬴政读完，感叹道："寡人如果能见这个人一面，就是死也值得！"

李斯有些后悔了，他真不该让嬴政看到韩非的著作。

李斯真想撒个谎，可他还没有胆量欺骗至高无上的王，于是，挤出笑容道："这些书的作者就是提倡合纵抗秦的韩非。"

嬴政说："这样的人，不为我大秦效力，可惜了。"

李斯道，"韩非是韩国公子，恐怕不愿意离开故土。韩王如今让韩非身居要职，也不会让他来秦国的。"

嬴政冷冷说道，"整个天下都是寡人的，如今寡人想要得到韩非，谁敢不从。"

姚贾已经来了，现在该韩非了。于是，传令桓齮，命令他分兵攻打韩国，目的很简单：逼迫韩非来秦国，然后就可以停止攻打韩国。

为一个男人开战

秦国讨伐韩国，不为攻城略地，只是想要韩国交出韩非这个人。为了一个人而发动战争，可见这个人有多么重要。韩非也随着这场战争顷刻间便成了家喻户晓的人物。

众人在惊奇的同时，一头雾水。冲冠一怒为红颜，还像个理由，可为一个四十七岁的男人开战，至于吗？

再说韩非，他在韩国蹉跎了十多年，好不容易遇上了识千里马的伯乐，满以为可以大展抱负，却又莫名其妙地被秦国相中，竟然还大张旗鼓地打上门来。如果因为自己把韩国卷入战争，韩非将一辈子都不能原谅自己。

虽然韩王安一再保证，为了韩非，韩国要和秦国拼个你死我活。但韩非深知，韩国的家底根本无法应付这场战争，从一开始这就是一场无法取胜的战争。既然如此，那还打什么呀！于是，韩非决定牺牲自己，换韩国暂时的安宁。虽然此次入秦，祸福未知，但能为韩国换来安宁，他心里美着呢。

上次在韩非的力主下出现了四国合纵的局面，虽然最终半途而废，也足以证明韩非的能量不是一般人能比的。现在他又要用自己的血肉之躯来换取韩国的安宁。韩王安真不想把这样的人才送到虎狼之师的口中，可面对兵临城下的秦军，他丝毫没有办法。

不得已，韩王安只能恋恋不舍地送别自己的结巴叔叔韩非。

秦、韩两国边境一带战云密布，形势岌岌可危。杨端和率领的秦军，集结城下，个个摩拳擦掌，要活捉韩非。而韩军士气低落，哪里有心思打这种一眼就能看到底的战争。也许，秦军一声令下，韩国就亡国了。

杨端和拔出宝剑，正要下令秦军发动进攻。因为只要打败了韩国，韩非自然也就是囊中之物了。

忽然，城门缓缓打开，一个身高八尺，成熟冷峻，气势逼人的男子策马而出。来人正是这场战争争夺的人——公子韩非。

韩国守军默默目送着这位为了国家利益而牺牲自己的韩非，直到他消失在秦军的阵营中。而秦军也信守承诺，停止进攻并迅速撤兵。强大的秦军井然有序地撤离了，只留下滚滚的烟尘飘荡。

韩国侥幸逃过一劫，刚才的攻城血战仿佛是一场噩梦，现在可以松一口气了。然而，消失的虎狼秦军什么时候又会卷土重来呢？这一点韩王安无法预料，也许下一次，秦军兵临城下要的人就是他韩王安了。

毕竟，韩国只有一个韩非。

一个国家败落到了这种地步，真是悲哀至极。

落后就要挨打，这是我们每一个人都应该牢记的真理。

计中计

韩国这边安静了，可赵国那边还打得不可开交。嬴政并没有满足于消灭十万赵军的战绩，他的胃口是消灭整个赵国。

秦王政十四年（公元前233年），秦国再次攻打赵国，秦赵再度大战。桓齮率大军十万，从上党出发，出太行山，避开赵国防备严密的南长城，奇袭作为邯郸东面门户的赤丽、宜安二城。

消息传到邯郸后，赵王迁惊恐万分，急忙命令李牧出师相救。

李牧率领精兵强将日夜兼程，赶到邯郸城外，他把将士留在城外，自己单身入城，拜见赵王迁。

赵王迁盼星星盼月亮，终于盼来了李牧将军，于是问这位救星战胜秦军的策略。

李牧奏道："秦军连续获胜，士气甚高，如仓促迎战，势难取胜。"

赵王又问："你带来的将士战斗力如何？"

李牧说："进攻有些不足，守城绰绰有余。"

赵王说："现在国内还有十万兵卒可用，寡人派赵葱、颜聚带兵五万，听候将军调遣。"

于是，李牧率领边防军主力与邯郸派出的赵军会合，在宜安附近与秦军对峙。

他采取筑垒固守，避免决战，等待敌人疲惫后，再伺机反攻的方针。不管秦军如何在军营前叫阵，他给赵军下了死命令：拒不出战。

桓齮猛攻数日，一无所获。心想：赵国人怎么都是属乌龟的，从前廉颇是这样，而今李牧又是这样，难道他们都只会这一招吗？秦军远道而来，如果久攻不下，士气一定会颓废，此战一定会陷入僵持之中。到时候粮草不继，这仗就没法再打下去了。

也许该桓齮走运，等一觉醒来，他发现摆在自己面前的竟然成了一座空城，赵军在一夜之间消失得无影无踪了。

是赵军怯战，还是设的圈套？

手下的副将提醒桓齮：李牧向来诡计多端，行军打仗不讲章法，小心有诈。

难道是空城计？

桓齮犹豫了好久，看看自己手下的十万精兵，底气足了一些。赵军不就区区几万人马，这仗不管怎么打，都不会轻易失败的。于是，他下令进攻赤丽、宜安二城。

仗打得出奇顺利，轻而易举攻下了赤丽、宜安二城。什么圈套，什么空城计，看来李牧也不过如此，也许他已经逃到北边老家了。桓齮不免起了轻敌之心，于是乘胜挥师向肥累进攻。因为桓齮的目标不是区区几个小城，而是赵国的都城——邯郸。

李牧的军队到哪里去了？难道真的逃跑了吗？答案当然是否定的。此刻，李牧的赵军正埋伏在漳水之畔的肥累城，布好口袋，等待秦军自投罗网。

当初，李牧主动放弃赤丽、宜安二城时，手下的将领极力反对。有的将领甚至恳求带领少量边兵与赤丽、宜安二城共存亡，就连赵王迁也下令坚守赤丽、宜安二城，阻止秦军长驱直入。

李牧向众将亮了底牌，说道："秦师数百里突袭，锋芒正锐。送它赤丽、宜安两城，秦师一定会乘胜来取邯郸。要取邯郸就要经过肥累，要攻取肥累就要先涉漳水。等秦师渡漳水过半时，我军开始攻击，一定可以大胜。赤丽、宜安两城也可以失而复得。"

众将听后，都认为是妙计，对李牧佩服得五体投地。

而尝到甜头的桓齮以为赵国已经无人可以为将领兵打仗了，一路如入无人之境。眨眼工夫，他率领大军就到了漳水河畔。遥望对面的肥累城，城门大开，行人进进出出，好像根本就不把对岸的这十万秦军放在眼里。

副将进言道："将军，赵国的边兵至今还未见踪迹，万一在对岸埋伏，等我军渡河时发起进攻，后果不堪设想，我军要慎重渡河啊。"

可桓齮早已被胜利冲昏了头脑，哪里能听进这进谏之言。

"尔等不要惧战，赵国除了李牧已经没有能带兵打仗的将领了，现在连他都临阵脱逃，拿下邯郸是指日可待的事情。"

说完，他便命令军队渡河，攻取这不设防的肥累城。

可平静之下往往隐藏着惊涛骇浪，桓齮注定将要为他的轻敌冒进付出代价。

结果，秦军渡漳水刚刚过半，李牧的伏兵四出，万箭齐发，火光冲天。面对此情此景，即使是虎狼之师的秦军也阵脚大乱，践踏而死的人也不计其数。

败亡的秦军再也没有能力组织反攻了，只好选择狼狈逃窜。李牧一路追击，趁势收复赤丽、宜安两城。桓齮退回上党后，清点残败的士卒，十万大军已经所剩无几。

这次大败简直就是打赢政的耳光，桓齮不敢再回秦国了，也无颜再见咸阳父老，只好改名换姓，自称"樊於期"，一路狂奔，逃到燕国去避难。

桓齮是逃了，可他的家眷却遭殃了。按照秦律，"败军之将且投敌者，命曰国贼，身戮家残，去其籍，发其坟墓，男女公于官（家属被罚作官奴）。"

秦王嬴政知道罪魁祸首桓齮兵败逃跑的消息后大怒不已，虽然胜败乃兵家常事，但他不能容忍大将叛逃。于是，他毫不犹豫地抄杀籍没了桓齮一家及亲族，并悬赏金千斤、邑万家求购桓齮的头颅。

由于赵国名将李牧的有力抵抗，秦军虽然攻取了数个城池，却以失败而告终，至于灭赵的梦想也成为易碎的肥皂泡。

总的来看，秦国发动的这场战争彻底失败了，最恼人的是还丢失了一员大将。不过，有一点还值得嬴政欣慰，那就是他得到了韩非。

即使如此，秦国上下都被失败的乌云笼罩着，他们记住了让他们损兵十万的李牧，当然也不齿于败军之将桓齮。

而在赵国的邯郸城内，早已鞭炮齐鸣，欢声沸腾了！邯郸军民夹道欢迎他们的英雄李牧将军的凯旋。李牧将士所到之处，锣鼓喧天，欢声震地。百姓们跪在道路两旁，激动得泪流满面。为了这样一场巨大的胜利，赵国等待的时间太长了！

赵王迁亲执李牧之手，道："寡人的福将，百姓的卫士，赵国的保护神啊！"

能得到赵王这样的赞美是至高无上的荣誉，有李牧将军在，赵国有希望了，百姓一片欢腾。面对这种举国狂欢的情景，李牧也激动不已，暗暗发誓：我要为赵国的百姓，为赵国的存亡，为自己深爱的这片生我养我的土地，献出我所拥有的一切。

不过，一码归一码，激动后的李牧还保持着足够的冷静。他知道，秦国这次虽然败了，但没有动其根本。秦国的虎狼之师随时可以卷土重来，再度侵犯赵国的疆土。退一步讲，不管是闪电战还是持久战，秦国都有足够的资本继续拼下去，而赵国却拼不起。所以，赵国虽然胜利了，但情形却并不乐观。有一种胜利其实是失败，不知道赵国的这次胜利算不算是一种失败。不过，有一点可以肯定，秦国肯定会让赵国连本带利地把这次胜利的果实都吐出来。

肥累大捷的确振奋人心，不光是赵国臣民一片欢喜，六国抗秦的士气也空前高涨。一时间，燕、齐、魏、楚、韩五国使臣云集邯郸，庆贺之声不绝于耳。

面对这种盛况，赵王迁开始飘飘然了，不过，李牧却一点也开心不起来。

"秦亡赵之心不死，肥累一战虽然胜利了，但只会引来秦国更疯狂的报复。人无远虑必有近忧，大王何不趁此大捷，合纵诸侯攻秦，彻底打垮秦国。"李牧进谏道。

"什么？又要打仗，我们已经赢了，让秦国先喘口气，迟早要收拾他。"

任凭李牧说翻了天，夜郎自大的赵王迁就是充耳不闻。无奈，心念赵国安危的李牧便自去拜访各国使臣，争取六国再一次合纵。

然而，姚贾此刻正好也在邯郸，闻讯后前后奔走，对六国分而化之，使这场规划中的合纵迅速流产了。

李牧奔走多日，结果一无所获，心中郁闷至极。一种空前的孤独感与无力感涌上心头，难道赵国没救了？难道我的努力最终还是一场空吗？

随后，燕、齐、魏、楚、韩五国使者逐个离开赵国，姚贾也准备回咸阳述职。

"身在曹营心在汉"

秦国在赵国发动的战争如火如荼，咸阳却是一片祥和的景象，丝毫没有受到战争的影响。

韩非到了咸阳后，嬴政亲自迎接并召集百官上殿，隆重地接受韩非呈上的韩国国书。

韩非的气质形象果然和嬴政想象的一样，颇有大家风范。但韩非口吃的程度，却在嬴政的意料之外。

人无完人，老天给韩非一个智慧大脑的同时也给了他一个口吃的嘴巴。

嬴政笑着说："寡人看到了公子的著作，受益匪浅，很早就想见公子了。可公子的大驾，实在是不好请啊。万般无奈之下，只好用武力解决问题，望公子谅解。"

韩非说："臣愚昧迟钝，对大王没有什么用处，还望大王让臣早日回到韩国。"

真是一个热恋故土的人，如果把韩非的才干放在别人身上，早在异国他乡谋取高官厚禄了，根本就不会窝在韩国虚度光阴。现在刚到秦国，又想着回自己的国家，这人啊……

不过，韩非这次想得有些轻巧了。他这次入的是虎穴，这虎穴岂是说来就来，说走就走的？再说，嬴政费了九牛二虎之力才把韩非弄到秦国，岂能轻易把他放回去。

嬴政继续说："公子刚到秦国，怎么就想离开啊？公子才思敏捷，文采出众，是难得的人才，寡人对公子仰慕有加。希望公子留在秦国，寡人要向公子求教学问。再说，我大秦江山秀丽，很值得游览一番。"

看到嬴政没有歹意，韩非对嬴政放松了警惕。交谈的场面也缓和了许多，不再那么压抑无聊了。

晚上，嬴政又举行宴会款待韩非。韩非除了师从荀子时到过兰陵，在出使秦国之前他还未曾远游过。大概从未经历过如此款待自己的场面，所以结巴得更加厉害，话都说不好了。

嬴政只好专门在众人散去之后才开始与韩非对席而坐，慢慢地讨论治国之道。

嬴政说着说着，竟然开始背诵起《孤愤》《五蠹》来。韩非万万没有想到嬴政居然对他的作品痴迷到如此程度。因为一般人是不理解韩非书中深意的，也懒得去读，能接受他的书的人简直就是凤毛麟角。

两人经过一番畅谈后，不觉天色已晚。嬴政说："来日方长，公子一路劳累，寡人不便久留，还请公子早早歇息吧。"

嬴政把韩非送到门外，临别他又问韩非："公子的著作很合寡人的胃口，还有其他作品问世吗？"

韩非道："大王取笑了，拙作很难入目。"

嬴政知道韩非还存有戒心，不肯把看家的本领都贡献给秦国，于是大笑道："公子走好。"

韩非的耳边久久回荡着嬴政爽朗的笑声。

外面已经是繁星满天，韩非走在空荡荡的大街上，思绪万千。

士为知己者死，面对知音，韩非既高兴又痛苦：高兴的是天下最强的君王赏识自己的才学；痛苦的是，赏识自己才学的君王不是不争气的侄子——韩王安。

平心而论，韩王安和嬴政虽然都是王，但他们根本就不是一个档次的人。如果抛开所有的外在因素，韩非更愿意把自己毕生的学说都托付给嬴政，因为嬴政才是他心中的最佳人选，但嬴政偏偏又是韩国最大的敌人。

身在曹营心在汉的韩非陷入了深深的矛盾之中。

而此刻还有一个人不好受，他就是韩非的同窗——李斯。嬴政这样款待韩非，引起了他极大的妒忌。他真后悔当初把韩非的著作摆在嬴政面前，要不韩非和嬴政也许今生都不会见面。

可嫉妒归嫉妒，面对同窗好友来访，作为东道主的李斯，自然要尽一番地主之谊。

廷尉府的仆人们进进出出地忙碌，把庭院打扫得焕然一新。平常只有在快过年的时候才这么忙碌，如今这番打扫说明今天要来一位贵宾。

经过上次在韩国的短暂相聚后，这次韩非和李斯又一次相聚在一起。不过，如今李斯已经贵为秦国廷尉，而韩非则被迫出使秦国，和阶下囚相差无几。

随着地位的改变，人也开始变化。多年后的同学聚会，再也找不到读书时的单纯，往往话不投机：成功者习惯了夸耀吹嘘，显摆一番；失败者则喜欢追念往昔，感叹一番。

草长莺飞，岁月轮回，不变的是天上的明月，善变的是尘世的人心。今日的朋友已经不是昔日的朋友。有这么一句话：朋友得势位，则我失一朋友。十多年以后，李斯和韩非也不再是当日的同窗学子了。不同的地位，不同的心态，他们还能找到共同的话题吗？

韩非拿着李斯的请帖，来到了廷尉府，李斯全家早已在门前恭候多时了。

言语不多的韩非今日和老同学重逢，也不免内心感慨万分：十三年前，李斯只不过是一个在兰陵求学的穷酸小子，连吃饭都成问题。想不到曾经温饱都没有解决的他现在已经是权倾一时，声名显赫。

酒宴过后，二人静静地相对而坐。互相看着对方，二人不禁哑然失笑。

李斯开口道："自从上次在韩国的短暂聚首后，我对兄台万分想念。以兄台的绝世才学，一定会得到大王的宠爱。日后你我同为大王效忠，朝夕相聚，真是人生一大快事。"

韩非只是笑笑，什么也没说。他姓韩，他身上流着韩国王室的血，必须将一生献给韩国。既然要为韩国谋利，又如何能为秦国效力呢？

韩非一饮而尽，已经是醉眼蒙眬。

身在曹营心在汉，失去了自由，人格分裂地活着，这就是此刻的韩非。

李斯见韩非不说话，一拍桌子，大声吼道："兄台的心难道死了吗？这不是我所知道的韩非，当年雄才大略的韩非哪里去了？"

韩非苦笑、摇头，又是一饮而尽。

李斯见硬的不行，干脆就来软的，搂着韩非的膀子，说："兄台怀念韩国，这是人之常情，可天下大势是韩必亡，六国必亡。你如果回到韩国，也只能给韩国殉葬，蝼蚁尚且贪生，何况人乎？听兄弟一句话，留在秦国吧，为我们伟大的秦王效忠。"

韩非挣脱搂抱，仰天大笑。

李斯疑惑地问："你笑什么啊？"

韩非开口道："我想到了你的名言'人之贤不肖，譬如鼠矣，在所自处耳'！时过境迁，你我都在变化啊。"

提起往事，李斯也忍不住笑了起来。同学聚会，只有那些美好的回忆才能拉近彼此的距离。两人又开始痛饮大笑。这一瞬间，仿佛重又回到了当年同窗之时。

韩非有意岔开话题，李斯也就不再提及国事，反正韩非在咸阳还要停留很久，一些事情可以从长计议。再说，如果韩非真能离开秦国，对秦国是一大损失，但却少了个竞争对手，对自己没有害处。想到这些，他再次拿起酒杯，自己已经很久没有举杯痛饮了。

于是，两人的话题从务实开始转为务虚，谈论诸子百家、天理人性……就这样，两位才子在思想文学的殿堂纵意驰骋、乐而忘返。

树大必然招风

向韩国开战的目的只是韩非这个人，韩非的大名已经震慑了秦国大臣们。再加上嬴政对韩非倍加赏识，于是秦国上下刮起了一阵时髦风——以和韩非结交为荣。如果哪位大臣没有和韩非握过手、说过话，就会被认为是落伍了。

被推到风口浪尖的人，一是因为有才能，二是被当作替死鬼。韩非无疑是属于第一种人。俗话说：人怕出名猪怕壮，成为名人的韩非将会迎来什么样的命运呢？

嬴政自从读过《孤愤》《五蠹》两篇之后，便日夜挂念韩非其余的著作，成了韩非的最忠实读者。然而韩非单身入秦，没带什么行李，这死沉死沉的竹简书籍当然没有带在身边。天下没有嬴政得不到的东西，只要是他看上的，就会想方设法搞到手。于是，韩非的其他著作很快便到了嬴政的手里。嬴政读后，长叹道："人才，绝对的人才，真是前无古人后无来者。"

这样的赞美和感慨出自一位藐视天下的君王之口，韩非的存在让李斯感到有些不安。

不久，嬴政再次召见韩非，和他讨论书中的问题。对于嬴政的疑问，韩非只是敷衍解答而已。因为他那颗可以为韩国死，但不能为秦国出力的心永远不会改变。

看到这样消极的韩非，嬴政没有生气，问道："寡人想攻取六国，公子认为先攻打哪个国家更合适呢？"

韩非愣了一下，道："秦国要想统一天下，首先要攻打赵国。"

嬴政大笑道，"公子之见和寡人不谋而合，但是，一些臣子却劝谏寡人先取韩国。"

韩非心里咯噔一下，好个嬴政，把一个带刺的球扔给了自己。回答这个问题，既不能让他看出自己为韩国谋利的企图，又要打消他攻打韩国的打算。

韩非的大脑快速运转着，说："韩国侍奉秦国三十多年，出外像人们常用的'臂衣'和'车帷'一样捍卫秦国；入内像人们常坐的席子和垫子一样侍奉秦国。秦王只要打下了赵、楚、魏等国，发一纸命令就可以使韩国归顺，又何必大动干戈，攻打一个已经是自己囊中之物的小国家呢？"

嬴政说："如果是囊中之物，自然不必担心。但是，如果韩国再出现一个像先生一样的人物，借道给合纵国家来攻打秦国，秦国岂不处在危险边缘？"

韩非说："秦国很强大，已经不惧怕任何一个国家或合纵。再说，韩国没有这样的胆子，像我一样的人物，韩国也没有第二个了。"

君臣二人的谈论很融洽，嬴政没有当即表态是否攻取韩国，他不会给韩非一颗定心丸。因为他不相信任何一个人，即使才高八斗的韩非也一样不能博得他完全的信任。

韩非还给嬴政提出了一整套的君权理论体系。他认为，身为国家最高的国君，需"寂乎其无位而处，漻乎莫得其所，明君无为于上，群臣竦惧乎下"。在他的描绘下，国君几乎成了无形又无处不在，在冥冥之中操纵着生杀予夺大权的最高统治者，几乎可以和神灵相媲美。这一套鼓吹君权至上的理论简直太对嬴政脾气了，大大取悦了嬴政。

不过，对于韩非要求回韩国的请求，嬴政却不是装作不知，就是置之不理。

韩非在秦国的影响大大出乎李斯的意料，他内心的嫉妒越来越强。他不允许韩非抢了自己的风头。

正巧被嬴政召见，当他听到韩非和嬴政的谈论后，已经从二人的言谈中看出了嬴政对韩非极度赏识。为了保住自己既得的地位，他对嬴政说："韩非是韩国贵族子弟，而今大王想统一天下，按照人之常情，他终究要为韩国效命。"

嬴政点点头，说道："爱卿说得对啊，这个韩非就想回到韩国，死活也不肯为秦国效力。把他驱逐回韩国吗？"

李斯说道："如果大王不用他，把他放回韩国，无异于放虎归山。不如暂时把他幽禁，看他能不能彻底归顺大秦。"

嬴政联想起曾经破获的水工郑国间谍案，觉得韩国卧底确实可怕。再想想韩非坚决反对攻打韩国，他也对韩非起了疑心，便将韩非幽禁起来。

这样，韩非到咸阳后，身心失去了自由，名为韩国的使节，其实成了秦国的囚犯。

两个男人的立场

再说姚贾出使四年，用外交手段使六国合纵攻秦的计谋破产，成果显著。如今凯旋，嬴政打心眼里高兴，便封姚贾为上卿，食邑千户。

姚贾为秦国立下显赫功勋，封赏虽然丰厚，却也能够让人服气。但有一个人对此持有异议，他就是韩非。

韩非痛恨姚贾，更加无法原谅他肆无忌惮地破坏合纵抗秦，因为只有合纵才能挽救弱小的韩国。要使六国合纵，首先要扳倒合纵的破坏者姚贾。

把韩国送上绝路的人便是韩非的敌人。对待敌人，韩非从来不手软，于是他决定冒死弹劾姚贾。

韩非对嬴政说："听说大王封姚贾为上卿，此举有欠妥当。"

嬴政有些不高兴了，韩非只是韩国使节，而且已经被幽禁，现在又来干涉秦国内政，他难道吃了豹子胆了？

"有什么不妥？"

韩非便向秦王政进言说："姚贾携带珍珠重宝，南面出使楚、吴，北面出燕、代之间。三年之间，四国未能同秦国建立起真正的睦邻友好关系，而珍珠重宝却已用尽。这是姚贾用大王的权力、国家的珍宝，建立自己的关系网，假公济私。愿大王详察。"

此言一出，众人哗然。嬴政只是静静地看着韩非，什么也没说，他倒要看看这个绝世才子到底要玩什么把戏。

韩非继续说："况且姚贾不过是大梁守门人的儿子，自身又曾为盗于大梁，在赵国担任官职而被驱逐。今日大王与出身如此低微、品行如此不端的人一同谋划有关国家社稷的方针大计，韩非私下以为这不足以勉励群臣宾客。上梁不正下梁歪，秦国的政坛是个什么样子，不用大脑思考都一清二楚。"

嬴政明白了，韩非的目的是扳倒姚贾。可姚贾的官位是自己亲自封赏的，如果此刻扳倒姚贾，自己的颜面何在？韩非啊，韩非，你这小子分明是和我对着干。

在一旁的姚贾，早已气得脸色发青。他也纳闷，自己和韩非并没有什么深仇大恨，怎么韩非就见不得自己好，非要往死里整自己呢？

不能再让韩非说话了，于是，嬴政问道："姚贾，你是否将寡人的钱财装进了自己的腰包，还给了其他国的诸侯？"

然而，姚贾不愧是姚贾，在诸侯国之间都游刃有余，何况在这秦国的朝堂之上。经历了一阵慌乱和愤怒之后，他恢复了镇静。

"大王，我没有贪污公款，是把这些钱财给了诸侯！"众人又是一阵惊呼。

姚贾的回答，出乎所有人的意料，当然包括嬴政。

"大胆贼子，那你还有什么颜面回到秦国？"嬴政有些愤怒。

姚贾道："曾参孝顺他的亲人，天下人才愿意以他为子；子胥对君主忠诚，天下君主才愿意以他为臣；贞女工巧，人们才愿意以她为妃。现在我对大王忠诚，而大王却不知道。我没有归附四国的心思，为什么给他们钱财呢？我是为秦国的利益破坏合纵，要不是这样我就不会再回来了。夏桀和商纣听信谗言而诛杀忠臣良将，最后身死国亡。现在大王听信谗言，那么秦国就不会有忠臣了。"

韩非指责姚贾犯罪，不外乎有三条：第一，贪污公款；第二，假公济私；第三，出身卑微。

姚贾的一番辩解已经化解了前两条罪状，至于这第三条他是无力改变了。试问天下人，谁又能改变自己的出身呢？

嬴政听完姚贾的辩解后，脸色大为好转。他接着问："你身为监门子的后代，大梁的盗贼，赵国的逐臣，你有什么资格站在这里讲话？"

姚贾道："不错，确实有这样的事。但是帮助周文王的姜太公，他当年在齐国也是被驱逐出去的。管仲是个商人，却能帮助齐桓公称霸天下。还有，秦穆公时期的百里奚，是用五张羊皮换回来的，但他帮助秦穆公使秦国崛起了。这些人没有一个是出身高门贵族的，但都能帮助国君成就一番霸业。"

嬴政用欣赏的眼光看着姚贾。在一旁的韩非却如热锅上的蚂蚁，照这样下去，不仅自己的计划会落空，还会给自己带来灭顶之灾。他想插嘴，可嬴政连看他一眼的意思都没有。

姚贾看看众人，接着侃侃而谈："难道用人真的要看他的出身吗？有一个高士，商朝人卞随，当商汤讨伐夏桀的时候找他商量。卞随觉得找他商量灭掉一个君主是一种奇耻大辱，然后就投水而死。还有一个高士，夏朝人务光，商汤灭了夏桀以后，据说商汤想把君位让给务光，务光不干，然后就自沉于蓼水之中。这些高士都出身高贵，德行、操守很高尚，但他们愿意为大王服务吗？大王现在正是用人的关键时刻，用人就是要用一个人的才能，而不是衡量他的道德水准和家庭出身。家庭出身再高贵的人，如果他没有功劳，你也不能赏他，望大王三思而后行。"

姚贾说完后，胸膛起伏，等待着嬴政的发落。

嬴政拍着双手，走下殿，扶起姚贾，大笑道："你说得没错，寡人是试一试你的忠心。"

姚贾舒了一口气，他很庆幸自己有三寸不烂之舌。

结果，韩非被继续幽禁。嬴政没把他打入死牢，已经很给他面子了，可接下来的暴风雨会不会更加猛烈呢？韩非除了等待，什么也做不了。

李斯跟韩非在存韩与亡韩的问题上各执一词，再加上他嫉妒韩非的才能，唯恐有一天韩非取代了自己在嬴政心中的地位。所以，李斯虽然和韩非是同学，但他对韩非是恨之入骨。现在又卷进来一个姚贾，姚贾东跑西奔为秦国立了功，却受到韩非的指责，被韩非定了三条罪，其中任何一条罪状都恶毒无比。所以姚贾恨不得把韩非撕扯成两半。韩非在很短的时间就给自己找了这么两个难对付的敌手，他会有好果子吃才怪。

果然，姚贾暗中和李斯通气后，两人便一起前去拜见嬴政。

姚贾道："臣蒙大王厚爱，才有了今日的成就。但臣才疏学浅，年岁已大，恐怕要辜负大王的厚爱，祈望能告老还乡。"

嬴政心想，你姚贾告老还乡还带李斯来干什么？再说四十岁就退休养老，这也太早了吧？其中必有缘由，于是问道："大秦的统一大业刚刚开始，现在正是用人之际，你为什么要求隐退呢？"

姚贾道："臣孤身出使各国，常年在外，却被朝中人重伤，请让老臣辞官回乡吧。"

嬴政道："疑人不用，用人不疑。寡人从来没有怀疑过你的忠诚。"

姚贾道："谢大王信任，但韩非却想置臣于死地。韩非这个人自入秦以来，向每个大臣都推行他的存韩理论，妖言惑众，扰乱视听。现在又要置臣于不忠不义的境地，搅乱秦国的外交。韩非是想削弱秦国的力量，保存韩国，请大王明鉴。"

原来是针对韩非，知道这二人的来意后，嬴政沉吟不语。

姚贾继续说："韩非是韩国王室子弟，不会死心塌地为秦国效力。这样的人留着也没什么用，干脆杀了他吧。"

嬴政本来对韩非抱有极高的期望，希望他在统一天下的战斗中能发挥作用。然而，回想起韩非入秦以来的表现，嬴政也得承认姚贾的话在理，并不是无中生有。这样一个人才不能为我所用，真是可惜。然而，真要诛杀韩非，嬴政还是下不了决心。

嬴政把目光转向了李斯，征求他的意见。

李斯说："韩非在六国是响当当的人物，他的存韩理论是否掺杂着私心，还没有足够的证据。如果一下子对他处以极刑，恐怕天下人不服。"

很明显，李斯也站在了姚贾这边，韩非死是必然的，只不过缺少一个有力的理由罢了。

姚贾道："这有什么难办的？韩非的奸诈用心，路人皆知，只要用刑审问一下就知道了。"

已经是二比一了，悬在韩非头上的刀随时都可能落下来。

嬴政叹了口气，不住地摇着头。他虽然欣赏韩非的法家思想和犀利的文笔，但却不赞同韩非的政治主张。在制定统一大业方针上，嬴政是和李斯、姚贾站在一边的。虽然作为个人来说，他舍不得韩非的绝世才华，但站在国家利益的高度上，他也是主张杀韩非的。

"好吧。"简短的两个字便把那把悬着的刀架在了韩非的脖子上。

狱中上书

韩非的谏言，或者说韩非的才气给他带来了灭顶之灾，他失去了被幽禁的待遇，转而被关押在云阳狱中。狱吏们接到这样的命令：从韩非口中得到他弱秦存韩的证据。

自古就有屈打成招的冤案，这次落在了韩非头上。于是，他的性命便完全掌握在这些狱吏手中。

俗话说：阎王好见，小鬼难缠。秦法一向残酷无情，执法的狱吏更是毫无怜悯之心。以嫪毐为例，入狱几天，便被狱吏拷打得不成人形，结果只求速死，别无他求。

在阴暗潮湿、昏暗无比的监牢里，韩非承受着肉体上的非人折磨，感受着刑罚的巨大威力。他已经身心疲惫，看着自己身体里流出来的红色血液，他突然感觉到这王室子孙的鲜血和常人没什么不同——红色、腥臭。王室尊贵的身份难道要遭受这种非人的待遇？他内心的天平开始有一些倾斜了。

"拿笔来。"韩非怒吼道。

"这就对了，早一点认罪，何必遭受这种酷刑呢。"狱吏道。

韩非提笔作书，从伤口流出的鲜血不断地滴在竹简上，好像朵朵盛开的梅花。片刻之后，韩非写完最后一个字，把笔扔在地上，仰天大笑道："大王见到此竹简，就知道我的心了。我再也没有性命之忧了，速速给我呈给大王。"

狱吏虽然对韩非施加酷刑，但深知韩非的影响力，便层层上报，把韩非的上书传到了嬴政的手中。

韩非的这次上书，被冠以《初见秦》之名，代代流传。但他怎么也想不到，这次上书竟成了他的绝笔之作。

在《初见秦》中，韩非大体陈述了秦国治国和平天下的策略，大意与张仪相似，必须分化瓦解六国联盟，各个击破。

读到这里我们不免想起了太平天国后期的李秀成。他在被俘后，写了数万言的自供状，结果难逃一死。而韩非的这次上书能为他换来一线生机吗？

嬴政略读一遍韩非的上书后，没有立即发表评论，而是将书给李斯和姚贾看，征求他们的意见。

李斯仔细看了一遍，暗道：韩非啊韩非，你已经朝不保夕，可对自己的文章还是那么自信。如今的形势，只凭一封书信就能扭转乾坤吗？你的计策表面为秦国着想，其实却在为韩国谋利。你这样接二连三地试探嬴政，考验他的忍耐力，岂不是自掘坟墓？现在，嬴政已经不打算再忍下去了。像嬴政这样的王，一旦对你有了定论，想要再扭转他的看法，何其难也。真是聪明一世，糊涂一时。

姚贾一目十行，看完后将书扔在了一边。

嬴政惊讶道："你是在走马观花吧。"

姚贾道："韩非是韩国的公子，一心想保存韩国，把秦国当作敌人。为什么在短短的几天之后就来了个大转变，开始愿意为秦国尽忠了呢？臣认为这是韩非入狱后，自知必死无疑，他一死则韩国必定灭亡。所以才出此下策，苟且偷生。假装愿为大王尽忠，先求活命，然后再相机而行，为韩国谋利，愿大王明察。"

嬴政问道："廷尉，你和韩非是同窗好友，你怎么看他的这种举动？"

李斯说道："韩非认准的理，都是死理，很难让他有所转变。他的这种突然转变的确让人匪夷所思。"

嬴政接着说："韩非在末尾写道，想见寡人，当面陈说'破天下之纵，成霸王之名'的计谋。寡人想见见他，看他能不能说出花儿来。"

如果让韩非见到嬴政，保不准嬴政一念之仁，放韩非一条生路。这是李斯和姚贾所不愿看到的。

姚贾可不愿意看到韩非下一次再出一个什么不利于自己的怪招，他不愿意冒这个险，必须把韩非置于死地。于是说道："韩非在书的最后留下悬念的套路，只是游说之士的惯用伎俩而已。再说，心中只有韩国的韩非没有认识到天下一统的大趋势，对天下的认识已经落伍了。就算蒙大王召见，又能献出什么良策呢？"

"也是，不见也罢。"嬴政对韩非失去了兴趣。

姚贾的嘴真是厉害，李斯也竖起了大拇指。这样，韩非的最后一线生机也被生生地剥夺了。他的"破天下之纵，成霸王之名"的计谋也永远不为世人所知了。

一个时代的结束

难得糊涂是一个至高的境界，世上没几个人的境界能达到这个高度。就是绝世才子韩非也不能深谙这个道理，他只顾着自己心中的韩国，逆潮流而行。明知韩国无救了，却还想凭借一己之力，做最后的挣扎，结果，自己越陷越深，不能自拔。

身为人臣要学会从命，而韩非的字典里却是指点江山，天下唯我独尊，即使在天下最强的王面前也是如此。嬴政在这样的韩非面前感受不到做王的尊严，又怎么能轻易信任他？再说，韩非在狱中的上书，可以说是背叛了韩国，他的这种不忠不义，嬴政能接受吗？

韩非已经把自己逼到了绝境，就算他没有和姚贾反目成仇，没有向每个大臣推行存韩理论，没有韩国公子的身份，他也已经无可挽回了。

可是，嬴政真的下了杀心了吗？毕竟，得到韩非所付出的代价是巨大的。现在却要始乱终弃，这不是嬴政一贯的作风。

这日，嬴政又把李斯和姚贾召到身边，问："该如何处置韩非呢？"

姚贾道："大王，干脆一点，一了百了。"

李斯道："没有证据，不好处理啊。"

的确，韩非在狱中虽然受尽酷刑，但比嫪毐强多了，始终牙关紧咬，从未招供认罪。韩非终究还是韩国的使节，如果没有十足的证据，也不能胡乱给他定罪。但总关着也不是个事，尤其是六国舆论对秦国很不利，

嬴政接着说："韩非是名人，在秦沦为阶下囚，受尽苦难，寡人实在不忍心啊。最好想个两全其美的办法。"

李斯有些迷惑，问道："大王是想……"

"当然是杀了。"姚贾表现出了极度的兴奋。

嬴政没有责备姚贾多嘴，反而笑道："廷尉就是审案子的，这对你来说是小菜一碟。关于韩非的案子，寡人也不便多说什么，廷尉看着办吧。"

就这样，嬴政把皮球踢了过来，这个棘手的案子落在了李斯头上。像韩非这样的人才，即使不能为秦所用，也不会让他去为六国服务，这是嬴政一贯的做法。

现在看来，李斯要做杀害同窗韩非的凶手了，这个恶人他是当定了。但亲手杀死韩非，对李斯来说是左右为难的事情，毕竟他们的关系摆在那里。但自古忠义就不能两全，要对嬴政忠，就得对韩非不义。

而姚贾虽然对韩非恨之入骨，但他在乎的是韩非的死，并不在乎由谁来杀死韩非。所以，此刻的他是一副幸灾乐祸的样子。

韩非的上书已经递上去好几天了，可还没有等到嬴政的召见。他感到事情有些不妙，当初为了得到自己，嬴政不惜发动战争，可现在嬴政都懒得见自己了。看来，自己在嬴政心中的地位已经一落千丈了。

没有了嬴政的保护，自己就好像任人宰割的羔羊，任何一个人都可以置自己于死地，包括这小小的狱吏。

韩非想抓根救命稻草，可谁又能救他呢？他想到了好朋友李斯，可他太了解李斯这个人了，他绝对不可能拿自己的利益来冒险，只能靠自救了。可身陷囹圄，有什么办法呢？装疯卖傻，对，只有这一招了。

嬴政要的是韩非的才学，如今韩非疯了，他还在乎一个疯子的归宿吗？但换个角度看，嬴政连满腹才学的韩非都弃之不顾，他还怜惜一个疯子吗？

韩非开始手舞足蹈，撕扯着自己的头发和衣服，语无伦次……

所有的狱吏都知道韩非疯了，他们对一个疯子失去了兴趣，韩非也因此少受了些皮肉之苦。

李斯虽然嫉妒韩非的才能，可要真正置韩非于死地时，他心里隐隐有些不快。昔日的情景历历在目，当这个桀骜不驯的人真的要离开人间时，李斯感觉有些不舍。

可为了自己的利益，没什么可留恋的，不就是一个朋友吗，没必要这样婆婆妈妈的，罢了！

在一个沉闷的黄昏，李斯来到了云阳监狱。虽然监狱里潮湿阴暗，但李斯已经坐了好几个时辰了，他想见韩非最后一面，可又感觉愧对韩非，无脸面对他。

李斯在矛盾中默默喝着闷酒，典狱长在一边恭谨地陪着，不敢多言半句。是人都知道：谁要在上司不快的时候拍马屁，大多会拍在马蹄子上，何必自讨没趣呢。

"你们羞辱我，你们不得好死，我是韩国的公子，我要杀了你们……天呢，天呢，我不是韩非，韩非不是我，我到底是谁？谁？你们放马过来……"韩非凄厉的吼叫在监狱里回荡。

"这是怎么回事？"李斯问。

"大人，韩非疯了，好几天都这样，他真的疯了。"典狱长道。

李斯隔门远远观看，心中一阵凄凉，想想昔日风光无限的韩非竟然落了个这样的下场。

酷刑、绝望、侮辱把他的骄傲和自尊击得粉碎，可怜的韩非被彻底压垮了。

对一个疯子下手，李斯心中不再那么难受，他觉得他是在帮助韩非解脱。

晚饭时，狱吏为韩非送来美味佳肴，道："这是廷尉特意给你送来的。"

韩非斜靠在墙角，双眼充满血丝，狠狠地瞪着狱吏。

狱吏给他盛了一小碗汤，递给韩非。韩非一掌把碗打翻，怒斥道："李斯在哪里？我要见他，我要见他！"

狱吏想揍这个疯子，可想到上司就在不远处，扬起的皮鞭又落了下来。

韩非猛地蹿起，扑到门上，大呼："李斯，李斯，李斯！老子要见你……"

韩非声嘶力竭地喊，直到瘫坐在地上，李斯也没有出现。他知道这是自己的断头饭，作为韩国公子，惨死在这监牢之中，真是一种耻辱。

韩非默默地吃着饭，直到嘴角流出了鲜血，抽搐几下，便不再动弹了。可他圆睁的怒目却在告诉世人：我韩非死得冤！

李斯走过来，轻轻把韩非的眼睛闭上，道："君生不逢时，生不逢时啊！"

最终，韩非的装疯卖傻没有为他换来生的权利，他就这样默默地消失在战国的舞台上。但韩非之死让我们感受到了一种精神的存在，一种人格力量的存在。作为个人来说，韩非虽然失败了，但他用自己的死为故国的存在做了最后的努力，可以说是死的光荣。

韩非死了，虽然满是遗憾，但该结束的都结束了，历史的车轮不会因为韩非的冤死而停顿，依然在滚滚向前。

【第五章】

统一六国

韩国成了囊中之物

自古以来，凡是有作为的君王身边总有一批足智多谋的文臣和能征善战的武将。现在，嬴政身边就有王翦父子、蒙氏父子等武将，以李斯为代表的文臣，还有军事家尉缭。

一个好汉三个帮，一个篱笆三个桩。身旁有这么多能人志士，嬴政开始思考灭亡六国该从哪国开始。

众臣纷纷建议，李斯也建议：由近及远，集中力量，各个击破；先北取赵，中取魏，南取韩，然后再进取燕、楚、齐。

最后，嬴政把统一六国的战略步骤概括为：笼络燕齐，稳住楚魏，消灭韩赵后，再统一全国。在这个战略方针的指导下，一场统一战争就此拉开了序幕。

韩非死在狱中的消息传到韩国后，韩王安十分悲痛。他要带兵攻打秦国为叔叔报仇，结果被群臣劝阻了下来。明知道自己是鸡蛋还要和石头碰，这种垂死挣扎韩王安是不会做的，他也就是做做样子给臣子们看。现在他变得坐立不安，时刻担心韩国成为秦国扫平天下的第一个祭品。可是，弱小的韩国除被动挨打之外，没有任何可行的办法。

张让建议："向秦国俯首称臣，这样可以让韩国多存在几年。"

韩王安道："这和投降有什么区别？简直是自己打自己耳光。"

张让道："留得青山在不怕没柴烧，大王虽然暂时成了秦国的臣子，但保全了社稷。我们静观天下之变，日后再做打算。"

韩王安一听有理，再说韩非一死，韩国再也没有人可以和秦国抗衡了。于是，他采用了张让的缓兵之计，请求归附秦国，成了秦国的藩臣。

人和人的差别怎么这么大呢？同样是韩国王室的子孙，一个可以为了韩国舍生取义，另一个却要苟且偷生。在天国的韩非知道自己的侄子竟然是这样的软骨头，也许要被气得背过气去。

韩国已经臣服了，这是意料之中的事情，不过嬴政还是满脸喜悦之色。

秦王政十五年（公元前 232 年），秦国再次集结兵力，大举伐赵。这次用兵的规模大大超过以往，嬴政希望一举吞并赵国。秦军一路军队抵达邺地，一路军队抵达太原，攻克了狼孟、番吾。

秦军的进攻犀利，一路进展也算顺利。但此时的赵国虽然在走下坡路，但骨架还在，毕竟赵国也辉煌过。面对气势汹汹的秦军，名将李牧再次临危受命，阻击攻势如潮的秦军。在强硬派李牧面前，秦军无法取胜，无奈撤退。结果，李牧以牺牲巨大为代价，赢得了这场战争的胜利。

秦国军事、经济实力雄厚，虽然失败也犹未败；赵国国力衰竭，虽然胜利也犹未胜。毕竟这种拼老本的胜利不要也罢，可在亡国前，即使流尽最后一滴血也要抬起那高昂的头颅。李牧如此，手下赵国的将士又何尝不是。

由李牧领军，对赵国君民来说，真是天大的幸事。

同年，以雇佣刺客制造恐怖事件出名的燕国太子丹正在秦国做质子。他小时候曾经和嬴政一起在赵国做人质。等嬴政成了秦王后，太子丹的命运却没有改变，由赵国换到秦国继续他的质子生涯。由于秦国的国策是笼络燕齐，嬴政对太子丹本应该客气一些，可每当想到自己质子时的悲惨生活，就不自觉地对太子丹刻薄起来。

身为一国的太子当然不能容忍这样的待遇，太子丹大怒，装扮成了佣仆，混出函谷关，逃回到了燕国。太子丹的这种冒险行为很容易引起秦燕大战，为了个人的一口怨气，把国家利益置于脑后，和他太子的身份无法匹配。

老燕王爱子心切，把太子丹留在了燕国，没有遣送回秦国。秦国本可以太子丹私自逃亡为借口，讨伐燕国。可是秦国国策已定，嬴政绝对不会因为一个人质的逃亡而轻易改变国策，于是象征性表示了抗议后，便不再提此事。

秦王政十六年（公元前 231 年），秦国攻打赵国失利后，便把所有的怨气都撒在了韩国头上，对已经归顺的韩国用兵。韩王安无奈，只好割献南阳地给秦国。九月，秦国派军队前往韩国接收南阳之地，韩国南阳郡“假守”（代理郡守）腾被秦王政任命为内史。

同年，赵国虽然没有遭到秦兵蹂躏，却依然损失重大。代地发生地震，自乐徐以西，北到平阴，楼台房屋墙垣大半塌毁。土地开裂一条巨缝，东西宽一百三十步。千万百姓流离失所，惨不忍睹。

如果放在现在，哪个国家受灾受难后，国际上会给予救援，而在当时，各个诸侯国虽然是同族，但已经是敌对态势，巴不得你倒霉呢，最好是从地图上自动消失。所以赵国只有靠自己拆了东墙补西墙，尽力安抚受灾百姓。

秦王政十七年（公元前230年），嬴政在咸阳开了誓师大会，正式开始了灭六国、统一天下的战争。为了博个头彩，鼓舞士气，他决定拿韩国开刀。

于是，嬴政派内史腾率军进攻韩国。做了叛国贼就已经够窝心难受的了，现在又要把刀架在同胞的脖子上，其中的滋味只有内史腾自己慢慢品尝了。由于内史腾对韩国了如指掌，所以军事进攻进展顺利。不久便俘获韩王安，在韩国的土地上设置了颍川郡，韩国从此就灭亡了。

一头猛虎从山林中呼啸而出，整个大地都为之战栗不止。虽然灭韩的战斗并不惊心动魄，但它预示着一场腥风血雨即将降落在神州大地上。

有一句话这样说：冬天来了，春天还会远吗？按这个格式，我们可以这样说：韩国灭了，其他五国还会有好日子过吗？

嬴政的祖母华阳太后在这一年去世了，这个改变嬴政一家命运，改变了秦国命运的女人默默离开了人世。风光了，享受了，作为一个女人，她没有什么好遗憾的。把伟大的王嬴政推到历史前沿，华阳太后功不可没，这也许是她最骄傲的事情了。

同年，秦国依然按兵不动，可老天却没有让赵国安生。百年一遇的大旱降临赵国，颗粒无收，遍地都是饥民、难民，人心浮动。国力本来就已经衰竭的赵国，这无疑是雪上加霜。

难道老天真要亡我赵国？赵王迁看着满目疮痍的赵国忧心忡忡。不过，这天灾人祸没什么可怕的，他最担心的还是虎视眈眈的秦王嬴政。因为不知道什么时候，这虎狼之师就会让他彻底消失。

看到赵国连续两年遭灾，高坐在咸阳宫金殿上的嬴政心中窃喜：连老天都站在自己这边，此时不灭赵，更待何时？他仿佛看到了不可一世的六国君主在秦军铁骑下噤若寒蝉；他仿佛看见天下归一，而曾经被父亲遗弃的"秦弃儿"便是天下的主人！从此，天下只有一个王，那就是秦王嬴政！

自断生路的赵国

秦王政十八年（公元前229年），秦国再次集结大军，兵锋直指赵国都城邯郸。

经过了两年的精心准备，秦军兵强马壮，而赵国连续两年遭受天灾，士气低落，国力衰弱。所以，秦国上下都满怀信心，认为此战一定会扫平赵国。

秦军兵分两路：王翦亲率秦军主力部队东出井陉（今河北井陉西），另一员秦将杨端和则率领河内秦兵进围赵都邯郸。

在这生死存亡的关键时刻，赵国发布了红色警戒，全民皆兵，以李牧、司马尚为将，抵抗秦军。

再疲弱的一支军队，只要有一个领头的在，那么它的战斗力就不可小觑。此刻，赵国的李牧就是这个主心骨。在他的带领下，这支疲弱之师硬是阻挡住了秦军前进的步伐。

李牧的大军屯在灰泉山，连营数里，秦国的两路人马，都不敢贸然进攻。

两军对峙数月，相持不下。王翦知赵军已经是人困马乏，处于断粮断草的边缘了，便决定围而不攻，准备拖垮赵军。

就在此刻，咸阳传来命令：速战速决，违令者斩。王翦读完，脸色大变，此刻出战，胜算不大。他不明白嬴政为什么要下这道死命令。

我们收回目光，把注意力从前线战场转回到咸阳。因为在前线吃紧的关头，咸阳发生了一件不大不小的事情。

在咸阳甘泉宫，宫女进进出出，神色慌张，以往的宁静被打破了。原来太后赵姬忽染重病，太医说怕是没几天了。

嬴政望着母亲苍老的病容，心如刀割，她还不到五十岁呀，怎么就苍老成了这样！嬴政已经记不清和母亲这样静静地面对面坐着是多久以前的事情了。

"孩子，去忙你的事情吧，母后没事。"赵姬挤出了一个笑容。

"母后，你安心养病，太医说了，你的病无大碍。"

"傻孩子，自己的病自己知道，母后怕是活不了几天了。你已经是真正的王了，母后就是走，也安心了。"

"母后，你别说这样的傻话，我们还要去邯郸呢，邯郸马上就要攻下来了。我们要让那些曾经欺负过我们的人都跪倒在我们脚下。"

"感觉那是很久远的事了，何必呢，不知道邯郸还是不是那个老样子？"

赵姬好像又回到了以前在邯郸的日子，虽然生活不好过，却依然充满了欢乐和自由。

嬴政不愿意母后就这样走了，他是最强大的秦王，却无法完成母亲的遗愿，他第一次感到了有心无力。

生老病死，岁月轮回，难道自己也摆脱不了这样的规律？嬴政第一次陷入一种无法克服的恐惧之中。

必须为母亲做些什么，这是任何一个孝子在亲人弥留之际都有的想法。嬴政也不例外，他要让母后含笑而去。

赵姬已经享尽了荣华富贵，还有什么心愿没有满足呢？对，当年他们母子在邯郸相依为命时，受尽了赵人的侮辱和欺凌。此仇必报，必须赶在母后死之前攻破邯郸，用仇人的血来为母后送行。绝对不能让母后带着遗憾踏上黄泉之路。

所以，嬴政多次催促王翦进攻，攻克邯郸，但前线的战事却没有丝毫进展。而赵姬的病情却越来越严重了。

在一个午夜，在咸阳甘泉宫内，享尽荣华富贵、尝遍爱恨情仇的太后赵姬缓缓合上了她的双眼，传奇的一生就这样画上了句号。

在最后的弥留时刻，她唯一的牵挂就是自己的儿子嬴政。虽然嬴政曾经夺走了她的一切，让她在后宫享受着孤独的尊贵，可是她和所有母亲一样依然深爱着自己的儿子。她相信等待儿子的必将是永载史册的光辉。只是，她看不到这种无可比拟的辉煌了。

母亲就这样走了，虽然含着笑，但嬴政却因为没能完成母亲最后的遗愿而心如刀绞。嬴政发誓要用赵人的血来为母亲做最后的送行，他擦干脸上的泪水后，急命王翦速取邯郸。

战争就是战争，绝对不能掺进半点私人恩怨，否则就会冲昏头脑，败亡也在所难免了。

王翦虽然对嬴政的命令很恼怒，怒完了却也只能从命。秦军主动出击，李牧正求之不得。结果秦军大败，丝毫不能撼动李牧镇守的城池，只好仓皇收兵。

前线失利的消息很快传到了咸阳，嬴政大怒，当即便要撤了王翦的将军职务，押解回咸阳问罪。

群臣赶紧下跪，为王翦求情。

虽然胜败乃兵家常事，但嬴政迫切想拿下邯郸，一来复仇，二来尽孝。群臣却认为要拿下邯郸还需要些时日。俗话说：瘦死的骆驼比马大，何况是曾经称霸的赵国。君臣这样僵持着，互不想让。

嬴政虽然不能把这殿上的文武大臣通通杀掉，但他有权力让大臣们陪着自己想办法，看谁能熬过谁。

此刻，尉缭站了出来，"大王息怒，拿下邯郸也不是难事，关键在于赵国大将李牧。此人一除，赵国必亡。臣认为，除掉李牧是眼下最要紧的事情，姚贾正在赵国出使，可命令他用计策和金钱办妥这件事。"

"国尉大人所言极是。"嬴政转怒为喜。

这个神像一样的摆设在关键时刻还是很有用的。名人就是如此，不鸣则已，一鸣惊人。既然有了方向和目标，接下来就要看姚贾的本事了。

不几日后的邯郸，姚贾便接到了嬴政的密信：不惜一切代价，搞掉李牧。

秦赵两国正争得你死我活，在这种时刻要搞掉赵国的主帅，这可不是一件简单的事情。姚贾来回踱步，思考着良策。

郭开，这个赵王极度爱宠的势利小人进入了姚贾的脑海。昨天还刚和他喝了个烂醉如泥，姚贾图郭开手中的权力，郭开图姚贾的金钱，二人的关系因此非同一般。

对，能不能扳倒李牧就看这个人了，姚贾把筹码押在了郭开的身上。

当然，直接找郭开说明意图，显然不妥。现在就是傻子也看得出：李牧一倒，赵国必亡。在这种国家生死存亡的时刻，金钱未必好使。

国不存在，谈何家园，郭开再贪财，也明白这个道理。不过，姚贾是何等聪明之人，略一思索，便心生一计。

当晚，姚贾派自己的一名亲信秘密求见郭开，说："我本来是赵国人，现在看见家国危亡，才冒死前来相告：李牧已经和秦国私自讲和，背叛了赵国。"

郭开用怀疑的眼光看着这个人："李将军为赵国厮杀疆场，你却在这里诋毁将军清名，不想活了？"

"这是我从主人姚贾处偷来的信件，请大人过目。"

郭开打开信件，分明是李牧的笔迹，再看内容后拍案而起。

于是重赏告密者，连夜进见赵王迁，道："李牧、司马尚想要反赵投秦，约定在破赵之日，秦王以代郡相封，请大王明察。"

赵王迁看完密信，大惊。李牧是赵国最后的屏障，他掌握着赵国全部的精锐部队。如果他投降秦国，那么赵国就只有死路一条。

由于最近一段时间李牧紧守不攻，秦军也很"默契"地只围不攻，邯郸城内有些挺不住了。赵王迁正对李牧的做法有所怀疑，再听郭开这么一说，立刻就信以为真了。他慌神了，这可如何是好，这可如何是好！

郭开奏道："大王不必忧虑，赵葱和颜聚两员大将也在军中。大王可以火速传旨，召李牧、司马尚回邯郸，以赵葱、颜聚代领二人的职务，抵抗秦军。"

"李牧手握重兵，会回来吗？"

郭开奏道："大王可以用任李牧为相国做诱饵，李牧肯定不会怀疑。"

于是，赵王迁马上下令，撤销李牧、司马尚的兵权，召回邯郸，改用赵葱和颜聚率兵继续抵抗秦军。

姚贾听到这个消息后，开始自斟自饮，品味这种玩弄别人于股掌之间的美妙感觉。

用人不疑，疑人不用，赵王迁没有做到这一点。他必将为之付出惨重的代价，只是这个代价太大了。

面对赵王的命令，李牧倍感疑惑，这不是拿赵国的大好河山开玩笑吗？赵葱、颜聚二人都是无能之辈，把本来就已经很衰弱的赵军交到他们的手上，用不了多久，赵国就会沦陷在秦军的手中。

李牧愤怒地说道："两军对垒，国家安危，命悬一线，虽然有君命，我也不能服从！"

赵葱拔剑，大喝道："将军想要抗命吗？赵国难道除了你李牧，就没有能打仗的将军了吗？还不速速交出兵符！"

李牧属下的将士们气坏了，纷纷拔剑，"军中只有一个将军，那就是李将军！你赵葱算哪根葱？先杀了这两个再说。"

赵葱、颜聚的属下也不示弱，纷纷拔剑。

大敌当前，最忌讳内讧。

李牧赶忙阻拦道："大厦将倾，国成累卵。在这种关键时刻，我们要一致对外，不可内乱。所谓食君之禄，忠君之事，我不可不遵君命。赵王怀疑我，如果我杀了二人，拒不受王命，知道内情的人以为我忠心，不知内情的还以为我反叛，正好给奸诈的人留下把柄。我自己去邯郸和大王辩明这件事，公理自在人心，等一切见分晓后，我再来和大家相会。"

司马尚过来耳语道："内线说大王已经怀疑你谋反投秦，此去凶多吉少，将军三思啊！"

"哈哈，身正不怕影子斜，我李牧从来就不怕小人的谗言！"

于是，李牧取兵符给了赵葱、颜聚二人，只带了少量随从，连夜奔邯郸而去。

战神李牧自刎而死

李牧还没到邯郸，他手下将士违抗王命的事情就已经传到了赵王迁的耳中。太可怕了，从那一刻起，赵王迁便下了除掉李牧的决心。

等李牧来到邯郸王宫时，等待他的不是赵王的召见，更不是相国的任命，而是奉命来杀他的韩仓。

李牧愤怒了，赵王竟然不听他一句分辩就要杀他，这是什么道理！自己死不足惜，可赵国就危险了。再说，沙场才是军人的最终归宿，如果死在自己人的手里，这是天大的悲哀啊！

"我犯了什么罪？"李牧拔出宝剑，怒视着韩仓。

韩仓被吓得倒退几步，壮着胆子说："你和秦军只是对峙，互不攻打，是另有图谋吧！"

"我军已经疲弱，不适合进攻。秦军远道而来，我军只要坚守一天，就能消耗秦军一天，总会等到秦军退却的那天。"

"哼，你手握重兵，居心叵测，想要投秦谋反，大王已经察觉到了！"

"血口喷人，有什么证据！"

"书信在此，你还想抵赖？"

李牧看着那封密信，愣住了，这秦人的本事真是不小，笔迹模仿得如此出神入化。"这书信不是我写的，这是秦人的反间计。"

韩仓冷笑道："好汉做事好汉当，将军既然做了，怎么就不敢承认呢？"

"笑话，我李牧为赵国上刀山下火海，还会为了一封书信抵赖？"

韩仓胡乱找碴儿道："上次将军得胜归来，大王向你敬酒贺功，可将军回敬大王时紧握匕首，居心叵测，其罪当诛！"

李牧一下子蒙了，连他自己也不知道给赵王祝酒时拿过匕首。这不是明摆着冤枉人吗？一低头，突然看见了自己右手的假肢，恍然大悟——莫不是我这假肢被他给当成匕首了。急忙分辩说："我的胳膊有残疾，伸不直，而我的身躯高大，跪拜的时候双手够不到地。我非常害怕这样对大王不敬，从而导致死罪，便叫木工做了一个假肢。大王若是不信，我可以将假肢给大王看。"

说完便从袖中露出假肢给韩仓看。那假肢做得比较粗糙，就像一个木头橛子，上面缠上布条。

韩仓本来就是胡说八道的，所以对李牧的分辩不加理睬，冷冷地说道："下官只负责传达大王的命令。大王赐将军死，没有半点宽容的余地，下官要是再为你多说一句好话，恐怕连我自己也性命不保。李将军，你自裁吧！"

李牧的心彻底凉了，他万万没有想到，自己几十年的不世战功，竟不抵奸臣的几句谗言。数十年南征北战，最终还是一场空。纵使有惊天之才、凌云之志，在这昏庸的国度也只是一场梦而已。

李牧狂笑，继而大哭，倚剑跪倒在王宫之中。

侍卫们也跟着哭泣不止，宫内悲风四起，却吹不醒即将把赵国带上不归路的赵王迁。

赵王迁近在咫尺，却不愿意见自己一面。哪怕是看自己一眼，自己多年征战也算得到了一些安慰。李牧痴痴望了望赵王迁的寝宫，躬身拜了一拜，横剑就要自刎，可转念一想：臣子不能自杀在宫中，朝堂是赵国至圣之地，被忠臣血洒后，是一种不祥的预兆。

于是，李牧快步走出宫门，吞剑自杀！只见他便用嘴含住剑尖，将剑柄抵在柱子上，身体向前一倾，宝剑刺口而入，鲜血从柱子上直淌而下，顺着台阶一级一级流下去。

一道英魂就这样冲天而去，而赵王迁的寝宫里此时却传来了悠扬悦耳的丝竹声。强烈的对比和反差注定赵国离亡国不远了。

听到李牧将军自杀的消息后，赵军营中哀声一片，哭声震天。尤其是那些曾经和李牧出生入死的边兵，更是捶胸顿足、泪流满面、痛哭不止，后悔不该让李牧前往邯郸。

哭声传到秦营，秦兵听到李牧的死讯后，军中将士都斟酒相贺，好像是过年一样。

王翦叹道："李牧就这样死了，可惜一代名将没有战死沙场，悲哀啊！"

虽然王翦因为少了这样一个强有力的对手感到惆怅，但他时刻没有忘记嬴政的死命令。没有那么多时间惺惺相惜了，拿下邯郸才是当前最要紧的事情。

趁赵军痛失主将，军心不稳的时机，王翦、杨端和两路军马，齐头并进，向赵军发动猛烈进攻。

赵葱与颜聚商议，想要分兵救太原、常山二地的危局。颜聚说："我军刚换了大将，军心不稳，合兵还勉强可以守住阵营，如果分兵恐怕有被各个击破的危险。"

话还没说完，哨兵来报："王翦率军猛攻狼孟，危在旦夕！"

赵葱说："狼孟一破，秦军必将长驱直入井陉，合攻常山，邯郸就危险了！形势危急，我们不得不救啊。"于是，不听颜聚的谏言，传令全军拔营前往狼孟救急。

王翦得知赵军这么容易就上钩了，大喜，在大山谷中埋伏了伏兵，还派人在高阜瞭望。等赵葱带着赵兵过了一半，便放起号炮，伏兵一齐杀出，将赵兵截为两段，首尾不能相顾。

面对如滔天巨浪般杀来的秦兵，赵葱指挥迎敌。可惜赵军已经乱了手脚，片刻工夫便被秦军战败，赵葱也被王翦斩杀在阵前。颜聚见大势已去，只好收拾败军，奔回邯郸。

于是，秦兵攻下狼孟，由井陉进兵，攻取下邑。杨端和也收取了常山，进围邯郸。

一仗下来，赵国的主力损失殆尽，再也没有翻盘的实力了。远在咸阳的嬴政再次下令，督促前线王翦乘胜追击，早日把秦军大旗插在邯郸城头。

兵临邯郸城下

秦兵大军压境、兵临城下，如铁桶般把邯郸围了个水泄不通。颜聚带兵坚守，拼死做最后的抵抗。他依稀记得曾经轰动六国的邯郸保卫战，坚信只要军民一心，邯郸未必能被攻陷。可秦军已经不再是当年的秦军，赵兵也不再是当年的赵兵了。

果然，面对黑压压的秦军，赵王迁惊恐万分，想要派遣使者向邻国求救。

郭开进言道："韩国已经成了秦国的囊中之物，燕、魏只知道自保，我们能向谁求救？况且，看这阵势，信使根本冲不出包围圈。"

"那，那我们怎么办？就这么眼睁睁地看着秦兵把邯郸攻陷吗？"

"大王不要慌张，臣认为，秦国兵强马壮，我等不如全城归顺，还能讨个封侯之赏。"赵王迁已经是六神无主，便要听从郭开的建议，准备献城。

王如此，邯郸还能保得住吗？这似乎已经不再是个问题了。

正在城头和赵国军民一起奋战的公子嘉听到这个消息，差点没背过气去。他赶紧回到王宫，见到赵王迁后，伏地痛哭道："先王把社稷宗庙传给大王，怎么能够轻言抛弃呢？臣愿意和颜聚率领全城军民竭力抗秦，誓死效忠大王。万一城破，代地有数百里的沃土，还可以为国。大王为什么要甘愿做别人的阶下囚呢？"

一番发自肺腑之言把赵王迁打动了。

"寡人也不愿意做阶下囚啊，可秦军如此强大，我们能守住邯郸吗？"

"只要大王不降，臣等甘愿为大王赴汤蹈火在所不辞。"

郭开冷笑道："如果邯郸城被攻破就成了俘虏，还谈什么到代郡为王？"

公子拔出宝剑，怒目圆睁，指着郭开道："误国奸臣，如果不是你的谗言，李牧将军也不会死，邯郸也不会被围困。今天的局面，就是你这个小人一手造成的，再敢多言，我杀了你！"

郭开吓得赶紧躲在一边，不再多言。

在赵王迁的劝阻下，二人才不欢而散。

降还是战，赵王迁一时拿不定主意，只好用饮酒取乐来暂时忘掉近在眼前的烦恼。

秦军昼夜攻打，一次比一次凶狠，大有拿不下邯郸誓不罢休的气势。赵王迁知道逃避不是办法，他必须为自己的后半生做出选择。他舍不得这为王的权力，更舍不得王宫的奢侈生活。可这邯郸的王宫已经不再安全，顷刻间就会成为虎狼之师的口中餐。

邯郸即将沦陷是铁定的事实了，只不过是时间早晚的问题。如果用一座城池和稀世之宝来换取自己后半生的豪华生活，还是划算的。

经过一番思索后，赵王迁便决定用和氏璧和邯郸地图来换取秦王的欢心。

这种事情让郭开去办自然是再合适不过了。郭开通过姚贾，姚贾通过秦国在赵国的间谍系统，很快就把信息传递给了嬴政。

在咸阳的朝堂之上，嬴政满脸春风得意："败国之君，还和我谈条件，不管你降不降，邯郸城都是我的！"

整个咸阳都回荡着他气吞山河的声音。

嬴政只给赵王迁六个字：投降活，抵抗死！

赵王迁知道自己的命运已经掌握在了嬴政手中。他不想死，于是毫不犹豫地选择了降。

秦王政十九年十月，赵王迁命令城头的将士挂起白旗，自己带了少量随从从西门直奔秦军大营而去。

王已经投降，赵军再也找不到理由作战了，一时间乱作一团。

此刻的颜聚正在北门巡视，听到赵王降秦的消息后大惊失色。公子嘉也骑着快马飞奔而来，说："城上的守军已经奉赵王的命令，竖起了降旗，秦兵即刻就会入城。"

颜聚说："我率领将士死守北门，为公子开辟一条突围之路。公子马上聚齐宗族宾客从这里奔向代地，日后可图再起。"

看着已经敞开大门的邯郸城，公子嘉知道已经守不住了，便听从了颜聚的计谋，召集宗族数百人和颜聚奔出北门，星夜前往代地。

赵公子嘉逃到代地称王，国名虽然为赵，但后世一般将公子嘉称王的赵国称为代国。听到赵氏血脉尚存的消息后，赵国大夫纷纷前往投奔。公子嘉于是和燕国合兵，在上谷屯兵，对抗秦军。

至此，传统意义上的赵国就灭亡了，东方诸侯六去其二。

再说赵王迁，被安置在房陵。这个地方僻远荒凉，自然不能和繁华的邯郸相比。赵王迁日夜思念故乡，可故国已经不堪回首。尤其是想到惨死在自己手下的李牧将军，更是心痛不已。可后悔有什么用，时光不可能倒流。最后赵王迁一病不起，郁郁而终。

赵王迁的投降没有换来他想要的东西。胜者为王败者为寇，从他有了投降念头的那一刻起，就失去了自由。一个失败者没有战死沙场，就只能苟且偷生了。

赵国已经灭亡，秦国向统一天下的目标迈出了突破性的一大步。嬴政带着极大的兴趣，登上邯郸城头。作为一个征服者俯瞰邯郸城，内心的激动自然不必说。不过，除了激动，嬴政心中还有一种说不出来的滋味。

这座都城毕竟是他出生的地方，他在这里度过了生命中最初的九年。如今故地重游，童年所受的屈辱历历在目，就好像发生在昨天一样。他的胸中又一次燃起熊熊怒火。曾经多少次，他在梦中把邯郸城踩在脚下，让那些曾经羞辱过自己的人跪地求饶。如今，整个邯郸都在呻吟，复仇的时刻到了，他要让那些侮辱他们母子俩的仇家付出代价。即使某些人已经不在人世，但他们的子孙还在，父债子还，天经地义！

于是，秦军开始满城搜捕。片刻工夫，嬴政母子的仇家便全被捕获。等待他们的是被活埋的命运。虽然他们苦苦哀求，可此刻嬴政心中是复仇的快感，丝毫没有怜悯之情。

他曾经答应过母亲，一定会惩罚当年那些羞辱和欺负他们的人，他做到了。他仰天狂笑，笑这个充满血腥的乱世，笑这个满是疯狂的年代。

遗憾的是，在另一个世界的母亲不能和他一起享受这复仇的快感了。站在邯郸城头的嬴政虽然征服了赵国，但他的背影却显得那么孤单。

寻找传奇刺客

吞并赵国之后，秦国预定去攻打魏国。当韩、赵、魏三国的土地都归秦所有后，黄河流域的中原地区就将连成一片：南可攻楚，北可伐燕，东可击齐。并且可将三国之间的救援路线完全切断，更有利于各个击破。

当雄心勃勃的嬴政准备集中兵力攻取魏国时，一段插曲让秦国大军的刀锋改变了方向，进而产生了一个流传千古的悲壮传奇！

这要从燕国的太子丹说起，自他从秦国逃回燕国后，日夜都想报咸阳受辱之仇。于是，广散家财，大聚宾客，谋求有一天能报仇雪恨。

自古有钱好办事，太子丹的周围聚集了一批江湖义士，其中不乏对秦恨之入骨的人。

具有代表性的人物，比如秦舞阳，年十三，大白天就在都市手刃了仇人，人们都因害怕而不敢靠近他。太子丹却赦免了他的罪行，收到自己门下。还有秦将樊於期兵败逃到燕国，藏匿在深山中，听说太子丹好客，便投靠在他门下。太子丹把秦国的叛将奉为上宾，还在易水的东边，修了一城，让樊於期居住，起名叫樊馆。

虽然太子丹一刻不停地招揽天下义士，伺机复仇，可秦国铁骑所向披靡，丝毫没有放慢统一天下的步伐。在横扫赵国后，大军兵临易水（今河北易县南），王翦的兵锋直指北方。地处北方的燕国顿时一片大乱，君臣上下都惶惶不可终日。

秦国的强大已经超出了太子丹的估算，照这样下去，别说自己在咸阳受辱之仇报不了，就是自己的国家燕国也处在灭国的边缘了。必须想出一个奇招阻挡秦国前进的步伐，为了自己，也为了燕国。

狼都到了家门口，燕王喜只好召集群臣商议御敌之策。

燕国太傅鞠武进谏道："秦国是虎狼之国，已经灭了韩和赵两个诸侯国。即使没有理由，秦国也会无端生事，进攻我燕国。我们应该西与代国联合，南与齐、楚结盟，北与匈奴和好，集合起还没有被秦国灭掉的国家共同抗秦。"

又是老生常谈，联合抗秦已经叫嚣了这么多年，可没有一次成功的。太子丹对此嗤之以鼻。

"现在已经不比从前，各诸侯国都被秦国的铁骑吓破了胆，争相臣服秦国，组织合纵的可能性微乎其微。就算是联合起这几个国家的力量，也很难消除强大秦军构成的威胁，最多不过是让亡国的时间推迟一些罢了，根本不是长久之计！"太子丹道。

太傅鞠武气得脸都绿了，在朝堂之上，还没有人敢这样公然反对他的谏言："翅膀硬了，那你有什么好主意呢？"

太子丹道："擒贼先擒王，如果秦王死了，秦国必将大乱，短时期内不可能再发动军事行动。这样燕国就可以不慌不忙地进行迎战准备了，鹿死谁手还是未知数。"

"哈哈……"太傅鞠武大笑，"要置秦王于死地，谈何容易！"

"太傅不必担心，我自有办法。"

经过一番议论，燕王喜决定两手准备：一让太傅鞠武张罗合纵抗秦的事，二让太子丹准备刺秦的事宜。

当年专诸、豫让、聂政等刺杀当权者的一众刺客之举，给太子丹提供了借鉴。他决定用同样的办法把正值春秋鼎盛的嬴政送上黄泉路。当务之急，是要找到一名武功高强又忠实可靠的刺客！

去哪里找一名敢行刺当今最强国大王的人呢？太子丹看看自己手下的门客，感觉没有一个合适的。好在太傅鞠武虽然不赞成太子丹的举动，但也知道都是为燕国着想，便向他推荐了以智勇深沉而在燕国闻名的"节侠"田光。

太子丹不敢有丝毫耽搁，即刻便前去拜访田光。一见面，便给田光行跪拜之礼。

"折杀老夫了，太子登门拜访已经给足了老夫面子，岂能再受太子的跪拜之礼？"

田光赶紧扶起太子丹，二人坐定，等左右都退下后，便说起了正事。

太子丹离席，开门见山道："燕秦势不两立，燕国准备物色一名侠士前去刺杀秦王，希望先生能想个办法来解决这件事。"

田光说："我听说宝马良驹年轻力壮的时候，一天可以飞奔千里。可到它年老力竭的时候，连劣马也能跑在它的前面。如今太子只听说我壮年的情况，却不知道我的精力已经衰竭了。因此，我不能冒昧地谋划国事，恐怕要让太子失望了。"

"难道先生就眼睁睁地看着秦国的铁骑来蹂躏我燕国的大好河山吗？"

"太子不要着急，我虽然老了，但我可以给你推荐一个人来担当此任。"

眼见事情有了转机，太子丹自然是喜上眉梢。

"不知先生推荐的人是谁？"

"我的好友荆轲！"

太子说："希望能通过先生与荆轲结识，不知先生意下如何？"

田光躬身道："当然可以，不几日我便让荆轲进宫面见太子。"

田光躬身把太子送到门口。太子上车后，告诫道："我们的这次谈话是国家大事，希望先生不要向别人泄露秘密。"田光低头一笑说："遵命。"

太子丹的马车绝尘而去，田光细细回味着太子丹临别的话，有些不寒而栗。因为只有死人才能永远保守秘密，难道太子是要自己……

临危受命

送走了太子丹，田光便向荆轲的住处走去。

荆轲，这个因为刺秦而闻名的侠士，秦时涿县人。据说本是春秋时期齐国大夫庆封的后代，人称庆卿。后来迁居到卫国，才改姓荆。他自幼喜好读书击剑，为人慷慨侠义，曾经把自己的政治见解向卫元君游说，但没有得到卫元君的赏识。秦王政六年（公元前241年），秦军攻占了卫国濮阳（今河南濮阳西南），作为秦的东郡治所。国家都灭亡了，家自然也就不存在了。不愿意做亡国奴的荆轲只好四方游历，结识了许多豪杰志士。荆轲来到燕国后，与当地以杀狗为生的屠夫和擅长击筑的高渐离成了朋友。荆轲喜好喝酒，整天与狗屠、高渐离在街市喝酒。酒过三巡后，高渐离击筑，荆轲就和着乐声唱歌。唱到动情处，常常放声大哭一场，由此可见，荆轲是个性情中人。后来，喜好交结义士的田光第一眼看到荆轲，便知道他不是等闲之辈，于是将荆轲收为门客，奉为上宾。二人自然也就成为好得不能再好的朋友了。

自从认识了知己荆轲，二人常常秉烛夜谈，天下形势、伦理道德、诸子百家等都成了他们永远也谈不尽的话题。田光一直觉得和荆轲相识是老天对自己的馈赠，可他万万没想到会有这么一天来临。

荆轲正在读书，看着那熟悉的背影，田光有些泪眼模糊了。因为他不知道这个背影在人世间还能存在多久。

"先生来啦，快请坐。"荆轲起身行礼道。

田光说道："我和您交情很深，燕国无人不知。现在太子丹只听说我壮年时的情况，却不知道我已经力不从心了。我有幸得到他的教导：'燕秦势不两立，希望先生尽力想想办法。'他的用意便是要我去刺杀秦王，我没有经过你的允许，就把你推荐给了太子丹，希望你前往宫中拜访他。"

荆轲明白，只要自己一点头，便会成为刺秦的刺客，将踏上一条不归路。士为知己者死，他没有理由拒绝田光，于是施礼道："遵命。"

很干脆的回答，就和他的为人一样。

田光很满意，微微一笑道："我听说，年长老成的人行事不能让别人怀疑。如今太子临别时告诫我要严守秘密，这是太子怀疑我啊。一个人的所作所为落到让别人怀疑的地步，那么这个人就不算是有节操、讲义气的人。希望您立即去见太子，就说我已经死了，秘密永远不会泄露出去。"

说完，田光缓缓拔出宝剑，选择了自尽。

荆轲拜了三拜，遵照田光的嘱托，立刻进宫见太子。告诉他田光已死，同时将田光临死前的话转告了太子丹。

太子丹听到这个噩耗后，向荆轲拜了两拜，双膝一屈，跪倒在地痛哭流涕地说："我告诫田先生不要讲出去，是想使刺秦大事谋划得更加成功！没想到先生却……唉，可惜，可惜……"

荆轲道："先生的血一定不会白流。"

太子丹擦干眼泪后，说："如今秦国已经吞并了韩国和赵国，还在燕国南部边境屯兵，下一个目标估计就是我们燕国了。燕国弱小，一时又难以合纵抗秦。

所以我认为：如果能得到天下的勇士，并派往秦国，用重利诱惑秦王。等贪婪的秦王上钩后，就进一步劫持他，威胁他归还侵占各国的全部土地，就像曹沫劫持齐桓公一样。实在不行，就借劫持他的机会把他杀了。秦国必将大乱，我们趁此机会，联合东方各国，就一定能够打败秦国。希望先生能够认真考虑这件事。"

荆轲本来就想找机会报秦国灭掉卫国之仇，如今燕国太子恳求他去刺杀秦王，正合他的心意。有太子丹做后盾，比他自己单干要容易多了，于是便毫不犹豫地答应了太子丹。

太子丹大喜，立刻拜荆轲为上卿，专为他修建了一所名叫荆馆的豪华住宅。而且每天都去问安，珍宝和美食不断奉上，车骑美女更是由他随意享用。

太子丹想要得到荆轲的忠心，对他可谓曲意逢迎，下足血本。

一次，太子丹和荆轲在东宫池一起游玩，荆轲捡起瓦片投向乌龟。太子丹便叫人捧来金丸，让荆轲拿金丸投击乌龟。还和荆轲共乘千里马，荆轲说："千里马的肝美。"太子丹便杀马献肝。在华阳台一同饮酒，有一个美人鼓琴，荆轲赞道："好美的手。"太子丹立即砍下美人的手，用玉盘盛献给荆轲。

过了很长一段时间，荆轲依然享用着燕国的厚待，却一点行动的表示都没有。太子丹再也坐不住了，对荆轲说："秦军在旦夕之间便可横渡易水，那时就算我还想侍奉您，恐怕也不可能了！"

荆轲哈哈大笑："无功不受禄，太子这样优待我，如果不建立功业，我还怎么做人？不过，我手头没有让秦王信任的东西，不可能接近秦王啊。"

太子丹毫不犹豫地说："只要是燕国有的，我一定全部奉上！"

"我听说秦国的叛将樊於期身在燕国，现在秦王正用千两黄金和万户封邑悬赏缉拿樊将军。还有燕国的督亢是秦王一直想得到的土地。如果能得到樊将军的首级和燕国督亢的地图献给秦王，秦王一定乐于接见我，这样我才能有报效太子的机会。"

太子丹犹豫了半天说："督亢的地图倒没有问题，只是樊将军因为走投无路来投奔我，我又怎么忍心为了自己的私事而伤害忠厚老实的人呢？能不能想个其他的办法？"

如果能拿一个人的脑袋换取燕国的太平，这是一笔很划算的买卖。太子丹之所以不忍心，是怕落下视投奔者性命如草芥的口实。有这么恶劣的名声在外，还有谁敢来投奔他？这对他日后继位为王十分不利。

这太子丹真是的，既想让荆轲赶快刺秦，又舍不得手下的门客和自己的名声。人岂能把所有的好事都占尽？

无奈，荆轲便去找好友狗屠喝酒解闷。

虽然太子丹一再叮嘱荆轲要严守秘密，但狗屠不是别人，是他的知己、生死之交。二人喝到晕晕乎乎时，荆轲便道出了心中的烦恼。

狗屠厉声道："大丈夫不拘小节，如果能用一个人的性命换取天下太平，这是一件多么了不起的事情啊！王翦领数十万大军屯兵在燕国南方边境，居心何在？自然就是要在灭赵之后一举吞并燕国。秦王要的是整个燕国，区区督亢之地，恐怕秦王不会放在眼里。不过，秦王一向轻恩重怨，有仇必报，所以在攻破邯郸后，才把当年的仇家都坑杀了。秦王对叛将樊於期更是恨之入骨，如果知道你有樊於期的首级，一定会一见为快。如果你只带督亢地图，秦王未必会见你，到那时，就算想再割樊於期的人头，怕也是鞭长莫及了。"

荆轲不住点头，认为狗屠的分析很有道理。

"可是，太子丹不忍心献出樊於期的首级啊！"

"你可以前去见樊於期，和他说明事理，像他这样的败军之将苟活在世间已经没什么意义了。"

"嗯，是个好主意。"

于是，荆轲匆匆告别狗屠，直奔樊於期的住所而去。

荆轲也不寒暄，直截了当地说："秦王对您太狠毒了，您的父母和家族的人都被杀害了。现在又听说秦王悬赏千两黄金和万户封邑来求您的头颅，您打算怎么办呢？"

樊於期仰天长叹，泪流满面地说："每次想到这些，我就痛入骨髓，只是不知道如何才能报仇。"

荆轲说："我有一个建议，不但可以解除燕国的祸患，而且可以为您报仇。"

樊於期忙说："先生有什么好办法，快快讲来。"

荆轲说："希望能借将军的首级进献秦王，秦王一定会高兴地召见我。到那时，我左手抓住他的衣袖，右手用匕首刺进他的胸膛。这样既可以报了将军的血海深仇，又可以解除燕国的祸患，不知将军意下如何？"

樊於期猛地站起身，将衣衫撕去半边，袒露出一条臂膀，走近一步说："这是我日夜咬牙切齿、痛彻心扉的事情！今天听到先生的教诲，我才茅塞顿开。先生，我的头是您的了！"

话音刚落，樊於期便抽出宝剑，在脖子上用力一拉，自刎身亡！

太子听说后，赶紧驾车奔来，趴在樊於期的尸体上痛哭起来，极其悲伤。可事情既然到了这一步，只好收敛樊於期的头颅，用匣子封存起来。

至此，荆轲刺秦前的准备就只差最后一样——武器。这个不用担心，太子丹早已用百金从赵人徐夫人那里买来一把削铁如泥的匕首，还让工匠用毒药水把匕首浸染了一遍。为确认匕首的杀伤力，又拿活人来做试验，果然见血封喉。

荆轲的不归路

万事俱备，太子丹开始为荆轲准备行装，送他出发。为了保险起见，太子丹还叫秦舞阳做荆轲的助手，一同西入强秦，准备刺杀嬴政！

然而荆轲却看不上秦舞阳，因为他认为刺客要的是有勇有谋，秦舞阳充其量只算个莽夫。

荆轲在等待一个人，等待那个曾经怒视过他的武艺高强的盖聂！

荆轲事先已经通知了他，如果能和他一起行动，可以说是万无一失。只是盖聂住在榆次，离燕都蓟（今北京）很远，还需要一段时间才能赶到。

只要盖聂一到，二人就可以马上出发。

又过了几天，盖聂还没到，荆轲依然选择等待。他相信虽然和盖聂话不投机，但身为剑客的盖聂绝对不会错过这样的壮行。

然而太子丹却坐不住了，认为荆轲以等人为借口故意在拖延时间，就再次催促荆轲："留给我们的时间不多了，先生还不打算动身吗？要不让秦舞阳先行一步，先生随后出发，怎么样？"

荆轲勃然大怒，呵斥太子丹："你这话是什么意思？我只拿着一把匕首进入强暴的秦国，分明是自寻死路！蝼蚁尚且偷生，何况人乎！我也不想有去无回，之所以暂留，是等待另一位真正的勇士和我一同前往，而太子却认为我是在拖延时间！罢了，荆轲这就走！"

太子丹及宾客知道荆轲就要出发了，都身穿白衣头戴白帽来为他送行。

太子丹因为自己的多心暗自懊悔，赶紧斟了满满一杯酒，双膝跪倒，将酒杯举过头顶，献在荆轲面前。

荆轲也不客气，仰头一饮而尽，然后将酒杯摔在地上。

在易水河畔，祭祀完神后，荆轲即将远行。

这时，高渐离击起了筑，荆轲和着曲调唱起歌来："风萧萧兮易水寒，壮士一去兮不复还！"

歌声凄厉悲怆，人们听了都流下眼泪，暗暗抽泣。

歌罢，荆轲口中冲出一声长啸，划破长天。在场的人都虎目圆睁，怒发冲冠，被这悲壮的气氛所感染。

于是，荆轲带着秦舞阳登上马车飞驰而去，始终没有再回头多看一眼。

人已经远去，可悲壮的歌声"风萧萧兮易水寒，壮士一去兮不复还！"还在空中回荡着。

荆轲以燕国使者的身份，带着樊於期的首级和督亢的地图，假装要向秦国献地做藩臣。由于路途遥远，等荆轲一行人出现在咸阳街头时，已经是嬴政二十年的光景了。

到了驿馆，安顿妥当后，一个问题摆在荆轲面前：怎样才能在最短时间内见到秦王嬴政呢？

在燕国，他是鼎鼎大名的人物，想要见谁，只是一句话的事。可在秦国，根本没有人在乎他是谁。荆轲在驿馆住了十多天，依然没有等来嬴政的召见。果然应了那句话：弱国无外交。

为了早日完成使命，只能主动出击了。

有钱能使鬼推磨，荆轲要找一个"鬼"来搭建自己和嬴政之间的那座桥梁。

通过托关系，荆轲见到了嬴政宠臣中庶子蒙嘉。用千金来贿赂，只求在嬴政面前美言几句，让自己和嬴政见上一面。

蒙嘉是蒙骜的儿子，蒙恬的叔父，虽然是名门之后，但也难以抵挡金钱的诱惑。他暗自琢磨：只要为荆轲说句话，就能得到千金重酬。再说，荆轲带来了两份厚礼，大王也应该会笑纳。自己也许还可以再次得到大王的赏赐。总之，天上掉的大馅饼正好砸在了我蒙嘉头上，我没有理由拒绝。殊不知，因为一时的贪财，蒙嘉成了帮凶。

天底下的钱财是无穷无尽的，但并不是什么钱都可以拿；天底下的好事也不少，但天上掉馅饼的事却不见得是好事。如果一个人的贪欲太盛，必将把自己推上绝路。但蒙嘉在金钱诱惑前，却没有意识到这一点。

蒙嘉面见嬴政道："燕王因为畏惧大王的威势，不敢和大王对抗，情愿让国人做秦国的臣民，像秦国郡县一样进奉贡品，只求能够奉守先王的宗庙。但燕王不敢亲自来向大王陈述，特地派来使者荆轲献上樊於期的首级和燕国督亢的地图，大王是否面见使者？"

秦王听了这番话后十分高兴，何况荆轲还带来了他恨之入骨的叛将樊於期的头颅。于是穿上朝服，设置九宾之礼，在咸阳宫接见燕国使者。

荆轲捧着樊於期的首级从宫门进入，秦舞阳则捧着地图匣子跟在后面。穿过层层院落，越来越巍峨的宫殿和两边威武雄壮的执戟武士让人心生寒意。一步一步渐渐进入秦国的心脏地带，一路走下来，荆轲虽然很凝重，但依然神色自如。而秦舞阳哪里见过这种威严的阵势，早已腿软气喘，眼看就要瘫软在地了。

进入咸阳宫正殿，秦国官吏已经云集一堂，高高在上的嬴政威风无比，庄严肃穆的朝堂令人望而生畏。

侍臣赵高一声高喊："燕使上殿觐见！"

本来就很害怕的秦舞阳被这突如其来的一喊，几乎吓尿裤子了。脸色白得像死人一样，浑身止不住地发抖，走路都摇摇晃晃，似乎一阵风就能把他吹倒在地。

秦王心生疑惑，脸色顿时阴沉下来，冷冷地质问道："这是怎么回事？"

荆轲回过头朝秦舞阳看了看，向秦王谢罪说："他是北方荒野之地的粗人，没有见过大世面，今天见到大王，所以害怕。希望大王稍加宽容，让我能在大王面前完成使命。"

"你们燕国看来真的没人了，这样的人都派来出使我大秦。"

嬴政的话引来满朝大臣的哄笑。

荆轲哪里能容忍这样的奚落，满腔的怒火将要喷发，可这是非常时期，稍有纰漏就将前功尽弃。最终，荆轲还是压制了自己的怒火，满脸堆笑，将装有樊於期首级的匣子打开，给秦王验看。

嬴政见果然是樊於期的首级，大喜："这等叛徒，就是千刀万剐也不解恨，寡人一定重赏你。"

荆轲赶紧跪拜在地，高呼："大王英明，大王英明，谢大王赏赐！"

看着如狗一样跪拜在自己脚下的荆轲，嬴政满心欢喜，想想将不费吹灰之力收取燕国，真是天大的喜事。

这时秦舞阳正捧着地图匣，低头跪在下面，浑身还是如筛子般抖个不停。

嬴政对荆轲说："起来，把地图取过来，寡人不屑于和胆小如鼠的人说话。"

这正是荆轲所期待的，他缓步走下，拿起地图，献到秦王面前。

荆轲慢慢地将地图展开，同时给秦王介绍督亢的情况，秦王仔细地观看着，不住地点头。

地图展开到尽头，一把寒光闪闪的匕首暴露在嬴政眼前。荆轲趁机左手抓住嬴政的衣袖，右手拿匕首直刺他的胸膛。

寒光闪闪的匕首一寸一寸接近目标，只要划破了嬴政的皮肤，燕国就得救了。虽然荆轲选择的路是有去无回，但他不后悔。从踏上秦国土地的那一刻起，他就没有想过要回头。这就是刺客的使命、刺客的归宿，永远都是一支一往无前的利箭。

魂断他乡

然而，嬴氏家族一向有习武的传统。当年，秦武王力能举鼎，与当时最著名的武士任鄙、乌获、孟说等人不相上下。成蟜公子的剑术更是高超，天下少有对手。嬴政的武功虽然不如家族中的这两人，但也出乎荆轲的意料。再加上他正当壮年，所以嬴政在大惊的同时，奋力抽身跳起，挣断衣袖，急忙退开。

荆轲第一刺刺了个空，便对嬴政紧追不舍。嬴政边逃边拔佩剑，无奈剑身太长，剑尖触地时，剑柄抵到腋下。嬴政没那么长的胳膊，急切间无法将剑拔出来，越是着急，越是费力。

刺客竟然杀到了大秦的朝堂之上，面对这突如其来的情况，殿上的群臣都惊慌失措，一个个都失去了常态。而且按照秦国的法律，大臣在殿上侍奉君王时不得携带任何兵器。守卫宫禁的侍卫虽然带着武器，但都站在殿外，没有秦王的命令不能上殿。

处于逃命状态的嬴政根本顾不上下令郎官和武士上殿护驾，于是他只好绕着柱子逃跑，躲避荆轲的行刺。

惊慌的大臣们没有什么东西能拿来还击荆轲，只好一起用手抓他。虽然不止一双手伸向荆轲，可在锋利的匕首前又都缩了回去。

幸好殿上的御医夏无且急中生智，将随身携带的药囊向荆轲掷了过去。荆轲挥手一挡，药囊跌落在地。

嬴政也趁这个机会喘了一口气。

大臣们逐渐回过神来，要想救嬴政，只有靠他手中的那把剑了。几个头脑还算清醒的开始大喊："大王把剑背起来！大王把剑背起来！"

嬴政这才把剑背起，反手拔剑，总算将剑拔出来了。有长剑在手，嬴政不再逃跑了，与荆轲对峙起来。

荆轲虽然有一身好功夫，可只有一把匕首在手，哪里敌得过长剑。几个回合下来，便被嬴政砍断了左腿，跌倒在地。

在这最后一刻，荆轲也没有放弃此行的目的——行刺。坐倒在地的他背靠铜柱，用力将匕首掷向秦王。秦王侧身一闪，匕首从他的耳畔呼啸而过，紧接着，一簇火星和一声清脆在一根铜柱上迸发出来。

嬴政挥剑又向荆轲砍去，荆轲用手挡剑，三根手指当场被齐刷刷地砍落在地。嬴政还不解恨，又连砍了几剑才住手。荆轲多处受伤，已经浑身是血。

荆轲自知此次行刺失败，就靠着柱子大笑起来，叉开两腿大骂道："事情之所以没有成功，是因为我本想效法曹沫生擒你，然后让你返还侵占诸侯的土地。没想到被你逃过一劫，难道是天意吗？倒下我一个荆轲，还会有千千万万个荆轲站起来，你这个残暴的秦王，一定不会有好下场！"

赢政怎么能容忍荆轲在朝堂之上乱喊乱骂，一挥手，殿下带着兵器的武士便一齐涌入。一阵乱砍，荆轲成了一堆肉泥。而秦舞阳，连反抗的举动都没做出来，就被砍死。

荆轲虽然连个完整的人都拼凑不起来了，可回味起刚才那惊心动魄的情景，赢政还是感觉心惊目眩，呆坐半日，久久不能回过神来。

按说，在这场单挑中，赢政胜了，在臣子面前，也没有丢脸，应该得意才对。然而，他根本无心去享受这种渺小的胜利，一直回味着刚才和死亡擦肩而过的惊险。他的事业险些葬送在一个无名小卒手里。他贵为秦王，生命却也和凡人一样脆弱。即使建立了天大的伟业、不世的功勋，到头来也是一种悲哀，一场徒劳。如果寡人能够长生不死，那该有多美妙！

当然，此刻的赢政还没有太多时间来想长生不老。既然粉碎了一场刺杀阴谋，当然要论功行赏。御医夏无且重赏黄金二百镒，群臣中用手和荆轲博斗的也视伤势轻重分别加赏。击杀荆轲的武士也分别奖赏。

论功行赏后，接下来就该论罪处罚了。蒙嘉将荆轲引荐给赢政，无疑是此次行凶的罪魁祸首。

蒙嘉也自知罪不可赦，心中惊恐万分。秦国连坐之法向来严酷无情，蒙嘉犯下的罪过，依法当诛灭三族。所以，整个蒙府也惶惶不安，一种大祸临头的情形。

赢政本来要灭蒙氏三族，可眼下正是用人之际，况且蒙氏三代对秦国贡献巨大，便破天荒地只赐蒙嘉死罪。蒙氏家族逃过了一劫。

轰轰烈烈的刺秦就这样告一段落，可历史还在继续，任何力量都无法阻挡秦国强大铁骑统一天下的步伐。

惹火烧身的燕国

每当想起在朝堂上被荆轲追得落荒而逃时，赢政就恨得咬牙切齿：小小的燕国竟然也想置我于死地！你不是想杀寡人吗？寡人先灭了你！

在老虎头上拔毛，无疑是自寻死路，燕国必将为自己的举动付出代价。

秦国原本制订的作战计划是当王翦的大军打到易水之畔后，就回兵南撤，攻打魏国。因为弱小的燕国与齐国相邻，在战国七雄中，齐国的实力仅次于秦国。万一齐国在秦军攻燕时施以援手，灭燕就会陷入僵局。再说，齐国一插手，南方的魏国也会在秦国背后下黑手；而代国也想报赵国被灭之仇，虽然它的实力不怎么样，但还是有能力凑出一支军队的。这样的话，秦军再强大，在四国合攻之下也够喝一壶的。

王翦一路打到易水河畔，正是为了切断燕、齐、代三国援魏的途径。但燕国却错误地判断秦军在吞掉赵国后兵临易水的举动是要消灭自己。所以，燕太子丹铤而走险，派荆轲去刺杀秦王，结果却功亏一篑。

嬴政被激怒了，他下令王翦不必依照原计划撤军，而是在易水驻扎待命；同时，加派军队，让王贲率领，帮助他的父亲王翦进攻燕国。

灭燕的歼灭战就这样在嬴政的一腔怒火中拉开了序幕！

荆轲刺秦失败了，那么鞠武的合纵抗秦进展如何呢?

对于燕国合纵的提议，代国答应得很痛快。可原本为赵国王位继承人的公子嘉在代地这鸟不拉屎的荒凉之地没有什么能量，他手中的军队还不够秦军塞牙缝的。不过，燕王喜还是很高兴，虽然代国比较弱小，但好歹也是一个帮手。

齐国就没那么好说话了。秦昭王二十四年（公元前 283 年），齐国在济西之战中受到燕军重创，对燕国一直怀恨在心。而且秦国在远交近攻的方针下，争取齐国中立，以削弱抗秦的力量。

齐王为了眼前的利益，只幻想与秦联盟，既不与各国合纵抗秦，也不在本国加强战备。而以秦国盟友的身份，坐看其他诸侯国被割草般在自己眼皮子底下成为秦国的疆土。对于燕王的请求，齐国自然不会派一兵一卒。

秦国的铁骑已经在燕国边境集结完毕，只等一声令下，便可以把燕国化为灰烬。

秦王政二十年（公元前 227 年）秋，秦军与燕、代联军在易水之西决战。虽然燕、代联军在捍卫国家生存的动力下士气高涨，但根本就不是秦国铁骑的对手。结果，燕、代联军以失败告终，易水河中横卧了两万联军尸体，血红的河水在尸体的堵塞下几乎断流。

太子丹只带少量随从逃到了燕国都城——蓟。鞠武就没那么幸运了，惨死在秦军的铁蹄之下。

王翦乘胜率军渡河追击，将蓟城围得水泄不通。当嬴政得知大破燕、代联军的消息后，十分高兴，下令驻兵赵地的大将李信率兵增援，务必拿下蓟城。

王翦没等李信的援兵到来，就下令攻城。几天下来，蓟城在秦军的猛烈进攻下，已经摇摇欲坠了。

燕王喜眼见都城不保，对太子丹说："今日国破家亡，都因为你的馊主意啊！"

太子丹说："我也是为燕国着想啊，难道韩、赵的灭亡也是我的错吗？"

燕王喜长叹一声："看来，要做亡国奴了。"

太子丹说："父王不要灰心，留得青山在不怕没柴烧。如今城中还有两万精兵，辽东有山河阻挡，容易防守，父王还是赶快突围吧！"

无奈，燕王喜只好登车开东门而出。太子丹带领精兵，亲自断后，护送燕王东行，退守辽东，定都平壤。

国君都逃跑了，守卫蓟城的燕军一下乱了阵脚。蓟城之战持续了不到一个月，就被秦军破城而入。王翦率领秦国铁骑当仁不让地接收了蓟城的管辖权。传统意义上的燕国就此成为历史！

儿子还会有的，老子只有一个

虽然攻下了蓟城，却没有抓住燕王喜、太子丹，不免有些遗憾。可辽东是白山黑水之地，天寒地冻，气候严酷。老成持重的王翦认为不利于用兵，一边把捷报传到咸阳，一边命秦军就地休整，等待明年春暖再战。

虽然嬴政对王翦就地休整的做法有些反感，但王翦灭燕功不可没。一番论功行赏之后，他对逃跑的太子丹还是耿耿于怀，恨不得马上就灭了这个曾经想置自己于死地的幕后主谋。恰巧在这时，他收到了李信的请战书：臣愿带一队人马前去取太子丹人头来献大王。

这封请战书正中嬴政下怀，马上下旨：太子丹之仇，寡人不能忘，然王翦老了，特命李信率军取太子丹的人头。

李信是秦国年轻一代将领中最杰出之人。当他率军从赵地赶到蓟城时，蓟城已经基本告破，只落了个打扫战场的差事。年轻气盛的李信很不服气，他本想率军追杀败逃的燕军，可王翦却命令原地休整。作为副将，无力和主帅抗争，只好向嬴政上书请战。

现在，李信有嬴政的王命在手，王翦也只能摇头叹息。他认为李信此去凶多吉少。

李信率领三千精锐，日夜兼程，踏雪破冰，跋山涉水，追击燕军。殿后的燕军根本不能抵挡秦军铁骑，一战即溃。

眼看秦军就要追上燕军主力，燕王喜非常害怕。秦军怎么这么狠，都逃了一千多里，还穷追不舍？无奈之下，只能遣使者向代王嘉求救。

此刻的代王嘉面对秦军铁骑已经是自顾不暇了。从富庶的邯郸被赶到了荒凉的土地，秦王还是没有放过自己的意思。

荆轲刺秦的幕后主使是太子丹，秦王以此为借口向燕国发动战争。刚开始，代王嘉认为这只是秦国找的一个借口而已，现在看来秦王是不灭太子丹誓不罢休啊。

自己的精锐部队已经葬身在秦军的刀枪之下，只能是丢车保帅了——献出太子丹，或许可以换来片刻的安宁。于是，代王嘉给燕王喜送去一封书信："秦军之所以对燕军穷追不舍，是因为太子丹的缘故。如果大王把太子丹献给秦王，秦军肯定就会退兵，大王也就无性命之忧，燕国的社稷也就保住了。"

燕王喜收到信后，大骂：还说联军呢，关键时刻就掉链子，出的什么馊主意！我为了保命把儿子拱手相送，被别人知道，还不笑掉大牙？儿子都没了，我要这江山社稷有什么用？

此时，太子丹藏匿在辽东衍水之间，只有十多个门客紧紧相随。老燕王出于一片爱子之心，才把太子丹安置在这样隐秘的地方。然而，太子丹年轻气盛，根本过不惯这种江上渔父的清淡生活。每天都闷闷不乐，翘首眺望，希望早些被父王召回。

不过，生气和愤怒不能从根本上解决问题，燕王喜面对强敌，实在是想不出更好的办法能让秦军退兵了。以前还可以割点地赔点款，可现在连国都都成人家的了，还拿什么东西让秦王满意呢？代王嘉的那封信浮现在燕王喜的脑海中，没准这真是自己的救命稻草。于是，燕王喜派使给李信送了一封信，大意是：荆轲刺秦一事跟我一点关系都没有，是太子丹一手操办的。如果献上太子丹的人头，秦军能否即刻退兵？

再说李信，他率军孤军深入，无法持久，而且辽东寒冷的气候也让久居西北的秦军将士不能适应。兵贵神速，打仗讲究速战速决，可千里追击的秦军已经略显疲态。再说，如果逼得太紧，走投无路的燕国难免会狗急跳墙，秦军要是再打上几场硬仗，形势就不容乐观了。

如果得到了太子丹的人头，进军的目标就如愿完成了，自然要退兵。所以，燕王喜的来信正是时候，于是李信回信承诺：只要得到太子丹的人头，立即撤兵。

燕王喜捧着李信的回信，如获至宝。他虽然有些舍不得太子丹，但最终还是选择了用太子丹换取太平，因为他相信：儿子还会有的，老子只有一个。

天天盼星星、盼月亮，太子丹终于盼来了使者，自然十分欢喜，赶紧吩咐设宴款待，不知不觉就喝得大醉。

太子丹带着醉意问："大王召见我，难道秦军已经撤兵了？"

使者回答道："正因为秦军不退，所以才召见太子。"

太子丹大笑道："这又为什么啊？难道要我太子丹做第二个荆轲不成？"

使者道："不用太子继续荆轲的壮举了，得到太子的人头，秦军便可撤兵。"

一语惊醒梦中人，敢情这使者不是要接自己离开这荒无人烟之地，而是来取自己性命的。太子丹只有十来个门客，而使者带来了大队人马。除了逃跑，太子丹没有其他选择，他一脚踢翻几案，想要逃跑，却被使者按翻在地。

太子丹怒喝道："我是堂堂燕国太子，你们这样对我，不会有好果子吃的！"

使者答道："现在国破家亡，都是你一手造成的！你杀身报国，还有什么可抱怨的？"

说完便一剑砍下太子丹的头颅，至于那十来个宾客也全被诛杀了。

燕王喜捧着自己爱子的头颅掉了两滴眼泪后，便亲手将头颅放在金函之中，派遣使者献给李信，换取暂时的安宁。

李信派专使将首级送回咸阳，交到秦王手中，并把军中的情况说明一番，请求退兵。

嬴政见到仇人的首级后龙颜大悦，可应该把这些残敌彻底铲除呢，还是暂且让他们多活几天？他拿不定主意，便把尉缭叫来，询问策略。

尉缭上奏道："燕王喜只能栖居在僻远的辽东一带，代王嘉也只能在代地苟延残喘。他们好像游魂一样，不久就会自己溃散。我军当前应该先攻下魏国，再拿下楚国。到那时，用不着进攻，燕、代两国自会归顺我大秦的。"

嬴政觉得尉缭的话很有道理，夸奖一番后，便召李信班师回朝。

灭楚之议

北方的局势基本稳定，秦军回身南望，兵锋所指之处，各国无不战栗。此刻，秦国的主攻目标转移到了楚国和魏国。至于先灭哪个，或者一起灭掉，对强大的秦王来说都不再是问题。

其实，早在王翦进攻燕国的同时，秦国便派王翦之子王贲接连攻克了楚国十多座城池，取得了一定的战果。但是，投入的不是秦军主力，目的也只是牵制楚国。现在不同了，吞并楚国的时刻到了。但楚国的实力远远超过燕国，要想一举拿下楚国这块硬骨头，选一个称职的主帅至关重要。

灭燕一战，老将王翦功不可没。正是在他的率领下，稳扎稳打，最终拿下了蓟城。而年轻将领李信率领三千精锐，不畏风雪，千里奔袭，深入绝境，最终取得太子丹人头。李信的勇气、决心、果断、强硬也给嬴政留下了深刻的印象。所以，在决定对楚战略时，二位名将都来到了秦王驾前。

嬴政也不啰唆，开门见山直奔主题："寡人将要攻取楚国，二位将军认为需要多少兵力才能顺利拿下楚国呢？"

这个问题得慎重回答。说多了，显得自己没本事；说少了，到时候攻不下楚国，就要蒙受耻辱。严重一点，也可能小命不保。

两位将军低头沉默半天，在心中暗暗计算。

过了一会儿，嬴政开口问："二位将军想好了吗？"

王翦抬头说："楚国地大物博，楚人生性彪悍。早年楚怀王入秦时客死秦地，使得楚人对我们秦国恨得咬牙切齿。所以，老臣认为，要顺利地攻取楚国，至少需要六十万大军。"

李信听了王翦的估算，还没等嬴政开口，就抢先一步冷笑道："将军太高估楚国的实力了！我大秦铁骑天下无敌，攻打一个小小的楚国还用这么多人马？"

嬴政没有因为李信的无礼而生气，转头问道："李将军用多少军队便可以攻下楚国？"

"大王只需给臣二十万人，臣就可以将全部的楚国城池献给大王！"李信意气风发地说。

"二十万就足够了？"嬴政还是那么平静，看不出他是喜还是怒，"王将军意下如何？"

王翦微微一笑，道："老臣还是要六十万军队攻打楚国，少一人都不可。"

"老将军，你不要灭自己威风，长别人气势。"李信自信满满地说。

"果然是英雄出少年，寡人就派你和蒙恬各领军十万，兵分两路攻楚。不论谁先捉到楚王，寡人必有重赏！"

"谢大王！"李信起身行礼后，带着他灭楚的美梦走出了殿堂。

嬴政正要让王翦告退，王翦的一席话让他吃了一惊。

"大王，臣老了，自愧不如青年将领的勇猛。再加上连年征战，臣已经积劳成疾，恳请大王恩准老臣告老还乡。"王翦淡淡地说。

嬴政心想：你王翦是不是怪我没给你面子？可我要把魏国和楚国一起拿下，哪有六十万军队供你指挥攻打楚国。再说，二十万军队足可以把楚国灭掉了。

嬴政注视着这位立下汗马功劳的一代名将，看到他那已经略显花白的头发，不禁轻声叹道："王将军真是老了！"

结果，王翦就回频阳养老了。

在接连攻克韩、赵、燕之后，嬴政有些轻率和自满了。他决定双管齐下，早日完成统一大业，可他却没有看到风光之后隐藏的危机。只有在碰钉子之后，他才能真正惊醒和成熟。

水淹大梁城

秦王政二十二年（公元前 225 年），秦国分兵两路，兵锋直指魏国和楚国。

先说攻打魏国这路人马，由王贲担任主帅，十万人马长驱直入，迅速攻到魏国国都大梁城下，大有一举拿下大梁城的气势。

可是，犹做困兽斗的魏王假依仗城内的十万精兵，再加上大梁城池坚固，城内又是粮草充足，摆开架势要和大梁城共存亡，殊死抵抗。

王贲率军攻城多日，仍然没能踏入大梁城半步。

攻打魏国受阻的消息传到了咸阳，嬴政坐立不安。他本计划用闪电战攻下魏国，就可以抽兵援助攻打楚国的另一路人马了。如果大梁城不能尽快拿下的话，两线作战的秦军一定损失巨大。可有坚固的大梁摆在面前，一时半刻是啃不下来了，只好祈祷攻打楚国的李信能一路顺风了。

虽然嬴政没有给王贲施压，但这位少年成名的将军却不能接受这样的挫折。想想父亲能屡立战功，自己怎么就被一个小小的大梁城阻挡呢？

王贲暗暗发誓：不攻下大梁，誓不为人。

血气方刚的王贲被眼前的困境逼得夜不能寐，常常在夜深人静时走出军营，像一头狼似的在战场周围走来走去，恨不得把大梁城一口生吞下去。

大梁，就是今天的河南开封，地处黄河岸边。但大梁城的地势远低于黄河河床高度，从大梁城望黄河，不禁让人产生一种"黄河之水天上来"的错觉。这种地形上的先天不足成了大梁城的严重隐患。

这天夜里，无心睡眠的王贲照例巡视军营后，听到了哗哗的流水声，环绕大梁的黄河映入了他的眼帘。虽然不是第一次看见黄河，可他还是第一次听见黄河的流水声。当时正是初春时节，积攒了一个冬天的冰雪已经消融，河水的高涨已经让黄河比平日里宽阔了许多。月色下的河水泛着点点银光，三面环水的大梁城也是灯火通明。

王贲脑海里突然闪过一个念头：水攻。对大梁城来说，这无疑是一个毁灭性的打击。对秦军来说，这也是唯一快速攻下大梁的方法。

第二天，守城的魏军发现秦军不再攻城了，只是在远离城墙的地方喧哗叫骂。倒是一大群秦兵扛着锄头、铜镐之类的家伙奔黄河而去。守城的将领忙把这一情况向魏王假作了汇报。

魏王假听报后大惊失色，秦军这是要决堤水灌大梁啊！历史上黄河流域一直是水害的重灾区，三面环水的大梁也不能幸免于难。历代魏国国君对黄河都不敢有丝毫的怠慢，每年都要对黄河进行大力治理。如今秦军要挖开大堤，大梁城将要变成水晶宫了！

魏王假急忙召集大臣前来商议，不难想象，一派主张献城投降，而另一派则要靠十万军队誓死捍卫大梁。群臣们争吵不休，关键时刻还是要魏王假拿主意，最后，他决定赌一把，再不赌恐怕就没机会了。

"不要吵啦，寡人决定军民众志成城，保卫大梁，楚国那边就能支援过来了。到时两面夹击，大梁的危机也就可以解除了。"

兵来将挡，水来土掩，魏王假相信只要军民众志成城，秦军就是放水也能抵挡得住。因为大梁城坚固无比，不是纸糊的。

王贲一声令下，几万秦军不分昼夜地挖掘堤防，不久便挖通了河堤。泛滥的河水像万马奔腾一样，从三面涌向大梁城。数百里范围内的农庄田园全变成了泽国，惨不忍睹。这就是战争，无数的冤魂都葬身在无情的水底。

黄河水源源不断，但大梁硬是在大水中咬牙挺了三个月。城内的水深已经齐腰，最深处能没过人的头顶，民众都爬上屋顶躲避水患。持续了三个月的大水让全城断了粮，几十万居民都处在饥饿的边缘，最郁闷的是水势丝毫没有回落的意思。

魏王假看在眼里，痛在心中。

此时又传来楚国和秦国也在交战的消息，大难临头的楚国哪里还有工夫来管魏国的死活。对魏王假来说，这无疑是雪上加霜。本来指望老大哥能帮一把，现在看来只能靠自己了。

可自己还有什么呢？一座水淹的大梁城和被水浸泡的十万兵，如何抵挡得住外面虎视眈眈的秦军？

魏王假决定召开御前会议，希望臣子们能有奇谋妙计来解决眼前的困境。可群臣没有一个肯开口，那些主战派也哑口无言。曾经信誓旦旦要和大梁共存亡的勇气被三个月的水患消磨殆尽。

摆在魏王假面前有三条路：淹死，战死，投降。为了全城的百姓，也为了自己的小命，魏王假选择了第三条路。

大梁城头竖起了白旗，魏王假带着王子王孙及一干大臣，大开城门，来到秦军面前，向王贲投降。

啃下了这块硬骨头，王贲和秦军开始欢呼。

至此，魏国宣告灭亡！

得知了秦军拿下大梁城后，嬴政万分欢喜，他终于可以集中优势兵力去攻打楚国了。

环顾当时残存的燕、代、齐、楚四国，楚国是唯一还有强劲战斗力的大国。只要攻下楚国，可以说统一天下便成定局。

骄兵必败

另一路攻打楚国的秦军，由两个二十出头的娃娃将军统领。主帅李信、副将蒙恬，两人各领一军，两路并进，李信攻打平舆，蒙恬攻打寝。

此时的楚国刚刚被王贲拿下了十多座城池，元气大伤。没想到秦国短期内又发动战争，只好仓皇应战，结果大败。

李信乘势再攻鄢郢，没费吹灰之力便轻易得手。紧接着便依照计划引兵向西，与蒙恬军在城父会合，准备下一步攻取新郢，捉拿楚王，灭掉楚国！

没想到楚国的实力这么弱，一路所向披靡的李信把捷报送到了咸阳，并信誓旦旦保证不久就可以把楚国纳入秦国的版图。

等待李信的是灭国的荣耀，还是失败的耻辱呢？

偌大的楚国，难道就没有一位将军可以抵挡秦军的铁骑吗？

此时领军抗秦的楚军将领到底是谁？就这样任凭秦军长驱直入吗？

其实，楚国并不像李信所想的那样不堪一击。楚国虽弱，但也名将如云。此时，楚国方面由名将项燕指挥，与秦相抗。大多数人都不知道项燕是谁，但他的孙子却是大名鼎鼎的西楚霸王项羽。如果项羽早生几年，爷孙并肩沙场，以项羽的盖世神力，秦国未必能够顺利灭楚。然而，历史不能假设，项燕也等不及小项羽长大来抗秦了。

面对强敌，如何应对？项燕不愧是名将，他自知楚军的战斗力不如秦军，但楚国有一个得天独厚的条件——辽阔的疆域，可以和秦军周旋。于是，他决定采用诱敌深入，伺机歼灭的策略来击溃秦军。所以，在与秦军交战过程中，项燕并没有与秦军针锋相对，而是隐藏了楚军主力，只用少量楚军与秦军对抗。可李信却没想到这一点，骄兵必败，不可一世的李信必将为自己的草率付出代价。

李信与蒙恬轻易取得一系列胜利后，上至将领，下至兵卒都产生了骄狂的心理，认为楚军是徒有其表，不堪一击。

可此时的项燕正亲率楚军主力五万，暗中尾随李信军三天三夜，寻找打败秦军的最佳时机。而李信对尾随的楚军却毫无察觉，与蒙恬会师后，二十万秦军就地休整，准备一鼓作气攻下楚国。在城父的秦军因为没有遇到楚军的有力抵抗而放松了警惕。

项燕瞅准时机，出其不意地夜袭秦军。从睡梦中惊醒的秦军殊死抵抗，两军展开一场混战。但面对从天而降的楚军，秦军也乱了阵脚，溃不成军，如没头苍蝇一样纷纷逃散。

等天明后清点人数，二十万大军折损过半，剩下的兵士也大都挂彩。

这样的兵力连自保都难，更没有办法去实现灭楚擒王的计划。再加上十名都尉七名阵亡，剩下三个也都各带战伤，此时再妄谈灭楚，只能是打肿脸充胖子。秦军的优势没有了，只好狼狈退兵。

此刻的李信想起了王翦的话：二十万大军伐楚，必败！灭楚这水真深啊，自己差点就溺死其中了！看来，姜还是老的辣，在老将面前，自己还是那么稚嫩。

嬴政手拿李信的谢罪书，身体不住地颤抖，继而暴跳如雷，突然双手用力撕扯，向空中抛去，片刻间满地都是散落的竹简。

虽然胜败乃兵家常事，但嬴政不能容忍这样的失败。他一下子跌坐在龙椅上，自言自语道："骄兵必败，是寡人纵容了他！后悔没听王将军之言，错在寡人啊！灭楚，非王将军不可！"

"来人，备马。"嬴政突然站起来喊道。

当夜，嬴政只带了少量随从，骑着他的宝马匆匆离开咸阳，赶赴频阳。

老将出马，一个顶俩

在频阳的王翦听说前线攻楚的秦军战败后，虽然脸上有一丝笑意，但心中也不是滋味。虽然这次失败预示着自己必将出山被委以重任，但毕竟是秦军败了，多少在异国他乡送命的将士从此将魂留异乡，不能再回秦国的故土了。

王翦知道赢政必定会亲自前来请自己出山，便早早地换好了朝服，跪拜在庭院之中，等待赢政的到来。

赢政连夜赶路，到达频阳后，顾不上旅途劳累，便直奔王翦的居所而来。

看到跪拜在庭院中央的王翦，赢政紧走两步，拉起王翦的手将他扶了起来，满怀歉意地说：“后悔当初没听将军之言，才会有今日惨败的局面，将军都听说了吧？”

王翦故意装作不清楚的样子：“老臣一直在家里养病，和外界没有什么往来，只是听到了一点传闻。”

“传闻是真的，寡人没有采用将军的计策，而李信果然使秦军蒙受了耻辱。”

“是吗？年轻人都这样，只有从失败中才能一步一步成长起来。大王应该好好让他们历练一番，日后必定是我大秦的顶梁柱。”

“可眼下的形势，没将军不行啊，只有将军才能一雪我军所受的耻辱！将军虽然患病，但就这样眼睁睁地置国家危难不顾，就忍心这样抛下寡人不管吗？”赢政的一番话声泪俱下。

王翦对上次没有任命自己为主帅攻打楚国的事还耿耿于怀，于是仍然推辞道：“大王，老臣病得实在不能领兵打仗了。”

赢政心想：你这个老家伙，寡人诚心诚意地大老远来请你出山，你就这样不给颜面？把我逼急了，我就是绑也要把你绑到咸阳带兵灭楚。

“好了，不要再啰唆了，寡人心意已决。”赢政说话的口气变得强硬起来。

话都说到这份上了，王翦没有任何拒绝的余地。他知道，在王面前摆谱固然是一件比较酷的事情，但也不能过头。想当年，战神白起就是因为拒绝出任秦军主帅被赐死在杜邮，我可不能再步他的后尘。

王翦说：“大王如果一定要用老臣的话，非用六十万军队不可！”

赢政满脸喜悦道：“一切听从老将军主张行事，等大军集结完毕，寡人亲自为将军出征饯行！”

不过，王翦不死心，还想推掉这个烫手山芋。他将提出一个让自己命悬一线，让赢政万分难堪的条件。也只有他有资格、有勇气在最强的王面前说这样的话。

“大王，臣还有一个条件。”

“将军但说无妨。”

“请大王恕臣无罪，臣才敢讲。”

“好，恕你无罪。”

“臣早就听闻华阳公主聪明伶俐、国色天香，求大王把华阳公主赐给臣下……"王翦终于把条件说了出来。

嬴政听后，半晌无语，脸上虽然没有任何表情，但心中的气在不断地上涌。眼前的这位功勋卓越的老将军竟然在这种时候对自己敲竹杠，而且是拿自己最心爱的公主开刀。难道这个王翦老儿疯了？可怎么看也不像，反倒是一副很认真的样子。

一想到自己的女儿将要和这样一位满头白发的老头一起生活，嬴政的牙就咬得咯咯响。不过，想到统一大业，他便压住自己心头的怒火。在他心中，亲情虽然重要，但在统一大业面前，任何人都是他的棋子，当然也包括自己心爱的女儿。

王翦的本意是想激怒嬴政，以便不再让他出山，落个清闲自在，所以才提出了这种要求。毕竟，一个七十多岁的老头，如果真有这个心思，也太强了。

嬴政是何许人也，小小的激将法在他身上是不起任何作用的。堂堂一国之君，自有宽阔的胸怀，岂能让王翦牵着鼻子走。

孙悟空跳不出如来佛祖的手掌心，嬴政便决定先依了王翦，把他哄去伐楚的战场再说……

于是，嬴政说道："可以，不过寡人也有一个条件，你若不能攻克楚国都城郢都，军法处置！"

王翦虽然在不久的将来能得到一位如花似玉的公主，但他在嬴政面前还是输了，他是推不掉伐楚主帅这个重担了。再也无话可说，他只得向嬴政叩了个头说："臣将誓死效命，灭掉楚国以谢大王！"

嬴政满意地笑了，他可以放心地回咸阳了。

王翦当天便被拜为大将，统率六十万秦军，受命三天后挥师出征。蒙武被任命为副将。

在这里，提到了华阳公主，关于这位女子，我们要说道说道，先看看嬴政的儿女们。

身为一国之君，妻妾自然不会少，儿女成群也就不足为奇了。据专家考证，秦始皇嬴政共有子女三十三人，除了长子扶苏、幼子胡亥，中间知道姓名的还有公子将闾和公子高以及华阳公主，其他的就没有详细的名字可考了。

秦始皇驾崩后，除胡亥在赵高、李斯合谋下篡得皇位，做了秦二世，其余三十二人都死于非命。胡亥为保住自己的皇位，进行了清洗行动，不仅处死了他所有的哥哥，对他的姐妹也不放过。这是后话了。

华阳公主是嬴政最宠爱的女儿，一直被视为掌上明珠，从小在蜜罐中长大。虽然生在宫廷，但宫廷权变与政治杀戮离她是那么遥远。她以为自己将永远这样幸福快乐地成长。

十六七岁的华阳公主突然被父亲宣召，然后持书下嫁给秦国著名的大将军王翦。她的心肯定跳得蛮厉害的，脸也红红的。不过，她有些想不通，父王那么爱她，怎么说让她嫁人就嫁人了呢？更让她想不通的是，竟然让她嫁给一个白发苍苍的老头。如果图利，也没有理由，因为她家不缺钱；如果图势，让她依附大将军，也说不过去。自己有那么多姐妹，为什么偏偏是自己呢？

想不通归想不通，郁闷也只是郁闷而已。华阳公主一向是个孝顺的女儿，对父王的决定，她从来不说一个不字，更没有反抗过。所以她给父王的永远是笑脸，这次也不例外。

只是嬴政觉得愧对自己的女儿，身为一国之君，竟然不能决定自己爱女的命运，他心里很难受，尤其是看到华阳公主的笑脸后。此时，他真希望爱女能在自己面前哭一场，也许这样他心里才会好受一些。但华阳公主太乖了，她不允许自己为父王平添烦恼，自然不会在父王面前掉一滴眼泪。

于是，嬴政为了让王翦能全心全意为自己效犬马之劳，从而实现灭楚统一天下的雄心壮志，回到咸阳后便命华阳公主挑选百名漂亮的宫女，一同前往频阳迎接王翦。

王翦离家向南大约走了六十里路，便碰见了公主的銮驾。宫人向王翦宣读了嬴政命他跟公主在相遇处成婚的旨意。在他们相遇的地方，用兵车围了个城池，中间搭起了锦帐。在文武官员的恭贺声中，华阳公主成了王翦的小老婆。

接着嬴政又下了一个道令，将华阳公主和王翦将军结合的地方定名为华阳，还为华阳公主在频阳修造了府第，算是对爱女的一些补偿吧。

军帐中的王翦手捋山羊胡子，眯着眼睛，带着微笑，真是满面春风。他虽然是一把年纪了，却当了秦国的驸马，这是何等风光无限！更重要的是，王翦不用再担心自己的身家性命了，绝对不会像白起那样落个自刎谢罪的下场。本想用激将法激怒嬴政，不承想得到了意外的收获，心里自然是美不胜收。

秦王政二十三年（公元前224年），六十万秦军集结完毕，只等一声号令便兵出灞上（今西安市南），直指楚国都城。出行当日，嬴政亲自带领宫中文武百官前来送行。

喝过了嬴政亲自倒的饯行酒后，王翦把碗摔碎在台阶上，一股凛然正气不可言表。身后的数十万大军同时高呼："誓破楚国，活捉楚王……"

震耳欲聋的呐喊声不绝于耳。

看到如此壮观的场面，嬴政心里乐开了花："这才是我大秦的将士，老将军辛苦，只盼佳音早日传回咸阳。"

"大王，放心，有我王翦在，楚国就是铜墙铁壁，我也能把它熔成一堆废铜烂铁！"

嬴政放心了，有这六十万大军，此战一定能够攻灭楚国，可王翦接下来的行为让他大跌眼镜。

只见，王翦呈上来一张写得密密麻麻的清单。刚开始嬴政还以为是什么绝密的作战计划，但仔细一看，原来是一份房地产表，上面罗列了十多处咸阳附近的良田美宅。

"希望大王能够把这几处地产赏赐给老臣。"王翦有些厚颜无耻。

想不到这个老家伙这么贪得无厌，嬴政被王翦的举动逗乐了，"无功不受禄，老将军只要在灭楚之战中荣立战功，这几处良田美宅算什么，寡人必定加倍赏赐！"

"我老了，如风中的残烛，光耀不了几时了。所以趁大王现在看重我，请求赏赐田宅，好为子孙留下一些产业啊。"

面对絮絮叨叨的王翦，嬴政开怀大笑。他好久没这么大笑了，发自内心地开怀大笑。

最终，嬴政也没答应王翦的请求，他有自己的原则：绝对不能乱给赏赐，否则，不仅是拿自己的尊严开玩笑，而且容易使文武百官养成骄侈的恶习。

嬴政从来没有向别人低过头，除了这次请老将王翦出山。他把决定秦国命运的一战交给王翦指挥，如果失利，那么秦国在短时间内很难东山再起。秦国的统一大业将会成为千古笑谈，煮熟的鸭子也会飞掉。

嬴政虽然知道此战不可能在短时间内取胜，但在咸阳宫中的他还是开始焦急地等待王翦凯旋的消息。

本以为王翦索要田产一事就这样过去了，但事情还没有完。王翦率军开拔，抵达函谷关后，便连续五次派来传讯兵觐见嬴政。本以为是什么紧急军情，召见完传讯兵，才知道除了报告军情外，王翦还特别附上请求那些美宅良田的信。而且一次比一次过分，贪得无厌的嘴脸让人极度反感。

看来，汇报军情只不过是个幌子，索要美宅良田才是王翦的真正目的。

为了能让王翦安心打仗，嬴政只好将王翦清单上所列的田产全部买下。然后派人通知王翦，美宅良田已经归到他名下，就等他凯旋了。

王翦接到通知后微微一笑，从此便不再提这良田美宅的事情了。

王翦手下的幕僚看不下去了，觉得他的做法有些过分，会引火烧身。副将蒙武更觉得窝火，本来指望跟老将军能火一把，没想到他竟然是这么一个人。作为秦国数一数二的显赫门第，却跟八辈子没见过钱似的，至于吗？于是劝谏道："将军向大王求讨东西也太过分了吧！"

王翦答道："不，大王心性粗暴而多猜忌，如今将所有国中精锐托付给我，我如果不借多求赏赐田宅为子孙谋立产业，以表示坚决为大王效力，大王怎么能安心呢？"

蒙武这才恍然大悟。王将军的贪心原来是装出来的，目的只不过让赢政认为他贪爱钱财，别无他心。赤胆忠心，可见一斑，自己却错怪了老将军，真是惭愧。蒙武叹道："将军高见，不是一般人能达到的，佩服，佩服！"

俗话说，老将出马，一个顶俩。六十万秦军在老将王翦的统率下浩浩荡荡向楚国挺进。大军不仅要报李信战败之仇，更重要的是要消灭楚国，为大秦统一天下奠定最坚实的基础。

灭楚的消耗战

王翦率领六十万秦军已经逼近了楚国边境，刚刚战败的秦军在这么短时间内就又集结了这么多军队，国力真是不容小觑。楚国上下处在一片慌乱中。

楚王负刍得知这个消息后也大惊失色，王翦，仅仅这个名字就让他胆战心惊。何况他背后还有训练有素、装备精良、战力超强的六十万秦军！国家的存亡，在此一战。楚王负刍不敢怠慢，急忙下令名将项燕不惜任何代价，也要保住楚国！为了这场战斗的胜算大一些，他又派了二十万人马，让将军景骐率领，即刻赶赴前线，援助项燕。

项燕在东冈排兵布阵，准备和前来进犯的秦军决一死战。奇怪的是，作为进攻的一方，秦军越境作战，本应该趁士气正旺的时机发动闪电战，一举击溃楚军。然而，王翦却反其道而行之，并没有率军前去进攻楚军，反而在天中山安营扎寨，连营十多里，坚壁固守。

虽然秦军没有发动进攻，可项燕无法容忍六十万大军在楚国境内屯兵。他派楚军轮番到秦军营前叫骂挑衅，而秦军却整天待在壁垒内，饱食嬉戏。楚军都快喊破了嗓子，把天下的脏话都骂尽了，甚至把赢政的祖宗十八代都骂上了，可秦军就是不应战。实在被骂急了，也只是扯开嗓子与楚军对骂一番。有时近万人齐声叫骂，手中的兵器也成了敲敲打打助阵的工具，刀光剑影被嬉笑怒骂所取代，两国将士片刻间忘记了血腥的厮杀。这种场面倒是罕见。

面对楚军的叫阵，蒙武受不了了，要求率兵迎战楚军。而王翦却下令：加固工事，加强警戒，不准擅自迎敌。无论什么人，违令者格杀勿论！蒙武很是窝火，可军令如山，他也只能干耗着，耳朵里每天都充斥着恶心的叫骂声。

项燕使出了浑身解数挑战秦军，可秦军就是厚着脸皮不应战。面对不战也不走的秦军，他也感到很难做，始终搞不懂秦军在搞什么把戏。手下将士保家卫国的热情在慢慢地消磨，不过他不怕，秦军兴师动众远征，肯定耗不过自己。心想：难道王翦真的老了，竟然胆小到如此地步。这次他不敢再像对付李信那样，雪藏主力，伺机偷袭了，面前一只狡猾的狐狸和装备精良的六十万秦军，稍有不慎就等于自寻死路。以前用诱敌战术，五万对二十万，现在两军严阵以待，除了耐心等待机会外，别无他法。

秦军大营里的王翦却比项燕悠闲多了，处理完军务后，就和幕僚下棋、喝酒、聊天打发时光。转眼好几个月过去了，士卒们也无事可干，便用投石、超距来消磨时光（按《范蠡兵法》：投石者，石块重十二斤，立木为机发之，去三百步为胜，不及者为负，其有力者，能以手飞石，则多胜一等；超距者，横木高七八尺，跳跃而过，以此赌胜）。

王翦每天派各营军吏，记下士卒的胜负，便知道他们的力量强弱了。看到自己的军队没有荒废，心中窃喜，他知道楚军的末日就快来了。

六十万大军每天消耗的粮草、花费的金钱，沙场老将王翦一定知道这不是个小数目。即使秦国国力强盛，长期下去，也够嬴政喝一壶的。但王翦依然我行我素，丝毫没有灭楚的意思，只求自保而已。

王翦心中到底在打什么算盘？别说楚国主帅项燕看不透，就连嬴政也弄不明白。想想出征前，王翦索要良田美宅的嘴脸，嬴政就开始恶心。难道这个王翦真的老了？只想着钱财，却不敢作战？

王宫中的嬴政来回踱步，桌子上的茶早已经凉了，他也没工夫让侍者换杯新茶，王翦的所作所为让他的心焦虑万分。他想派遣使者前往督促王翦出战，可想到当年攻赵之时，王翦与李牧对峙不下，派遣使令王翦出战，结果王翦大败。李信也因为急躁轻敌而伐楚失败，楚国虽然衰弱，但在东南地大物博，拥有百万之众，不是那么轻易就能灭掉的。

消耗，嬴政的脑海突然冒出这个词，难道王翦与楚国在打消耗？这是唯一合理一些的解释。可六十万大军，日费万金，再这么消耗下去，强盛的大秦也会感到很吃力的。

嬴政希望王翦能早日迎战楚军，即使两败俱伤也比当缩头乌龟好。他在心中骂道：好个狡猾的老家伙，等你回来，一定好好收拾你。当然嬴政最终也没有派遣使者督战，他不允许自己再犯同样的错误。其实，最根本的原因是，他还是相信老将王翦的能力的。这次，嬴政做对了。

时间过得很快，尤其是当你适应一种生活后，时间就会在身边嗖嗖地飞逝，而你却毫无察觉。

秦楚两军相持已经一年多了，秦军士气高昂，体力充沛。而楚军已经叫破了喉咙，也没引出一个秦军前来应战。项燕便觉得王翦虽然打着伐楚的旗号，其实是为了自保，于是放松了战备。同时，被调来抗击秦军的楚国部队，斗志渐渐开始松懈，加上粮草不足，便准备东归。

项燕下令：楚军前军改后军，借着夜色的掩护，有条不紊地撤退。

等楚军一撤，王翦就抓住时机下令全军出击。将士们都摩拳擦掌，奋勇争先。项燕没有想到秦军会在自己撤军时突然袭击，只好仓促迎战。经过一年多的休养，秦军个个身强力壮，一人足足可以抵挡百人。结果楚兵大败，项燕与景骐只好带着败兵向东奔逃。王翦率领大军乘胜追击，一路势如破竹，攻城略地，不在话下。楚军虽然进行殊死抵抗，也难以抵挡秦军的铁骑。景骐见败局已定，无颜面见楚王，便在城楼自刎谢罪。

秦军乘胜进围新郢。三个月后，新郢城破，楚王负刍被秦军活捉。到此，传统意义上的楚国就灭亡了。

不过，大将项燕呢？只要他还活着，楚国也许就还有希望。

原来，在城破时，项燕正好外出募兵，得二万五千人。在徐城，他正好遇到逃难的楚王的同母弟昌平君，便立楚国昌平君为王，在淮南地区继续反抗秦国。

得知攻陷楚都的消息后，嬴政异常兴奋，立即令宫人准备车驾，亲自前往新郢犒劳作战有功的军队。

犒赏完将士之后，秦王拉住了王翦的手："此次新郢城破，王将军功不可没，寡人答应将军的，早已为你准备妥当，只是楚王后裔隐患不可除。"

王翦连忙跪倒："老臣这把老骨头就是大王您的，大王指到哪里，老臣就打到哪里！"

第二天，嬴政便乘车回到咸阳，仍然留王翦带兵，平定江南，消灭楚国后裔，要彻底打碎楚国人复国的梦想。

秦王政二十四年（公元前223年）八月，王翦、蒙武率大军和项燕的楚军隔着淮水对峙。

楚国已经被逼上了绝路，这一战是真正意义上的决战。楚国最后的宗脉能否得到保存与延续，全看这一战的结果了。可是，新败的楚军如何能抵挡士气正旺的秦军铁骑呢？项燕不敢想，不敢想老天爷接下来又会甩给他一个什么样的包袱。看着这些新招募的兵士和整编的战败楚军，项燕便有些气馁。不过，正是这些人成了楚国最后的希望。如果没有他们，项燕也不会苟活人世了。

王翦没有给项燕留丝毫喘息的机会，等嬴政离开新郢后，他便全力准备消灭残余的楚军。下令蒙武在鹦鹉洲造船，上百艘战船造好后，灭楚之战最后一役也终于打响了。

秦军乘坐战船顺流而下，虽然项燕亲自督战，也无法抵挡秦军的凶猛攻势。守江的楚军顷刻间便溃败了，项燕只好退守楚国最后的根据地，今安徽枞阳县。他心中默默祈祷：希望昌平君能给楚国带来好运。

秦军已经兵临城下，小小的城池被围了个水泄不通。

王翦用云梯仰攻城池，项燕用火箭射杀攻城的秦军，还烧毁了云梯。秦军轮番攻了几次，不见什么效果，便放慢了攻城的速度。

没想到这小小的城池竟然如此难啃，王翦捋着胡须，紧锁眉头。

蒙武进谏道："项燕就是釜中之鱼。如果修筑和城池一样高的堡垒，同时再加紧攻城的步伐，我众敌寡，用不了一个月，必定能攻破城池。"王翦采用了蒙武的计策，开始加紧修筑工事，同时组织了多次攻城。

此刻，根本就没有什么援军可言，如果坚守，被攻克只是早晚的问题。项燕面对眼前的困境，决定杀出一条血路突围。他看了看东门的秦军要少一些，便决定趁着夜色护送昌平君突围，就是拼死也要保护住楚国这唯一的血脉。

入夜，也许是老天眷顾项燕，浓厚的乌云完全遮挡了月亮。趁着天黑云密，项燕带领精锐，把昌平君围在中间，开始从东门突围。可精锐军队刚有一半出城，四周便燃起了无数火把，呐喊声不止。

"坏了，中计了！"项燕暗暗叫苦道。

老天也许眷顾项燕，可王翦不会放过他。其实，王翦早就料到项燕必定会突围，所以故意在东门留有少量秦兵，在四周却做了埋伏。一向心细的项燕由于着急突围，上当就在所难免了。

要想再撤到城里已经是不可能了，因为秦军已经到项燕的眼皮底下了，无奈只好做最后一搏了。

项燕吩咐副将带着昌平君和大量精锐突围，自己却留下来牵制秦军。一人难敌四手，何况被千万秦兵围攻，战到最后，项燕浑身血迹斑斑，几乎连提剑的力气也快没有了。看到不断冲上来的秦军，项燕仰望苍天，从胸腔发出一声龙吟般的长啸，响彻了这喧嚣的夜战场。所有的秦军都怔住了，被项燕的长啸震住了。他们隐隐感觉在他们面前的不是人，而是从地狱来的魔，专门杀秦人的魔。

随即，一代名将项燕把佩剑架在了自己的脖子上……

再说昌平君最终也没有逃出重围，被乱箭射死。从此，楚国全境陷落，彻底从历史舞台上消失，成了秦国的郡县。

灭燕、代

平定南方后，秦军的兵锋再次转向北方。

嬴政二十五年（公元前 222 年）春，秦国再次大规模兴兵。派王贲为将领，攻打燕国的辽东郡，兵渡鸭绿江后，围困平壤城。不几日便攻克了城池，俘获燕王喜，燕国彻底灭亡。

撤兵时又顺手攻克代国，俘虏了代王嘉。燕、赵两国的宗室血脉彻底被掐断了，也成为秦国的郡县。

儿子王贲连灭两国，忙得不亦乐乎。当爹的王翦也没闲着，挟战胜楚国的余威，率军横行江南各地，降服百越，将江南地及越地合置为会稽郡。

从秦王政十三年到二十五年，短短十三年间，秦军铁骑便横扫了中原韩、赵、魏、楚、燕五国。普天之下，只剩下齐国还没有解决。

五月，志得意满的嬴政提前开始庆祝统一，传令普天同庆。

一时间，在中华大地上飘满酒香，从咸阳到大梁，从新郑到蓟城，从邯郸到郢城，曾经的敌人都已成了秦国的臣民。人人都在欢庆，但愿这悲惨的战乱岁月早点彻底结束。其实，对于老百姓而言，只要能让他们温饱，谁当君王都没问题。如果老百姓的温饱没有问题，也许朝代就不会更迭，战乱也就不存在了。可在位的君王却忘记了这个道理，所以才有了宫廷的政变，百姓的造反。

在庆功宴上，嬴政端着酒杯，微笑着环视全场。他的目光停留在了宴会厅王贲、蒙恬等年轻小将们的席位上。这些生龙活虎的年轻人必将扛起大秦万世的江山。他的目光又望向远方，穿越了几千里路，落到了东方，在大海边的齐国——大秦最后的一块拼图，迟早也会落入我嬴政的囊中！今天是痛饮的日子，就应该痛饮！

痛饮吧，欢乐吧，我的子民！我是你们的王，主宰你们的王！在我的引领下，我们将步入一个空前庞大的王朝，开创亘古未有的历史！

从美梦中惊醒的齐国

秦国已经吞并了战国七雄中的五个国家，一个庞大王朝即将屹立在世界的东方！地处齐鲁大地的齐国却仍然处在稀里糊涂的迷梦中，一厢情愿地认为秦国会和齐国长久地和平相处。

从春秋到战国中期，齐国是山东诸国中比较强大的一个。但是，公元前284年，燕、赵、韩、魏、楚五国攻齐，尤其是燕将乐毅横扫齐国，令齐国差点亡国。之后，齐国一直没有复兴。而且，齐王建是个无能之辈，靠足智多谋的母亲打理朝政。公元前249年（齐王建十六年），足智多谋的君王后逝世，后胜任宰相。

秦国便瞅准时机，迅速展开收买内应的活动，用大量的黄金、玉器收买后胜。尝到甜头的后胜便派出大批宾客相继赴秦。秦国又对他们大肆贿赂，让他们回齐国充当内应。这批人回到齐国后，就积极地制造亲秦的舆论。

齐国上下，从宰相后胜，到使者宾客，都被秦国的糖衣炮弹所击倒，于是天天在齐王建面前高唱齐秦世代友好的调子。他们说齐王建应西去朝秦，以表归顺。又说秦齐是姻亲，根本不用备战抗秦，也不要帮助燕、楚等国攻打秦国。

说的人多了，齐王建也就信了。因此，秦国对韩、赵、魏、燕、楚用兵时，齐国不仅袖手旁观，而且每当秦灭一国，还会派遣使者到秦国恭贺一番。等五国都灭了，齐国这头"睡狮"才慢慢惊醒过来：秦国能灭五国，就能灭我齐国！必须想办法阻止霉运降临到自己头上，可连个商量的国家也没有了，更别指望有人站出来替自己说话了。

一种危机感油然而生，齐王建第一次感觉到即将大祸临头。不过，也没什么好怕的，该来的总是会来，怕是没有用的。

齐王建知道自己目前的实力无法和齐桓公当年"九合诸侯"的辉煌相比。但瘦死的骆驼比马大，齐国也不是吃素的。秦国再强、再狠，要想灭我齐国也不是那么容易的。况且和秦国友好了这么多年，秦国总应该有些顾忌吧！

可怜的齐王建，都到这个时候了，还把梦想寄托在秦国的仁慈上，悲哀啊！

普天同庆的宴会结束了，如何吞并齐国也被提到了议事日程上。以秦国的实力，吞掉齐国只是时间的问题，但军队经过连年的征战，已经疲惫不堪，亟待休整。再说，经过战火洗劫的城池已经是一片倾颓。收拾这些烂摊子需要大量的资金，还有那些无家可归、深受战争迫害的流民也要安抚和救助。

攻打一个城池，对秦国铁骑来说，不是难事，可要真正接管就不像攻城那么容易了。

秦国虽然有钱，但战争就是一个烧钱的机器，一个国家再有钱也禁不住连年的征战。其余五国旧地局势也不算稳定，需要分兵维护治安。再说，齐国也不是个软柿子，如果打起了持久战，不知要何年何月才能彻底消灭齐国。因此，嬴政认为消灭齐国还是尽量不使用武力为好，如果能迫使齐国归顺，是上上策。

大殿上，多数官员主张发兵齐国，用武力解决问题。少数官员进谏用秦国灭五国的威风逼迫齐国归顺。李斯进谏：以劝降为主，同时在齐国边境屯兵，给齐国施加压力。

嬴政对李斯的计谋大加赞赏，决定以已经被秦国重金收买的后胜为突破口，在齐王建的耳边吹风，让他主动投降，并入秦国版图。于是嬴政写了一封劝降信，由使者送到齐王建的手中。同时集结军队，随时准备向齐国的边境进发。

一石激起千层浪，这封劝降信让齐国群臣炸开了锅。主战派认为齐国有四千里的广阔土地，百万带甲将士，完全有资本和秦国决一死战。以后胜为代表的主降派认为秦国一统天下势不可当，识时务者为俊杰，只有顺应天意，归顺秦国，才是良策。还有一些官员甚至打包行李，收拾钱财，准备避难。可他们发现普天之下莫非秦土，除了齐国，他们已经无处可逃了。

群臣的争论让齐王建犹豫不决。他本来就没什么大的作为，现在一道这么难的题摆在面前，他已经不知道该何去何从了。如果母亲还活着多好，想到母亲，齐王建眼里已经是热泪汪汪了。

身为君王，在关键时刻就得一锤定音，即使你软弱不堪，即使你碌碌无为。齐王建想投降，可投降太对不起列祖列宗了。齐国的基业难道就这么轻而易举地被秦国一封信就断送了吗？那我还有什么脸见九泉之下的先王们！如果不投降，就面对面和秦国干一场，也是不行。自从和秦国订立和约以来，齐国整整四十多年没有进行军队建设了。个个养尊处优，以为战争再也不会光顾齐国，匆忙组织军队，怎么敌得过横扫中原的秦国铁骑呢？

说实话，齐王建既不想投降，又不想打仗，只希望能永保齐国太平，要不他也不会和秦国签订什么和约的。再说，就一封劝降信就归顺秦国，也太没面子了，况且秦国连年征战，亟待休养，短时间内应该不会对齐国下手。于是，他决定采取一个笨办法：拖。下令发兵守住齐国西界，断绝和秦国的一切官方及民间往来，能拖一天算一天。这猛一看有些闭关锁国，能阻挡秦国的铁骑吗？

齐国如此反应让嬴政勃然大怒，敬酒不吃吃罚酒，看来不给它点颜色看看是不行了！

秦王政二十六年（公元前 221 年），嬴政下令王贲率大军从燕南攻打齐国。秦军轻易就渡过黄河、济水两道天险，进入齐国境内。齐国已经四十多年没有进行军事战备，军队从来不曾演习武艺，只是一个摆设而已。所以，齐国就好像一座不设防的城市一样，哪里是身经百战的秦军铁骑的对手！王贲大军，从历下、淄川，进犯临淄，长驱直入，如入无人之境。这哪里是打仗，分明就是在旅游度假，只不过是披着铠甲而已。一路除了齐国秀美的河山外，就是溃散的齐国军队。

秦国大军已经兵临临淄城下，临淄城里已经大乱。齐王建做梦也没想到秦军来得这么快，让自己连逃跑的机会也没有。

眼见秦军做着攻城前的准备，不久便会全力攻城，齐王建一下没了主意，急忙召开御前会议。可文武百官有的已经逃出了临淄城，没来得及跑的也化装成百姓，想法藏匿，哪里还有心情来开会。整个朝堂上就剩数得清的几个官吏也是战战兢兢的，还能指望他们拿主意？眼见大势已去，齐王建只好放弃抵抗，宣布投降，齐国就这样灭亡了。

王贲兵不血刃，两个月的时间，便尽得齐鲁的肥沃土地。嬴政听到捷报后，传令："念齐王建四十多年恭顺大秦，免死罪。可与妻子迁到共城，日给斗粟，度完余生。还有，就地斩首后胜。"

王贲奉命诛杀了后胜，派遣官吏把齐王建押送到共城安置。

后胜以不忠罪被斩首是可以理解的。他既然能对齐王不忠，以后也会对秦王不忠，这样的小人嬴政是不会留在身边的。死得比鸿毛还轻，这是后胜这类人最终的归宿。

再说齐王建被安置的共城，在太行山下，四围都是松柏，没有别人居住，只有数间茅草屋可以蜗居。宫中家眷虽然大多离散，但还有数十口，每天斗粟根本不够吃。齐王建只有一个儿子，年纪还小，半夜经常被饿得啼哭不止。齐王建无心睡眠，内心凄凉无比，听着窗外风吹松柏的声音，想起在临淄时富贵的君王生活，开始后悔误听奸臣后胜的言论，才导致亡国。于是，痛苦不已，不几天便心力交瘁而死。宫中的数十口人见主子都不在了，便都逃散了，他的小儿子也不知所终。齐人听到后，悲哀万分，歌曰："松耶柏耶？饥不可为餐。谁使建极耶？嗟任人之匪端！"

后人传此为"松柏之歌"，认为齐国灭亡都是因为后胜误国。

齐国既然被灭，中华大地便统一在了一个政权之下！

秦王扫六合，虎视何雄哉！

挥剑决浮云，诸侯尽西来。

经过十三年的征战，二十六年的等待，终于等来了天下一统。一个庞大得让人望而生畏的大秦在中华大地上诞生了。三十九岁的嬴政实现了数代秦王的愿望，即将开始书写一段新的传奇。

公元前221年，这一年无疑是中国历史上最让人无法忘怀的年份之一。

对大秦的子民而言，他们开始欢呼：这该死的战争终于结束了！

延续两百多年的战国时代，发生了数千场战役，死者达到百万。多少家庭家破人亡，多少孤魂成了他乡的野鬼。

一将功成万骨枯，嬴政终于踏着白骨给百姓带来了暂时的和平，可这种和平又能维持多久？嬴政不知道，百姓更不知道。

不过，灾难深重的中华大地暂时得到了喘息的机会。人们都贪婪地享受着温暖的阳光，呼吸着清新的空气。那血雨腥风的日子，已经成为历史，但愿以后的日子少一些征战，多一些平和。但有多少帝王会真正在意百姓的心愿，作为新王朝的缔造者——嬴政会把百姓放在心上吗？

六合一统

始皇帝业

【第六章】

王朝初夜

始皇帝的建国大业

每一个终点都是一个新的起点，故事讲到这里，并没有结束。此刻的大秦已经不再是弹丸之国了，它的疆域，东至大海，包括今天部分的朝鲜；西至临洮、羌中；南至极南；北据河为塞，并阴山至辽东。

此时，嬴政三十九岁，即秦国王位已经有二十六个年头。现在他终于成了天下共主。面对偌大的天下，如何治理成了摆在他面前最严峻的问题。

中国历史上没有可以更多借鉴的例子，就连外国史上也没有。因为大秦的疆域比亚历山大统治的希腊帝国还要大，更是远远超过波斯、亚述、巴比伦以及古埃及。

所以，一切都是新的开始，一切都要摸着石头过河。

喧嚣一天的城市终于安静了下来，咸阳的夜晚显得格外幽静。征战六国的战争终于画上了句号，曾经弥漫的硝烟渐渐散去。饱受战争之苦的人们总算可以睡个安稳觉了，再也不必担心那半夜响起的出征号角。

但在咸阳嬴政的寝宫内，依然灯火通明。面对摆在自己面前的大秦，有太多的事情需要去做，嬴政激动得无心入眠。他时而踱步思考，时而奋笔疾书，恨不得把这刚刚建立的王朝再推上一个新台阶。他发誓要让六国百姓，天下大秦的子民都要记住他们伟大的帝王——嬴政。

今夜值班的太监是赵高。因为嬴政老爹子楚的一句话，赵高便成了咸阳王宫伺候嬴政的太监，虽然是衣食无忧，但却不再是一个完整的人了，不知道是好事还是坏事。这个暂且不论，由于他善于察言观色，生来聪明伶俐，很快便被提升为嬴政的贴身太监，在咸阳王宫是红极一时。

夜已经很深了，虽然困得两眼发涩，但一向谨慎的他却强打精神，不让自己有丝毫睡意。他不时还要进去给嬴政倒茶、送些点心什么的。

已经三更天了，嬴政还没有就寝的意思，赵高第三次走进去，添足灯油。

嬴政抬起头，脸上露出难得的笑容，说道："你去休息吧，不用陪寡人熬夜了。"

赵高平时就深受嬴政的喜爱，见自己的主子难得好心情，便说道："谢主子关心，天下都统一了，主子还这样熬夜，保重龙体要紧啊！"

嬴政笑道："真是个奴才，目光短浅。现在天下一统，你以为就可以高枕无忧了吗？有很多事情需要去做，问题成堆，寡人哪能睡得着啊。"

赵高道："只可惜奴才不能为主子分忧，只能干看着心疼。"

嬴政似乎被赵高的忠心打动了，说道："如今天下一统，寡人要改变名号。赵高，你看称呼寡人什么合适呢？"

赵高被这个问题吓得变了脸色，太监是不允许议论朝政的，难道拍马屁拍到马蹄子上了，急忙跪地叩头道："小人只是一个奴才，哪敢议论国家大事。"

嬴政淡然一笑："但说无妨，只要有理、新颖，寡人一样会采用。"

赵高心中一喜，想了想，再叩头道："史家论史，首推三皇五帝。大王功高盖世，不如合二为一，改称'皇帝'如何？"

"皇帝，皇帝！"秦王喃喃道，心中大喜，想不到一个阉人竟有这样的才识。他要重新审视赵高这个人了，因为有才的人向来是不甘寂寞的。虽然赵高只是个阉人，但他的那颗心能甘于寂寞吗？当然，最终嬴政对赵高还是夸奖了一番。

第二天朝会，秦王嬴政第一次穿上新缝制的黑色王袍，上绣金龙，头戴王冠，好不威风。四十多岁的他历经征战的磨炼，额上的皱纹取代了当年的稚气。无论从思想到外表都达到成熟的巅峰阶段，只是阴鸷之气显得更加深沉。

新官上任还点三把火，嬴政当然要为新王朝做些事情，做一些一鸣惊人的事情。

孔子曾说："名不正，则言不顺；言不顺，则事不成。"嬴政点的第一把火就是为自己正名。

新马还配新鞍呢，嬴政取得了亘古未有的功绩，超过了以往的任何君王，当然要重新拟定一个名号了。

在灭六国之前，嬴政一直被称作"秦王"。"王"本来是周天子的称号，到了春秋战国后，各国诸侯割据一方，互相倾轧，一时间遍地是"王"。走在大街上随便问几个人，都可能碰到王室成员。现在，天下一统，"秦王"这个称号显然不适合嬴政了。究竟改用一个什么样的称号才能符合自己尊贵的身份呢？嬴政虽然已经心中有数，但还是召集群臣，开始商讨定夺。

大殿之上，群臣议论纷纷，有的提议叫"皇"，有的提议叫"大帝"。这些还说得过去，只是没有新意，也不够霸气。可笑的是有人甚至提议叫"王王"，真搞不懂，如果称嬴政为"王王"，那朝堂之上的臣子岂不都成了犬类。那宝座上的嬴政和一群犬同堂，也好不到哪里去。这个提议不仅没什么创新，还差点把自己给套进去。

好在赢政不在意，毕竟是群策群议，出现另类的想法，在所难免。他饶有兴趣地看着群臣，享受着高高在上的那种美妙感觉。

廷尉李斯出班启奏道："当年五帝拥有的领土也只有方圆千里。有的诸侯前来朝见，有的不来朝见，五帝都无法控制天下诸侯。现在大王用正义之师平定了天下，全国统一设置郡县，法令也由朝廷统一，这是前所未有的大事。五帝实在无法和大王相提并论。臣和博士们讨论后认为，古有天皇、地皇、泰皇，而泰皇最尊贵，臣等应该尊称大王为'泰皇'。还有，除了王号以外，有关的称谓也应该更新。臣建议大王自称'朕'，同时改命为'制'，改令为'诏'。"

李斯的一番言论，让赢政心中万分舒坦。按他的建议，自己不仅有了万世的功绩，也有了超过任何一位君王的头衔，凌驾于古代三皇五帝及历代君王之上。不过，这个"泰皇"叫起来总感觉很别扭。再说，既然前人已经用过了，自己再用如何彰显自己与众不同呢？不行，一定要有创新，想一个前人没有用过的称号。

赢政沉思了一会儿，道："廷尉的言论很高明，大家说的都不错。但'泰皇'这个称呼，古人已经用过。寡人觉得三皇五帝合称最好，今后王号就改为'皇帝'，众卿家觉得如何？"

"吾皇圣明，德兼三皇，功过五帝，'皇帝'之称当之无愧！"李斯满脸堆笑，躬身赞美道。

既然有了主旋律，其他官员当然也不甘落后，顷刻间，大殿中便充斥着一片阿谀奉承之声。

赢政创造"皇帝"这一尊号，可能只是为了满足自己迅速膨胀起来的欲望，客观上却利用了那时潜藏在人们内心的一种美好愿望。

生于乱世的人们总是期盼有神人降世。产生在春秋战国的诸子百家著作，从不缺少对圣君明主的呼唤。但坐着老牛破车、用了长达十三年时间几乎游遍列国的孔子，也没有找到一位像样的圣君明主。

既然无法改变残酷的现实，就只好寄托于梦想，于是人们用最美好的语言赞美传说中的三皇五帝。所以，在那个时代，三皇五帝是人们心目中十全十美的人物，是完美统治者的化身。现在，赢政集三皇五帝于一身，给自己披上了一件圣明君主的外衣。

大臣们拍完马屁后，本以为当天的朝议就要结束了，可赢政的兴致丝毫未减。既然名正了，那么接下来说话办事就没什么障碍了。他要趁热打铁，把第二把火瞄准了流传已久的谥法制度。

　　嬴政清了清嗓子道："过去君王去世之后，即位的君王和大臣都要给先君上一个谥号。这种后代君王议论前代君王的做法，是以下犯上，犯有欺君之罪，很不妥当。从朕开始，废除谥号。朕称'始皇帝'，下面是二世、三世……直至万世。"

　　群臣中又响起一阵谄媚之声。

　　大秦江山真的能传万世而不灭吗？也许连嬴政自己也不相信。但夏、商、周三朝的统治都超过数百年，我大秦即使不能传承万世，维持千八百年应该不是问题。可就在这不该出问题的地方出了问题，如果嬴政在天之灵知道他苦心创建的大秦只传承了两世，也许他会急得从棺材中跑出来再拼杀一番。

　　俗话道：走自己的路，让别人说去吧。但嬴政认为，皇帝不仅要走自己的路，而且不能允许任何人说道。皇帝至高无上，岂能容许别人说三道四。头脑有些发热的嬴政把自己摆在了几乎和神一样高的位置。但人就是人，没有神主宰万物的本事，却要和神相媲美，只能是自掘坟墓。

　　后来，嬴政还制定了一系列与皇帝有关的制度，如"陛下"是臣民对皇帝的尊称。另外，皇帝的亲属也有独特的称谓，皇帝的父亲为"太上皇"，皇帝的母亲叫"皇太后"，皇帝的妻子为"皇后"，等等。秦始皇还下令博士参照六国礼仪制定一套尊君抑臣的朝廷礼仪。

　　名号确定之后，嬴政的第三把火便是开始为大秦王朝的存在寻找理由。点这把火是很有必要的，因为秦国最早只是周王朝的一个附庸，地处西北边陲，以给周王室养马为业，地小国弱。最终怎么就能打败众多诸侯国取代周朝呢？嬴政必须给天下子民一个合理的解释。

　　古代，人们认为一个朝代的建立如果没有合理的理由，这个朝代就不能兴旺发达、长治久安。因此，每个朝代的统治者都千方百计为自己寻找合理存在的依据。商汤灭夏，称"桀不务德"，商汤是上天派下来接替夏王朝的。商人还宣称，自己的祖先是有娀氏之女简狄吞玄鸟之卵而降生的。《诗经》上也记载了这一说法："天命玄鸟，降而生商。"所以，商汤灭夏是上天的旨意。后来周人灭商，当然也要进行舆论宣传。周人宣称：帝喾妃姜氏，因踩了巨人脚印生下一个男孩，名弃，弃即为周人的祖先。周朝取代商朝也是天意。于是西周王朝就顺理成章地取代了商朝。

　　舆论的重要性不言而喻，嬴政深谙其中的道理。上天的意志是不可违背的，既然前朝都能找到上天这把庇护伞，那我大秦王朝同样可以找到这棵好乘凉的大树。

　　放眼天下，已经都是大秦的子民了。嬴政决定从诸子百家中寻找大秦存在的依据，以便给子民们一个交代，让他们安心在大秦的统治下做顺民。

战国诸子百家中，有一个很独特的学说，可以看作大一统理论的先行者，即阴阳五行学说。创始人已经无从考察，将这一学说发扬光大的人则是齐人邹衍。

阴阳五行学说是中国古代朴素的唯物论和自发的辩证法思想。它认为世界是物质的，物质世界是在阴阳二气的作用推动下产生、发展和变化；并认为木、火、土、金、水五种最基本的物质是构成世界不可缺少的元素。这五种物质相互产生、相互制约，处于不断运动变化之中。所以，宇宙万物，因果祸福，都在阴阳五行的运行和掌控之下。

战国末年，阴阳五行学说在政治上的应用是邹衍创立的"五德始终说"，即运用金、木、水、火、土来解释社会历史的变化更迭。他认为：天子之所以能成为天子，是因为他得到了五行中某一"德"。每个朝代都各占一"德"，五德相生相克，反复循环。尧舜时代是土德，夏朝为木德，商朝为金德，周朝为火德。所以，如果秦朝是一个正统的朝代，它就必须具有水德，才符合上天的安排。

既然找到了突破口，接下来就要围绕"水"来做文章了。

在秦始皇的授意下，一种舆论开始在民间流传：当年秦文公在打猎时曾捕获一条黑龙，这是水德的吉兆，也是上天把水德转托给秦人的证据。秦取代周，就是水克火，也是天意，所以秦始皇建立的大秦王朝完全是顺天而行。

按照五行学说，水为黑色，主北方，北为阴寒，所以秦始皇在制度和行事上处处都要体现这些特性。例如旌旗、礼服都用黑色；数则以六计算，兵符、节符、法冠皆六寸，车舆长六尺，以六尺为一步，皇帝车舆用六马；处理政事讲究"严刑""峻法""刚毅"。为配合这种"天意"，秦始皇还改一年自冬季十月开始，十月一日为一年首日。更厉害的是，秦始皇为了证明自己的皇帝位是天神授予的，特意跑到泰山脚下举行封禅典礼。

点了这三把火后，秦王朝的正统地位就被确立了起来，逐渐被大秦子民接受。

为一个女人建造的宫殿

天下大一统，嬴政多年的梦想实现了，但他内心却有一丝隐痛。多年来，虽然他一直派人寻找阿房的下落，可就是没有半点线索。阿房好像人间蒸发了似的。

在他无力的时候，没有实现对阿房的承诺。如今，自己成了天下真正的皇帝，却找不到自己心爱的女人。上苍也太会捉弄人了，连天底下权力最大的皇帝也不放过。

为了弥补遗憾，也为了寄托思念，嬴政决定把正在修建的一座宫殿以"阿房"来命名。据后人猜测，嬴政之所以没有立后，一是他被母亲赵姬的背叛所伤，不再相信女人；二是他一直觉得能找到阿房，空着皇后这个位置，就是等阿房出现的那天给她一个名分，兑现当年的承诺。

所有的一切都湮没在了历史的尘埃中，不管是不可一世的嬴政，还是凄苦的阿房，历史究竟如何，还有待于发现。而嬴政和阿房的故事也随着这个谜团在两千多年后继续流传，被后人一代又一代地传唱。

接着，我们再来看看阿房宫。

阿房宫是秦王朝拟议中的政令中心，从秦始皇三十五年（公元前212年）开工修建。它位于今陕西省西安市以西十三公里处，与秦都咸阳隔渭河相望，容纳万人绰绰有余。

相传，阿房宫大小殿堂七百多座，一天之中，各殿的气候都不尽相同。宫中珍宝堆积如山，美女成千上万。秦始皇巡回各宫室，一天住一处，到死也没有把宫室住遍。

实际上由于工程浩大，费时费力，所以秦始皇在位时只建成一座前殿。据《史记·秦始皇本纪》记载："前殿阿房东西五百步，南北五十丈，上可以坐万人，下可以建五丈旗。周驰为阁道，自殿下直抵南山。表南山之巅以为阙。为复道，自阿房渡渭，属之咸阳。"

唐代诗人杜牧的《阿房宫赋》写道："蜀山兀，阿房出，覆压三百余里，隔离天日。骊山北构而西折，直走咸阳。二川溶溶，流入宫墙。五步一楼，十步一阁；廊腰缦回，檐牙高啄；各抱地势，钩心斗角。"

可见，阿房宫宏大的建筑群不是吹的，宫殿多、建筑面积广、规模大，是世界建筑史上无与伦比的宫殿建筑群。

这里简直就是一处人造的仙境，是一个由奢侈到糜烂的世界！可是，嬴政怎么也想不到这恢宏、瑰丽拔地而起的庞大宫殿，还没来得及最后落成，只存在了不到十年时间，就被西楚霸王项羽付之一炬，只留给后人一片焦土和沉甸甸的感叹。

这当然是后话了。眼下，嬴政最关注的是如何让大秦这台机器快速有序地运转起来。

初建帝制机构

爱美人的嬴政，更爱大秦的江山，放眼大秦辽阔的领土，让人心旷神怡。如何才能把大秦管理得井井有条呢？嬴政开始思索这个问题。

群臣在大殿上又是一番议论。

丞相王绾等人认为：诸侯初破，燕、齐、楚三地都离朝廷太远，难以管理。而周之所以能维持八百年，宗法和分封起到了很大的作用。所以主张效仿周朝的例子，在燕、齐、楚等偏远的地方封国立藩，以便震慑管理。

秦始皇不乐意了，周朝岂能和我大秦相提并论。区区八百年何足挂齿，我大秦谋求的是千秋万代。

李斯看到秦始皇满脸不悦后，奏道："周朝所封子弟同姓很多，他们如仇人一样相互攻击，诸侯间更是征伐杀戮，周天子都不能禁止。可见，周朝的分封制是天下兵祸的根源，我们怎么能重蹈覆辙呢？现在四海之内都靠陛下的威武归为一统，已经划分成了数个郡县。对于皇子功臣，陛下只要用国家的赋税重赏，就可以了。只有让天下人没有邪异的念头，天下才会安定，大秦才会永存。设置诸侯对国家的统一确实没有好处。"

秦始皇脸上终于露出了笑容，道："廷尉说得对，天下只有一个天子，也只有一个朝廷。封国立藩只会削弱朝廷的权力，不利于国家的长治久安。接下来，讨论一下具体的实行措施吧。"

明白了皇上的意思，群臣们办事也就容易多了，经过反复讨论，最终决定了中央行政组织和地方行政组织，并在此基础上建立起一套完整的帝制机构：三公九卿制。

中央行政机构以皇帝为首，下设三公、九卿。

皇帝凌驾于法律之上，享有至高无上的权力，对国家一切事务拥有最后的决定权，就是那种一锤定音的人物。

三公，分别为丞相、太尉、御史大夫。

丞相：文官之长，最高行政长官，在皇帝的直接领导下，负责处理国家日常一切行政事务。秦设置左右二丞相，廷尉李斯也被任命为丞相。

太尉：武官之长，最高军事长官，由皇帝直接领导，负责处理国家日常一切军事事务，战时拥有领兵作战的权力，但调兵权由皇帝一人拥有。

御史大夫：执掌群臣奏章，下达皇帝诏令，并负责监察百官的事务，往往比丞相、太尉拥有更大的实权。

丞相、太尉、御史大夫作为皇帝处理国家行政、军事、监察及文秘等方面事务的助手，直接对皇帝负责，一人之下，万人之上，地位相当显赫。

九卿对丞相负责，按其职能，行使权力。九卿其实并不止此数，但按韦昭所说的正卿九，秦时的官名分别为：

奉常，掌管宗庙祭祀和国家之礼；郎中令，负责皇帝禁卫；卫尉，负责皇宫守卫；太仆，负责皇帝车马；少府，负责皇帝财政；廷尉，负责司法；典客，负责外交和民族事务；治粟内史，负责粮食和财政；宗正，负责皇室事务。

三公九卿各有自己的一套机构，处理日常事务。大事总汇于丞相，最后请皇帝裁决。这种官僚机构能够较好地传达和执行皇帝的政令，对任职的官员有监督，有考核，且不世袭，所以办事效率很高。

在地方行政组织方面，秦始皇采纳了李斯的建议，在全国实行郡县制。郡是秦朝地方的最高行政机构，秦初天下共分为三十六郡。后来，随着边境的开发和郡治调整，增到四十六个郡。各郡大小不一，有的属县三十多个，有的仅仅两三个。

具体来说，地方政府组织有：

郡，是中央政府以下最高一级地方行政机构。每一郡仿效中央政府的三公制度，置守、尉、监进行管理。郡守掌民政，郡尉掌兵事，郡监掌监察。郡守是郡的最高行政长官，对上接受中央命令，对下督责所属各县。

县，是郡的下级行政机构。县的长官称县令或县长，由朝廷任命，主要任务是治理民众，管理政财、司法、讼狱和兵役。郡守通过每年的考核和平时的检查，对县令、县长的工作进行考察。

乡，下设三老：掌管教化、啬夫，司讼狱及征收赋税，巡禁盗贼。

亭（每乡辖十亭），设亭长。

里（一亭十里），设有里长，管辖百家。

总体上看，郡县制避免了国家的分裂和地方势力与朝廷的对抗。相对分封制来说，有利于国家的统一和政令的下达，是一个重大的进步。

这套从中央到地方的统治机构，管理有明确的职责分工，既相互配合，又彼此牵制。秦始皇牢牢地把最高统治权掌握在自己手中。这金字塔般统治机构的建立，标志着封建主义集权制度的正式确立，对之后历代封建王朝都有深远影响。

"统一"的制度

虽然有了一套帝制机构，但刚建立的大秦各方面都需要发展完善。长达几百年的割据战乱使得全国混乱不堪，建立起一套完整的社会制度迫在眉睫。

第一，统一法律。在制定完整而统一的规章制度之前，秦朝政局非常混乱。为此，秦朝首先是颁行统一的法律。

早在商鞅变法时，秦国采用魏国李悝所著的《法经》（共分六篇："盗法""贼法""囚法""捕法""杂法""具法"）作为新法律的蓝本。在这个基础上，商鞅又增加了连坐法，又把"法"改变为"律"。秦始皇统一六国后，没有统一的法律，各级官员办事很是挠头。所以，秦始皇听取李斯的建议，让他主持制定了《秦律》，并在全国颁布执行，令全国各个郡县统一执行，结束了战国时代各国法律条文不一致的状况。法律的重要性不言而喻，但各种制度需要官吏去认真执行，百姓认真遵守。秦律非常苛刻严明，尤其对"治吏"非常重视，大量律条是针对官吏制定。官吏犯法，绝不宽恕。所以，秦朝吏治清明，官吏绝对不敢贪污受贿，也不敢玩忽职守，办事效率极高。

第二，统一货币。秦始皇在统一不久就下令废除六国旧货币，制定新的统一货币制。新货币分为两种：黄金为上币，以镒为单位；圆钱为下币，以半两为单位。货币铸造权也全部收归国家掌控，严禁私人铸钱。新的货币制的制定给秦朝的商品交换提供了很大的方便。

第三，统一度量衡。统一六国之前，各国的度量衡制度不仅大小、长短、轻重不同，单位、进制也不同。所以，秦始皇向全国颁行新的、统一的度量衡制度，规定度为寸、尺、丈、引；量为斛、斗、升、合、仓；衡为铢、两、斤、钧、石。还向各郡县颁发统一制作的标准量器，并在上面刻上皇帝的诏书全文。同时，对那些短斤少两，或者大斗进、小斗出的不法商人严厉惩罚，以彰显公平。

第四，统一车辆轨距。秦始皇下令，全国统一车轨，大车的两轮之间皆宽六尺，所有不符合这些规定的车辆一律禁止使用，史称"车同轨"。另外，交通要道的宽窄也要统一。你也许忍不住要说，这秦始皇管得也太宽了吧，连车轨和路的宽窄都要管上一管，是不是上瘾了。其实，不是这样的，古时候的道路大多是土路，那时候的车轮是木轮，对道路的压力可想而知。再加上土质松软，天长日久，道路就会被碾压出两道深深的车辙。轨距宽度不同的车辆，在这样的路上行驶简直就是受罪。车同轨之后，自然就不必为这颠簸的道路担心了，这一措施对交通运输业起到了积极的作用。

第五，统一文字。春秋战国以来，各国各自为政，文字渐渐分离，都有自己的语言、文字。《说文解字》中记载："言语异声，文字异形。"我们知道：语言是一个国家人民的交流工具。这种文字不统一的局面严重影响了秦朝的发展。秦始皇便下令进行文字改革。李斯便以大篆为基础，删繁就简，整合处理，形成了笔画简单、书写方便、易于读认的"小篆"，又叫"秦篆"。为了推广统一的文字，李斯写了《仓颉篇》七章，赵高写了《爰历篇》六章，胡毋敬写了《博学篇》七章，都用小篆字体，作为范本，向全国推行。

另外，为了维持永久的和平，为了大秦的千秋万代，秦始皇还下令没收民间兵器，聚集在咸阳，铸成钟等实用器具。还铸成十二个各重二十四万斤的大"金人"，放置在咸阳宫廷，表示天下以后再也没有战争了。这十二个金人，一直保存到汉朝，后来董卓财迷，毁坏其中的十个，用来铸钱。幸存的两个也在两晋时被符坚销毁。

同样为了安定，秦始皇将天下富豪十二万户迁徙到咸阳。这些富豪都雄霸一方，深得民望。将他们迁离故土，在秦始皇的眼皮底下监控起来，自然也就不足为患。而在昔日六国的疆域之内，富豪既去，地方势力不复存在，郡县制也就能够得到顺利推行。

还有，咸阳既然成了天下的都城，在气势上当然不能输给别人了。早在统一天下的过程中，秦每破一国，便参照该国的宫室设计，在咸阳北阪上原样复制。等到统一之后，咸阳自雍门以东至泾、渭，东西八百里，已经满是亭台楼阁，让人流连忘返。再加上从六国得来的奇珍异宝和美女佳人，咸阳简直成了人间天堂，而天堂的主人就是我们的始皇帝嬴政。

建立了一系列制度后，大秦这台机器开始平稳地运转起来了。从公元前230年到秦统一后的七八年间，李斯对秦朝的贡献是有目共睹的。他的官职也由廷尉升至一人之下万人之上的丞相，还与秦始皇结为了儿女亲家，说明他取得了秦始皇的高度信任。

不过，即使在人生最辉煌的时候，李斯心中还是诚惶诚恐，因为他的一切都是秦始皇给予的。他的"老鼠哲学"让他一方面想方设法迎合秦始皇，保住自己得到的地位和富贵；另一方面，也要敏锐地观察周边环境，保护自己。所以，小心翼翼是李斯的基本特征。

有一次，担任三川郡守的李由请假回到咸阳，李斯便在家里设宴，文武百官都去敬酒祝贺。门前的马车不计其数，非常热闹。面对此情此景，李斯叹道："哎呀，荀卿说事情不要搞过了头。我本是一介平民，皇帝不了解我的才能，才把我提拔到这样的高位，荣华富贵到了极点。但物极必反，我不知道归宿在什么地方啊！"

所谓高处不胜寒，身在高位的李斯还能保持清醒的头脑，真是难得。

至尊玉玺的传奇

如今，秦始皇已经把大权牢牢掌握在了自己的手中，可是他总感觉还少了什么东西。看看案头成堆待批的奏章，还有那静静待在一旁的玉玺，他突然明白了。如今这小小的玉玺怎么能够配得上自己的身份呢？弄一个象征自己至尊无上身份的玉玺，这是必需的。

古代，国君在发布命令时都要用自己专用的玉玺来盖章，以防假冒。久而久之，玉玺也就成为国君的象征。

秦始皇岂能放过这种细节，他开始下令在全国寻找上好的玉石。一块宝玉走进了他的视野，这块玉就是中国历史上最具传奇色彩的无价之宝——和氏璧！

和氏璧是中国历史上著名的美玉，在它流传的数百年间，被奉为天下的"无价之宝"，又称和氏之璧、荆玉、荆虹、荆璧、和璧、和璞。

和氏璧最早由春秋时的楚人卞和发现并敬献给楚文王，然后几经周折到了赵国。其中围绕和氏璧发生的"完璧归赵""负荆请罪""将相和"等一系列故事至今脍炙人口。

秦王政十九年，秦军攻下了赵国的都城，得到了和氏璧。起初，嬴政只是把它当作一块奇珍异宝来欣赏把玩，没觉得有什么用处，现在终于派上了用场。

秦始皇本来想把整块玉石都雕刻成玉玺，以便显示自己的尊严。可说实在的，如果拿整块玉石做玉玺，真是有些太大了，盖印章也不方便，于是下令将和氏璧的三分之一雕刻成玉玺（传说剩下的三分之一后来流传到九宫山张道陵张天师的手里，被他刻成了天师印，最后落到了乾隆皇帝手中，另外的三分之一就不见踪迹了）。做玉玺的材料有了，上面该写什么字呢？斟酌再三，命李斯篆书"受命于天，既寿永昌"八字，并由咸阳玉工王孙寿将玉玺精研细磨，雕琢成方圆四寸，上钮交五龙的样子，著名的"传国玉玺"便成形了。

此后，历代帝王都将这块玉玺看作帝王的信物，镇国之宝。自从传国玉玺问世后，就开始了持续近一千六百年富有传奇色彩的经历。

传说秦始皇二十八年（公元前 219 年），秦始皇南巡到洞庭湖时，突然狂风大作，始皇帝的龙舟眼看就要倾覆。在这危急时刻，始皇帝只好将传国玉玺扔到湖中，用它来祭祀神灵，祈求风平浪静。不知是凑巧，还真是神灵显灵，玉玺刚一投入湖中，便风平浪静，秦始皇一行才得以平安过湖。八年后，当秦始皇的使者夜行到华阴（今陕西华阴）平舒道时，又神奇地得到了这块玉玺，传国玉玺便又回到了始皇帝的手中。

秦朝末年，烽烟四起，大秦摇摇欲坠。不仅大秦江山，连大秦玉玺也成了秦末群雄的必争之物。

公元前 206 年，刘邦率兵入咸阳，秦亡国帝子婴将传国玉玺献给刘邦。刘邦登基称帝后，便把这方玉玺称为"汉传国玺"。

西汉末公元 8 年，外戚王莽篡权，由于皇帝刘婴年仅两岁，玉玺便由孝元太后掌管。王莽命安阳侯王舜逼太后交出玉玺，太后大怒，拿起玉玺砸向王舜。王舜一躲，玉玺砸到地上，摔掉一角，王莽只好用黄金弥补。从此，传国玉玺又被称为"金镶玉玺"。

公元 23 年，王莽兵败被杀，玉玺几经转手，在公元 25 年，最终落到汉光武帝刘秀手里，并在东汉诸帝中传承。东汉末年，天下大乱。何进、袁绍等人武装诛杀十常侍的时候，太监们裹挟着汉少帝仓皇出逃，来不及带走玉玺。等血腥镇压平定后，宫中查点宝物，发现玉玺不见了！

公元 191 年，孙坚率军攻入洛阳，在宫中的井内得到传国玉玺，后来被袁术夺走。袁术死后，玉玺落到了曹操手里，曹操把它献给了汉献帝。

公元 220 年，曹丕逼汉献帝禅位给自己，建立了曹魏，并在传国玺肩部刻下八个隶字"大魏受汉传国之玺"。

公元 265 年，司马炎篡魏，称晋武帝，传国玉玺归晋。

西晋末年，中国北方陷入战火纷争，朝代更迭频繁，动荡不安。传国玉玺开始了最为剧烈的颠沛流离。

公元 311 年，前赵刘聪虏晋怀帝司马炽，玺归前赵。

公元 329 年，后赵石勒灭前赵，得玺，在右侧加刻"天命石氏"，意思是自己做皇帝是天命所归。

公元 350 年，冉闵杀后赵皇帝石鉴，得传国玺，建立冉魏政权；后来又被东晋趁危骗走，传国玉玺又重归晋朝司马氏囊中。

公元 420 年，刘裕废东晋恭帝自立为帝，国号宋，史称刘宋；在南朝，传国玺历经了宋、齐、梁、陈的更迭。

公元 589 年，陈朝灭亡，隋朝统一全国。传国玉玺归隋朝所有。

公元 618 年 4 月，隋炀帝杨广被杀，萧后与遗腹子杨政道携传国玺逃入漠北突厥，号为隋王。

唐朝初年，没有传国玉玺的太宗李世民不愿做白板皇帝，便自刻了多个玉玺，用来安慰自己。公元 630 年，唐朝李靖率军讨伐突厥，萧后与杨政道返归中原，传国玺归于李唐。

唐朝末年，天下大乱，群雄四起，历史进入了纷扰的五代十国时期。玉玺再次遭遇乱世，厄运迭起。朱温建立的后梁掌握玉玺没几年就被后唐给取代了。

公元 937 年 1 月 11 日，后唐河东节度使石敬瑭带契丹军攻至洛阳。后唐末帝李从珂怀抱着传国玉玺登上玄武楼自焚。玉玺从此下落不明。

直到公元 1096 年，即宋哲宗绍圣三年，传国玺被咸阳县民段义掘地得之，归于宋朝。

公元 1126 年，靖康之乱，徽钦二帝被掠，传国玺也被金国掠走，再次失踪。

直到元朝，世祖忽必烈驾崩时，传国玉玺突然在元大都（今北京）的市场上出现，并被公开叫卖。权相伯颜得知后，命人以重金买到。传国玉玺至此落入元朝皇室手中。

朱元璋称帝后，曾派大将徐达深入漠北，穷追猛打元朝的残余势力，主要目的是索取传国玉玺，然而最终还是无功而返。从此，传国玉玺便再也没有在世间出现过。

就这样，历代君王为了这方玉玺不惜动起刀枪，个个都争得头破血流。

秦始皇不会想到，他原本用来当作自己身份象征的传国玉玺是要传至二世、三世，乃至万万世的，结果却被别人争来抢去。如果他有先知，相信他也不会费力弄这么个玉玺让别人争抢着玩的。

高渐离击筑刺秦

本来举国上下一片喜庆，秦始皇也放松了许多，可一个人的出现，让他放松的神经又绷紧了起来。

高渐离，战国末期燕人，荆轲的好友，擅长击筑（古代的一种击弦乐器，颈细肩圆，中空，十三弦），高渐离与荆轲的关系很好。荆轲刺秦王时，高渐离与太子丹在易水河畔送别好友，还击筑高歌"风萧萧兮易水寒，壮士一去兮不复还"。

虽然荆轲刺杀秦始皇失败，但《易水送别》这个曲子却流传开来，那悲壮雄浑气势澎湃的意境把每个人都折服了，当然也包括秦始皇在内。

由于荆轲刺秦，高渐离也遭到了秦始皇的追杀，无奈之下，只好隐姓埋名，过着流亡的生活。本来他可以这样了此残年，但自觉身负重托的他总梦想着有朝一日能复兴燕国，兴兵伐秦，拿秦始皇的人头来为死难的英雄好友荆轲报仇。

随着天下的统一和战争的结束，高渐离的梦想越来越渺茫了。各国百姓都在为战争的结束而庆幸。虽然秦朝的徭役繁重，法律残酷，但是，比战争给人们带来的危害要小得多。高渐离的信念有些动摇了，难道大秦真的是君权天授？秦始皇真的是真命天子？可每当想起好友荆轲被秦始皇杀害时，胸中便充满了复仇的怒火，不能为好友报仇，活在世上还有什么意思！于是，这个有些矛盾的人便寻找机会接近秦始皇，准备复仇。

高渐离更名改姓用酒保的身份掩饰自己，隐藏在宋子这个地方做工。他本来是一个音乐家，哪里能够长时间做苦工，所以时间长了，浑身上下有种说不出的劳累。每当听到主人家堂上有客人击筑时，就走来走去舍不得离开。还经常身不由己地说："那筑的声调有好的地方，也有不好的地方。"侍候的人把高渐离的话告诉主人，说："那个庸工好像懂点音乐，经常私下里说三道四的。"主人便叫高渐离到堂前击筑，如果满座宾客都说他击得好，便赏给他酒喝。

高渐离想，如果这样长久地隐姓埋名，担惊受怕地躲藏下去永远没有尽头，何况自己还身负血海深仇。于是，退下堂来，把自己的筑和衣裳从行装匣子里拿出来，穿戴整齐后来到堂前。这哪里是小小的酒保，满座宾客被他大度的风范所折服了，纷纷离开座位用平等的礼节接待他，并把他尊为上宾。还请他击筑唱歌，宾客们听了，没有不被感动得流泪的。高渐离高超的击筑技艺声名远扬，宋子城里的人都轮流请他去做客，当然吃饭是幌子，主要是为了亲耳听听这天籁之音。

此时，头脑发热的秦始皇为了歌颂大秦江山万世永传，决定请天下技艺最好的乐师谱写一曲，曲名为《秦颂》。主要颂扬大秦的强盛和先王们的功绩，让大秦传颂天下，扬名海外。结果却没有一个乐师的作品让他满意，倒是那首《易水送别》总回荡在他耳边。如果高渐离在，相信一定会作出闻名千古的《秦颂》名曲。

无巧不成书，秦始皇也听说了宋子城里名声在外的乐师。不知道这个乐师是何许人也，希望不会让朕失望。

于是，高渐离被顺理成章地召见了。虽然他更改了姓名，但没有易容或易容的水平太低，反正是一入宫，就被人认了出来。这个倒霉的高渐离，本想接近秦始皇为好友荆轲报仇，可是还没来得及做什么，就这样羊入虎口了。

瘦削、高挑的高渐离被五花大绑推上了大殿。他没有害怕，因为从荆轲被杀害的那天起，他就不知道怕是什么滋味了，所以他根本用不着低头。

坐在宝座上的秦始皇长目、隆鼻、龙眉修长入鬓，面含阴鸷之气。这就是灭六国，定天下的嬴政？还以为他三头六臂呢，原来也就是这么个猥琐的人。看来，复仇不是不可能的事情，高渐离自己盘算着。

这就是刺客的情怀吧，刺杀目标是他们存在的唯一目的，他们可以为了刺杀目标付出任何代价。

"堂下何人？"

"立不更名坐不改姓，高渐离。"

"果然是荆轲的朋友，豪气云天，听说你击筑技艺高超绝伦，可否为我大秦效力？朕对你的犯上之举可以网开一面。"

"哈哈……我岂是贪生怕死之辈？要杀要剐，悉听尊便！只可惜我不能拿你这个暴王的人头祭奠我死去的朋友了。"

这种犯上的话，要搁在别人身上，有十个脑袋也不够秦始皇砍的。可高渐离就不同了，他是个奇才，在音乐方面的造诣无人能比。《秦颂》至今都没有着落，如果高渐离能作曲，那一定会一鸣惊人，流传千古。所以，秦始皇还真舍不得让这个奇才从自己面前消失。

"你想死？朕偏不让你如愿，我要让你生不如死，除非你能为我大秦谱一曲《秦颂》。"

"别做梦了，我高渐离岂能为仇人效力，这不让天下人笑掉大牙吗？"

"来到秦国就由不得你了，来人，把这个逆犯关押起来。"

高渐离坚持着自己的信仰，毫不动摇，要想让这样的人屈服，最好是先礼后兵。很自然，钱财、美女都向高渐离滚滚而来。但他好比是茅坑里的石头——又臭又硬，视金钱如粪土，视美女而不见。接下来，自然是酷刑了，虽然把秦国对待犯人的酷刑都用了个遍，可这个外表瘦弱的男人有一颗坚强的心，自始至终都没有吭过一声。

这可怎么办，再这样下去，高渐离肯定会命丧在监牢之中，可是《秦颂》还没有着落，不行，必须尽快想个办法。要找一个说客，而且最好是一位美女说客。毕竟，英雄难过美人关。这就是美人计屡试不爽的根本原因。

于是，秦始皇把华阳公主叫到身边，让她装成侍女，充当说客。这华阳公主聪明伶俐、伶牙俐齿、貌比天仙。

你也许会说，这华阳公主不是王翦的小老婆吗？但你不要忘了，她也是秦始皇的女儿，何况秦始皇要用一个人，谁敢抗拒不从？

也许是缘分，也许是劫数。

当华阳公主出现在高渐离面前时，他惊呆了，想不到秦国竟然有这样的女人，无论是外貌还是气质都无可挑剔。他情不自禁地坐定，开始为这个人间的仙女献上一曲。而华阳公主也被眼前这个伤痕累累的瘦弱男子的天籁之音所打动。二人的心不知不觉地靠近了，高渐离忘记了自己的仇恨，华阳公主也忘记了自己肩负的重任。

爱情原来这么美妙，它会让你忘记世间的一切，包括刻骨的仇恨。可生活还得继续，爱情也不可能脱离生活成为空中楼阁。

当秦始皇再次出现的时候，高渐离清醒了许多。

"怎么样？愿意为我大秦作《秦颂》吗？"

"你休想！"

"哈哈，只要你答应，朕可以把华阳公主嫁给你，听说你们二人很相爱，现在看看也是天造地设的一对。"

高渐离愤怒了，他恼怒华阳公主没有告诉他真实身份，他更震惊秦始皇的阴险，但想用一个女人来拴住一个刺客，没那么容易。

"大丈夫岂能因为女人而失了身份，你干脆杀了我吧，否则我迟早会取你的人头。"

想不到高渐离还是顽固不化，秦始皇恼怒了，正要痛下杀手时，华阳公主站了出来。

"父王，再给女儿一点时间，我一定会让他作出《秦颂》，献给大秦。"

高渐离端详着为自己求情的华阳公主，心中万分难受。自己是逆犯，今生今世都给不了她幸福，如果早知道她是秦始皇的女儿，绝对不会和她产生感情。

秦始皇犹豫了，如果此刻就杀了高渐离，自己在他身上下的功夫就白费了。看着在自己面前求情的女儿，他心软了。不过，绝对不能就这么轻饶了高渐离，一定要给他点颜色看看。

"好，看在华阳公主为你求情的份儿上，我暂且饶你一命，不过，惩罚是少不了的。"

结果，高渐离被熏瞎了眼睛，待在宫中继续创作《秦颂》，当然身旁少不了华阳公主。双目失明的高渐离脾气变得异常暴躁，稍微有一些不顺心，就乱发脾气。华阳公主默默地忍受着，只盼着有一天能说动高渐离，作一曲《秦颂》。这样，就能保住性命，二人便可以幸福地一起生活了。

高渐离虽然深爱着华阳公主，但他把这种爱深埋在心底。他明白自己无法给心爱的人带来幸福，再说自己岂能被儿女情长所羁绊。只可惜自己已经双目失明，复仇的日子也变得遥遥无期。怎么才能接近秦始皇呢？他日夜苦思着这个问题。

在一个花好月圆夜，高渐离抓住灵感写成了《秦颂》，他要求亲自为秦始皇演奏。这个好消息传到秦始皇耳中时，他有些怀疑，这块茅坑里的石头怎么就开窍了，会不会有诈？后来一想，一个瞎子能掀起什么大风浪，肯定是华阳公主的劝说起了作用，于是恩准高渐离进宫演奏《秦颂》。

进宫当天，高渐离便悄悄把铅放进筑中，准备拼死一搏。

在宫殿中，高渐离席地而坐，竹尺敲击，宫殿中回荡着雄浑的筑乐。时而令人心旷神怡，时而心潮澎湃，把大秦征战六国取得千秋功业都融入其中，堪称一绝。突然，筑音戛然而止，所有的大臣都为乐曲所表现的雄壮意境所感动，就连赵高也忍不住叫了一声好。

秦始皇被高渐离高超的筑艺打动。一代音律奇才，筑乐大师，果然名不虚传。如果这样的人能长久为大秦效力，一定会有很多名曲流传于世。他正要奖赏高渐离，突然，一个筑以极快的速度向自己的面门砸了过来，急忙低了一下头。筑便从他的头上飞了过去，砸在了墙上，坚硬的墙壁都被砸了一个大坑。

"抓刺客，抓刺客！"大臣们乱作了一团。

秦始皇定睛一看，高渐离手中的筑已经不翼而飞了，不用说，这个刺客就是他了！想不到，一个瞎子都要刺杀朕，朕难道真的那么可恨吗？

"大胆狂徒，给我抓起来！"

门外的侍卫把高渐离捆绑了起来，秦始皇恨不得把眼前的这个人碎尸万段。

"荆轲兄，今天没能为你报仇，遗憾终生啊！你不要着急，片刻我便与你相会，我们继续击筑喝酒。"

看来这个人是没救了，想让他为大秦效力，比登天还难。

最后，高渐离被五马分尸了，到最后一刻，他的脸也是安详的。也许，在荆轲遇害的那一刻起，他便死掉了，起码是他的心已经死掉了。

秦始皇虽然得到了理想的《秦颂》，却差点被筑击中。如果被击中，非死也要残，还赔上了公主，付出的代价是巨大的。他隐隐感觉到，虽然天下统一了，可残余的反秦势力不可小觑，需要时刻提防，处处小心。

六合一统 始皇帝业

【第七章】

终极之旅

始皇巡游天下为哪般

法律制度都建立起来了，需要在实践中不断完善，建立不久的大秦开始运转起来了。但总有一些人试图阻止这台庞大机器正常运转，重新回到诸侯争霸的那一页。尤其是六国的贵族臣子，不仅丢失了为王的地位和尊严，而且失去了享受荣华富贵生活的权力，他们岂能甘心这突然由天堂掉到人间的骤变？正如秦始皇所料，这些王孙公子们暗地里时刻都在鼓动百姓起来反秦。虽然收缴了天下的兵器，但百姓一旦起来造反，他们手中的锄头和镐头一样可以把高高在上的嬴政拉下马来。

水能载舟亦能覆舟，百姓的力量永远不能小视。

要想让大秦的机器正常运转，安定民心尤为重要。只要在百姓心中被认定是真正的皇帝，那些心怀叵测的人也就无计可施了。

其实，经过长期割据和战乱的中华大地急需休养生息，但在秦始皇的脑海里，没有"怀柔"二字。虽然他在邯郸也过过苦日子，但那段岁月只是给他带来了仇恨，却很少有对生活在社会底层百姓的同情。

所以，锦衣玉食的秦始皇不能从根本上真正体恤百姓，不过为了国家的稳定，他采用另一种方式来安抚民心——巡游。试图通过宣德扬威，使六国旧民从精神上臣服自己，以达到天下安定成就万世基业的目的。

说到巡游，还要多说几句，这种方式只能是让百姓知道有这么一个皇帝，不能从根本上解决百姓的实际生活问题。因为根本就没有走近百姓，谈何了解百姓，解决问题。百姓只能远远观望一下气派的皇家卫队，也许连皇帝的影子都看不到。这和以后朝代的皇帝微服私访差的不是一星半点。试想一个皇帝隐藏了自己的身份和百姓谈心，百姓一定是实话实说，这样才会收到真正的效果。

只有真正走近百姓，听百姓说心里话，对政府、对百姓才是功莫大焉、善莫大焉。像秦始皇这样摆排场、走形式，成群结队地巡游、视察，只不过是寻求一下自我安慰罢了，起不到什么真正的作用。

闲话少说，言归正传。

秦始皇二十七年（公元前 220 年），秦始皇开始首次出巡，方向西北。目的：向列祖列宗报告天下已经统一，同时视察防御匈奴军事工程的进展程度，巩固大秦的前方。

作为大秦王朝的缔造者，秦始皇穿黑色锦绣龙袍，用黑色旌旗旄节，御车以六匹纯黑马驾辕，外加备用车六部。还有副车三十六部，乘坐随行的内侍和大臣。为了安全起见，以六百侍卫护驾，六千虎贲军护卫车队，六万精锐秦兵随行。

秦始皇在庞大卫队的簇拥下，气派十足地从咸阳出发，顺着渭河一直向西抵达雍城——秦国的旧都。这里有孝公以前的王墓和宗庙。在雍城祭祀完毕后，继续沿渭水西去，来到陇西郡犬丘一带（现甘肃省天水地区），秦人的先祖曾经在这里放牧养马。秦始皇告慰牧马的先灵后，又进入北地郡，抵达泾水源头的鸡头山，然后返回，南下回到咸阳。

幸运的是，这次巡游没有遭到刺客行刺。看着沿途的美景，秦始皇对巡游是喜爱有加。但他发现沿途道路崎岖难行，颠簸的道路让人有一种想吐的冲动。要修路，这是必须的。

不仅是为了巡游舒服，他还考虑到万一发生战事，就这破路运输兵力和粮草都要受到不小的影响。战场瞬息万变，耽误片刻，也许就全军覆没了。

现在人们常喊：要想富，先修路。而嬴政的命令也很简单，就两个字：修路。

秦朝修的驰道，都是从咸阳出发，东到燕齐，南到吴楚，北达九原，西到甘肃东部，四面贯通，全长达数千公里。驰道宽五十步（约合今 6.9 米），平坦坚实，道路两旁每隔三丈种一棵树。此外，在今四川、云南、贵州等偏僻地区的崇山峻岭之中，又修筑"五尺道"。

可见，有了这样四通八达的驰道，朝廷便不必四方驻兵，而是将军队主力集结在秦本部。地方上只要一有叛乱，朝廷的军队便可以借助驰道进行平叛。秦王朝可以更方便地控制全国，防守边疆了。

当然，秦朝廷在修路的同时，也不忘修筑军事工事。

春秋战国时期，由于战争的频繁和规模不断扩大，各诸侯国为了防御邻国的突然袭击，常常在自己的边境上修筑一些关、塞、亭、障等守备设施。后来又进一步把关、塞、亭、障用城墙连接起来，或把大河堤防加以扩建，便出现了所谓的长城。

秦始皇统一天下后，一方面下令全部拆毁了内地的诸侯互防长城。另一方面，出于抵抗匈奴、加强国防的需要，不仅没有拆毁边地长城，而且在秦、赵、燕三国边地长城的基础上，进一步大规模加以修葺、连接和增筑，以阻止北边游牧民族的南下入侵。于是出现了享誉海内外的秦代万里长城。

修造这道大秦围墙的诏令是在秦始皇三十三年（公元前214年）下达的。此时，匈奴之乱基本被平定，大批戍边人员纷纷被征发前来。而督造长城的人正是在北伐匈奴中立大功的蒙恬。

从此，一条体长万余里的"石龙"成了中华民族永恒的象征。站在这古老的长城之前，我们除了仰视，就只剩下惊叹了。因为我们无法想象我们的祖先为何在一瞬间会爆发出如此宏大的创造伟力，无法想象每块巨石是如何被肩扛手托运上峭壁的！

如今，长城已经成为全人类的骄傲，全世界不同肤色的人们都向它投来了惊奇的目光。长城作为蕴含着深邃文化的历史遗迹，与秦始皇赢政的名字一起，无疑将永世长存。

登泰山封禅

秦始皇将统一天下的伟业告祭了列祖列宗后，内心非常兴奋。再加上一路平安无事，自我感觉良好，觉得天下百姓已经完全拜倒在了他的威严下，不用担心什么暗杀之类的事情发生了。

西北巡游已经结束了，但他没有满足，反而对神秘的东方越来越感兴趣。尤其是对传说中的大海，听说它无边无际，难道比咸阳城还大？强烈的好奇心促使他准备第二次巡游。

在古代，泰山是天下的圣山，登泰山封禅是人世间伟业完成，告祭于天的大礼。

据史载和阴阳家传说，泰山高四千九百丈，方圆两千余里，其中蕴藏有灵草、玉石、长津甘泉和仙人室。又有六处地狱，称鬼神之府。从西面登山，可见下有洞天，方圆三千里都是鬼神受考谪刑罚之地。还传言在泰山上可以接近天帝，聆听天帝的训谕。所以，古代圣王都曾到泰山封禅。

古代君王都如此虔诚，秦始皇岂能落后？所以，登泰山封禅就成了他第二次出行的最主要目的。

秦始皇二十八年（公元前219年），始皇帝带着他的庞大豪华车队从咸阳出发，出函谷关，经过洛阳、荥阳、大梁、定陶，抵达薛郡邹县的峄山（现山东邹县南），刻石颂功。

继续前行，泰山就在眼前了！这是秦始皇第一次巡幸泰山，仰望它的雄姿，他慨叹不已，完全被泰山的巍峨高大所折服。

他不顾旅途劳累，坚持马上登山。可是天公不作美，突然下起了大雨，群臣建议等雨停后再登山，可是兴致正高的秦始皇却不以为然。

"雨中登山，历代君王不敢为，朕偏要为之！"

于是，一行人冒雨沿着陡峭的山道往上爬，雨中的泰山别有一番风韵，秦始皇完全被迷住了。一路赏玩，不知不觉就到了山上。再往上便是泰山顶峰，也就是现在的玉皇顶。在那里已经修筑了长宽各十二丈、高三尺的祭坛。

在山上修建的临时行宫休息一晚后，秦始皇选择了吉时，由石阶登上山顶的祭坛，接受上天的训谕，行了封禅祭天的大祭。

登临泰山极顶后，孟子赞颂说："孔子登东山而小鲁，登泰山而小天下。"杜甫吟诵道："会当凌绝顶，一览众山小。"这是古人记下的登上泰山之巅以后的感受。

秦始皇登临泰山极顶，会有怎样的感受呢？我们可以想象一下。

在泰山之巅的秦始皇俯视着眼底下一大片在云海缭绕中忽隐忽现的锦绣山河。这片曾经让大秦历代先祖日夜东望钦羡不已的齐鲁之地，如今就被他踩在脚下。一种胜利者的征服感油然而生，那种作为始皇大帝至高无上的感受让他热血沸腾。

封禅结束后，群臣为了安全，建议返回咸阳。可兴致勃勃的秦始皇完全没有要返回的意思，而是要继续巡游之旅。他要游遍天下，在大秦的每一寸土地上印上自己的足迹。

秦始皇来到渤海湾的黄港、腄港（在今山东邹县境内），当大海真正展现在他面前的时候，他被震慑了。蔚蓝涤荡着他的心灵，无边引发他无限的遐想。在海的另一边是个什么样的世界呢？神灵会不会就在那头遥望着自己呢？

带着这些疑问和不舍，秦始皇逗留了几日传令随行队伍沿海滨行走。又登临成山，之后登上芝罘山顶。看着秀丽的大好河山，便命令李斯作文立碑为秦颂德。真是走到哪里都不忘要高调歌颂，真是做到家了。

琅琊台的奇妙幻境

接着，秦始皇的车驾又转而向南，沿渤海边到了琅琊山。琅琊山面临东海，风景秀丽，和巍峨雄伟的泰山相比，它小巧妩媚而又灵秀有加。在群臣的陪同下，秦始皇登上山顶的琅琊台，这个台子是越王勾践势力最强盛的时候修建的。

西望被翠绿树木覆盖着的群山层层叠叠，东观波涛汹涌的沧海卷起层层的浪花。秦始皇极目远眺着大海，神情若有所思。就在众人都慨叹江山如画的瞬间，突然有人指着远处的天空喊道："看，那是什么？"

众人的目光都被吸引了过去，只见大海远处有一处岛屿。奇怪的是那岛屿不在海里，而悬在离海面有两三丈的空中。岛上有远山、屋舍、田园、丛林，甚至依稀可见来回走动的行人。

众人都惊异万分，当然也包括秦始皇在内。难道是天上的仙人显灵了？疑惑的秦始皇开始跪拜祈福。皇帝都跪下了，众臣也赶紧跪下，祈求上天眷顾，赐福给大秦子民。

其实，这悬在空中的景象是"海市蜃楼"的自然现象。现代科学已经做出了正确的解释。可是，古代没有发达的科学，迷信盛行。这就难怪人们会把"海市蜃楼"现象看作仙境在人间的昙花一现了。

天空的景象消失了，而秦始皇却还痴痴地望着天空，希望奇景再次出现，希望天上的神灵再睁眼看看这庞大的大秦王朝。此刻，他思绪万千，多年的征战，没有给他太多的时间来思考生老病死。如今，天下太平了，尤其是看到这难得一见的仙境，他开始想自己在人世还能活多长时间。自己的两鬓已经出现了白发，照这个速度，自己也就还有十来年的阳寿了。等自己死去的那天，这大秦该交给谁来管理呢？大儿子扶苏，小儿子胡亥，都不能让他满意。不行，还是自己管着放心，如果自己能长生不老，就不必考虑这些问题了。对，一定要想办法长生不老。

琅琊郡守进言道："陛下，大海之中真有仙岛和仙人。有一个齐人叫徐福，臣听说他亲身到过东海仙岛，前些日子还请求臣为他提供船只和人员，让他再去寻找仙人。但因为耗资巨大，小小琅琊郡难以承受，臣便没有答应他。"

"真有去过仙岛的人？朕要马上见他。"

徐福，字君房，秦始皇时著名方士（方术士，或称有方之士，就是持有方术的人）。在燕齐大地，盛产方士，多倡导成仙方术，与渴望长生不老的嬴政自然是一拍即合。

徐福和秦始皇的见面很愉快。在这个世上，哪里还能找到比嬴政更有钱的赞助人？嬴政也高兴，让这些所谓的专业人士办理成仙的事宜，一万个放心。

秦始皇每天和徐福形影不离，对成仙方术痴迷到快要疯狂的程度。三个月不知不觉就过去了，徐福出海的准备工作也做好了。于是，他便遵照秦始皇的命令携带童男童女数千人，驾船入海，寻找传说中的三座仙山——蓬莱、方丈、瀛洲。

随后，秦始皇在琅琊台立碑歌功颂德后便开始返回。路过彭城（徐州）时，派千人在泗水寻求丢失的周鼎，结果没有找到。于是渡淮水，到衡山，浮江而上。到湘山祠时，遇到大风，几乎不能渡江。他向随行的博士询问后，得知是舜妻湘君神作怪，大怒，便派三千人伐倒了湘山的树木，把湘山搞成了一座秃山。然后，才由武关回到了咸阳。

刺杀行动

黄海的滚滚波涛，琅琊台的奇妙幻境，在秦始皇的脑海里刻下了难以磨灭的印痕。遥不可及的海上仙山居住着不死的仙人，他们采食着不老的仙草，不必担心病痛和死亡的问题，无忧无虑。何等迷人的极乐世界，谁能不羡，谁能不醉？

秦始皇虽然人在咸阳，可心却飞到了东海仙山上，所以回到咸阳不到一年，他便决定再次踏上东去的行程。

秦始皇二十九年（公元前218年），开始第三次巡游，第二次巡海。

当巡游车队来到阳武博浪沙（今河南原阳县南）时，发生了一个意外。

秦始皇正坐在銮车里打盹，突然传来一声巨响，自己的銮车戛然停了下来。紧接着就是马的嘶鸣、人的喝问和脚步声乱成一片。

谁这么大胆，没有自己的命令，就擅自停了下来？

"出什么事了？"秦始皇呵斥道。

"有刺客行刺！"几个侍卫慌忙禀奏。

自从经历了荆轲和高渐离的行刺后，秦始皇对刺客已经不以为然了。整个天下都是自己的，还惧怕几个毛贼不成？

于是，秦始皇霍然站起，拔出佩剑要去和刺客厮杀一番。身旁的侍卫赶紧劝道："丞相等已经前去追捕，等抓到刺客后再由皇上亲自审问也不晚。"

此刻，秦始皇回头一看，展现在他面前的是不知从哪儿飞来的一个百余斤的大铁锤，把一辆副车砸得粉碎。自己的銮车就在这辆被击中副车的前面，如果铁锤再向前一点，那么自己就将面临灭顶之灾了。好险啊，等抓到这名刺客一定要把他碎尸万段。

李斯等人在茫茫风沙中四处搜捕，结果都空手而归。连一个小小的刺客都抓不到，秦始皇很失望，很生气。他命人四处捕捉，又下令天下大索十日，却是一无所获。

原来韩国贵族张良为报亡国之仇，与力士持铁锤暗中伏击，结果力士扔出的铁锤砸中了副车，秦始皇有惊无险。

这就是著名的张良袭击博浪沙的故事。

张良的这次刺杀活动虽然没有成功，但那大铁锤狠狠一击，对秦始皇应该算是一声响亮的警钟，至少说明秦始皇的统治并非像巡游中刻石所歌颂的那样。秦始皇应该从中吸取一点什么，但他除了下令全国通缉张良外，什么也没做，继续我行我素，炫耀着他手中的绝对权力。

而张良为了躲避追捕，只好易名改姓逃亡。他来到下邳（江苏睢宁西北古邳镇东），在这里，张良遇到了一位神秘的黄石老人，得到了奇书《太公兵法》，上演了一段千古流传的神奇故事，从而也完成了他的一次人生转折。

对于秦始皇来说，这个意外并没有打消他东巡的兴趣。于是，他又继续东行到芝罘，并刻石立碑，再南行到琅琊，才折返回归，经过上党回到了咸阳。

也许是这次的意外在秦始皇心中多少留下了一些阴影，也许是这次巡游没有给他带来什么实际的收获，所以接下来的几年，他没有很着急地继续巡游。

秦始皇三十二年（公元前215年），他才开始第四次东巡，到了渤海北岸的碣石（今河北秦皇岛），又沿着北方边郡巡视边塞，经过右北平、渔阳、上谷、代、雁门、云中诸郡，再返回咸阳。这次巡游的地方都是战国时期三晋、齐、燕旧地，一路障碍重重，路途颠簸不堪。大秦立国都这么多年了，没想到交通还是这么落后，于是，一纸"坏城郭，决通川防"的诏令使得全国道路畅通。六国旧关障碍得以扫除，通商交通便利了不少。这些功绩都刻在了石上，以便让后世永远为大秦歌功颂德。

秦始皇通过对北方诸郡的巡视，看到匈奴在边境烧杀抢掠无恶不作，回到咸阳后，便命令蒙恬发兵三十万正式出击匈奴。

结果，匈奴被秦军铁骑杀得退却七百多里，以求自保。从此，匈奴不敢南下牧马，骑士也不敢弯弓而报怨。

派系斗争

转眼到了秦始皇三十四年（公元前213年），自从大秦建立，已经过了八个春秋了。庞大的秦王朝如同一台上紧发条的机器，稳定而高速地运转着。

人是群居动物，总喜欢分出个三六九等，更喜欢抱团儿，尤其是在你争我斗的朝廷。贪心的臣子总是渴望得到更多的权力，历代王朝的党派之争往往是愈演愈烈。大秦走到现在，也避免不了这无休止的争斗。

表面看，大秦的铁骑所向无敌，大秦的江山固若金汤，可实际上内部已经形成了多个派系，之间的争斗也初现端倪。

大秦的朝廷主要由功臣、近臣、博士、宗室这几大股势力所把持。

势力最大的当然是功臣集团，核心是李氏、蒙氏、王氏三大家族。

李氏家族当然是李斯了，他是秦始皇最信任的大臣，位居丞相。他的儿子也官居要职，女儿也都嫁给了皇亲国戚，和皇家有千丝万缕的联系，是秦国政坛名副其实的第一家族；蒙氏家族以蒙恬和蒙毅为代表，蒙恬手握重兵，坐镇北方，守卫边疆，蒙毅位至上卿，是秦始皇的贴身护卫，自然也是炙手可热的人物；王氏家族父子因为建国军功都被封侯，王翦为武城侯，王贲为通武侯。

近臣集团由嬴政身边的近臣组成，代表人物是中车府令赵高。这个人可不能小看，很善于玩弄权术，溜须拍马。

六国降臣人数众多，秦始皇为了拉拢这股势力，便让他们参与国家政事，但又持有戒心，不让他们介入要害部门。在降臣中，博士是一支很重要的力量，以他们为主组成的新型集团在咸阳举足轻重。秦统一天下后，效仿当年齐国的稷下学宫，在中央设立了博士制度，定额为七十人。这些人都是六国的精英人才，秦始皇对他们也格外看重。这些博士虽然没有实权，但却可以和丞相分庭抗礼，一同议论朝政。

至于宗室的力量，在秦始皇的强权下已经被削弱了不少，但他们是皇家的血脉，地位不可动摇，势力自然也不能小觑。

在这几股势力中，以功臣集团和博士集团的矛盾最为尖锐。无非是为了"权力"二字，功臣对自己手中的权力看得很重，而降臣却不甘心只能打口舌仗，总想捞一些实实在在的东西。就这样，当矛盾积聚到一定程度后，如同火山一样，自然要喷薄而出。

对这种状况，秦始皇自然是心知肚明。他没有去制止，因为在他心中自有一杆秤——在权臣斗争中寻找一个平衡点，这才是王者之道，才有利于大秦江山的稳固。

217

焚书令

大秦的第八个大庆日在人们的翘首企盼中如期而至。这种大喜的日子自然要普天同庆，为了增添喜庆的氛围，秦始皇特意在咸阳宫举行宴会，大宴群臣。

舞女翩翩起舞，音乐丝丝入耳，酒香阵阵扑鼻，杯觥交错，欢声笑语，好惬意的场合。

既然是秦始皇嬴政做东，群臣自然要轮流敬酒，歌功颂德，祝皇帝万寿无疆，祝大秦千秋万代，繁荣昌盛。

在场的人大多都是拍马屁高手，好一通拍马，给嬴政戴的帽子越来越高，把嬴政说得心花怒放，碰杯之声接连不断。

轮到仆射周青臣了，他一开口，群臣个个自叹不如，拍马屁拍到这个程度，真让人望尘莫及。

周青臣说："秦国当年的领土不过千里，幸好有圣明的陛下，平定海内诸侯，放逐四方蛮夷，统一天下。凡是日月所照之地，无不入贡朝见。今以诸侯国为郡县，人人安居乐业，没有了战争的祸患，大秦的江山一定可以传承万世。上古的圣王都无法和陛下的神威与恩德相比啊！"

好个周青臣，把秦始皇抬到了无人能及的高度，真是拍到了极致。

顺耳的话人人爱听，尤其这种恭维的话自然把秦始皇说得十分喜悦，他举杯和群臣共饮一杯。

在这种氛围下，人人都十分放松。本来嘛，这种大型宴会，除了看看美女，听听音乐，互相扯扯皮，也干不了什么。偏偏有一个人不信邪，他的话让大家大惊失色。

博士齐人淳于越站起身，厉声斥责道："周青臣，你当面奉承谄谀陛下，是什么居心？"

此话一出，满座失色，淳于越难道疯了？他把自己完全孤立了起来，本来今天的主旋律就是歌功，他为什么要反其道而行之呢？

周青臣被气得脸色发青，一时找不到合适的话来应对。其他大臣自然不敢轻易接这棘手的话题。

秦始皇的脸色也变得阴沉起来，略带恼怒地问："博士这话是什么意思？"

博士淳于越也不是不善于察言观色，他已经发觉秦始皇的脸色变得不好看了。但他豁出去了，继续进言道："臣听说殷周在天下称王有一千多年，封子弟功臣为侯，进而辅助自己管理天下。现在四海之内，莫非王土，而陛下的子弟却身为平民百姓。如果出现晋六卿、齐田氏那样的篡逆臣子，天子没有侯王辅助，靠谁来救援自己？不效法古人而又想长治久安是从来没有听说过的。现在周青臣在陛下面前阿谀奉承，来加重陛下的过失，他难道是忠臣吗？"

好一番激烈的言论，这个尘封了八年的话题又一次被提起，无非就是分封和郡县之争。秦始皇并不赞成淳于越重弹八年前王绾在朝堂上弹过的老调，对此自然是十分反感。

这话如果出自别人之口，倒也无妨，也许是酒壮人胆，说出了肺腑之言。毕竟效仿古人也无可厚非。可这话出自博士淳于越之口，他的后面是博士集团，这很容易让人怀疑他是替这个集团打先锋，向功臣集团发起进攻。因为谁都知道郡县制是李斯在八年前力压王绾而在秦国实行的。现在反对郡县制就是把李斯树立为对手或敌人，唯一不同的是，当年李斯是廷尉，现在已经是一人之下的丞相了。

咸阳宫内的阵阵酒香在瞬间变成了滚滚硝烟，两大集团的矛盾终于爆发了。该如何处理呢？秦始皇把目光投向了李斯：对方已经出招，你接不接？

李斯当年没把比自己官大的王绾放在眼里，现在自己已经今非昔比，当然也不会在意小小的淳于越。于是，他发起反击，让世人震惊的反击。

李斯驳斥道："五帝不相互重复，三代不相互因袭，各自都能把天下治理得井井有条，而不是杂乱无章。这是因为时代发生了变化，如果因循守旧只能是自取灭亡。现在陛下创立了千古大业，建立了万世之功，那些愚陋的儒者当然不能理解。况且，淳于越所说的商周两代的制度有什么好地方值得效法呢？当年，诸侯林立，相互争霸，大地狼烟四起，百姓生活苦不堪言，所以各国才用重金招揽游学的人士，为自己出谋划策。当今天下已经平定，法令出于一统。百姓专心致力于农耕，士人一心学习法律，只有儒生不学习当今而要效法远古，还对如今的制度指手画脚，扰乱视听，惑乱百姓。这些儒生到底是安的什么心？"

这样的反击尖锐刻薄，一下子把对手推到了风口浪尖。额头已经冒出冷汗的淳于越喃喃地说："臣是为我大秦着想，绝对没有二心，还望皇上明鉴。"

看着跪拜在地的淳于越，又看看慷慨激昂的李斯，嬴政笑了笑道："好了，诸位爱卿，不要争了，朕知道你们都是为我大秦着想。今天是喜庆的大好日子，这良辰美景岂能被这种争论所扰？你们二位回去写份奏章，隔日呈上来便是，大家继续尽兴吧。"

欢声笑语又回到了咸阳皇宫，可这欢庆声却难以掩盖党派纷争的不和谐音调。

李斯已经开始琢磨如何写奏章了，既然选择了反击，他就要用尽全力，绝对不能让博士集团的尾巴翘到天上去。

第二天，李斯和淳于越的奏章都摆在了嬴政面前。对于淳于越老调重弹的奏章，嬴政只看了几眼，便丢在一边；而对于李斯的奏章，他却仔细读了好几遍，皱着眉头思索起来。

这份让嬴政思索的奏章内容大体是："古时天下纷争混乱，没能统一，所以诸侯群雄并起，都称道复古并非难当今，用虚无的语言来扰乱实际。而人们又往往以为他们私下所学的这些东西非常高明，并以此来非难圣上所创立的宏伟大业。如今陛下已经统一天下，分清是非而尊立一帝，而那些心怀私学的人却互相勾结非难法制制度。听到有法令下达后，便用他们的那套私学来加以评论。在家则内心不满，在外则心生是非、乱发议论，来非难皇上的名望，以为标新立异就是高明之举，煽动门徒群起造谣诽谤生事。如果不禁止这种情况，上则降低皇上的权威，下则使这些人形成党羽。对此应严加禁止，才有利于大秦江山的稳固。"

李斯不光表明了态度，写明了事态的严重性，还想到了如何禁止的对策。他说："臣请求将史官所收藏的历代史书，除了秦国的史书《秦记》外，其他史书一律要焚烧掉；除博士因为职务上的需要外，天下其他人有收藏《诗》《书》以及诸子百家著作的，一律要送交所在郡守、郡尉处焚烧；有敢于相互谈论《诗》《书》的人，要给以弃市的刑罚；如果有人胆敢以古非今，要诛杀全族；如果各级官员有隐瞒不报的，要以同罪论处。这项法令下达后，期满三十日而不焚烧收藏的禁书的人，则处以面部刺字并四年苦役的刑罚；医药、卜筮、种树方面的书籍可以继续收藏，不必焚烧；如果有想学习法律的人，可以到官府向负责普及法律知识的人请教，并且可以以这些官吏为老师。"

嬴政看了几遍后，来回踱步，最后在奏章上批了一个字：准。意思是，可以照办。这便是历史上臭名昭著的"焚书"了。许多先秦的优秀文化都被付之一炬，可惜，可惜。

关于焚书，李斯并非始作俑者。前此，孟子有云：诸侯恶周礼害己，而皆去其典籍。《韩非子》也云：商君教孝公燔《诗》《书》而明法令。

到了后世，清大兴文字狱，倒霉的便不仅是书，更包括了著书者和藏书者。持续近百年，时间之长，株连之多，世所罕见。

不过，上有政策，下有对策，在严刑峻法的大秦同样如此。就说这民间藏书吧，如果被发现私藏禁书，抗拒不交就要被处以面部刺字并四年苦役的刑罚。在刑罚严酷的秦国，这算是轻罚了，并不严厉。而且，这样的处罚还是在藏书被官府发现的前提之下，如果未被发现，自然也就不用追究。

可见，在当时的禁令中，焚书不是第一要务。因为李斯和嬴政都明白焚书是焚不尽的，焚书只是一种手段而已，目的就是钳制思想，显示大秦的权威，维护大秦的统治。但焚书的行为开了赤裸裸地扼杀思想的先河，不仅在当时酿下了非常严重的后果，而且对后世也产生了深远影响。

读书也有罪吗

说起焚书，人们自然会联想到坑儒。坑儒事件发生在焚书的第二年，即秦始皇三十五年（公元前212年），是由两个方士的畏罪逃亡引起的。事件的来龙去脉还得细细道来。

六年前，嬴政从东方巡游回来后，在琅琊山见到的"海市蜃楼"现象一直让他的内心无法平静。尤其是徐福的一通神侃，让他疯狂迷上了仙人和长生不老药，梦想着自己吃了仙药后能返老还童、青春永驻。他甚至宣称："我很羡慕真人，自称'真人'，不称'朕'。"

当一个人对某件事达到痴迷的程度后，便会不顾一切地去做这件事，直到完成或碰壁为止。秦始皇就是这样，他是天下的皇帝，他不相信有自己办不到的事情。

虽然徐福已经带着数千童男童女去寻找三座仙山求长生不老药了，可等待是漫长的，秦始皇简直是度日如年。再说，他也不愿意在一棵树上吊死。于是，开始用重金四处笼络和招揽术士，让他们为自己去寻访仙人和长生不老药。

结果，前后几次寻访都失败了，但秦始皇并没有气馁，资助的规模和力度反而越来越大。这样看来，秦始皇已经开始碰运气了。在众多的方士中，希望有一个方士能给他找到仙药。

一些人是习惯于钻空子的，这些方士也是人，只不过是他们的脑海中有一些海阔天空的遐想而已，所以难免有一些南郭先生之类的人来混饭吃。

于是，在方士的小圈子里流传着这样的消息：这里的皇帝有点傻，但钱非常多。他的钱当然是最好赚的了，所以全天下的方士一下子都聚集在咸阳。

其实，秦始皇并不傻，反而是绝顶聪明。他虽然知道这些从四方奔来的方士中南郭先生不在少数，但是没有试过怎么能知道谁是南郭先生呢？好在大秦地大物博，不差这几个钱。于是，只要有人提出一个主意，他便马上给以足够的资金援助，让他们为自己去寻找长生不老药。

然而，一晃六年过去了，连仙人和长生不老药的影子也没见着。这些方士们不免心虚起来，按照秦法，他们的行为肯定是难逃一死，而且会死无全尸，死得相当难看。

在众多的方士中，侯生和卢生最先认识到了事态的严重性。他们认为如果再这么欺骗下去，早晚要出事，而且必定是大事。虽然人人都向往富贵，可如果连命也保不住的话，还要富贵有什么用。三十六计，走为上策，脚底抹油开溜保命才是最主要的。

因此，侯生、卢生密谋逃亡。可笑的是在逃亡之前，两人还对秦始皇非议了一番。也许是为自己的逃跑找个理由或心理安慰吧，毕竟他们在咸阳白吃白住白拿了很长时间。

他们非议的内容是：秦始皇天性刚愎自用，灭诸侯，并天下，为所欲为，于是便以为自古以来的圣贤谁也比不上他。他高高在上，听不到批评的声音，只会日益骄横；他宠信狱吏，喜欢用残忍的严刑峻法来树立自己的威信。官员们为了讨好他，只能战战兢兢地说谎欺瞒。秦法还规定，方士之术不灵就要被处死。如今方士三百多人，都是善良的人，因为畏惧秦始皇的淫威而献谀，谁也不敢指出他的过错。天下的事无论大小都取决于皇帝，他竟然用秤来称量大臣们的上奏。大臣们呈上的疏奏（竹简）每天不足一百二十斤，谁也不能休息。像这样贪揽权势的人，我们不能为他求长生不老的仙药。

侯生、卢生做了一番议论后，趁着夜色悄悄逃离了咸阳。当秦始皇听说侯生和卢生逃跑的消息后，当然勃然大怒。

咸阳宫内传出了秦始皇的咆哮声："朕对待这些方士不薄，从来都是有求必应，尤其对侯生、卢生寄予了厚望，可偏偏是这二人弃朕而去。朕是天下至尊，他们把朕当什么了？难道把朕当成可以玩弄于股掌之间的傻子了吗？"

这侯生和卢生也确实不地道，不仅辜负了秦始皇的厚爱，而且光顾着自己逃命，完全不顾那些还在咸阳的同行的死活。

没有不透风的墙，侯生、卢生逃跑前的言论传了出去。秦始皇最痛恨所谓的妖言惑众、扰乱老百姓思想的人了，没想到这些方士竟然也是披着羊皮的狼，绝对饶不了他们！

嬴政一声令下，一场灾难便降临了，还没来得及逃离咸阳的方士们都被缉拿归案，关押了起来。

紧接着，诏书也下达了，大意是：朕先前把天下没有用的书都收拢起来焚毁了，后来召集了不少方士来寻仙、炼奇药，想永保太平。然而，这些方士入海求仙，要不一去再无音讯，要不两手空空而归。已经消耗了大秦数以万计的钱财却不得药。朕对卢生等赏赐丰厚，并抱有很大的期望，数年来却毫无收获。他们反而诽谤朕没有品德，欺负朕仁厚不忍心责罚他们。如今卢生等不思图报，亡命而去。朕要拷问这些咸阳的方士，是不是散布妖言扰乱百姓的思想。

诏书宣读完毕，接下来就是照旨办事了。审问犯人是狱吏的拿手好戏，现在又有皇帝的亲笔诏书，办起来自然是相当顺手。

屈打成招，自古有之，尤其在重法制的大秦，更是难以避免了。

在一番严刑拷打下，诸人为求自保，互相揭发，乃至不惜胡乱编造。一通审理后，审出四百六十多人诽谤过秦始皇。如何处置这些人呢？秦始皇考虑再三，决定给天下人一个警示：当今皇帝，是天下至尊，任何人都不得妄加议论。

于是，一声令下，四百六十多人都被活埋了。除了坑杀这些人外，同时还谪迁了一批人到北方边地。后世往往把这一事件和焚书并列，合称为"焚书坑儒"。

其实，所谓坑儒，只是对方士的一次坑杀，是对方士的一次清理整顿而已。当然不能说被杀的四百六十多人中一定没有儒生全是方士，但是从这件事的起因和代表人物可以推知，被杀的主体应该是方士，但被杀者肯定也有儒生。司马迁在《史记·儒林列传》中也有明言："及至秦之季世，焚诗书，坑术士。"所以，秦始皇坑儒主要坑杀的是方士术士，并不是儒生。

秦始皇坑儒的导火线是方士侯生、卢生的出逃，那么这二人的结局如何呢？据西汉著名学者刘向《新序》记载：其中之一的侯生最终没有逃出秦始皇布置的天罗地网，被押解到咸阳。秦始皇将怎样处置他呢？

为了以儆效尤，秦始皇准备在大庭广众之下把侯生痛骂一顿，然后施以车裂的酷刑。但戏剧性的一面出现了：侯生反过来却把秦始皇大骂了一通，从生活上如何穷奢极欲，一直到对百姓横征暴敛，然后是无法和历史上圣王相比，却千倍万倍于历史上的暴君。出乎意料的是，秦始皇竟然听完了侯生的痛骂。

"朕可以做什么改变吗？"

"晚了，民心已失，陛下坐而待亡吧。"

最后，秦始皇感叹一番后，竟然释放了侯生。

刘向笔下的秦始皇来了一百八十度的大转变，也许是想借这一形式对秦始皇作一番讽刺和痛骂。不过却和秦始皇的性格相违背，不太高明。

《淮南子·人间训》认为侯生、卢生逃亡到了海上；《湖南通志·方外志》认为侯生、卢生隐居在了邵陵云山。逃亡和隐居，这是两人的最终归宿，这样的结局反倒比较可信一点。

秦始皇焚书坑儒，本意是要维护集权，进一步排除不同的政治思想和见解，但并没有收到预期的效果。虽然用残忍、残暴的手法钳制了当时人们的思想，加强了思想控制，并在短时间内得到了成功，但不利于国家长治久安，不利于社会发展。

点儿背的扶苏

对于坑儒事件，有人也持有不同看法，但大多数人也只是想想而已，不敢提出异议。但有一个人却站了出来，他就是秦始皇的长子——扶苏。

年少时的扶苏机智聪颖，深得嬴政的喜爱。可他生来具有一副悲天悯人的慈悲心肠，因此在政见上经常与暴虐的秦始皇背道而驰。秦始皇偏执地认为这是扶苏性格软弱导致的，这样的人根本就不适合治理天下，所以对扶苏也越来越冷漠。但他们毕竟是父子，而且扶苏又是长子，打断骨头还连着筋呢，何况只是政见不同而已。所以，扶苏在咸阳的地位举足轻重也就不难理解了。

这次，目睹父皇又残忍地坑杀了四百多人，年轻气盛的扶苏坐不住了。他认为有必要提醒一下父皇：法不可少，但仁也很重要。

身边的亲信劝说："公子千万不可，皇上历来看重法制，况且现在正在气头上，此刻进谏无疑是惹火烧身。"

可扶苏也继承了他父亲秦始皇的执拗，认准的事情就是九头牛也拉不回来。结果，扶苏在错误的时间提出了建议，执意进谏道："天下刚刚安定，远方的百姓未必真正被教化。如今用重刑惩罚了他们，恐怕天下的百姓因此惴惴不安，天下会再次不安定，希望父皇三思啊。"

打仗亲兄弟，上阵父子兵。我怎么就生了个胳膊肘向外拐的儿子呢？每天就知道挑刺，在眼前晃来晃去只会增加烦恼，恼怒的秦始皇越想越生气，根本就听不进扶苏的谏言。

"好啊，翅膀硬了？看来咸阳是容不下你了。"

"父皇，不要生气，孩儿不敢和你作对，只是就事论事，况且，仁也是很重要的。如果百姓每天都生活在恐惧当中，这不利于国家安定啊！"

"哼，仁慈，如果朕仁慈，能有如今的天下吗？大秦早就成为其他诸侯国嘴里的肥肉了。百姓都说朕残暴，你仁德。其实人们是利用仁德之名来迷惑你的心窍，你已经被别人利用了而不自知，还成天给朕进谏，幼稚、可笑！你以为仁德就能把国家治理好吗？弱肉强食，这是铁的定律，百姓会把你的仁德当成软弱，骑在你的头上作威作福。等朕作古之后，大秦的政令法规，还不被你给弄得面目全非！大秦的江山还能存在多久？朕看你还是别在咸阳待了！"

"父皇，孩儿要留在你身边侍奉你，哪里也不去。"扶苏跪拜在地上，有些战栗。

"就这样定了，希望你去外面好好地历练一番。"秦始皇说话的语气缓和了不少。

扶苏不敢抗命，只得谢恩而去。结果，他被派到北方监督大将军蒙恬修筑万里长城，抵御北方的匈奴。

当公子扶苏来到黄沙漫天的北疆时，引起了人们极大的震动，因为他是秦始皇的长子。人们按习惯已经把他认定为皇太子，也就是未来大秦的接班人。但没有人会想到，扶苏自然也不会想到，从此他永远不可能再回咸阳，永远不可能再见到他的父亲秦始皇了。

不过，公子扶苏血管里流的是嬴氏家族的血，无论在哪里，他都不会给父亲丢脸，给大秦丢脸。

接下来几年的塞外征战让扶苏成长得与众不同。他身先士卒、勇猛善战立下了赫赫战功，敏锐的洞察力与出色的指挥才能让众多的边防将领自叹弗如。他爱民如子、谦逊待人更深得广大百姓的爱戴与推崇。这当然都是后话了。只是不知秦始皇听到儿子有这么大的进步会有何感想。

虽然扶苏有勇有谋还有德，是继承皇位的合适人选，但他被置身边疆，远离咸阳。音讯阻隔，他根本就无法了解咸阳政坛的情况，更没有机会去继承皇位了。这无疑为大秦的崩溃埋下伏笔。

死亡的恐惧

闹心的长子被送到了边疆，耳根是清静了不少，可内心却感觉空落落的。秦始皇对欺骗自己的方士耿耿于怀，四百六十多条人命也没有换来他内心的平静。精心培养的术士队伍，被自己打了个落花流水，自己已经是人间的神了，难道就不能成为天上的神吗？

本来对这些方士寄予厚望，现在却换来了无比的失望。尤其是当看到这些方士在尘土的掩埋下渐渐地悄然无声时，他彻底心凉了。原来这些号称离仙人最近的人也和普通人没什么区别，在死神面前也无能为力，靠这些人寻找长生不老药，从一开始就是个错误。

长久以来，秦始皇都以寻访仙人和长生不老药作为个人的最高追求。他一直都满怀信心，志在必得。自己是天子，上天的儿子，即使仙人下凡，最多也是和自己平起平坐。

黄帝且战且学仙，后来天降神龙，迎黄帝归于天上。黄帝能做到的，自己也一定能够做到。几次求仙失败后，嬴政的信心依旧坚定：在这世上的某个地方一定有仙人和不死灵药，只要肯下功夫，一定能找到。

现在，他自己把这个美丽的肥皂泡捅破了，才发现一切都是虚无的，只是一个美妙的梦而已。如今梦醒了，他开始怀疑这个世上是不是真的有仙人和不死灵药。

既然找不到仙药，那么自己就和凡人没什么大的区别，最终要面对生老病死。可说实在话，自己不想死，世上有太多让人留恋的东西：至高无上的地位，一手遮天的权力，奢侈豪华的生活，还有那醉人的音乐和成群的美女……

自己不能死，一定不能死。

当一个人开始考虑生死的问题时，这个人的心已经老了。求仙不成的秦始皇开始惧怕死亡，对身边的人就更加怀疑了。

一次，秦始皇临幸梁山宫，从山上望见山下有一队人数众多的车骑，便问侍从："山下是什么人的车骑，这么大的排场！"侍从答道："是丞相李斯的车骑。"

秦始皇听后默然无语，心中很不高兴。后来，秦始皇的侍从把这件事转告给了李斯，李斯立即减少了车骑的人数。当秦始皇发现李斯减少车骑时，知道是自己身边的人泄密了。万一这些人对自己图谋不轨，那还了得？警觉的秦始皇勃然大怒："这一定是侍从人员向外泄露了朕说过的话。"便立即审问什么人泄露了秘密。承认了就难逃一死，所以被讯问的人都不肯招认。结果更加激怒了秦始皇，他便将那天在自己身边的随从人员全部杀死了。

这件事在宫中震动很大，从此，秦始皇身边的侍从再也不敢多嘴了。而多疑的秦始皇更加疑神疑鬼，总觉得有人要陷害他，便经常更换住处，玩起了神秘。结果，任何人都不知道皇帝所在之处，群臣们只能在咸阳宫中奏事和听取命令。

死前的三个征兆

秦始皇满怀愤怒，用残暴的手段坑杀了方士，其实这是他极度失望后的无奈之举。从这些方士窒息的那刻起，他的不死信心转而变成了对死亡的深深恐惧。

曾经不可一世的秦始皇也从神坛上重重地跌落了下来，那个叱咤风云的大秦皇帝已经成为历史。长江后浪推前浪，谁也阻挡不了历史向前发展，暮年垂垂的秦始皇注定要受到众多的攻击。

就在秦始皇患得患失谈死色变时，在秦始皇三十六年（公元前211年），一连发生了三件针对他的事，让他更加惶惶不安、极度郁闷。

第一件事就是出现了"荧惑守心"的异常天象。

《史记·秦始皇本纪》的记载"三十六年荧惑守心"。什么叫"荧惑守心"呢？"荧惑"是指火星，由于火星荧荧似火，行踪捉摸不定，因此我国古代称它为"荧惑"。

另外，把二十八宿中的"心宿"简称为"心""心宿"就是现代天文学中的"天蝎座"，主要由三颗星组成，最亮的一颗代表皇帝，旁边两颗，一颗代表太子，一颗代表庶子。当火星运行到天蝎座三颗星的附近，并在那个地方停留一段时间，就出现了中国古人常说的"荧惑守心"的天象。

火星留守在天蝎座的罕见天象，在中国的占星学上被认为是最不祥的，意味着皇帝丢失皇位或者死亡。

如此明确的征兆给嬴政带来了沉重的打击，老天都要灭我，我还能怎么活？他的双目变得有些呆滞，然而这还没有完，既然老天打出了第一拳，那么就会有人打出第二拳。

天象事件还没有平息，接着就发生了第二件事——陨石事件。

一颗流星划过长空，不偏不倚坠落到了大秦的东郡。东郡是秦始皇刚即位不久，吕不韦主持朝政时攻打下来的，当时只是魏、秦两国的交界地。现在已经发展成了大秦的一个东方大郡。

其实，陨石坠落是件很平常的事情，没什么好大惊小怪的，可偏偏在这陨石上发生了让秦始皇害怕的事情。不知是哪个胆大的人在陨石上面刻了"始皇帝死而地分"七个拳头大小的字。这非同小可，既然石头是从天上掉下来的，那么上面的文字就代表了上天的旨意，预示着秦始皇将不久于人世，同时也宣告了大秦也即将灭亡。

出现了这种事情，地方官不敢怠慢，赶紧向上呈报。消息便像长了翅膀一样迅速传到秦始皇耳中，秦始皇震惊不已。难道老天真的要亡我大秦？难道我大秦的统治真的不得人心？他开始反思自己，反思大秦。

秦始皇心里明白这根本就不是什么上天的旨意，是有人恶意为之，目的是蛊惑人心，推翻大秦的统治，用心极其险恶。

可舆论的力量不可小觑，不明真相的百姓难免被蒙蔽，对大秦的稳定相当不利。

大秦的官员办事效率还是很高的，他们很快就查明这呼应"荧惑守心"预兆的行为是人为的。

竟然有人明目张胆地反对大秦，秦始皇在震怒之余，立即派御史到陨石落地处，逐户排查刻字的人，结果一无所获。

愤怒的秦始皇已经失去了理智，谁和我大秦作对，谁就不得好死。于是下令：处死这块陨石旁所有的人家，并焚毁这块刻字的陨石，以解心头之恨。

人死了，石焚了，但是，秦始皇心中的阴影并没有随之而去。他知道只要有一个人站起来反对他，就会有第二个、第三个，直至千千万万，大秦从此将不得安宁了。

好事连连，坏事也一样，只要起了头，就会接连不断。

第三件事是沉璧事件。这年秋天，一位走夜路的朝廷使者趁着微弱的月光赶路，从东经过华阴时，忽然隐隐看见大路中央站着一个穿着黑衣的人。使者大惊，以为是夜遇劫匪，这朝廷的信件可不能丢，于是拔出宝剑，大声呵斥："阁下是哪个山头的？"

可任凭使者怎么喊叫，对方就是不搭理。难道是眼花了，使者琢磨着，拍马慢慢前行。

突然刮起一阵寒风，隐约伴着呜咽号哭的声音，让人毛骨悚然。等风停后，那个黑衣人已经来到了使者的面前，由于光线昏暗，看不清神秘人的脸，使者心中一惊，正要举剑刺去。

黑衣人却取出一个东西，道："请你替我把这块玉璧送给滈池君。"

使者收起宝剑，鼓足勇气，从神秘人惨白惨白的手中接过玉璧，问道："谁是滈池君，你又是谁？"

黑衣人没有回答，而是转身走开了，没走几步，忽然回头道："今年祖龙死。"

使者想问是什么意思，可黑衣人已经和夜色融为一体，没了踪影。

这是人吗？来去如此迅速，莫非是遇见鬼了？使者被吓得魂飞魄散，赶紧快马加鞭赶到咸阳，向嬴政报告了这件怪事。

秦始皇拿着使者带来的玉璧，仔细一看，吓了一跳，这块玉璧就是化成灰，他也认得。这正是秦始皇二十八年（公元前219年）自己巡游渡水时，祭祀水神而投入水中的宝玺。十年前祭祀水神的宝玺怎么又被一个不明身份的人给送回来了呢？再想想他留下的"今年祖龙死"这句话，更觉得迷雾重重，赶紧叫来博士询问。

"陛下愿意听真话还是假话？"

"当然是真话。"

博士便直言不讳道："这是山鬼。以前周武王居住在滴，滴池君指的是武王。山鬼的意思是将陛下比作商纣王，也应该予以讨伐。"

要在以前听到这样的话，嬴政早就怒火冲天，大开杀戒了。可是接连的异象快让他崩溃了，哪里还有心情发火杀人。

"今年祖龙死，又该怎么解释呢？"

"祖，始也。龙，人君之象。祖龙合称，指始皇。今年祖龙死是说……"

"好啦！"

嬴政打断了博士的话，他就是再幼稚也明白"今年祖龙死"是什么意思了。他心中十分凄凉，难道自己的劫数真的来了？苦笑道："山鬼也就知道一年的事情。你们多虑了，祖龙也不是指朕，是指人的祖先而已。"

虽然秦始皇极力做着辩解，但今年真是祸不单行，天下不利于己的议论已经疯起。他被死亡的阴影折磨得心力交瘁。宁可信其有不可信其无，极度郁闷的秦始皇专门为这些事举行了占卜，得出的结果是出巡和迁徙百姓才能趋吉避凶。

于是，秦始皇下令迁移三万户人家到北河、榆中地区，并且给每家迁徙户赠了一级爵位。至于出巡，由于沉迷于求仙之中，已经好几年没有出巡了。为了粉碎谣言，化解诅咒，也为了宽心，他决定再次出巡天下。

一颗红心，两手准备

就在秦始皇准备出巡时，一个让他翘首企盼多年的人终于回来了。

秦始皇三十七年（公元前 210 年），徐福只身返回咸阳。听到徐福归来，秦始皇欣喜万分，当得知徐福两手空空没有带回仙药时，他又失望到了极点。

看着满脸灰尘的徐福，秦始皇又想起了咸阳欺骗自己的四百多方士，气就不打一处来，本来是要严厉处罚徐福的。可徐福在生死一线间谎称自己已到了蓬莱，但是仙人们却嫌秦始皇送的礼物太薄了，不肯给药。

这下又勾起了秦始皇对仙药的向往，他便问仙人还要什么。徐福便又索要了三千童男童女，还有五谷种子，数百名精通各种技艺的能工巧匠。徐福还称，大海中常有大鲛鱼出没，对海上航行来说非常危险，一定要派善于使用连弩的射手去才能排除来往的困难。

死马权当活马医，秦始皇便再一次满足了徐福的要求。

但是徐福第二次出海后，从此一去不返，再无音讯。这匹死马最终没有变成活马，没有给秦始皇带回长生不老仙药。

徐福的故事结束了，不过或许说明了一个问题：胆子越大，口气越大，收获越大，但有一个前提是必须抓住人的心理。徐福就抓住了秦始皇想长生不老的心理，说得越玄乎，秦始皇越深信不疑。

对求仙和不死灵药的希望基本幻灭之后，秦始皇知道自己无法超越短暂的生命，求得永生。死亡已经是一个真真实实的问题摆在了他的面前。虽然他对徐福还抱有一丝希望，但也不得不开始考虑自己百年之后的归宿了。

平时，秦始皇最忌讳说"死"，所以，群臣都不敢提到"死"这个字。但秦始皇毕竟知道生命规律的不可抗拒。既然阳间有个阿房宫，到了阴间自然也得有个"地下阿房宫"。于是，陵墓的修建又变成了大秦的头号工程。

一般来说，古代君主都在即位后就开始营造陵墓，称为"起寿陵"，带有祝祷长寿的含义。

据史书记载，秦始皇嬴政即位的次年即在骊山开始修建陵墓。在全国统一后，正式投入大量人力物力全面动工，与修造阿房宫差不多同步进行。到公元前208年完工，历时三十九年。

嬴政对陵墓相当重视，他指定的陵墓工程负责人是丞相李斯。陵墓的修建关乎自己死后的享受，自然要让自己最信任的人去办了。

接到诏令，李斯自然不敢怠慢，为了尽善尽美，即使倾尽大秦的物力人力，也在所不惜。

为了修建陵墓，仅工匠便多达七十二万人，动用修陵人数最多时近八十万，几乎相当于修建胡夫金字塔人数的八倍。还从北山开山凿石，制作石椁。材料采集，则远达蜀、楚等地。

在李斯的主持下，工程进展相当顺利，秦始皇自然也相当满意。

整个皇陵是由高大的陵冢、肃穆庄严的寝殿、雄伟巍峨的重城垣墙和宽大的骊山园组合而成。修成的秦始皇陵南依骊山的层峦叠嶂，山林葱郁；北临逶迤曲转的渭水之滨。高大的封冢在巍巍峰峦环抱之中与骊山浑然一体，不仅景色优美、环境独秀，而且规模宏大、气势雄伟。

如果说古埃及金字塔是世界上最大的地上皇陵，那么秦始皇陵便是世界上最大的地下皇陵。

虽然不能长生不老，但想到死后还可以继续在陵墓中享福，秦始皇的心情宽裕了不少。但想到去年的诅咒，秦始皇便想用实际行动来破除这该死的诅咒，让天下百姓安心。可天下之大，该巡游哪里呢？

说心里话，秦始皇还是喜欢南方，那风景如画的江南，一直是他留恋的地方。还有，他始终觉得仙人一定在风景优美的地方，心存侥幸，希望能碰上一回，即使不能长生不老，此生也无憾了。

于是，秦始皇便决定巡游东南，开始了他的死亡之旅。

重燃不死之心

秦始皇三十七年（公元前 210 年）十月癸丑日，时年五十岁的秦始皇再次出巡南方。他做梦也没想到，这次出巡竟然是一条不归路。这次陪同他巡行的文武官员有左丞相李斯、中车府令赵高和上卿蒙毅，右丞相冯去疾则留守咸阳。还有一个人值得一提，他就是秦始皇所喜爱的少子胡亥，他被恩准一同前往东南巡游。

十月的咸阳城内已经满眼一片深秋景色，虽说是秋高气爽的季节，但早晚之时已经有寒气袭来。秦始皇今年感到特别冷，早早地披上了貂皮大衣，但还感觉浑身发冷。

浩浩荡荡的队伍出咸阳，经蓝田、商县、商南，过武关、沿丹水、汉水一路前进，十一月抵达云梦泽（今湖南洞庭湖一带）边的九嶷山。相传虞舜死后葬在九嶷山，并成为九嶷山的山神，所以，秦始皇对九嶷山行望祭之礼。

接着，秦始皇从云梦乘船沿长江顺流而下，到了庐山，顿时来了兴致，登上了庐山东南的高峰。因为高壁好像霄汉连接，秦始皇大为感叹，便命名为上霄峰，并在上面刻了一百多个大如手掌的字。

从庐山恋恋不舍地下来后，秦始皇继续乘船沿长江顺流而下，经过丹阳，到达钱塘（今浙江杭州市）。当时这里还与海相连，不是现在的陆地。当秦始皇的龙舟驶到了这里，忽然刮起了大风，片刻便波涛汹涌。眼看龙舟要翻，众人大惊失色，赶紧把船靠岸。

眼见风没有停的意思，波涛也越来越大，无奈只得绕道，西行超百里从"狭中"（今浙江富阳附近）渡水，秦始皇才登上了会稽山。

会稽山在今浙江省中部绍兴、嵊县、诸暨、东阳间，主峰在嵊县西北。相传大禹当年在这里大会诸侯，始名"会稽"，即"会计"的意思。相传这次秦始皇登上此山以望南海，故又名秦望山。

天子驾临，百姓都争着前来观看，无不以一睹龙颜为幸，以便以后闲聊可以显摆显摆。在人群中，有一个年轻男子，看见嬴政的车骑经过，大声说道："我可以取而代之。"

这还了得，旁边的一个人赶紧捂住了他的嘴："不要胡说，小心被灭族。"

这个年轻人正是"力拔山兮气盖世"的项羽。捂他嘴的人是他的叔父项梁。

秦始皇当然不知道在这人群之中会有一个小子将要为他的大秦奏响挽歌，否则他绝对不会有心思游山玩水了，项羽也不会活过当日。一切都是劫数，秦始皇不是神，他除了和项羽擦肩而过外，什么也做不了。

在会稽山，秦始皇拜祭完大禹后，便命丞相李斯撰写刻石之文，歌颂秦德。在这里待了三十多天后，秦始皇完全没有要回咸阳的意思，他完全被南方的风景迷住了。

江南的早春二月，风和日丽、百花盛开，完全没有北方那逼人的寒气。秦始皇第一次在南方度过了冬天，他对这次江南之游很满意，游兴正浓的他便乘船沿海滨北上，渡长江，向琅琊进发，继续寻访多年来梦寐以求的神仙与长生不死之药去了。

这是秦始皇第三次来琅琊了。当他的车驾来到了阔别八年、朝思暮想的琅琊台，面对一望无际的大海时，他的心中又充满了无限的遐想。徐福再次进入了他的脑海，自从上次出海寻找仙药后，便没有了音讯，不知道他寻药进展得怎么样了？日有所思，夜有所梦。

到达琅琊的当天晚上，秦始皇便做了一个奇怪的梦，梦见自己与海神交战，但那海神的外形却与人相似。嬴政被从梦中惊醒，已经是浑身直冒冷汗，这梦有什么征兆呢？已经毫无睡意的他马上召见随行的博士，占问吉凶。

博士明白皇帝的心意，还是对求仙抱有幻想，要不也不会再次来到这里，便用谎言来给秦始皇释梦："陛下，这梦是神灵托给天子的，之所以没有见到海神，是因为有大鲛鱼的阻挠。如今陛下祈祷求见海神，而有些恶神出来阻挠，应当除去这些恶神，才能见到海神。"

秦始皇想到徐福也说过海里有大鲛鱼阻挡他求仙，所以才请求弓弩手一同前往。看来，徐福没有说假话，那么，找到不死仙药，还是有可能的。想到这里，秦始皇心情大悦，自然重赏了占梦博士。

自从秦始皇坑杀了四百多方士，对不死的念头幻灭以后，一下子苍老了下去，死亡的恐惧已经将他折磨得不成人形。现在，不死的希望又被点燃，虽然还有些渺茫，但这对他来说已经足够了。就好像是精神上的毒品，只有继续吸下去才感觉自己活着，否则就是一具行尸走肉而已。

高高在上的秦始皇眉飞色舞地大谈昨晚的奇梦和这个梦的征兆。已经好久没有看到他这么兴奋了。对大秦而言，这不知是好事还是坏事。

"恶神总是化成大鱼，破坏朕求仙的好事。朕决定要沿海而行，看见大鱼就射杀它，以助徐福寻找仙药一臂之力，众爱卿认为如何？"

难得秦始皇有这么好的兴致，做臣子的怎能当头泼一盆凉水呢？何况，被泼的是至尊的皇帝，哪个臣子有这么大的胆子啊。

赵高和胡亥自然是一通拍马：愿意身先士卒为皇上多杀大鱼，皇上一定能长生不老，等等。这些恭维和表忠心的话把秦始皇说得心花怒放。

李斯对秦始皇痴迷于求仙问药的行为一直持保留态度。他觉得这种事情荒诞不经，但又不忍心破坏秦始皇难得一见的好兴致，于是没有直谏，也随大流用善意的谎言拍了马屁。

连最信任的大臣也开始撒谎，这真是秦始皇的悲哀。大秦的悲哀，当然也是李斯的悲哀。当所有人都在撒谎，而且还撒得冠冕堂皇，那么这个王朝也快走到尽头了。毕竟，没有人真的愿意撒谎，除非是逼不得已。

看着满堂的一边倒，蒙毅想说些实在话，可自己人微言轻，何必与众人为敌呢。不过，他实在是看不惯这种局面，更不愿意看着皇上被所有人蒙蔽。于是，在众臣散去后，他责备李斯道："丞相大人，皇上不能再次沉迷于求仙的虚幻之中了。为了大秦的江山社稷，丞相应该直言相谏，为什么要曲意奉承呢？孔子曾经说过事君之道：勿欺也，而犯之。丞相所为，让我难以接受。"

蒙毅是蒙恬的弟弟，李斯是看着他们兄弟长大成人的，和他们的感情一直不错。蒙毅也把李斯当作自己的楷模，不过他说话还是直接了些。

李斯没有生气，反而道："你懂什么呀，这次出巡已经有数月了，你见过皇帝露出过笑容吗？今天，皇上难得这么神采奕奕，是因为又看到了成仙的希望，所以不能自已。如果我们把皇上刚燃起的希望之火生生扑灭，皇上一定又将心如死灰，这难道就是忠吗？"

蒙毅一下找不到话语反驳了。

李斯接着说："你虽然忠心可嘉，但如果皇上的心都死了，那江山还能保持多久，我们还怎么尽忠？再说，不就是去射杀大鱼吗，皇上是威严的天子，还怕几条大鱼不成？"

蒙毅想了想，也觉得有理，对李斯也更加佩服了。

再看秦始皇，好像年轻了几十岁，跟换了个人似的，不顾旅途劳顿，立即下令打造捕杀巨鱼的工具。等工具造好后，便派人出海，带着捕捉大鲛鱼的渔具捕捉"巨鱼"。

他本人也不闲着，亲自率领精选的几队弓箭手，沿海而行，等待大鲛鱼出现时用连弩射杀。

就这样，出现了难得一见的壮观场面：海中有用渔具捕捉巨鱼的船队，与海岸上由秦始皇带领的手持连弩的弓箭手，海陆并进，遥相呼应。从琅琊沿黄海之滨北上，捕杀被称为"恶神"的大鲛鱼。

秦始皇已经到了知天命的年纪，但他不服天命，瞪大双眼注视着海面。虽然寒风凌厉，头发和胡子都凝上了一层淡淡的霜气，但秦始皇却全然不顾。虽然内侍苦苦哀求，他也不肯在车中休息片刻。

这两支海陆并进捕捉巨鱼的队伍，从琅琊出发，一路浩浩荡荡。但直到山东半岛东端的荣成，两支队伍却连一条大鲛鱼的影子也没有见到。

以往，在黄海之上，大鲛鱼时有出现。然而，点儿背的秦始皇却未能捕到一条大鲛鱼，他的兴致一下子少了一半。但天生不服输的他不甘心，下令绕过成山角，沿海滨西行。在到达芝罘海面时才遇到一条巨鱼，秦始皇下令万箭齐发，巨鱼翻腾哀叫，掀起了滔天巨浪，最终流干了血、使完了力，才一动不动漂浮在海面上，四周的海水都被染成了红色。秦始皇总算不白忙乎一场，找回了一点面子。巨鱼虽然被射杀了，但海神却没有和秦始皇相见，他内心未免有些失落。

星陨

也许是捕鱼受了风寒，在芝罘的秦始皇感到身体有些不适，便下令取道回咸阳，毕竟旅途中各方面的条件无法和咸阳相比。掐指算算时间，秦始皇这次巡游已经有八个多月了。这是他历次出巡在外时间最长的一次，也是最后的一次。

等到达平原津时，秦始皇便卧床不起了，并且还伴有剧烈的咳嗽。秦始皇一向都健壮如牛，没想到这次得病竟然如此蹊跷、如此猛烈。随行的御医也对病情捉摸不定，悲叹道："这种病恐怕无法治愈了。"

秦始皇大怒："治不了病的医生，留着你们有什么用！"于是，杀了这名御医，接着，又召了一位，结果得到了同样的结论。这名御医也就追随先走一步的那名御医而去了。

真是伴君如伴虎，即使是一只病虎，也能轻而易举地杀人。

秦始皇不死心，继续召见御医。这第三名御医的脑子比较活泛一点。他可不想步前面已经阴阳两隔的两名御医的后尘，便抓住秦始皇痴迷求仙为自己找到了一条活路。

他婉转地说："陛下的身体是否安康，关系到江山社稷的安危。陛下只要诚心祷告，上天一定会知道，只要得到神灵的护佑，陛下的病一定会痊愈。"

这哪里是医生，分明是披着医生外衣的方士。不过，正是这种符合秦始皇口味的话换来了继续生存的权利。

秦始皇很高兴，重赏了这名御医后，便派蒙毅快马加鞭到雍城祭祀祈祷，保佑自己的身体早日安康。雍城是秦国的故都，也是嬴氏的龙兴之地。人习惯于地方保护主义，秦始皇认为神也如此，一方之神，只保佑一方之人。因此，嬴政认为，只有求助故土之神才最为保险，所以不远万里派人前去寻求神灵的护佑。

这些还不够，这几天他在睡梦中总是梦见徐福手捧仙药却遭到奸人的围攻，所以他还命令蒙毅祭祀祈祷完毕后，迅速返回，沿海巡视。看有没有徐福的踪迹，能不能找到仙药。

蒙毅轻车简从，日夜兼程，不几日便到达了咸阳。而秦始皇庞大的出巡队伍却提不起速度，再加上带着秦始皇这么个病人，不能太颠簸，速度自然比蜗牛爬还慢。

巡游的整个车骑行列依旧在威武庄严地行进，除了赵高、李斯、胡亥、太医和几个最宠幸的宦官，没有一个人知道威风八面的秦始皇已经病倒。

等出巡车队到沙丘时，嬴政的病越来越重，只好先驻扎在这里休养。

沙丘（河北省广宗县西北），这个在地图上无法查到的小地，却有不平常的来历。相传殷纣王曾在这里筑台，并命人驯养禽兽。纣王宠妃妲己曾在台上与珍禽异兽一起跳过舞。战国时期，胡服骑射的赵武灵王晚年却被公子成和大臣李兑所困，饿死在了这里的沙丘宫。

如今，秦始皇也住进了这个已经演绎了过多历史悲喜剧的沙丘宫。只是这沙丘古行宫，年久失修，荒凉清冷，杂草丛生。秦始皇怎么也想不到自己会在这样的破地方落脚。

书中有这样一则童谣：

秦始皇，何彊梁！开吾户，据吾床；饮吾酒，唾吾浆；

飧吾饭，以为粮；张吾弓，射东墙；前至沙丘当灭亡！

这种童谣多半是后人附会的，毕竟，连秦始皇都不知道自己的死期，何况是别人呢。不过，从童谣中，我们可以看出当时多数百姓对秦朝廷和秦始皇已经到了深恶痛绝的地步了！

"前至沙丘当灭亡"，难道我们的始皇帝真的要在这里终结自己的一生吗？他把握了自己的命运，手握至高无上的权力，却无法选择自己的归宿。

自从到了沙丘后，秦始皇就再也没有离开过病榻，而咳嗽也越来越剧烈。短短数日，他已经消瘦了好几圈，每天都昏睡，清醒的时间越来越少。

当他从噩梦中惊醒后，看到满眼的荒凉，急忙问宦者："这里是什么地方？"

宦者恭敬地回答："回陛下，这里是沙丘行宫。"

秦始皇哦了一声，这里曾是赵武灵王的行宫。赵武灵王一世英雄，最后却被困在这个行宫之内，足足三个月，直到活活被饿死。而现在，自己难道也要在这个行宫内终结生命吗？

秦始皇虽然知道如果没有奇迹，自己将不久于人世了，但仍然忌讳别人在他面前提到死字。

可是，如果皇帝驾崩，立谁为太子，从而成为二世皇帝，这成了大秦的头等大事。可秦始皇却不给大臣任何谈论这件事的机会，群臣只好缄口不言，暗自揣摩了。

但李斯作为大秦的丞相，过问秦始皇的后事是他的分内事。如果秦始皇死在路上，离咸阳数千里之遥，谁也不敢保证不会出什么乱子。况且，照秦始皇目前的病情来看，铁定是赶不回咸阳了。

为了尽责，李斯斗胆问道："皇上，是不是把扶苏公子召回咸阳呢？"

秦始皇的脸立刻阴沉了下来："召他干什么？你难道盼望朕早点死吗？"

李斯赶紧退出，从此再也不敢多言半句。毕竟，他也只有一颗脑袋，万一被病糊涂的秦始皇拿了去，可真成冤大头了。

蒙毅还没有返回来，仙药也遥遥无期，秦始皇期盼的痊愈奇迹没有发生，病情反而越来越重。

这天，剧烈咳嗽后，秦始皇已经是满嘴鲜血了。他感觉呼吸越来越困难，也预感到自己的大限将至，怕是挺不过这一关了。虽然贵为天子，终究也是凡胎肉体，难逃一死。

秦始皇咳嗽过后，一切都恢复了平静。一对大蜡烛，摇曳着昏黄的光，若隐若现地映照出周围这片在无声中动荡的世界。

在床前，侍奉秦始皇的是宦官赵高，他觉得这是他的义务，也是他的权力。多年的宫廷生活让他练就了一套圆滑和善于钻营的本领。他在等待秦始皇死的同时，必须做出双倍忠顺和谄媚的样子。因为万一秦始皇又活了下来，他将成为在客地守护病危中的皇上的大功臣。

秦始皇找了一个舒服一点的睡姿，开始大口喘气。自己这一生，从邯郸到咸阳，从弃儿到帝王，无所不能，高高在上。然而，最终也无力超越人神之间的界限。

老天留给自己的时间不多了，到了交代后事的时候了，否则等自己驾崩后，难免不会发生祸乱。该让谁挑起大秦的这副重担呢？虽然自己对小儿子胡亥倍加疼爱，但他没有做皇帝的胸怀和胆识。

在弥留之际，秦始皇对自己两年前一怒之下命令扶苏离开咸阳去监守北边这件事悔恨不已。如果长子扶苏此刻在自己身边就好了，自己就会省去许多顾虑。

于是，秦始皇让赵高给正在上郡监军的扶苏写诏书："以兵属蒙恬，与丧，会咸阳而葬。"就是说让蒙恬带兵，扶苏回咸阳主丧。照这样看来，在秦始皇心中，扶苏还是最合适的接班人。

可拟诏的人是赵高，他向来和蒙氏兄弟不和，和扶苏的关系也一般。如果真的让扶苏继承皇位，那么，他就再也没有好日子过了。其实，在赵高心中已经给大秦物色了一个"好继承人"——胡亥。秦始皇的这个小儿子，贪恋女色，骄淫奢侈，没什么作为，但他是赵高的学生。单凭这一点，为了保住自己的地位，拿大秦的江山来换，有什么不可以的呢？

秦始皇当然不知道赵高的私心，他满以为有了诏书，天下人谁敢不听。可"县官不如现管"，已经去了另一个世界的人留下的诏书又能起多大作用！

秦始皇看着拟定好的诏书，满意地笑了。他很安静地躺在床上，咳嗽声也比以前少了许多。他做了一个梦，梦到自己又回到了邯郸，他说自己是天子，可没人相信，照样被别人欺负。

谁也没想到，秦始皇这样躺下后，就再也没有起来。空前绝后的一代帝王就这样安详地走了。五十年对他来说太短，他还有很多事没有去做。

可命如此，人何为？

本来没打算写，但码完最后一个字，还觉得意犹未尽，所以决定再敲几个字，希望不是画蛇添足。

我们的主人公是一个耳熟能详的人物。他的名字不仅在两千多年前如雷贯耳，就是现在提到他，大多数人也会竖起大拇指。

都说：站在巨人的肩膀上，你才能看得更远。如果站在秦始皇的肩膀上，我们能看多远呢？想一想，心里都沾沾自喜。

一群人做的事情被记载下来，代代相传，便成了历史。历史就是如此，我们翻开历史的人同时也在创造历史。也许可以这样说，历史本质上就是一种欲望。

从某个角度来看，历史是板上钉钉的事实，大多数人翻阅历史，都希望能以史为鉴，从而改掉自己缺点，少犯错误，少走弯路。

我们都有往上爬的欲望，达到一个高度之后，新的目标就在一个更高的地方。这是欲望使然，我们可以有正当的欲望，称之为理想也好，称之为野心也罢。正因为有这些东西，人类才代代繁衍、生生不息。

似乎扯得有些远了，打住，还是聚焦一下我们的主人公吧。

秦始皇的形象第一次出现在我眼前是在一个港台剧里。威风八面、叱咤风云的帝王顷刻间就征服了我的心。

后来，当我第一次在书店触摸到曹昇的《流血的仕途》，便爱不释手，通宵达旦地拜读。当看完最后一页，曹昇入木三分的刻画让我回味无穷，所展示的气势宏大的秦王朝和荡气回肠的故事让我掩卷而思。

我小心翼翼地把这本书摆在床头，和秦风的《大秦盛衰四十年》《王立群读史记之秦始皇》等书籍放在一起。

　　秦始皇的形象在我的头脑中又开始跳动，我好像回到了那个战火纷飞的战国时代。于是，我便产生了让我心中的秦始皇在书籍中复活的念头。

　　找来一大堆古籍资料后，我贪婪地品读着秦始皇的事迹，正史、野史、传说等都在我的涉猎范围之内。秦始皇的形象在我的脑海中饱满起来。

　　于是，我坐在电脑前开始实现我儿时的理想，记不清秦始皇伴随着我度过了多少个不眠之夜。当我敲完最后一个字后，这位千古帝王传奇的一生也画上了句号。

　　曾经辉煌到了极点最终还是难逃那一抔黄土的命运，因为他是人，不是神。虽然他给自己建造了宏大的地下陵墓，可在另一个世界的他还能指点江山吗？这些我们不得而知。不过，他的王道，他的权谋，让后人津津乐道。

　　历史就是这样，客观而真实，虽然秦始皇拥有至高无上的权力，也掩饰不了他残暴的一面。人无完人，他也不是完人。

　　我们也在创造历史，如果我们能在历史的基础上创造历史，虽然还是历史，但却是不一样的历史。

　　掩卷沉思，感慨良多。只要能给读者带来哪怕一丁点儿的启发，我便知足了。